DAS VERLÖBNIS

TANYA ANNE CROSBY

Übersetzt von
CHRISTINA LÖW & ANJA BAUERMEISTER

OLIVER-HEBER BOOKS

Der Liebe gewidmet und allem, was aus ihr erblüht.

„Ms. Crosby versetzt ihre Geschichte mit genau
der richtigen Menge Humor ... Reizend und
grandios!"

— RENDEZVOUS

„Bei Gott! Mich wundert in der Tat, wer dem guten Mann riet, meinem Herrn eine Botschaft zu senden, dass sein Haus geschändet ist. Von der Geburt der beiden Knaben werden er und sie nur Schande haben. So weiß ich doch: Niemals geschah es und wird auch nie geschehen, dass eine Frau durch eine einzige Schwangerschaft zwei Kinder empfängt. Es sei denn, es waren zwei Männer beteiligt.“

— MARIE DE FRANCE, DAS LIED VON FRÊNE

KAPITEL 1

ENGLAND, UNTER DER HERRSCHAFT VON
STEPHEN

Es war eine Todsünde.

Sich nach der Frau seines Bruders zu verzehren.

Nicht, dass sie schon verheiratet wären ... Doch bald genug würden sie es sein und es stand ihm nicht zu, solche Leidenschaft für sie zu empfinden.

Es war das Rot ihrer Kleidung, sagte er sich, das ihn so entfachte. Dominique Beauchamp erstrahlte in feurigem Glanz, als sie auf ihrem kleinen Zelter durch die Tore ritt. Ihr Gewand war dunkelrot, ihre Lippen von so intensiver Farbe wie der Rubin, den sie auf ihrer Brust trug. Und ihr Haar ... es leuchtete wie Kupfer in der späten Nachmittagssonne, eine prächtige Mähne, die sich jeglicher Zähmung widersetzte. Wie bei einer zauberhaften Feengestalt schien alles an ihr mit jedem Schritt ihres Pferdes zu schimmern.

Gegen seinen Willen regte sich sein Körper bei ihrem Anblick.

Sie war kühn, entschied er und erschauerte. Vielleicht zu kühn. Warum sonst würde sie so unerschrocken in ihre Mitte reiten? Was hoffte sie zu erreichen?

Was immer es auch sein mochte, es war etwas anderes als das, was sie behauptete. Davon war er überzeugt.

Sie war gefährlich, das spürte er.

Trotzdem begehrte er sie und zum ersten Mal in seinem Leben verlangte es ihn nach der Position seines Bruders – aber nur für einen Moment. Dann drängte er die Todsünde zurück in das schwarze Loch tief in seiner Seele.

Blaec d'Lucy wappnete sein Herz gegen sie, während er beobachtete, wie sein Bruder Graeham auf die Frau reagierte, die auf ihn selbst eine so starke Wirkung hatte. Graeham stand teilnahmslos da, offensichtlich unbeeindruckt von der Kreatur, die so kühn in ihr Reich geritten war – jeder Zoll an ihr wirkte wie ein heidnisches Opfer früherer Tage.

Betrachtete sie sich selbst als Opfer?

Er hätte gerne gewusst, was genau sein Bruder gerade dachte. Graehams Gesicht offenbarte, wenn überhaupt, ein leichtes Unbehagen, aber kaum mehr. Blaec wünschte, er wäre ähnlich ungerührt, und er fragte sich, wie er reagiert hätte, wenn er derjenige wäre, der heute seine gekaufte Braut in Empfang nahm.

Ungeduldig? Zweifelnd? Voller Misstrauen?

Auf jeden Fall nicht teilnahmslos.

Hätte man ihm seinen rechtmäßigen Platz als Erben zugesprochen ... dann wäre sie tatsächlich sein.

Aye, er wusste Bescheid. Er hatte es seit Langem gewusst. Vertrauliches blieb selten geheim, wenn einen so viele Ohren umgaben. Und doch änderte es nichts, denn er war nur um den Bruchteil einiger Sekunden der Erstgeborene. Das Einzige, was ihn an der ganzen Sache verletzte, war, dass sein Vater ihn geradezu verleugnet hatte. Nicht nur hatte er ihm sein Geburtsrecht genommen – sein ganzes Leben hatte er ohne die Segenswünsche seines Vaters auskommen müssen. Doch es war unerheblich. Er schätzte seinen Bruder und er hatte geschworen, Graeham zu dienen, und das würde er bis zu seinem letzten Atemzug tun.

Sein verbleibender Zorn richtete sich nur gegen die Tatsache, dass ihr Vater Graeham ein Unrecht getan hatte, als er ihn zum Anführer machte. Denn entweder wusste sein Bruder nichts über Kriegsführung – trotz all seiner Jahre des Kampftrainings – oder er besaß einen Todeswunsch. Was von beidem zutraf, wusste Blaec nicht. Nur eines war sicher: Graeham brauchte ihn. Jesus, der Tölpel kämpfte immer mit einem Fuß im Grab. Sein jüngerer Zwillingsbruder hätte ohne ihn nie so lange überlebt und Blaec hatte es zu seinem Lebenszweck gemacht, Graeham um jeden Preis zu beschützen.

Er richtete sich zu voller Größe auf und wandte sich zu der Frau um. Sie näherte sich ihnen immer noch, die Schultern zurückgenommen, ihre Haltung aufrecht. Ihre Augen – sie war nun nah genug, dass er ihre Farbe erkennen konnte – waren tiefblau.

Und sie glänzten ... wie voll unvergossener Tränen.

Widerwillig – das war das Wort, das ihm zuerst einfiel. Sein Blick wanderte zu dem Mann, der in einem ebenso noblen Gewand neben ihr ritt, und wieder zu ihr zurück.

Aye, entschied er, sie war widerwillig gekommen, um dem Befehl ihres Bruders Folge zu leisten.

Gleichwohl ... sie war gekommen und mit diesem Wissen überfiel ihn eine Welle von Hass.

Denn in Wahrheit traute er ihr nicht. Und ganz besonders traute er ihrem verräterischen Bruder nicht.

Wie sein Vater vor ihm verhielt sich William Beauchamp verdächtig – auch wenn er ihnen ein Friedensangebot unterbreitet hatte. Insbesondere, da er ihnen seine liebreizende jüngere Schwester zum Tausch offerierte. Graeham war töricht, wenn er glaubte, es würde so einfach enden. Diese beiden waren in irgendeine Intrige verwickelt und was auch immer sie vorhatten, Blaec würde es aufdecken, so Gott ihm helfe. Das schwor er so heftig, wie er schwor, die Braut seines Bruders nicht zu begehren.

Ein Schauer überlief Dominiques Rücken beim Anblick der Festung, die vor ihr aufragte.

Dies also würde ihr Gefängnis sein?

Bei ihrem Näherkommen hatte Drakewich belebt gewirkt mit den Vorbereitungen für ihre Ankunft, wie aufgeregte Bewegungen auf den Burgmauern verrieten. Doch jetzt, als sie im Innenhof anlangten, erschien ihr dieser Ort noch abweisender, als es London für Kaiserin Matilda gewesen war. Und diese hatte immerhin ein aufgebrachter Mob aus der Stadt vertrieben! Niemand rührte sich, weder, um sie zu begrüßen, noch, um sie zurückzuweisen. Wenngleich sie zumindest für das Letztere dankbar war. Selbst der Bergfried war Respekt einflößend, mit seinen dunklen, hohen Turmfenstern. Kein Wunder, dass William dieses Bündnis angestrebt hatte. Noch nie in ihrem Leben hatte sie etwas wie Drakewich gesehen, so weitläufig und so undurchdringlich, wie die steinerne Festung von innen auf sie wirkte.

Hatte sie diese von außen wirklich für bescheiden gehalten? Hatte sie gewagt, Amdel als gleichwertig zu betrachten? Sie beugte sich verstohlen zu ihrem Bruder und murmelte: „Sie wirken so ... ungastlich."

„Tun sie das?", antwortete William.

Sie schaute ihn ungläubig an. Heilige Muttergottes, wie konnte ihm diese überaus frostige Begrüßung entgangen sein? Selbst außerhalb der Ringmauern hatten die Leibeigenen sie nur wie stumme Wachen von den Türen ihrer kargen Lehmfachwerkhäuser aus beobachtet.

Stirnrunzelnd wies William sie zurecht: „Du machst dir zu viele Sorgen, Dominique."

„Nay, William!" Sie warf ihm einen verzweifelten Blick zu. „Was, wenn sie mich nicht akzeptieren?"

Der Ausdruck in seinem ansehnlichen Gesicht war

eher amüsiert als besorgt. „Du hast doch nicht wirklich erwartet, sie würden dich mit offenen Armen empfangen?"

„Nay, aber –"

„Schhh. Ich verspreche dir, es wird sich mit der Zeit ändern", ermutigte er sie und wies ihren Protest endgültig zurück. Er zwinkerte ihr verschwörerisch zu. „Und jetzt hör mit deinem Grübeln auf, meine Schwester."

Dominique nickte und biss sich auf die Lippe. Sie kannte diesen Ton. Um seinen Ärger nicht zu schüren, ließ sie das Thema sofort fallen und hoffte nur, dass er recht hatte. Instinktiv wanderte ihr Blick zu dem Bereich vor dem Bergfried, angezogen von der Gestalt eines Mannes, der dort stand, seine Haltung stolz, die Miene düster. Sie schluckte heftig, da sie ihn sogleich erkannte – der Schwarze Drache. Er war unverkennbar in dänisches Schwarz gekleidet. Himmel, sie hatte versucht, ihn auszublenden, als sie diese Verbindung überdacht hatte; sie wollte ihn nicht einmal in ihre Gedanken lassen. Aber als sie ihn nun sah, konnte sie jede Geschichte glauben, die sie je über seine Kampfeswut gehört hatte.

Und noch viel mehr.

Auch wenn er waffenlos erschien, trug er doch Kettenhemd und Beinlinge und nach ihrem Empfinden hatte niemand jemals kriegsbereiter ausgesehen. Sie versuchte vergebens, ihn nicht anzustarren, aber wie er dort stand und ihre Ankunft prüfend betrachtete, erinnerte er sie an die legendären barbarischen Wikinger-Kämpfer. Seine Haltung wirkte drohend, selbst in seiner ungerührten Ruhe.

Angespannt und voller Sorge sah sie wieder zu ihrem Bruder, der sie versonnen musterte. William lächelte ihr ermutigend zu und Panik erfasste sie. Es würde heute keine Erlösung geben, erkannte sie. Er begehrte dies viel zu sehr.

Von ganzem Herzen wollte sie ihr Pferd wenden und fliehen, bevor sich die Fallgitter senken und sie für immer einschließen würden. Doch sie erwiderte lediglich Williams Lächeln und erinnerte sich daran, dass sie das alles ihm zuliebe tat. Für ihn und für den Frieden, gemahnte sie sich und versuchte verzweifelt, das unbarmherzige Klopfen in ihrer Brust zu beruhigen.

Sie tadelte sich selbst. Wie lange war es her, seit William so aufrichtig gelächelt hatte? Tatsächlich lächelte er kaum jemals und jetzt – da er einen Grund dazu gefunden hatte – konnte sie ihn nicht enttäuschen. Sie beobachtete ihn einen Moment länger und wusste ohne Frage, dass es das Richtige war.

Nay, sie würde ihn nicht enttäuschen.

Entschlossen wandte sie sich ihrer Zukunft zu, ermahnte sich, dass dies auch ihr Wunsch war. Schließlich hatte es allzu lange gedauert – zu viele geschlagene Schlachten, zu viel Tod und zu viel Feindschaft. Sie wollte auch, dass es endlich aufhörte – um Williams willen, für seine Seele ebenso wie für ihre. Wenn ihr Bruder bereit war, eine Waffenruhe auszurufen, so war sie dies auch. Zu lange hatte diese Fehde ihn eingenommen.

Und doch zitterte sie ... denn wie konnte es im Herzen der Höhle des Drachen jemals Frieden geben? Der Gedanke beschäftigte sie, während sie auf ihren Verlobten zuritt.

„Lächle, Dominique", befahl ihr William durch zusammengebissene Zähne. Sie wandte sich ihm abrupt zu und bemerkte, dass er sich unauffällig zu ihr lehnte. „Lächle", gemahnte er sie einmal mehr. „Du siehst aus, als würdest du in deinen Tod reiten!"

Vielleicht lag das daran, dass sie sich tatsächlich so fühlte, doch um Williams willen strengte sich Dominique mehr an. „Ich ... ich suchte nur nach meinem Lord, nach Graeham", log sie und versuchte, eifrig zu klingen. „Kannst du ihn vielleicht entdecken?"

William musterte sie von der Seite. Seine blauen Augen, die ihren so sehr glichen, prüften sie einen Moment lang. Dann zogen sich seine Brauen zusammen und er deutete mit einem unauffälligen Nicken zu genau der Stelle, auf die Dominique so lange gestarrt hatte. „Dort", sagte er, hob leicht sein Kinn an und blickte in die Richtung, wo der berüchtigte Schwarze Drache so unheilvoll verharrte. „Er steht neben seinem niederträchtigen Bruder."

Dominiques Augen weiteten sich, aber nicht wegen Williams Beschreibung von Blaec d'Lucy. Diese benutzte er so oft, dass es nunmehr wie Zuneigung klang. Mit einem unterdrückten Keuchen richtete sie ihre Aufmerksamkeit auf den Mann, der direkt an der Seite des Drachen stand. Heilige Muttergottes, wie konnte sie ihn übersehen haben?

Neben dem berüchtigten Drachen war ihr frisch Verlobter, Graeham d'Lucy, der zweite Graf von Drakewich, geradezu unsichtbar. Im Unterschied zur Dunkelheit seines Bruders war er farblos. Obwohl sein Haar, so hell wie sonnengebleichter Flachs, eine Färbung besaß, die viele begehrten, ließ es ihn nicht auffällig erscheinen. Und seine Haut, obgleich dunkler als der Großteil seiner Farben, war ziemlich blass im Vergleich zum Drachen. Auch wenn seine Gesichtszüge wohlgestaltet waren, so erinnerten sie neben denen seines unbarmherzigen Bruders eher an einen Jungen als an einen Mann, denn die Konturen des Drachen waren scharf gezeichnet, mit seinem schwarzen schulterlangen Haar und seiner gewaltigen Größe.

Williams Stimme an ihrer Seite klang leise und nachdenklich, als er sagte: „Ich dachte, du hättest ihn bereits erkannt. Du hast lange genug in die Richtung gestarrt."

Seine Bemerkung schien sie zu verurteilen und ihre Wangen erhitzten sich heftig. Sie wandte den Blick ab und zupfte mit plötzlich zitternden Händen an ihrem golddurchwirkten Gewand. Zu ihrer großen Erleichterung wurde sie vor einer Antwort bewahrt, da Graeham d'Lucy in diesem Augenblick vortrat, um sie zu begrüßen. Der Drache dagegen blieb weiterhin stehen. Seine Miene war so düster wie die der Bewohner von Drakewich, die sie aus sicherer Entfernung beobachtet hatten. Ein schreckliches Gefühl der Vorahnung überkam sie, doch sie atmete tief ein, machte sich selbst Mut und riss ihren Blick von seinem Bruder los, um dem ihres Verlobten zu begegnen.

„Seid herzlich willkommen!", rief Graeham, als er vorwärtsschritt. Ihr Pferd scheute ein wenig bei seinem Herannahen, aber sie beruhigte es schnell und erwiderte Graehams Gruß mit einem matten Lächeln. Sein helles Haar wurde leicht vom Wind zerzaust, als er zu ihr hoch lächelte. Sein Bruder dagegen – nun, sie weigerte sich, ihn wieder anzuschauen, sie weigerte sich sogar, an ihn zu denken. Sie hob ihr Kinn ein bisschen und fuhr fort, gleichmütig zu Graeham herab zu lächeln, obwohl sie sich noch nie in ihrem Leben unwohler gefühlt hatte.

„Mylord", sagte sie mit einem höflichen Neigen ihres Kopfes. Unauffällig wischte sie die Handflächen an ihrem Gewand ab.

Er erwiderte ihr Nicken und wandte sich dann zu William. „Seid gegrüßt, Beauchamp", sagte er. „Und doch fürchte ich, wir hatten Euch nicht erwartet."

Es schien eine Frage in seiner Aussage zu liegen und William runzelte die Stirn. „Was sagt Ihr da? Ist mein Bote nicht in Drakewich angelangt?"

Ein Moment angespannter Stille folgte, als Graeham kurz zu seinem Bruder schaute. Der Drache schüttelte fast unmerklich seinen Kopf. Dann antwortete Graeham mit einem Hauch von Sorge in der Stimme: „Das ist er nicht. Wann habt Ihr ihn entsandt?"

William stieg sofort ab. Seine Miene war düster, als er vor Graeham d'Lucy stehenblieb. Er sah zu Dominique hoch. „Nicht später als um die Mitte des Vormittags, meinst du nicht auch?" Dominique dachte, er wäre auf ihre Zustimmung aus, aber sobald sie ihren Mund öffnete, um zu sprechen, zogen sich seine Brauen voller Verachtung zusammen und er wandte sein Gesicht ab. „Vielleicht wurde er von Straßenräubern aufgehalten?", überlegte er mit wachsender Bestürzung. „Ich habe gehört, dass Ihr in letzter Zeit mit diesen zu kämpfen hattet."

Dominique runzelte die Stirn, als sie ihren Blick über ihr Gefolge wandern ließ und sich fragte, wen ihr Bruder vorausgeschickt hatte, um ihre Ankunft anzukündigen. Sie konnte sich an niemanden erinnern, der vermisst wurde. Doch wenn William behauptete, dass er einen Boten ausgesandt hatte, dann hatte er dies sicherlich auch getan. Was für einen Grund hätte er, über so etwas Belangloses zu lügen? Was auch immer man sonst über ihren Bruder sagen mochte, er hatte nie die Unwahrheit gesprochen.

„William", sagte sie vorsichtig, in der Hoffnung, ihn zu beschwichtigen. „Wäre der Bote von Straßenräubern überfallen worden, hätten wir nicht irgendwelche Spuren davon auf unserem Weg entdeckt? Wir haben nichts in der Richtung gesehen", betonte sie.

Wie blaues Feuer begegnete Williams Blick dem ihren. Seine Augen loderten vor Zorn – aber sie wusste nicht, warum. Vielleicht fürchtete er, einen weiteren Mann verloren zu haben. Und Amdel konnte sich einen zusätzlichen Verlust wirklich nicht leisten. Doch zu ihrer großen Verwirrung starrte er sie nur einen endlosen Moment lang an, als würde er sie gemahnen, zu schweigen. Sie neigte ihren Kopf zur Seite und fragte sich stumm, was sie gesagt haben mochte, um ihn so leicht zu erzürnen. Aber er äußerte nichts, funkelte sie nur mit Feuer in seinen Augen an.

Die Stille zwischen ihnen verlängerte sich.

„Vielleicht hat er einen anderen Weg genommen?",
warf eine dunkle Stimme ein.

Ein Schauer überlief Dominiques Rücken angesichts
des intensiven, leicht spöttischen Klangs. Ohne dass es
ihr gesagt werden musste, wusste sie sofort, wer gesprochen hatte, und ihr Gesicht erhitzte sich noch mehr, als
sie dem Blick des Drachen begegnete. Einen kühnen
Moment lang hielten seine Augen die ihren gefangen,
als würde er sie abschätzen. Gott möge ihr gnädig sein,
sie hatte das Gefühl, als würde sie in die Tiefen dieser
klaren, grünen Augen gelockt – und als würde sie für
immer verloren sein, wenn sie sich nicht losriss. Ganz
plötzlich schaute er weg und dieses Abwenden von ihr
war so physisch, als hätte er ihren Körper zur Seite
gestoßen.

Erschüttert von seiner intensiven Musterung sah
Dominique zu ihrem Bruder. Sogleich befahl der
Drache einem seiner Männer vorzutreten.

„Aye", stimmte William zu und beäugte sie immer
noch zornig. „Vielleicht hat er einen anderen Weg
genommen ..."

Sie war verunsichert, aber nicht durch den stechenden Blick ihres Bruders – solche hatte sie schon
früher überstanden –, sondern durch die Anwesenheit
des Drachen. Dominique fuhr mit ihren Fingern die
Zügel ihres Pferds entlang. Sie traute sich nicht, aufzublicken, weil sie fürchtete, wieder seinen Augen zu
begegnen.

Wie eine schreckliche Klinge durchschnitt der
Klang seiner Stimme die Luft und stellte die Härchen
in ihrem Nacken auf. „Sucht jede Route zwischen Drakewich und Amdel ab", befahl er seinen Leuten.
„Nehmt so viele Männer mit, wie ihr braucht, um unter
jeden Grashalm zu schauen", bekräftigte er, ohne sich
um Höflichkeit zu scheren.

Dominique war klar, dass es ihn kein bisschen
störte, ob er sie beleidigte oder ob seine Befehle sich

wie eine unterschwellige Herausforderung ihres Bruders anhörten.

„Durchsucht die Gegend gründlich", trug er einem Mann auf. „Erstattet mir danach sofort Bericht."

Wieso sollte William lügen?, fragte sie sich wieder. Natürlich würde es Sinn ergeben, dass ihr Bruder jemanden ausschickte, um ihre Ankunft zu verkünden. Warum würde William über etwas so Belangloses die Unwahrheit sprechen?

„Man soll uns nicht nachsagen können, dass wir einen Mann – erst recht einen Gast – ohne seine letzte Beichte auf unserem Land sterben lassen", sagte Graeham. „Das seht Ihr doch auch so, nicht wahr, Beauchamp?", fügte er an ihren Bruder gewandt hinzu. „Vielleicht möchtet Ihr sogar einige Eurer Männer mitschicken, um die Suche zu unterstützen?"

Einmal mehr funkelte William wütend zu ihr hoch, auch wenn Dominique ihren Blick weiterhin abkehrte und ihn nur aus dem Augenwinkel wahrnahm. Sie verstand immer noch nicht, was sie gesagt haben mochte, um ihn so zu erzürnen.

„Natürlich", erwiderte William angespannt und sah Graeham an. „Wie hilfsbereit von Euch." Dann wendete er sich dem Drachen zu. „Ihr dient Eurem Bruder gut, d'Lucy", sagte er, wobei er das Wort ‚dient' betonte. Dominique fragte sich, ob ihr Bruder den Drachen absichtlich reizte. Sicherlich nicht! Nicht wenn er so lange auf diesen Waffenstillstand hingearbeitet hatte. Und doch war dies für ihn eine bittere Pille, das wusste sie, und ihr Herz hatte Mitleid mit ihm.

Der Drache sagte nichts. Er stand nur da und als sie verstohlen zu ihm schaute, sah sie, dass seine Augen, nicht länger hellgrün waren, sondern ein dunkles Stahlgrau angenommen hatten. Himmel, bei seinem Anblick und seiner Größe erschien es ihr recht töricht von William, ihn so rücksichtslos zu reizen. Und wenn sie nach dem wilden Blick in seinen Augen ging, könnte er William jeden Moment an den Hals springen. Sie wollte etwas sagen, um William zu warnen, damit er seinen Mund hielt, aber sie traute sich nicht, noch etwas zu äußern.

Zu ihrer Erleichterung sprach Graeham zuerst. „Er dient mir zu gut", stimmte er mit einem zurückhaltenden Lächeln zu und seine Augen wirkten traurig bei diesem Eingeständnis. Er legte eine Hand auf Williams Schulter. „Kommt mit mir, Beauchamp", bat er ihren Bruder. „Wir haben viel zu besprechen." Er schaute zu Dominique hoch, seine dunklen Augen blickten freundlich. „Lady Dominique ... mit Eurer Erlaubnis?"

Sie war sicherlich erfreut, dass es eine gewisse Übereinkunft zwischen ihrem Bruder und Graeham gab, aber sie empfand es als recht taktlos, so unversehens und direkt ausgeschlossen zu werden. „Natürlich, Mylord", brachte sie heraus. „Ich versichere Euch, dass es mir sehr gelegen kommt, mich vor dem Abendessen zurückzuziehen." *Und noch mehr freut es mich, der Gegenwart des Drachen zu entkommen*, fügte sie im Stillen hinzu. „Wenn Ihr so freundlich wärt, mir den Weg zu weisen?"

Graeham nickte einfühlsam. „Der Ritt von Amdel muss Euch ermüdet haben", räumte er ein. „Mein Bruder wird Euch gerne zu Eurer Kemenate geleiten, Mylady." Er lächelte ihr so aufrichtig zu, dass sie einen Augenblick brauchte, um zu verstehen, in wessen Obhut Graeham sie übergeben hatte. Bei der Erkenntnis schlug ihr das Herz bis zum Halse. Doch sie hatte keine Gelegenheit, zu protestieren, denn damit drehte sich ihr Verlobter um und ging, und William folgte ihm. Sie blieb allein zurück, vollends der Gnade des Drachen ausgeliefert.

Sie schluckte heftig, als sie sich ihm zuwandte. Denn sie hatte bereits entschieden, dass sich im Herzen von Drakewichs Drachen keine Gnade finden ließ.

KAPITEL 2

Jede schreckliche Geschichte, die Dominique jemals im Flüsterton über den Schwarzen Drachen gehört hatte, raste durch ihren Kopf, als sie in seine stechenden Augen starrte. Wie ein Trottel saß sie auf ihrem Pferd, ihr Herz pochte wild und sie fürchtete, er hätte ihre Gedanken erraten, denn seine Lippen verzogen sich verächtlich.

„Im Gegensatz zu dem, was berichtet wird", informierte er sie, „speie ich *keine* Flammen." Seine Augen verhöhnten sie, als er vortrat und ihr seine Unterstützung anbot. „Und vor allem nicht auf *unschuldige* Mädchen."

Er betonte das Wort ‚unschuldig', als wäre es ein Fehdehandschuh, der vor ihre Füße geworfen wurde, und Dominique verharrte und schaute beinahe entsetzt auf seine ausgestreckte Hand. Natürlich war sie unschuldig! Sie hatte keine Ahnung, was er mit der Andeutung meinte – wenn es denn wirklich eine war. Und sie wollte erst recht nicht von ihm berührt werden, weder in diesem Leben noch im nächsten!

„Demoiselle?", forderte er sie auf. Eine dunkle Braue wölbte sich diabolisch. „Plant Ihr, noch zu irgendeiner Stunde dieses Tages abzusteigen, oder habt Ihr vor,

Eure Ruhepause auf Eurem matten Reittier abzuhalten?“

Dominique sträubte sich angesichts seiner Arroganz. Sie vergaß für einen Moment ihre Furcht vor ihm, legte die Zügel ab und fragte spitz: „Seid Ihr immer so unhöflich, Mylord?“

„Ohne Ausnahme“, antwortete er und seine Mundwinkel hoben sich noch etwas mehr.

Tatsächlich glaubte Dominique, dass er gegrinst haben könnte, wäre da nicht die winterliche Kälte, die in diesen verstörenden, vernichtenden Augen blieb. Sie wollte die Herablassung aus seinem Gesicht schlagen.

„*Demoiselle*“, beharrte er, „soll ich Euch nun helfen oder nicht? Ich habe nicht den ganzen Tag Zeit.“

Dominique verfluchte ihn stumm. Sie wusste, dass es in seiner Macht stand, diese schwere Situation für alle zu erleichtern. Aber nay! Sie hatte den sehr deutlichen Eindruck, dass er es unendlich viel schwieriger machen würde, wenn es nach ihm ginge.

Zum Teufel mit ihm! Alles, was wirklich zählte, war, dass Graeham d'Lucy mit ihr zufrieden war, erinnerte sie sich selbst. Sein zorniger Bruder konnte sich aus dem höchsten Turmfenster stürzen!

Er näherte sich ihr plötzlich und Dominique schlug das Herz bis zum Hals.

„Ich kann allein absteigen, danke sehr!“ Schon die leiseste Drohung von physischem Kontakt – die Vorstellung von seinen Händen an ihrer Taille – setzte sie in Bewegung. Rasch glitt sie zu Boden, doch in ihrer Hast verfing sich der Saum ihres Bliauts am Sattelknauf. Mit einem Fuß im Steigbügel und dem anderen auf halbem Weg zur Erde erstarrte sie, als sie die kühle Brise an ihren bestrumpften Beinen spürte. Ihr Blick flog sofort zu ihm und ihre Augen weiteten sich voller Schrecken in Anbetracht des düsteren Ausdrucks auf seinem Gesicht. Er erschauerte – vor Abscheu, dachte sie – und ihr Herz setzte einen Schlag aus. „Oh!“, schrie sie.

Er eilte ihr zu Hilfe, als könnte er diesen Anblick keine Sekunde länger als nötig ertragen. Ihr Atem stockte schmerzhaft in ihrer Brust, während sie seine Finger beobachtete, die geschickt daran arbeiteten, ihr Gewand zu befreien. Erst als er fertig war, wagte sie, wieder zu atmen.

Aber zu ihrem Entsetzen ließ er ihr Kleid nicht los, sondern hielt den Saum weiter fest, zog ihn sogar näher zu sich, als würde er ihn begutachten. Dominique kreischte überrascht, als sich der Saum hob, während er den Stoff betastete. Seine Miene verdüsterte sich.

„Mylord, bitte!“, rief sie aus. „Bitte!“

Als würde er plötzlich zu sich kommen, zerknüllte er das Material gewaltsam in seiner Faust und warf es dann auf ihre Füße. Der Saum schwang um ihre Knöchel, während seine Augen sie einmal mehr durchbohrten. Gänsehaut bildete sich auf ihrem Körper, als sie unter seinem prüfenden Blick gänzlich aus dem Steigbügel glitt.

„Das ist ein äußerst feiner Stoff“, sagte er und seine Augen hielten die ihren gefangen.

Heilige Muttergottes, sie waren so tief und von so dunklem Grün – sie schienen noch dunkler wegen der finsteren Schatten, die sie umgaben. Sie passten zu ihm, befand sie, denn dies waren die Augen eines Mannes, der niemals ruhte, niemals vertraute. Es waren die Augen eines Drachen und er hatte gelogen, als er behauptete, keine Flammen zu speien. Das tat er sehr wohl, aber nicht durch seinen Mund. Seine Augen verbrannten sie, verschlangen sie – und doch konnte sie noch immer nicht ihren Blick abwenden. Sie zitterte und bemerkte den verräterischen Muskel, der an seinem Kiefer zuckte. Und dann wandte er sich plötzlich ab. Dominique atmete tief ein, erschüttert durch seine Zurückweisung.

„Hier entlang, Demoiselle!"

Einen Moment lang stand Dominique einfach nur betäubt da und schaute ihm nach, bevor sie verstand, dass sie ihm folgen sollte. Erneut sträubte sich alles in ihr dagegen. Arroganter Mistkerl!

Warum sie sich plötzlich genötigt fühlte, ihr Gewand zu verteidigen, hätte sie nicht sagen können, aber etwas in seinem Ton schien sie anzuklagen. „Mein Bruder wollte, dass ich gut aussehe", informierte sie ihn und konnte kaum mit seinen langen Schritten mithalten. „Es geschieht nicht jeden Tag, dass eine Frau heiratet, um ihren Leuten Frieden zu bringen!"

„Ist das so?", spottete er und richtete seine finsteren Augen abrupt auf sie. „Dann freut Ihr Euch über diese Verbindung mit meinem Bruder?"

Sie hob ihr Kinn. „Natürlich!", erwiderte sie. Doch er wandte sich lediglich von ihr ab und setzte seinen Weg zum Bergfried fort.

In ihrem Versuch, nicht hinter ihm zurückzufallen, stolperte Dominique fast über ihr Gewand. Sie wünschte sich innig, dass sie ein Mann wäre, damit sie ihn ordnungsgemäß herausfordern könnte. Christus, sie würde so gerne dieses ekelhafte Grinsen aus seinem Gesicht wischen – direkt aus seinen Augen!

„Um des Friedens willen, nehme ich an?"

Er hielt es nicht einmal für nötig, einen Blick über seine Schulter zu werfen – weder um ihre Antwort zur Kenntnis zu nehmen, noch um sicher zu sein, dass sie ihm folgte. Verflucht sollte er sein! „Aye!", blaffte sie. „Warum sonst, Mylord?"

„Vielleicht", entgegnete er, immer noch ohne sich umzudrehen, „ist das etwas, das Ihr uns erklären möchtet, Demoiselle?"

„Ihr traut uns nicht!"

Er verharrte vor den Steinstufen, die in die große Halle führten, und Dominique stieß beinahe mit seiner in ein Kettenhemd gehüllten Brust zusammen, als er sich zu ihr umwandte. Sie unterdrückte ein Keuchen und sah zu ihm auf, verunsichert von seiner beachtlichen Größe. Himmel, sie war selbst groß für eine Frau, größer auch als einige Männer, aber ihr Kopf reichte gerade mal bis zu seinen Schultern.

„Lasst uns einfach sagen, dass ich nicht so leicht zu überzeugen bin wie mein Bruder", stellte er fest. „Also, sagt mir, Lady Dominique ..."

Ein Schauer überlief sie angesichts der Art und Weise, wie er ihren Namen aussprach, so innig, sinnlich und intim, als würde er zugleich Genuss und Begierde in ihm wecken.

„Was hat Euch dazu veranlasst, so lange vor der Zeremonie anzureisen?", verlangte er zu wissen. Seine Stimme war dunkler und voller Feindseligkeit. „Wenn selbst das Aufgebot noch bestellt werden muss."

Dominiques Erröten vertiefte sich, denn diese Frage hatte sie sich auf dem Weg nach Drakewich selbst gestellt. Als einzige Erklärung fiel ihr ein, dass William ihrem Verlobten keine Gelegenheit geben wollte, sie vor der Zeremonie zurückzuweisen. Sie wusste, wie verzweifelt er sich nach dieser Verbindung sehnte. „Es ist offensichtlich, dass Ihr das nicht verstehen könnt, aber mein Bruder ist begierig auf Frieden!" Sie hob ihr Kinn und gewann Selbstvertrauen durch ihre Überzeugung. „Nicht jeder genießt das Blutvergießen so, wie Ihr es zu tun scheint, Mylord!"

„Nay?" Wieder hob sich seine teuflische Braue und dann verzog er sein Gesicht und ein Geräusch entkam ihm, eine Art Knurren. Dominique fuhr entsetzt zurück – so viel zu ihrem Plan, ihm ihren Mut zu zeigen. Ohne ein weiteres Wort drehte er sich um und stapfte davon. Diesmal forderte er sie nicht auf, ihm zu folgen.

„Nay!", rief sie aus und hastete hinter ihm her. Wenn er glaubte, er könnte ihr Anschuldigungen über sie selbst und ihren Bruder an den Kopf werfen, ohne dass sie ihm ihre Meinung dazu sagte, dann hatte er sich geirrt. „Mylord, mit jeder Auseinandersetzung verliert Amdel Soldaten", brachte sie ärgerlich hervor. „Das Abschlachten muss aufhören! Könnt Ihr das nicht sehen?"

„Tatsächlich?" Er hielt an und wirbelte zu ihr herum.

Diesmal prallte Dominique wirklich mit ihm zusammen, so aufgebracht war sie über sein Verhalten. Mit einem überraschten Keuchen wich sie zurück, als hätte sie sich bei dem unerwarteten Kontakt verbrannt. Sie tat einen schützenden Schritt rückwärts und strich ihr Gewand mit bebenden Händen glatt. „Bei Gottes Liebe! Be-besitzt Ihr denn gar keine Höflichkeit?", fragte sie. Ihre Knie fühlten sich plötzlich zu schwach an, um darauf zu stehen, aber sie würde sich nicht von ihm einschüchtern lassen.

Er überging ihren ärgerlichen Einwand und sagte: „So wie ich es sehe, Demoiselle, würdet Ihr es mir nicht verraten, wenn Amdel wirklich in solchen Nöten steckte. Dennoch habt ihr recht. Das Abschlachten *muss* enden und deshalb bin ich bereit, Euch und Euren Bruder in Treu und Glauben zu akzeptieren."

Er war bereit, *sie* in Treu und Glauben zu akzeptieren?

Himmel, der Mann war despotisch! Sie verengte ihre Augen. „Wie zuvorkommend von Euch, Mylord."

Er trat zornig näher, verringerte den Abstand zwischen ihnen durch einen einzigen Schritt. Dominique konnte sich gerade so davon abhalten, vor Schreck aufzuschreien und wegzulaufen. Er beugte sich vor, bis seine Lippen fast ihre Stirn streiften, und fauchte sie an: „Wie dem auch sei, Demoiselle, seid Euch des Folgenden bewusst: Ich werde Euch beide im Auge behalten, denn, nay, ich traue Euch tatsächlich nicht!"

Ein Schauer lief ihr den Rücken hinunter.

„Verstehen wir uns?"

Sein Gesichtsausdruck ließ keinen Zweifel an der

Aufrichtigkeit seiner Worte. Bei Gott, Dominique spürte, dass er selbst eine Frau erschlagen würde, um seinen verdammten Bruder zu beschützen.

Frieden, erinnerte sie sich. Sie war hier, um Frieden zu schließen. Und wenn sie diesem Unmenschen sagte, was genau sie von ihm hielt, würde sie das zarte Band gefährden, das ihr Bruder gerade spann. „Aye", antwortete sie und schluckte. Sie versuchte, möglichst unerschütterlich zu klingen, versagte aber kläglich. Sie verdrängte ihren Stolz ebenso wie ihren Ärger. „Mylord ... Ihr werdet nichts Widriges über uns herausfinden, das versichere ich Euch."

Seine grünen Augen bohrten sich in ihre blauen und wieder war das Eindringen so fühlbar, dass sie einen weiteren Schritt zurücktreten musste.

„Die Zeit wird es zeigen, Demoiselle."

KAPITEL 3

Dominique versuchte vergeblich, ihre Nerven zu beruhigen.

Sie schritt die Begrenzungen der Kammer ab, die bis zu der Zeremonie ihre sein würde. Sie war wütend über die Art und Weise, wie Blaec d'Lucy sie quasi beschuldigt hatte. Ebenso wenig konnte sie so schnell vergessen, wie er sie hier in seinem Schlafzimmer zurückgelassen hatte – aye, in *seinem* Schlafzimmer, verflucht sollte er sein! Wie sollte sie es hier aushalten, mit all seinen Besitztümern um sie herum?

„Verzeiht die Unannehmlichkeit", hatte er mit sehr wenig Reue gesagt, „aber wie Ihr wisst, haben wir Euch nicht so früh erwartet. Es gibt gerade keine anderen Räumlichkeiten. Dennoch seid Ihr willkommen, mein Zimmer als Eures zu betrachten, denn ich brauche es nicht." Seine Augen verspotteten sie.

„Ich werde meine Truhen benötigen", hatte sie ihm mitgeteilt.

„Natürlich", hatte er angespannt erwidert. „Habt Ihr sonst noch ein Anliegen? Sagt mir, Demoiselle, kann ich irgendetwas tun, um zu Eurer Zufriedenheit beizutragen?" Seine Worte trieften vor Sarkasmus.

Sie fühlte sich in diesem Moment wie eine verurteilte Gefangene, der man ihren letzten Wunsch gewährte. „Nay", erwiderte sie gereizt. „Außer, dass Ihr mir meine Kammerzofe sendet."

Seine Finger umklammerten den Türrahmen noch fester, sodass seine Knöchel weiß hervortraten – ein Anzeichen seines Unmuts.

„Bitte", fügte sie hinzu.

Sie konnte sehen, dass es ihn quälte, sie in irgendeiner Weise zu unterstützen. „Sonst noch etwas, Demoiselle?"

„Nay!", sagte sie. Auch wenn sie sich wünschte, ihr fiele etwas ein – nur um ihn zu ärgern.

„Dann habt eine angenehme Ruhepause!", verkündete er kühl. Damit zog er sich zurück, drehte sich um und schlug die schwere Holztür buchstäblich vor ihrer Nase zu. Der wütende Klang hallte in ihren Knochen wider.

Arroganter, scheußlicher Mistkerl.

Sobald sie hier Gräfin wäre, würde sie mit Graeham sprechen. Vielleicht würde Graeham seinem Bruder ein Gut als Lehen geben und ihn damit ganz weit und ein für alle Mal aus ihrer Gegenwart entfernen!

Vielleicht aber auch nicht ... Sie schienen sich recht nahezustehen, überlegte sie und knabberte zornig an ihrer Unterlippe. Allein der Gedanke beunruhigte sie. Besonders wenn sie daran dachte, wie wenig ihre Mutter in ihrem eigenen Zuhause zu sagen gehabt hatte. Wahrlich, sie hatte sich mehr erhofft.

Als Dominique sich erschöpft umschaute, kam sie nicht umhin, die Einfachheit des Raums zu bemerken. Auch wenn er im Vergleich zu vielen anderen groß war, standen darin nur ein Bett, eine Waschschüssel und eine Feuerschale sowie einige Truhen. Und doch, das Zimmer war erfüllt von *ihm* – von allem, was er besaß: sein Schild, seine Rüstung, sein Geruch ...

Aber das war lächerlich! Sie zitterte angesichts dieser Vorstellung. Wie um alles in der Welt konnte sie seinen Geruch kennen? Und doch tat sie es aus irgendeinem Grund.

Sie setzte sich auf sein Bett, um es zu testen, und versuchte verzweifelt, nicht daran zu denken, dass es *sein* Bett war. Stattdessen kehrte sie zu den Gedanken an ihre Mutter zurück. Tatsächlich dachte sie kaum je an ihre Eltern. Ihre Mutter war an Fieber gestorben, als Dominique noch ein Kind gewesen war. Ihr Vater war umgekommen, lange bevor sie volljährig wurde. Der Graf von Drakewich hatte ihn in einem Streit um Landbesitz getötet, im elften Jahr von Stephens Herrschaft. Sie schüttelten ihren Kopf über die Ungerechtigkeit von alldem – dass sie nun den Sohn dieses Mörders ihres Vaters heiraten sollte! Es war fast zu viel, um es zu ertragen.

Und doch konnte sie nicht die Feindseligkeit heraufbeschwören, die ihr Bruder den d'Lucys entgegenbrachte – zumindest nicht Graeham gegenüber. Ihr Verlobter schien freundlich genug und sie war viel zu jung gewesen, um die Verluste ihrer Kindheit zu fühlen, geschweige denn sie zu verstehen. Nay, sie konnte ihm gegenüber keinen Hass empfinden.

Der Drache dagegen war eine ganz andere Sache.

Für ihn verspürte Dominique, obwohl sie ihn gar nicht wirklich kannte, wenig mehr als Feindseligkeit. Trotz der Geschichten, die etwas anderes verkündeten, stellte sie sich vor, dass er das Ebenbild seines verhassten Vaters war – wenn nicht im Aussehen, dann doch sicher in seinem Charakter.

Wie dem auch sein mochte, sie hatte bereits entschieden, alles zu tun, was nötig war – um des Friedens willen. Zu viele in Amdel waren auf sie angewiesen. Außerdem wollte sie ihren Bruder zurück – den William, der seine Geheimnisse mit ihr geteilt hatte, diese freundliche Seele, die sie als Kind geliebt und mit der sie gelacht hatte. Den Jungen, der für etwas anderes als Rache gelebt hatte.

Sie würde dem Drachen nicht erlauben, ihre Pläne zu vereiteln. Wenn er nach einem Grund suchte, um ihnen zu misstrauen, dann würde sie dafür sorgen, dass er niemals einen fand. Sie würde sicherstellen, dass alles so schien, wie es sollte. Und bis er sich dazu durchringen konnte, ihnen zu vertrauen, würde sie ihn mit Freundlichkeit bekämpfen.

Sie hoffte nur, dass er sich schlecht fühlen würde, sobald er die Wahrheit erkannte. Doch dann schlug sie mit einer geballten Faust auf die Matratze, als ihr klar wurde, dass der verdammte Drache wahrscheinlich keine Reue kannte und sie somit ihre Zeit vergeudete.

Mit einem tiefen Seufzen ließ sie sich auf das wuchtige Bett fallen und wartete auf Alyss und die Ankunft ihrer Truhen.

Zu ihrem Unmut musste sie sehr lange warten.

„Mylady!", rief Alyss überrascht aus, als sie Stunden später hereinschaute und sah, wie Dominique stumm dalag und an die Decke starrte. „Ihr seid wach?"

„Aye", sagte Dominique. „Ich konnte nicht schlafen."

Wer könnte schon umgeben von seinen *Besitztümern schlafen?*

Alyss trat ein und schloss die Tür leise hinter sich, während Dominique sich aufsetzte.

Alyss war jung und hübsch, mit dunklem Haar, das geflochten bis zu ihrer Taille fiel, und einem Gesicht, das die Aufmerksamkeit der Männer auf sich zog. Doch sie war keine wirkliche Kammerzofe. Tatsächlich war sie kaum eine Woche vorher noch die Geliebte ihres Bruders gewesen und keine von beiden fühlte sich bisher mit der neuen Übereinkunft wohl. Auch hatte Dominique noch nie zuvor den Luxus gehabt, dass jemand sie bediente. Ihr Bruder jedoch hatte Alyss nicht zurücklassen wollen und außerdem war er der Meinung, dass es nicht angemessen wäre, wenn seine Schwester ohne eine Zofe hier eintraf.

„Bitte entschuldigt." Alyss trat ein. Sie wirkte geknickt. „Man sagte mir, Ihr würdet Euch ausruhen und ich sollte Euch nicht stören."

Dominique seufzte erschöpft. „Das habe ich versucht, doch es hat nicht geklappt", wiederholte sie. Aber dann erinnerte sie sich, was der Drache ihr zum Abschied versprochen hatte – dass er sogleich nach Alyss schicken würde – und sie fragte: „Hat der Drache dich nicht aufgesucht und mit dir gesprochen?"

Alyss schien bei der Erwähnung des Drachen von Drakewich plötzlich aufzuleben. Sie hob ihre Schultern und umschlang sich mit ihren eigenen Armen wie ein liebeskrankes Mädchen. „Oh ja, Mylady! Aber William ... ähm, Mylord ... wie ich schon sagte, er hat mir aufgetragen, Euch nicht zu stören." Sie kam aufgeregt näher und setzte sich vertraulich zu Dominique aufs Bett. Obwohl Dominique sich langsam daran gewöhnte, wie anmaßend Alyss sich verhielt, so überraschte es sie doch. „Oh, Mylady", rief Alyss aus. „Ist er nicht wundervoll?"

Dominique runzelte die Stirn und verzog das Gesicht. „Der Drache?"

Sie sprachen ganz sicherlich nicht über denselben Mann.

„Aye!", bekräftigte Alyss. „Dieses Gesicht!" Sie biss sich auf die Unterlippe und erschauerte. „Er hat das Gesicht eines wahren Mannes, Mylady. Und diese Augen ..." Sie lächelte Dominique an. „Es sind einsame Augen – aber auch so einfühlsam."

Dominique hob die Brauen. „Einfühlsam?"

Sie konnten unmöglich über denselben Mann sprechen.

„Pfui, Alyss! Wie kannst du so etwas sagen, wenn du ihn doch gar nicht kennst? Der Mann ist ein Philister!"

Alyss runzelte die Stirn. „Ein Philister, Mylady?"

„Aye, ein Philister – ein ..." Alyss sah so hoffnungsvoll aus, dass Dominique frustriert den Kopf schüttelte und es für besser hielt, sie diesmal nicht zu belehren. Sie schien zu sehr von dem Teufel eingenommen, als dass Dominique sie enttäuschen könnte. „Schon gut", gab sie nach. Sie war einfach anderer Meinung, beschloss sie, und es lag gewiss nicht in ihrer Absicht, Alyss' gute Laune zu verderben. Wenn Alyss glauben wollte, der Mann wäre einfühlsam, dann sollte sie das tun. Sie selbst hatte ihn für leidenschaftlich gehalten. Aber Leidenschaft war weit entfernt von Einfühlsamkeit, rief sie sich ins Gedächtnis.

Alyss zuckte mit den Schultern und flüsterte: „Oh ... einen so zärtlichen Mann zu kennen." Ihre Miene zeigte Wehmut.

Dominique erschien das als eine sonderbare Bemerkung, weil Alyss und ihr Bruder so lange Liebhaber gewesen waren. Sie hatte William nie als wirklich grausam gekannt und hätte ehrlich gedacht, dass er zärtlich zu seiner Geliebten wäre. Er konnte so großzügig sein, wenn er es wollte. Ein Kribbeln lief bei diesem Gedankengang ihren Rücken hinab und sie wollte Alyss dazu eine Frage stellen, hielt sich aber doch zurück, da es unverschämt gewesen wäre. Schließlich kannte sie Alyss nicht gut genug, um so offen mit ihr zu reden. Außerdem ging es sie ohnehin nichts an, sagte sie sich.

„Also", bemerkte Alyss und erhob sich vom Bett. „Was sollen wir nun tun, Mylady? Sollen wir jetzt Euer Haar flechten?"

Es überraschte Dominique immer wieder, mit welchem Eifer Alyss ihr diente. Es wirkte, als wäre dies alles ein großartiges Abenteuer für sie. Dabei hätte Dominique gedacht, es wäre besser, dem Lord zu dienen, und eine Beleidigung, zum Dienst an seiner Schwester herabgestuft zu werden. Und doch beschwerte Alyss sich nie.

Auch Dominique konnte nicht klagen, denn Alyss strengte sich sehr an und behandelte sie freundlich – viel eher wie die Schwester, die sie nie gehabt hatte.

„Ich nehme an, ich sollte mich für das Abendessen umziehen", schlug Dominique vor. Dass ihr Gewand *ihm* so sehr missfallen hatte, hatte gar nichts mit ihrem Wunsch zu tun, sich umzuziehen, sagte sie sich. Sie wollte es einfach.

„Oh ja, Mylady!", rief Alyss begeistert. „Und wir sollten uns bemühen, Euch vollkommen unwidersteh-lich für Euren Verlobten zu machen. Er ist auch ein Gutaussehender", meinte sie und seufzte. „Mylady, Ihr seid wirklich eine sehr, sehr glückliche Frau!" Damit machte sich Alyss einmal mehr daran, die Truhen zu er-forschen, um etwas Passendes zum Anziehen für Domi-nique zu finden.

Dominique enttäuschte sie nur ungern, deshalb sagte sie nichts, doch in Wahrheit fühlte sie sich in diesem Moment alles andere als glücklich. Sie erlaubte Alyss, das Gewand auszusuchen und sie hernach anzu-kleiden. Und dann, als sie es nicht länger herauszögern konnte, machte sie sich auf den Weg nach unten zur großen Halle. Ihre Beine zitterten schmachvoll, wenn sie nur daran dachte, *ihm* wieder gegenüberzutreten.

KAPITEL 4

Er wollte verdammt sein, wenn das Weib nicht ein gestohlenes Kleid trug! Es war kein Wunder, dass sie in diesem geraubten rot-goldenen Gewand glänzte! Er hatte es gerade so geschafft, seinen Mund zu halten, als er es erkannte.

Während er am Tisch saß und den Gefälligkeiten lauschte, die William Beauchamp und sein Bruder austauschten – etwas, das er sich nie vorgestellt hätte –, konnte er die Kühnheit dieses Frauenzimmers kaum glauben. Genauso wenig wie die ihres einfältigen Bruders, denn William war zwangsläufig der Dieb.

Vielleicht hatte Beauchamp gedacht, ein Jahr wäre lang genug, damit Blaec den Stoff vergaß, den man ihm auf dem Rückweg von London von seinem Wagen gestohlen hatte. Doch Blaec vergaß selten etwas. Aber selbst wenn er es getan hätte, der purpurne Samt mit seinen goldenen Punkten ließ sich auch auf einen Blick nicht verwechseln. Er hatte den Stoff von einem Londoner Kaufmann erstanden, einfach weil er außergewöhnlich war, und seitdem hatte er nichts Vergleichbares gesehen. Es war unwahrscheinlich, dass William Beauchamp denselben Händler getroffen hatte. Auch hatte er nicht den Eindruck, als besäße William die Mittel, um sich solch feine Ware zu leisten. Denn er verprasste viel zu viel seiner Zeit und seines Geldes auf blindwütigen Vergeltungszügen gegen Drakewich. Ihm schien, als zöge Beauchamp es vor, seine Wut im Schutze der Nacht an den Unschuldigen auszulassen – wie ein feiger Hund. Anscheinend kam er auf die gleiche Art auch an seine Waren.

Er stellte seinen Kelch ab. Seine Sinne waren viel zu aufgewühlt, als dass er sich entspannen könnte. Er hoffte wirklich, dass Graeham die List durchschauen würde, auch wenn es im Moment ganz sicher nicht danach aussah. Jesus, manchmal sorgte er sich wirklich um seinen Bruder.

„... sollte es Euch belieben, die Vereinigung vorher zu vollziehen", hörte er William vorschlagen, „so würde mich das keineswegs beleidigen." Er machte eine großmütige Geste mit seiner Hand.

Und zum ersten Mal seit ihrer verfrühten Ankunft wirkte Graeham so abgestoßen wie Blaec, denn diese Aussage brachte die Konversation zwischen den beiden sofort zum Erliegen. Graehams Kiefer spannte sich an und er schüttelte den Kopf. „Ich ..." Er schien nicht zu wissen, was er sagen sollte, schüttelte weiter seinen Kopf und verschluckte sich an seinen nächsten Worten. Er hustete und stammelte, während William seine Antwort abwartete.

Nach Blaecs Meinung beinhaltete dieses Angebot ganz und gar keinen Großmut. Zorn erfüllte ihn, denn er war sicher, dass William nichts Gutes im Schilde führte. Ihm war nur nicht klar – noch nicht –, worauf er hinauswollte, aber das würde er bald wissen.

Graeham würgte nach wie vor.

„Seid Ihr so begierig, sie loszuwerden?", warf Blaec herausfordernd ein. Sogleich hob Graeham eine Hand, um ihn aufzuhalten, aber Blaec ignorierte die Geste und drängte auf eine Antwort. Es war seine Pflicht, Williams Absicht zu enthüllen, ob es Graeham gefiel oder nicht.

Beauchamp richtete sich auf seinem Stuhl auf. „*Wir* sind *einzig und allein* auf Frieden begierig", erwiderte, scheinbar beleidigt durch Blaecs Unterstellung. Williams Augen verengten sich und in diesem Moment wurde Blaec belohnt, denn in ihnen erblickte er den Abscheu, den William mit Mühe zu verstecken suchte. Nein, zweifellos, sein Angebot beinhaltete keineswegs Großmut.

„Natürlich", warf Graeham sogleich ein. Er hatte endlich die Fassung wiedererlangt. „*Wir* sind *alle* begierig auf Frieden." Er hustete unauffällig. „Das sind wir doch, Blaec?"

Graeham klang so hoffnungsvoll. Blaec nickte, wenngleich widerwillig, doch sein Blick verließ keine Sekunde lang den seines Feindes. Aye, sein Feind – ob die hübsche Schwester des Unholds nun die Braut seines Bruders war oder nicht. Er schaute auf seinen Weinkelch hinunter, ergriff diesen und erhob ihn langsam. Eine weitere Herausforderung – sollte Williams Seele doch mit dem Schwur verrotten. „Auf den Frieden", sagte er grimmig. „Möge er –"

Wie Metall zu einem Magneten wurden Blaecs Augen von dem Eingang der großen Halle angezogen. Bei ihrem Anblick verschlug es ihm die Sprache und er konnte seinen Trinkspruch nicht vollenden. Sie trug nicht länger den gestohlenen roten Samt, sondern ein Gewand aus smaragdgrüner Seide, das im Kerzenschein schimmerte und glänzte, als sie durch den Raum schwebte. Weder Goldfäden noch silberne Stickereien hätten den Stoff mehr zur Geltung bringen können, als sie selbst es tat – mit ihrer stattlichen Größe und anmutigen, schlanken Gestalt. Obwohl sie schmal war, ließ die Üppigkeit ihres Busens nichts zu wünschen übrig, denn die feine Seide schmiegte sich an ihre Brust wie ein eifersüchtiger Liebhaber. Der Gedanke erregte ihn gegen seinen Willen.

Blaec überspielte seinen kurzzeitigen Aussetzer,

indem er sich räusperte. „Eintreten", schloss er schroff. „Möge er eintreten." Er führte den Kelch an seine Lippen, schluckte den gewürzten Wein hinunter und ließ sich den Geschmack auf der Zunge zergehen, während er sie über den Rand seines Trinkgefäßes beobachtete.

Wie eine hochmütige Königin hob sie ihr Kinn und fing seinen Blick ein. Sie hielt ihn für einen Wimpernschlag gefangen, bevor sie ihn kühl anfunkelte, ihre Röcke anhob und zum Podium schritt. In diesem Augenblick konnte er sich gut vorstellen, dass sie in der Lage sein mochte, mit der Kaiserin selbst um die Krone zu ringen. Er bemerkte, dass sie darauf achtete, seinen Augen kein zweites Mal zu begegnen. Wusste sie denn nicht, dass es ihm nur recht wäre, wenn sie ihm nie wieder einen Blick gönnen würde?

„Geht es Euch nicht gut, d'Lucy?", fragte William mit vorgetäuschter Sorge. „Ihr wirkt auf einmal so ... aufgewühlt."

Blaec schaute ihn finster an, ließ sich aber nicht zu einer Antwort herab. Er musste all seine Stärke aufwenden, um den Mistkerl nicht an Ort und Stelle zu erwürgen – oder zu seiner allzu betörenden Schwester zu sehen, die hinter ihm vorbeischlenderte. Ein Schauer durchfuhr ihn, als ihr Gewand an ihm entlangraschelte. Der Klang war so verlockend wie ihr Duft, der zurückblieb, nachdem sie ihn passiert hatte. Er allein wandte ihr den Rücken zu, während Graeham zusammen mit William aufstand, um sie zu begrüßen. Doch er konnte sich nicht davon abhalten, sein Gesicht zu heben, um erneut ihren süßen und dabei zarten Wohlgeruch einzuatmen. Sie duftete nach ... etwas, das zu verführerisch war, um es in Betracht zu ziehen.

Er hörte einen Kuss und stellte sich vor, wie William sie leicht auf ihre glatte, hohe Wange küsste. Sein Puls beschleunigte sich. Es folgte ein weiterer Kuss und er verkrampfte sich bei der Erinnerung daran, wer sie werden würde.

Die Braut seines Bruders.

Er drehte sich zur Seite und schloss kurz seine Augen, dann wiederholte er stumm das Gebot: *Du sollst nicht begehren deines Bruders Braut.* „Ihr seht sehr hübsch aus, Mylady", hört er Graeham in seinem gewohnten diplomatischen Ton verkünden. „Ich kann mich wahrlich glücklich schätzen!" Er führte sie zu seiner Rechten, wo Blaec saß, der es vorzog, seinen Teller mit niemandem zu teilen. „Leider waren wir nicht sicher, ob Ihr Euch uns heute Abend anschließen würdet. Ihr wirktet vorhin so ermattet", sagte er entschuldigend. „Euer Bruder und ich haben uns bereits ein Mahl geteilt. Vielleicht würde es Euch gefallen, dieses eine Mal mit meinem Bruder Blaec gemeinsam zu speisen?"

Überrascht wandte Blaec sich um und sah gerade noch, wie sie erschrocken einen Schritt zurückwich.

Das Letzte, was Dominique wollte, war, von dem gleichen Teller wie der Teufel selbst zu essen. Sie würde ihn lieber zur Hölle schicken, doch alle Augen ruhten auf ihnen, also trat sie weiter vor, wenngleich widerwillig. Aber sie konnte sich nicht überwinden, sich wirklich neben ihn zu setzen.

„Ich schwöre Euch, Demoiselle, ich beiße nicht", versicherte Blaec ihr düster. Seine Stimme war leise, doch volltönend.

Graeham schmunzelte gut gelaunt. „Natürlich tut er das nicht", bestätigte er.

„Ebenso speie ich keine Flammen", fügte Blaec hinzu und senkte seine Stimme noch weiter. „Auch verspeise ich keine zarten Babys ... oder ... geopferte Jungfrauen." Seine Lippen verzogen sich leicht und seine grünen Augen funkelten, so tief und dunkel wie Smaragde, und sagten ihr ohne Worte, auf welche geopferte Jungfrau er sich bezog.

Dominique keuchte angesichts seiner Respektlosigkeit, aber es fiel ihm nicht ein, sich zu entschuldigen, noch erhob er sich von seinem Platz, wie es sich geziemt hätte. Er warf seinem Bruder lediglich einen Blick zu, in dem Unglauben, wenn nicht sogar Abscheu zu lesen war. Sie funkelte ihn entrüstet an. Nun, ihm sollte bewusst sein, dass es für sie auch nicht gerade angenehm war! Sie wollte ihm das gerade mitteilen, doch dann erinnerte sie sich an ihr Versprechen – ihn mit Freundlichkeit zu bekämpfen.

Bei Gott, es würde keine einfache Aufgabe werden.

Sie sammelte sich und lächelte Graeham matt an. „Natürlich, Mylord, es wäre mir ein Vergnügen", log sie und ihr Herz verkrampfte sich schmerzhaft, als sie sich neben den Drachen setzte.

„Wird es Euch wirklich ein Vergnügen sein?", fragte Blaec, sein Ton voller Sarkasmus.

Graeham stieß ihn unauffällig mit dem Ellbogen an, aber nicht so unauffällig, dass es Dominique entgangen wäre. Dann lächelte er sie entschuldigend an. Der Drache rührte sich nicht, ließ sich keineswegs zu einer eigenen Entschuldigung herab und zu ihrer Bestürzung blieb Graeham auch nur einen Augenblick länger, bis er sicher war, dass sie gut saß. Dann lieferte er sie einmal mehr der Gnade seines widerwärtigen Bruders aus.

Für den längsten Moment nahm Dominique nichts weiter wahr als das andauernde Schweigen des Mannes an ihrer Seite, denn dieses Schweigen schien die Länge und Breite der Halle zu durchdringen. Heilige Maria, ob es nun so war oder nicht, sie fühlte sich, als ruhten alle Augen auf ihnen.

Ein junger Bediensteter mit ordentlich gestutztem, hellbraunem Haar trat vor und bot ihr Wasser zum Händewaschen an. Dominique nahm sofort an, während sie darauf achtete, sich so weit wie möglich von dem neben ihr sitzenden Mann fernzuhalten. Allein der Gedanke daran, ihn zu berühren, verknotete ihr den Magen. Schon jetzt fühlte sie die Hitze seines Körpers viel zu deutlich.

Aus dem Augenwinkel beobachtete sie, wie er die

Portion halbierte und ihr denselben Anteil gab wie sich selbst. Dabei kam sie nicht umhin, sich an die Geschicklichkeit seiner Finger zu erinnern, als er vorhin ihr Kleid befreit hatte.

Erst als er den Teller vor ihr abstellte, blickte sie ihn an. Doch das war ein Fehler, wie sie schnell feststellte, denn der Ausdruck seiner dunkelgrünen Augen ließ keinen Zweifel an seinen Gedanken: Er verabscheute sie, ebenso wie ihren Bruder, und er würde es genießen, ihre Schuld zu beweisen. Was für eine Schuld das war, wusste sie nicht. Aber ihr schien, er suchte nach etwas. Nun, er würde es nicht finden, schwor sie sich.

Die Halle selbst, so ordentlich und sauber wie der junge Bedienstete, war nicht zu vergleichen mit den Räumlichkeiten in Amdel. Ihr Bruder war nie sonderlich penibel gewesen, doch sie konnte erkennen, dass Graeham d'Lucy das durchaus war, denn die Tische waren perfekt ausgerichtet. Die Binsen unter ihren Füßen waren mit frischen Kräutern durchwebt und die farbkräftigen Wandbehänge waren makellos. Der Drache, das wusste sie, war ebenfalls außergewöhnlich sorgfältig, so viel verriet ihr der Zustand seines Schlafzimmers: Der Raum, so groß er auch war, zeigte nicht das kleinste bisschen Unordnung. Und selbst das heutige Abendessen war zwar einfach, aber unglaublich erlesen - verschiedene Sorten Käse und Brot ...

„Hammelfleisch?", fragte Blaec neben ihr und erschreckte sie. Der tiefe Klang seiner Stimme sandte einen Schauer über ihren Rücken. Bei Gottes Liebe, sie hatte nicht einmal bemerkt, dass der Vorschneider hinter ihr stand. Wie ein junges Mädchen errötete sie angesichts ihrer eigenen Unaufmerksamkeit. Doch wie sollte sie sich bloß konzentrieren, solange Blaec d'Lucy neben ihr saß?

„Nay ... danke sehr", sagte sie mit so viel Gelassenheit, wie sie aufbringen konnte, und ihr Blick wurde für einen Moment zum Drachen gezogen. Sie konnte es nicht verhindern – es war unmöglich, neben dem Teufel zu sitzen und seine Gegenwart nicht zutiefst wahrzunehmen. Ihr Herz raste, als sie seinen dunklen Teint auf sich wirken ließ. Er war so dunkel, er erinnerte sie an einen Sarazenen. Und die Narbe an seiner Wange ... sie fragte sich, wie er sie erhalten hatte, denn sie war ihr zuvor noch nicht aufgefallen. Man konnte sie fast mit einem Grübchen verwechseln, befände sie sich nicht so weit oben, und sie schien nur zu erscheinen, wenn er lächelte.

Dominique versteifte sich, als ihr auffiel, dass er gerade genau das tat, so süffisant es auch sein mochte, und obgleich wahrscheinlich auf ihre Kosten.

„Lady Dominique?" Sie hörte ihn flüstern, sah, wie seine schönen Lippen sich bewegten, und das Herz blieb ihr im Halse stecken. Derselbe Mund verzog sich nun arrogant. „Wenn Ihr mit dem Glotzen fertig seid –", er deutete auf den Vorschneider, „dann wüsste der Junge gerne, ob Ihr etwas anderes möchtet." Er wölbte eine seiner Augenbrauen.

Dominiques Wangen erhitzten sich, bis sie fürchtete, sie könnte ohnmächtig werden. „Nay", würgte sie heraus und wandte ihren Blick sofort ab. Sie hielt ihn für den schlimmsten Mistkerl, den sie je gekannt hatte. Hatte sie wirklich gedacht, er wäre wie sein Vater? Nay, der Mann war viel schlimmer! Unendlich viel schlimmer. Man musste ihn nur anschauen, wie er zum Krieg gerüstet am Tisch saß, um das zu wissen.

Und sie sollte sich besser daran erinnern.

Sie beäugte ihn vorsichtig. Es wurde gemunkelt, dass er unehelich geboren war – empfangen am selben Tag wie sein hellhaariger Bruder, doch gezeugt durch einen anderen Mann – und dass Gilbert d'Lucy ihn trotzdem als seinen Sohn angenommen hatte. Sie fragte sich, ob es wahr sein konnte. Es schien eine unglaubliche Geschichte zu sein, aber es hieß, es wäre möglich, dass zwei Männer eine Frau zur selben Zeit schwängerten ... und so Zwillinge zeugten, die einander bei der Geburt kaum ähnelten. Sie überlegte, ob auch das stimmen mochte, denn keine zwei Brüder konnten je so unterschiedlich gewesen sein wie diese beiden.

Sie hörte ihn leise in sich hineinlachen − verflucht sollte er sein, tausend Mal verflucht! Der Klang dröhnte wie Donner in ihren Ohren. Er erschütterte ihre Seele. Wenn sie es nicht besser wüsste, hätte sie vermutet, dass er ihre Gedanken erriet − aber das war lächerlich. Und doch, die Art, wie er sie anschaute, vermittelte er ihr das Gefühl, als erahne er ihre geheimsten Gedanken.

Er interessierte sie kein bisschen, sagte sie sich. Wenn er ein scheußliches Leben geführt hatte, betraf sie das nicht mehr als ... nun, ob er ihr vertraute oder nicht. Graeham schien es zu tun und das war *alles*, was zählte.

Das Mahl verlief weiter in unbehaglicher Stille. Sie bemühte sich vergeblich, den Gesprächen ihres Bruders zu lauschen und den Mann an ihrer Seite zu ignorieren. Frustriert stocherte Dominique mit ihrem Dolch mit knöchernem Griff auf ihrem Teller herum. Aber so sehr sie es auch versuchte, sie konnte den Drachen nicht aus ihren Gedanken vertreiben. Heilige Maria, wenn er kaute, konnte sie das leise und doch bewusste Geräusch hören − und sie kam nicht umhin, sich die Stärke vorzustellen, die in diesem äußerst männlichen Kiefer ruhte ... oder die trügerische, weich erscheinende Geschmeidigkeit seiner Lippen. Der Klang seines Kauens verstärkte sich mit seinem brütenden Schweigen nur noch mehr, bis Dominique es kaum mehr aushielt. Ihre Nerven waren bereits zum Zerreißen gespannt. Und so zog sich das Essen, bis sie plötzlich die Hitze seines Atems an ihrem Nacken spürte und erstarrte.

„Ihr könnt jetzt damit aufhören", teilte er ihr verschmitzt mit. „Ich glaube, es ist schon tot, Demoiselle."

Dominique brauchte einen Moment, um zu verstehen, was er meinte, doch dann legte sie sogleich ihren Dolch auf den Tisch. Sie ärgerte sich, dass er sie ertappt hatte, wie sie ihr Essen verstümmelte. Wieder hörte sie ihn in sich hineinlachen und endlich verlor sie die Fassung. Sie musste all ihre Kraft aufbringen, um nicht zu weinen, als sie sich von ihrem Platz erhob. Noch nie in ihrem Leben hatte ein Mann so eine Wirkung auf sie gehabt!

Entschuldigend blickte sie William an und dann Graeham. „Vergebt mir, Mylord – William ... Ich fühle mich viel zu erschöpft, um heute zu Abend zu essen. Ich habe einfach keinen Appetit."

„Natürlich", meinte Graeham voller Anteilnahme, wenngleich etwas überrascht. „Vielleicht fühlt Ihr Euch am Morgen erholter", deutete er besorgt an.

Sie nickte viel zu schnell. „Aye ... vielleicht am Morgen", stimmte sie zu.

Graeham nickte ebenfalls und machte eine Geste mit seiner Hand, um sie zu verabschieden. „Blaec, geleite Mylady zu Ihrem Zimmer."

Blaecs schaute abrupt hoch und zu seinem Bruder. Zorn sprach aus seiner Miene.

„Nay!", rief Dominique sofort aus. „Ich danke Euch, aber ich finde mich selbst zurecht." Sie wartete nicht, bis Graeham und William sie mit einem Wort entließen – noch hielt sie inne, um ihren Dolch aufzunehmen, so sehr scheute sie seine Gegenwart.

Am Tisch betrachtete man ihren ungestümen Abgang mit gelinder Verwirrung und als sie fort war, wandte sich William an Blaec und verlangte zu wissen: „Was habt Ihr zu ihr gesagt, d'Lucy?" Er stand zornig auf und klatschte mit seinen Händen auf den Tisch.

Blaec sagte nichts, er saß einfach nur da und starrte nachdenklich erst seinen Bruder und dann William an.

„Nun lasst uns nichts überstürzen", bat Graeham, der sich auch erhoben hatte und versuchte, den Frieden zu wahren. „Ich bin sicher, mein Bruder hat nichts getan, um Eure Schwester zu beleidigen. Blaec, bitte beruhige ihn."

Blaec schwieg weiterhin. Er starrte nur, sein Gesicht eine unbewegte Maske. Doch dann wurde ihm das Antworten durch die Ankunft eines Postens abgenommen, der an seine Seite eilte. Mit allem Anschein von Dringlichkeit beugte sich der Mann vor, um eine Nachricht in sein Ohr zu flüstern, und dies bewirkte – wie nichts anderes zuvor –, dass Blaec erbleichte.

Er stand abrupt auf und umklammerte die Tischkante mit seinen Fingern, die durch die Intensität seines Ärgers weiß wurden. „Es scheint, es gab einen weiteren Überfall", teilte er Graeham mit und warf William einen todbringenden Blick zu. „Ihr entschuldigt mich."

„Gewiss, natürlich müsst Ihr gehen", sagte William sogleich und der Zorn verließ seine Augen in Anbetracht dieser unerwarteten Krise. „Vielleicht könntet Ihr meine –"

„Nay!", fauchte Blaec und sah kurz zu Graeham, der ihn beschwichtigend anstarrte. Auf Graehams stummes Geheiß hin, zügelte er seine Wut, wenngleich er dafür einen Moment benötigte. „Das ist sehr hilfsbereit von Euch", lenkte er ein und wies Williams Worte mit kaum verhohlener Boshaftigkeit zurück. „Aber ich bin sicher, Ihr seid erschöpft, und deshalb werdet Ihr in der Sicherheit von Drakewichs Mauern verbleiben."

Er gab sich nicht die Mühe, genauer auszuführen, um wessen Sicherheit er sich sorgte, aber seine Miene machte deutlich, dass es nicht Williams war – und auch nicht die seiner geschätzten Schwester.

William verkrampfte sich sichtlich bei dem, was man als nichts anderes als einen Befehl verstehen konnte, und Blaecs Augen funkelten. „Wie Ihr selbst bemerkt habt", sagte er in dem Bemühen, die Situation um seines Bruders willen zu beschwichtigen, „haben wir in der letzten Zeit Probleme mit Wegelagerern ... Mir wäre wohler, wenn ich unsere Gäste sicher wüsste, bevor wir den Mistkerlen nachstellen. Schließlich könnt Ihr mit unserem Reich nicht so vertraut sein wie wir."

William schüttelte den Kopf, sein Gesichtsausdruck so wütend wie Blaecs; und immer noch wandte er seinen Blick nicht ab.

Doch Blaec gab nicht nach. „Ich bin froh, dass wir einander dahingehend verstehen", sagte er. Mit einem leichten Lächeln und dieser kaum verhüllten Anschuldigung drehte er sich um und schritt davon.

Rasch entschuldigte sich Graeham bei William und eilte Blaecs wütenden Schritten hinterher.

William dagegen beobachtete lediglich, wie sie sich entfernten.

KAPITEL 5

Unbekümmert griff William nach dem Dolch, den seine Schwester zurückgelassen hatte. Dann saß er da und dachte über die beiden Brüder nach, die Seite an Seite aus der großen Halle gingen.

Missmutig untersuchte er die Klinge und überlegte, dass Blaec d'Lucy vielleicht eine größere Bedrohung war, als er angenommen hatte.

Seine Mundwinkel hoben sich leicht, als er die polierte Klinge des kleinen Dolches eingehender prüfte, denn in diesem Moment kam ihm eine Lösung in den Sinn, die ihm außergewöhnlich gefiel ... und zudem einfach war. Seine schöne kleine Schwester hatte ihm, ohne es zu bemerken, einen Vorteil verschafft. Sein Lächeln vertiefte sich, denn so abgelenkt wie er war, würde Blaec d'Lucy sich nicht mit ihm messen können. Obwohl er sich selbst für so respekteinflößend hielt. Obwohl so viele ihn für unverwundbar hielten.

Und schließlich, wenn alles gut lief ... würde Drakewichs Schwarzer Drache viel früher aus seinem Leben scheiden, als er es gehofft hatte.

Die Vorstellung behagte ihm so sehr, dass er sogleich unbändigen Hunger verspürte. Er blickte sich um und stellte sicher, dass ihn niemand beobachtete, bevor er aufstand und das unberührte Essen seiner Schwester auf seinem Teller platzierte. Danach wagte er, sich ebenso Graehams Portion zu nehmen – und aye, auch die des Drachen.

„Was, um Gottes willen, versuchst du zu tun?", explodierte Blaec, sobald sie die Halle verlassen hatten.

„Ich habe keine Ahnung, was du meinst."

„Aye, das hast du wohl!", erwiderte Blaec, aber er sagte nicht mehr und sie trennten sich, um sich zu bewaffnen.

Blaec wartete in der Kemenate vor Graehams Zimmer auf seinen Bruder, denn er selbst trug bereits sein Kettenhemd und seine Beinlinge und hatte nicht vor, sich in die Gegenwart des Weibs zu begeben, nur um seinen Helm zu holen. Als man ihn von Beauchamps Ankunft alarmierte, hatte er nicht gewusst, was ihn erwartete, also hatte er seine Rüstung angelegt. Und später hatte er sich einfach nicht darum geschert, sich wieder umzuziehen, da er dem Mistkerl nicht traute – und mit gutem Grund, wie es schien.

Seine Wut erreichte ihren Siedepunkt, als Graeham zurückkam, ebenfalls in voller Rüstung, den Helm unter seinem Arm.

Weil er Blaecs fehlenden Kopfschutz bemerkte, funkelte Graeham ihn an. „Das nächste Mal, wenn du dich über *meine* Dummheit aufregst, werde ich dich hieran erinnern", warnte er und beäugte Blaec missbilligend im Vorbeigehen.

Blaec war zu wütend, um die Sorge in der Stimme seines Bruders wahrzunehmen. Er schloss zu Graeham auf, ignorierte die Anschuldigung und spie eine eigene aus. „Verdammt, Graeham! Wieso setzt du mir immer wieder dieses Frauenzimmer vor, als wäre ich ein räudiger Hund, der mit Abfällen vorliebnehmen muss? Wenn du das Weib nicht heiraten willst, warum schickst du sie nicht – zusammen mit ihrem Schakal von einem Bruder – zurück zu ihrem höllischen Amdel?"

Zusammen stiegen sie die Turmtreppe hinab, eilten durch die Halle und traten aus dem Bergfried. Durch die gemäßigte Nachtluft liefen sie zu den Ställen: Graeham schweigsam und sorgenvoll, Blaec zornig.

Noch bevor sie die schützenden Mauern von Drakewich verlassen hatten, sahen sie in der Ferne, dass orangefarbener Feuerschein den dunklen Horizont erhellte, wie eine Vorahnung der Hölle selbst.

„Mistkerle!" Blaec ging erneut in die Luft. „Wir haben diese verfluchten Hütten doch gerade erst wiederaufgebaut. Ich sollte umkehren und dem Schakal den Hals durchschneien, solange er hämisch in unserer Halle sitzt!"

„Blaec", ermahnte ihn Graeham, „du kannst nicht sicher wissen, ob es Beauchamp war."

Blaec schaute seinen Bruder bitter an. „Wer sonst würde es wagen?", fragte er und Graeham hatte darauf keine Antwort. Denn nun, im zwanzigsten Sommer von Stephens Herrschaft – nachdem Stephen sich endlich mit der Kaiserin geeinigt hatte –, gab es niemanden, der ihren Anspruch infrage stellen würde, weil Stephen und die Kaiserin sie gleichermaßen unterstützten. Noch gefiel irgendwem der Gedanke, sich mit dem Schwarzen Drachen anzulegen; das wusste Blaec nur zu gut. Schließlich hielten sie ihn im Kampf für besessen – und wahrscheinlich war dem auch so, denn so überzeugt, wie sein Bruder davon schien, durch das Schwert zu sterben, so sehr war Blaec entschlossen, das nicht geschehen zu lassen.

Nur Beauchamp in seiner blinden Rachsucht würde es wagen, sich ihnen entgegenzustellen.

Beauchamps Vater war einer von Henrys neuen Männern gewesen, die er aus dem Staub erhoben und denen er die Ländereien der Enterbten geschenkt hatte. Doch Stephen hatte entschieden, nicht alles von

Beauchamps Land zu bestätigen. Stattdessen hatte er einige der Gebiete in England den d'Lucys zugesprochen, da sie ihnen vormals ohnehin gehört hatten. Damit hatte er sich bemüht, die d'Lucys – die zudem in der Normandie reich begütert waren – als Verbündete zu erneuern. Dieser Ausgleich war sein Versuch, beide Parteien zu besänftigen.

Nun schien es allerdings, dass das Urteil des Salomon doch nicht so weise gewesen war, denn keiner der Gegner war wirklich beschwichtigt: Beauchamp, weil man ihm Land abgenommen hatte, das er unter Henry als rechtmäßiges Eigentum erhalten hatte. Die d'Lucys, da die Beauchamps, die sie seit jeher herausforderten – jedoch nie offen –, ihnen schon immer ein Dorn im Auge gewesen waren. Dieser Zustand konnte zu nichts anderem als Feindseligkeit führen, zu einer Blutfehde, von der Blaec überzeugt war, dass sie niemals in Frieden enden würde – um keinen Preis. Erst recht nicht, wenn schon so viele deswegen gestorben waren, wie Williams Vater durch die Hand von Blaecs Vater.

„Schütze dich gut, Graeham", warnte Blaec. „Ich wette, der Mistkerl ist nicht hier, weil er so darauf bedacht ist, dass seine Schwester deinen Namen annimmt."

„Er behauptet –"

„Es interessiert mich nicht, was er behauptet!", unterbrach ihn Blaec wütend, als sie die Stallungen betraten. „Ich traue ihm nicht."

Graeham runzelte die Stirn, dann setzte er seinen Helm auf und brachte ihn auf seiner Bundhaube in Position. „Ich auch nicht", gab er endlich zu.

Ihre Pferde warteten bereits auf sie und Blaec ließ keine Zeit verstreichen, sondern zog sich direkt in den Sattel. Graeham stieg ebenfalls schnell auf, doch er brütete immer noch.

„Verdammt noch mal", rief er mit unüberhörbarer Verzweiflung. „Gibt es denn gar keine Hoffnung?"

Blaecs Miene wurde weicher, als er über die Schulter zu seinem einzigen verbleibenden Angehörigen sah. „Aye, Graeham", brachte er hervor und wendete zornig sein Schlachtross. Er griff hinter sich nach der Kettenhaube, streifte sie über seinen Kopf und richtete das Visier vor seinem Gesicht – ein magerer Schutz ohne den Helm, aber besser als nichts. „Du kannst hoffen", sagte er grimmig. „Aber um deinetwillen kann ich mir das nicht erlauben. Achte auf deine Rückendeckung", befahl er einmal mehr, dann spornte er sein Pferd an und ritt aus dem Stall.

Graeham folgte ihm. Er hielt die Augen auf den gepanzerten Rücken seines Bruders fixiert und sein Gesichtsausdruck war verbissen. „Warum?", murmelte er leise. „Wenn du das doch für mich tust, mein Bruder?"

Dominique war gerade erst ins Bett geschlüpft, als sie das wütende Rufen unter ihrem Fenster hörte. Sogleich stand sie auf und fühlte sich instinktiv zu den gigantischen bemalten Fensterläden in der gegenüberliegenden Wand hingezogen. Sie wusste nur zu gut, wie trügerisch die Illusion von Sicherheit sein konnte.

Sie schlängelte sich in der Dunkelheit zwischen ihren im Zimmer des Drachen verstreuten Truhen hindurch und eilte zum Fenster. Hastig löste sie die Läden, zog sie weit auf und zuckte zusammen, als einer von ihnen laut gegen die Steinmauer klapperte. Sie spähte nach unten und erblickte den Drachen und seinen Bruder, die wie Höllenhunde zu den Stallungen flogen. Ihre zornigen Stimmen wurden durch die nächtliche Luft nach oben getragen. Aber trotz des Lärms, den sie beim Öffnen des Fensters gemacht hatte, schienen sie in ihrer Eile gar nicht zu bemerken, dass jemand sie belauschte – und sie brauchte nicht lange, um den Grund dafür herauszufinden. In der Ferne fesselte der gespenstische Schein von Feuer ihre Aufmerksamkeit und erst dann nahm sie das entfernte Rufen und die verzweifelten Schreie wahr.

Es war weit genug weg, dass es nicht mehr zu sein schien als eine stumme Vision des Höllenfeuers, und würde kaum den Bergfried selbst bedrohen. Und doch war Dominique vollauf bewusst, welche Zerstörung ein solcher Brand über einfache Lehmfachwerkhütten bringen konnte – und über die Menschen, die in ihnen lebten. Fast vermeinte sie, das Brüllen der Flammen zu hören, wie sie alles in ihrem Weg verzehrten. Strohdächer brachen zusammen, verbrannten und hinterließen kaum mehr als schwarze Asche und verkohlte Reste.

Wer, bei aller Liebe Jesu, könnte so etwas Verachtenswertes getan haben?

Voller Horror schaute sie zu, wie die Brüder aus dem Tor ritten, bis sie nicht mehr als eine entfernte Silhouette vor dem blutroten Inferno zu sein scheinen. Und doch ... sie wusste, welcher der Männer der Drache war – der vorausreitende –, denn seine Haltung im Sattel war unverwechselbar in ihrer Arroganz. Ein warmer Windhauch wehte herein, umwirbelte sie und hob ihr offenes Haar an. Sie erschauderte.

Aber es war nicht Kälte, die sie zittern ließ, denn die Nachtluft war schwülwarm. Es war die Erinnerung an die durchdringenden grünen Augen des Drachen ... an die Art, wie er sie beim Abendessen angestarrt hatte. Der Mann war rücksichtslos. Gefährlich – alles kündete davon, von der Narbe hoch auf seiner Wange zu der zynischen Kurve seiner allzu schönen Lippen.

Es verblüffte sie, dass Graeham so willens schien, das Kommando über seine Truppen seinem Bruder zu überlassen. Doch sie hatte genug gesehen, um zu wissen, dass die Behauptungen wahr waren. Die Art, wie er die Suche nach dem Boten ihres Bruders angeordnet hatte, ohne überhaupt auf Graeham einzugehen, war Beweis genug. Der Drache hatte den Befehl über die Besatzung von Drakewich und wenn die Gerüchteträger recht hatten, dann hatte der Graf seinen Herrscherposten auch nur sehr widerwillig inne.

Es gab keinen Grund, zu hoffen, dass sie sich irrte. Denn so schwer es auch war, es zuzugeben, selbst ihr Bruder hatte instinktiv den Drachen als Herrscher anerkannt, indem er Graeham immer nur als Graeham ansprach, den Drachen hingegen als d'Lucy. Sie fragte sich, ob es William überhaupt bewusst war, was er getan hatte – und überlegte auch, ob es Graeham aufgefallen war, denn er schien sich nicht dagegen zu wehren.

Was bedeutete das nun für Dominique?

Es machte keinen Unterschied, sie hatte keine andere Wahl, als ihre Pflicht zu tun.

Dominique hatte keine Ahnung, wie lange sie dort stand und dem schrecklichen Brand von ihrem Turmfenster aus zusah, aber sie konnte nichts weiter tun. Noch waren es nicht ihre Leute und sie fühlte sich auch nicht willkommen genug, um ihre Unterstützung anzubieten. Trotzdem blutete ihr Herz für sie, denn dies war genau der Horror, den sie durch ihre Heirat mit dem Grafen beenden wollte.

Dank sei dem allmächtigen Gott, dass ihr Bruder nicht hierfür verantwortlich war! Sie wusste, er hatte bisweilen solche Vergeltungsschläge gegen Drakewich ausgeführt, doch nicht dieses Mal. Dank sei dem Himmel, dass er sicher vor Verdächtigungen in den Mauern von Drakewich war, denn sie hegte keinen Zweifel, dass der abscheuliche Drache sich auf die erste Gelegenheit stürzen würde, um Schuld auf die Schultern ihres Bruders zu laden. Und dann kam ihr auf einmal ein schrecklicher Gedanke ...

Was, wenn William Drakewich bereits verlassen hatte? Sicherlich wäre er nicht ohne einen Abschiedsgruß abgereist? Und doch, was wäre, wenn er durch irgendeine verdorbene Laune des Schicksals schon gegangen wäre? Sie wusste, wie schwer es ihm fiel, dasselbe Land, mehr noch dasselbe Dach, mit den d'Lucys zu teilen. Was, wenn er seine Grenzen mit ihnen erreicht hatte und nach dem Essen verschwunden war?

Panik stieg in ihr auf, als sie sich umdrehte und zur Tür eilte. Der Gedanke, zurückgelassen worden zu sein, ließ ihren Mund trocken vor Angst werden. Sicherlich würde William so etwas nie tun, nicht wahr? Aber was, wenn sie sich gestritten hatten? Was, wenn er sie in seinem Zorn vergessen hatte? Sie kannte seine Wutanfälle und wusste, dass er zu einem solchen Wahnsinn fähig war. Sie musste sofort mit ihm sprechen. Sie hatte keine Ahnung, wo er heute Nacht schlafen würde, sie wusste nur, dass sie ihn finden musste. *Sie musste es einfach*. Es war nötig, damit sie sich beruhigte. Alyss würde ihr helfen, das war sicher.

Sie hatte gerade erst die massive Holztür zu ihrem Zimmer erreicht, als sie Stimmen aus dem Vorraum hörte. Sogleich presste sie ihr Ohr an die Tür und vernahm Alyss, die flüsterte: „Aye, Mylord, sie ist schon lange im Bett."

„Gut", hörte sie. Das war William! Dominique unterdrückte einen erleichterten Aufschrei. Sie wich von der Tür zurück. Ihr Herz tobte in ihrer Brust wie Blitze in einem Sommergewitter und als sie das Bett an ihren Kniekehlen spürte, ließ sie sich schwach darauf sinken. Sie drückte eine Hand gegen ihre Brust und fühlte das Pochen ihres Herzens.

„Gott sei Dank", wisperte sie und ihre Augen brannten vor Tränen der Erleichterung. Sie waren wahrlich zu weit gekommen, um nun alles zu verlieren. Es stand zu viel auf dem Spiel. Sie legte sich auf das Bett und weinte stumme Tränen und dankte Gott, dass Williams bloße Anwesenheit in Drakewich ihn des Verdachts enthob. Denn sicherlich würde selbst der Drache nicht allein aus Boshaftigkeit jemanden beschuldigen?

KAPITEL 6

Im Zimmer verteilt brannten Talgkerzen, von denen sich kringelnde Bänder aus Rauch zur im Schatten liegenden Decke aufstiegen. William lächelte und dachte an den Brand, der jenseits der Burgmauern wütete, und seine Nasenlöcher weiteten sich, als er sich auf die schmale Liege setzte. Er zog Alyss näher, obwohl sie sich wehrte. Es störte ihn nicht, dass sie das tat, denn so gefiel es ihm umso mehr.

„Mylord", protestierte sie schwach. „Ich dachte ..."

„Schhh, Alyss", befahl er. Denn er wusste genau, was sie dachte, und es sagte ihm gar nicht zu. Er wollte verdammt sein, wenn er darauf verzichtete, sich seinen fleischlichen Gelüsten mit ihr hinzugeben, nur weil sie jetzt die Kammerzofe seiner Schwester war.

Natürlich war sie kein Ersatz für Dominique – war es nie gewesen – und er verfluchte sie stumm dafür.

Zu schade, dass seine hübsche Schwester ohne ihre Jungfräulichkeit so wenig wert war, denn er hatte sie schon lange für sein Bett begehrt. Zu schade auch, dass die dumme Kirche so großen Anstoß an *incestus* nahm, sonst hätte er sie schon längst zu seiner eigenen Braut gemacht.

Es war, wie es hätte sein sollen.

Nay, er empfand keine Scham für seine geheimen

Fantasien – wenn überhaupt, dann verspürte er Unmut, da seine kleine Schwester viel zu hübsch war für jemanden wie Graeham d'Lucy. Der Dummkopf war wahrscheinlich zu keusch, um zu verstehen, was man mit einer Frau wie Dominique anstellte. Er würde sie nicht wertschätzen.

Niemand außer William würde das.

Nun, das passte ihm gut genug, denn letzten Endes würde Dominique wieder in seine Obhut gelangen und je weniger sie beschmutzt war, desto besser.

Aye, und dann würde er ihr alles erzählen. Er wusste genau, was er sagen würde ...

Hätte ihm nicht Dominiques Schönheit allein so viele Heiratsangebote eingebracht, selbst vor ihrer ersten Blutung, dann hätte er sie wohl vor langer Zeit zu einem Bastard erklärt und für sich selbst beansprucht. Doch jetzt würde sie ihm den ultimativen Brautpreis bringen. Er lächelte innerlich bei der Aussicht. Und am Ende würde sie wieder sein werden ... und er wäre aufs Neue vollständig. Der bloße Gedanke erfüllte ihn mit Genugtuung.

Etwas an seiner Miene musste Alyss beruhigt haben, denn nach einem Moment gab sie nach und stand endlich still vor ihm. Das war es, was er besonders an ihr mochte: Sie lernte schnell. Doch sie hatte sich ihm widersetzt und er konnte im Augenblick keinen Trotz von ihr riskieren. Nicht wenn so viel davon abhing, dass sie ihm vollends gehorsam war.

Er bugsierte das Mädchen nicht allzu sanft zwischen seine Beine, dann beugte er sich vor, um Dominiques Dolch aus seinem Stiefel zu ziehen. Alyss' Augen weiteten sich, als sie die schmale Klinge sah, doch sie wagte es nicht, etwas zu sagen, und er begann damit, die Vorderseite ihres Gewands aufzuschlitzen. Dabei grinste er zufrieden angesichts ihres gequälten Gesichtsausdrucks.

„M-mylord", stammelte sie.

Seine Haut kribbelte erwartungsvoll. „Schhh, Alyss“, wisperte er erneut, aber der Befehl war trotz seiner täuschenden Sanftheit nicht weniger bedrohlich. Alyss fügte sich sofort und er schaute zu ihr auf, sein Grinsen gewinnend in den Schatten des Zimmers. Er zog sie noch näher zu sich und warf die glänzende Klinge aufs Bett. Zufrieden beobachtete er, wie ihre Augen dem Dolch folgten. Dann fuhr er damit fort, ihr einfaches Gewand grob zu teilen, bis sie seinem Blick vollends enthüllt war.

„Gib die Klinge meiner Schwester zurück“, befahl er ihr sanft. Danach platzierte er seine Lippen auf ihrer Brust. Das Keuchen, das sie vernehmen ließ, bereitete ihm große Zufriedenheit und trotz der Angst in ihren Augen rötete sich ihre Haut im Schein der Kerzen. Ihr Kopf sank hilflos in ihren Nacken und er lachte tief in sich hinein angesichts ihrer bereits erwarteten Reaktion. Er saugte ihre Brustwarze fest in seinen Mund, rollte sie zwischen seinen Zähnen und biss dann zu, bis sie aufschrie. Er fühlte, wie er bei ihrem Schmerzensschrei hart wurde, und lächelte leicht in die warme Haut ihrer Brust, als sie ihren Kopf wieder aufrichtete und er erneut Besorgnis in ihren Augen erkannte.

„William“, krächzte sie und starrte ihn furchtsam an. Doch sie bewegte sich nicht, denn er hielt ihre Brustwarze zwischen seinen Zähnen fest. Sie war ein kluges kleines Ding und er spürte, dass sie ihn perfekt verstand.

„Du hast die Phiole?“, fragte er durch seine Zähne. Sie nickte und er konnte an seinen Lippen fühlen, wie sich ihr Herzschlag beschleunigte. Er genoss es. „Und du weißt, wann du sie benutzen sollst?“ Sie nickte wieder und er sandte seine Zunge auf einen kleinen, zarten Ausflug über ihre junge Haut, eine Art Belohnung für ihre Fügsamkeit. „Gut“, flüsterte er und ließ sie los. „Sehr gut. Sobald sie verheiratet sind, solltest du das Fläschchen in seinen Wein leeren", erinnerte er sie. „Ich kehre nicht zurück, ehe das erledigt ist."

„W-was ist mit dem Drachen?", fragte Alyss zaghaft. „W-was, wenn er etwas vermutet?"

„Ich werde mich um den Drachen kümmern", wisperte er voller Abscheu und spürte, wie sie an ihm erzitterte. Das gefiel ihm auch, denn es versicherte ihm, dass sie ihn immer noch fürchtete.

Sein Plan war todsicher. Schon heute Abend, mit dem Feuer, hatte er den Argwohn von sich abgelenkt – und es spielte keine Rolle, ob d'Lucy ihn verdächtigte oder nicht. Es war nur wichtig, dass Stephen später sehen konnte, dass es einen anderen möglichen Widersacher gab. Was für ein Mann wäre schließlich einfältig genug, die d'Lucys zu sabotieren und dann unter ihrem Dach zu schlafen? *Sicherlich nicht er.* Er gluckste leise bei dem Gedanken.

Außerdem wäre es sehr unwahrscheinlich, dass Stephen William verdächtigen würde, wenn es bereits das Versprechen einer Allianz zwischen ihm und d'Lucy gab. Noch glaubte er, dass es Stephen wirklich interessierte, immerhin war es allgemein bekannt, dass England nach seinem Tod an den Erben der Kaiserin gehen würde. Wieso sollte sich Stephen also mit einem solchen Kleinkrieg befassen?

Und dann ... wenn Alyss Graeham kurz nach der Zeremonie vergiften würde, wäre er einmal mehr des Verdachts erhaben, da er sich an Stephens Hof aufhalten würde. Natürlich würde er den gekränkten Bruder spielen und behaupten, er wäre nicht einmal über die Feierlichkeiten in Kenntnis gesetzt worden. Vielleicht würde er andeuten – mit großem Bedauern, natürlich –, dass Graeham möglicherweise immer noch Feindseligkeit ihm gegenüber empfunden hätte. Und erst dann würde er seinen Kummer zum Ausdruck bringen. Danach würde er, mit Stephens Segen, losreiten und seine Schwester als sein Mündel zurückgewinnen – zusammen mit dem Land, das rechtmäßig ihm gehörte.

So einfach war das.

Doch es schien ihm wie eine Ewigkeit, bis sich das alles ereignen würde. *Und Alyss war immer noch nicht Dominique*. Wie dem auch sein mochte, in der Dunkelheit der Kammer würde es ihm leichtfallen, so zu tun als ob. Er seufzte an Alyss' plumper, feuchter Brust und erinnerte sich an eine Zeit, als er und Dominique sich nahegestanden hatten. Sie war so jung und zärtlich gewesen … die Einzige, die ihm je das Gefühl gegeben hatte, geliebt zu werden. In all den Sommern, in denen er bei glühender Hitze trainiert hatte – verdammt sei sein Vater, der noch nicht einmal daran gedacht hatte, ihn zu unterstützen –, war es Dominique gewesen, die ihm in schwesterlicher Zuneigung die Stirn abgewischt hatte.

Sein Gesicht erhitzte sich selbst nach all diesen Jahren, als er sich entsann, wie er sich im frühen Mannesalter mit der Schuld geplagt hatte, dass er seine kleine Schwester begehrte. Und dann hatte sein Vater ihn spöttisch damit konfrontiert – weil sein Verlangen so deutlich gewesen war.

Christus, sein Vater hatte die Gelegenheit sogar genutzt, ihm zu erzählen, dass auch er sich Dominique manchmal in seinem eigenen Bett vorstellte. Aye, in diesem Moment hatte Henry Beauchamp zum ersten Mal Zweifel daran geäußert, dass er Dominique gezeugt hatte – vielleicht, um sein Gewissen zu erleichtern, denn es war kaum zu hoffen, dass es wahr sein mochte. Es war für jeden offensichtlich, der sie zusammen sah, dass Vater und Tochter sich ähnelten. Genau das gleiche Aussehen teilten auch William und Dominique.

Seine eigenen abscheulichen Sehnsüchte aus dem Mund seines Vaters zu hören, hatte William so abgestoßen, dass er von Herzen seine dunklen Gedanken verurteilte. In seinem Zorn hatte er es gewagt, seinem Erzeuger für diese Stichelei in den Magen zu schlagen.

Und dann, um ihm das Gegenteil zu beweisen, hatte er sich von Dominique abgewandt und sie aus seinem Kopf verbannt – als wäre sie ihm nicht wichtiger als die Mutter, die er zu hassen gelernt hatte.

Mit ihrer Treulosigkeit hatte ihre verdammte Mutter seinen Vater bitter und unzugänglich gemacht. Das einzig Gute an ihr war, dass sie vor ihrem Tod Dominique geboren hatte – denn es gab nichts anderes, das William mit einer größeren Leidenschaft liebte, als er die d'Lucys hasste, als seine hübsche kleine Schwester.

Er verspürte keine Schuld mehr. Im Gegenteil ... er hatte lange akzeptiert, dass er der Sohn seines Vaters war. Aye, denn wenn das bedeutete, dass er Dominique haben konnte, war ihm alles egal. Allein der Gedanke daran, dass einer der d'Lucys sie berühren könnte, brannte in seinem Magen. Es gelang ihm nur, mit seiner Täuschung fortzufahren, indem er sich erinnerte, dass weder Graeham noch Blaec noch lange auf dieser Welt weilen würden. Und bei den Augen von Luzifer, die bloße Vorstellung ihres Todes machte so viel wieder wett.

Es war fast Tagesanbruch, als die Brüder zurückkehrten. Trotz seiner Erschöpfung ging Graeham zur Kapelle. Nach Blaecs Meinung war es nicht sein Bruder, der ein Gebet brauchte, sondern William Beauchamp, denn wenn er seinem Feind jetzt begegnete, würde er ihn wahrscheinlich direkt zur Hölle schicken, wo er hingehörte.

Zorn allein gab ihm die Kraft, die Stufen bis zu seinem Schlafzimmer zu erklimmen. Schmutzig und schweißgetränkt von den nächtlichen Anstrengungen fluchte er leise, denn in diesem Augenblick fühlte er das Gewicht seiner Rüstung sehr deutlich.

Sie hatten das Feuer unter Kontrolle bekommen, aber es hatte den Rest der Nacht gedauert, die

Flammen zu löschen und von den Hütten der Leibeigenen zu retten, was möglich war. Auch wenn es wenige Verluste gegeben hatte, waren doch viele ohne ihre Behausungen zurückgeblieben. Daher hatten er und Graeham sich verantwortlich gefühlt, mit ihren Leuten die Nacht durchzustehen und ihnen so viel Schutz und Hilfe zu bieten, wie sie konnten, während diese ihre Angehörigen sammelten und versuchten, ihre Besitztümer zu bergen.

Allerdings wäre ihr Schutz unnötig gewesen, denn die feigen Mistkerle, die das Feuer gelegt hatten, waren in den nächtlichen Wald verschwunden, ohne auch nur einen Hinweis darauf zu hinterlassen, wer sie waren. Noch waren sie zurückgekommen. Ganz gleich. Blaec brauchte keine Spuren, wenn seine Intuition ihm ganz genau sagte, wer sie sabotiert hatte. Beauchamp. Allein bei diesem Namen richteten sich die Härchen in seinem Nacken auf. Und die ganze Zeit über hatte der Mistkerl friedlich unter Drakewichs Dach geschlafen. Wenn Blaec seine Schuld nur beweisen könnte ... er würde ihm das Herz aus dem Körper schneiden und es den Bussarden zum Fressen vorwerfen.

Blind vor Wut klopfte er nicht an, als er das Vorzimmer betrat, doch sobald er nur einen Fuß hineingesetzt hatte, wünschte er, er hätte sich angekündigt. Das Dienstmädchen, Alyss, lag ausgestreckt und ohne Decken, die sie verhüllten, allein im Bett. Ihr Gewand war an der Vorderseite zerrissen und gab ihren üppigen Busen preis. So wie ihre Brüste aussahen, mit Prellungen übersät und angeschwollen, hatte sich jemand in der letzten Nacht an ihr vergangen. Wahrscheinlich Beauchamp selbst, denn Blaec war sicher, dass keiner seiner eigenen Männer sie so lädiert zurückgelassen hätte. Jeder von ihnen wusste, dass die Beauchamps – so nutzlos sie auch sein mochten – unter seinem Schutz standen. Und das schloss ihre Bediensteten ein. *Verdammter Beauchamp*, dachte er säuerlich. Der Mistkerl schien sich hier häuslich einzurichten, während vor den Mauern Chaos herrschte.

Das Dienstmädchen bewegte sich nicht einmal, als er die Tür schloss. Er runzelte die Stirn, wandte dann aber seine Augen ab, um ihr so viel Privatsphäre zu geben wie möglich. Er hielt sich nicht auf, sondern ging direkt durch zu seinem eigenen Zimmer, wo er nach dem Öffnen der Tür erneut eine Schlafende vorfand. Diesmal in seinem eigenen Bett.

Er war nicht auf diesen Anblick von ihr vorbereitet, wie sie so sorglos auf seinen zerwühlten Laken und Decken ruhte. Ein Ruck ging durch ihn, wie er ihn noch nie in seinem Leben erfahren hatte. Er versuchte, sie zu ignorieren, drehte sich vom Lager weg und ging zum Fenster. Die Läden standen weit offen – ohne Zweifel, damit sie das Werk ihres Bruders begutachten konnte, erinnerte er sich bitter. Er schloss sie, wandte sich wieder um und sah, wie sie sich einer Katze gleich im Schlaf räkelte. Gegen seinen Willen spürte er das Blut in seine Lenden fließen, heiß und erregend.

Sie stöhnte leise und er kam nicht umhin, sich die Geräusche vorzustellen, die sie beim Liebesspiel von sich geben würde. Wäre sie verführerisch still, aber stürmisch in ihrer Leidenschaft? Oder wäre sie lautstark und sinnlich und würde ihm mit ihren Geräuschen und deutlichen Gesten ganz genau sagen, was sie von ihm wollte?

Der bloße Gedanke ließ weißglühende Lust in seinen Adern explodieren. Sie brannte heißer als das Feuer, das er gerade erst bekämpft hatte. Nur war dieses viel gefährlicher und er verbannte die Bilder aus seinem Kopf.

Jesus! Er hatte kein Recht auf diese Gefühle – noch hätte er hierherkommen sollen, wie er sich eingestand. Er hätte stattdessen einen Diener schicken sollen, um ihm seine Kleidung zu holen. Doch jetzt war er hier und er konnte sich nicht davon abhalten: Er trat ans Bett und schaute auf sie hinunter.

Sie trug weichen, weißen Batist und sah genau wie die jungfräuliche Braut aus, als die ihr Bruder sie ausgab. Und ihr Haar ... wenngleich es in der Sonne des späten Tages kupferrot geleuchtete hatte, so wirkte es nun im Zwielicht dunkel und voll und besaß den gleichen gesunden Glanz wie ihre Haut. Selbst ihre Brauen – dunkel und perfekt gewölbt – waren ein Kunstwerk auf ihrem cremefarbenen Teint.

Es überraschte nicht, dass William so lange gewartet hatte, bis er sie zur Heirat anbot. Mit ihrer Schönheit war sie ein so großer Preis wie Jerusalem selbst. Zweifellos war es für William von Vorteil, auf das beste Angebot zu warten, denn ihr Alter konnte sie – wie feinen Wein – nur noch wertvoller machen. Sie hatte etwas Besonderes an sich. Bei den Hoden aller Heiligen! Die Erwartung der Hochzeitsnacht allein könnte selbst den besten Mann entmannen.

Allerdings ... er war nicht der beste der Männer ... und er war nicht töricht genug, das vorzugeben. Ein Muskel zuckte an seinem Kiefer, während er sie anschaute.

Er löste die Bänder, die sein Visier hielten, und ließ die teilweise Maskierung von seinem Gesicht gleiten. Dann hob er die Kettenhaube von seinem schweißnassen Haar.

Laut seinem Vater war er nicht mehr als ein Bastard. Und wenn er sich bisher frei von Neid und Bitterkeit geglaubt hätte, wüsste er jetzt, dass dem nicht so war. Denn als er nun auf die Frau in seinem Bett starrte, erfüllte ihn der bloße Gedanke daran, dass sein Bruder sie berühren, sie lieben würde, mit einem größeren Zorn, als er ihn beim Anblick der brennenden Hütten empfunden hatte.

Von sich selbst angeekelt wandte er sich vom Bett ab und ging zu seinen Truhen. Er öffnete die größte und entnahm ihr ein schwarzes Hemd und eine Hose. Himmel, er brauchte ein Bad, um seinen Verstand zu klären – um seine Hitze zu kühlen. Und das war genau das, was er vorhatte. Je schneller er dieser gottverlassenen Kammer den Rücken kehrte, desto besser.

KAPITEL 7

Dominique war nicht sicher, was sie aus dem Schlaf gerissen hatte, aber sie spürte seine Gegenwart im Raum, noch bevor sie ihre Augen öffnete. Ihre Lider flogen auf und sie erblickte ihn sogleich – unverkennbar mit dieser teuflischen, schwarzen Haarmähne. Er beugte sich vor und kramte in einer der größeren Truhen in der Ecke des Zimmers. Sie setzte sich mit einem Schrei auf und zog die Decke über ihre Brust.

„Was habt Ihr hier zu suchen?", verlangte sie zu wissen.

Er wandte sich betont langsam zu ihr um, wie um sie absichtlich zu erzürnen. Doch sie war nicht auf den Anblick vorbereitet, der sich ihr bot, als er sie endlich anschaute. Die Bosheit in seinen Augen verunsicherte sie – allerdings nicht mehr als die rußige Schwärze seiner Haut. Von Rauch beschmutzt, sein Haar verschwitzt und zerzaust, sah er aus wie ein Dämon aus Satans immerwährendem Reich.

„Wieder einmal, Demoiselle", sagte er träge, „könnte ich Euch dasselbe fragen."

Sie hob ihr Kinn. „Ihr habt mich hierhergebracht", erinnerte sie ihn keck. „Ich hätte diesen Raum nicht ausgesucht. Also ist das Mindeste, was ihr tun könnt, mir die Privatsphäre zu geben, die ich verdiene."

„Nay, Demoiselle. Es war Gier, die Euch nach Drakewich gebracht hat", erwiderte er. „Gier und nichts weiter. Wenn Ihr nur einen Augenblick glaubt, Ihr würdet irgendwem etwas vormachen, dann täuscht Ihr Euch."

Dominique war entrüstet. Wie konnte er es wagen, erneut damit zu beginnen! „Wir reden nicht über Drakewich, Sir, sondern über Euer Zimmer und das wisst Ihr genau!"

Sein Kiefer spannte sich an und seine Augen schimmerten leicht. „Ihr gesteht es also?", fragte er und blieb bedrohlich still, während er ihre Antwort erwartete. *Wie ein schwarzes Untier, das sich auf den Sprung vorbereitet,* dachte sie bitter.

Dominique verengte die Augen, erhob sich auf ihre Knie und warf die Decken wütend von sich. „Wie könnt Ihr es wagen, meine Worte zu verdrehen! Ich gestehe rein gar nichts, Mylord, und wenn Ihr nicht sofort diese Kammer verlasst", versicherte sie ihm, „dann schreie ich, das schwöre ich Euch!" Auch wenn sie nichts lieber wollte, als sich unter den Decken zu verkriechen, anstatt sich ihm zu stellen, so würde sie jetzt nicht klein beigeben. Wenn er auch nur für eine Sekunde dachte, dass sie jedes Mal zu zittern beginnen würde, wenn er sie anschaute, dann war er derjenige, der sich gründlich täuschte.

Seine Augen funkelten vor Erheiterung auf ihre Kosten und das regte sie noch mehr auf. Ebenso tat dies die Art, wie er sie begutachtete, von ihren Knien bis zu ihrem Scheitel, als wäre sie nicht mehr als Vieh, das er inspizierte.

„Schreien?", spottete er und hob eine Braue. „Und was denkt Ihr, wer kommen würde, Demoiselle?"

Dominique hob ihr Kinn, obwohl seine Frage ihr einen furchtsamen Schauer über den Rücken jagte und sein Blick ihr Herz zum Rasen brachte, sodass sie dachte, es würde gleich aus ihrer Brust brechen. „Graeham", antwortete sie etwas unsicher. Dann wandte sie ihre Augen ab, denn sie bemerkte, dass sie ihn ebenfalls begutachtete – die Breite seiner Schultern, die Größe seines so vollkommen von Rüstung bedeckten Körpers. Was war mit ihr los, dass sie ihn so begaffte? Er war ein abscheulicher, grausamer Teufel. Und der Bruder ihres Verlobten.

Er machte einen Laut tief in seinem Rachen, der fast wie Lachen klang. Aber als Dominique wagte, ihn wieder anzuschauen, war die Erheiterung, die zuvor dagewesen war, verschwunden. Er trat auf sie zu, warf seine Kleidung aufs Bett und starrte sie an. Sie zuckte zurück, als die Sachen vor ihr landeten. „Graeham?", spottete er. „Nun, dann sollte ich uns beiden die Enttäuschung ersparen, etwas anderes feststellen zu müssen", sagte er. „Stattdessen beantworte ich Euch Eure erste Frage, denn Ihr scheint vergessen zu haben, dass Ihr *mein* Zimmer besetzt, Demoiselle."

Es war nicht nötig, sie daran zu erinnern, denn wie könnte sie es vergessen? „Ich wünschte, es wäre anders", erwiderte sie schnippisch und starrte ihn ihrerseits an. „Doch ich habe keine Wahl, Mylord, und das Mindeste, was Ihr tun könnt, ist, mir den Respekt zu erweisen, den ich als Braut Eures Bruders verdiene."

Er begegnete ihrem Ärger mit ruhiger Gewissheit und einem entschiedenen Kopfschütteln. „Noch nicht. Noch seid Ihr das nicht, Demoiselle, und ginge es nach mir … dann würdet Ihr Graeham überhaupt nicht heiraten."

„Aye, nun", gab Dominique frech zurück. „Es geht aber nicht nach Euch – Gott sei Dank. Denn sonst würde das Blutvergießen nie aufhören! Ihr könnt nicht einmal mit *mir* einen Waffenstillstand schließen, dabei habe ich Euch nichts getan. Nicht einmal um Eures eigenen Bruders willen wollt Ihr den Frieden ausrufen!"

Sie war sich nicht bewusst, dass sie die Stimme erhoben hatte, bis die Tür aufgerissen wurde und Alyss in den Raum stolperte.

Das Dienstmädchen blickte furchtsam von Dominique zum Drachen und wieder zurück, und erst verspätet bemerkte Dominique, dass Alyss ihr zerrissenes Gewand krampfhaft zusammenhielt, während sie schockiert zum Drachen starrte.

„M-mylady?", krächzte Alyss. Ihr Blick kehrte zu Dominique zurück, die Augen weit aufgerissen.

Alarmiert von Alyss' misshandelter Erscheinung richtete sich Dominique ruckartig auf dem Bett auf und funkelte Blaec wütend von oben herab an. „Was in Gottes Namen habt Ihr ihr angetan?"

Blaec machte sich nicht die Mühe, das Mädchen anzuschauen, denn er hatte die entsprechenden Spuren schon gesehen und es hatte ihn abgestoßen. Noch antwortete er, denn es scherte ihn nicht, ob Dominique ihn verantwortlich glaubte. Er wusste, dass er es nicht gewesen war.

„Oh, nay ... nay, Mylady!", rief das Dienstmädchen aus. „Nicht er!"

Er beobachtete, wie Dominique vom Bett sprang und an die Seite der jungen Frau eilte. Keinen Moment schien sie über ihre unzureichende Bekleidung nachzudenken. Er musste ihr zumindest ihre Sorge um das Dienstmädchen zugutehalten, denn sie wirkte aufrichtig verstört darüber, was Alyss erlitten hatte.

„Wer dann?", verlangte sie zu wissen und beäugte ihn dabei zornig.

Blaec erwiderte ihre stumme Anschuldigung, indem er eine Braue hob. Jesus, es fiel ihm so schwer, sie nicht dumm anzugaffen, bei dem Anblick, den sie bot. Hauchzart wie ihr Gewand war, überließ es kaum etwas der Vorstellung. Die Umrisse langer und sinnlicher Beine enthüllten sich ihm und darüber eine Taille, so schmal, dass er ein unglaubliches Verlangen verspürte, sie mit seinen Händen zu umfassen, um zu sehen, ob sie wirklich nicht breiter war. Und ihr Busen ... um des Anstands willen bemühte er sich, nicht darauf zu achten, wie sich die dunklen Brustwarzen unter dem schneeweißen Stoff abzeichneten.

Nie in seinem Leben hatte er etwas mehr begehrt. Er fühlte, wie sein Mund trocken wurde, schluckte und fragte sich, wieso Graeham so entschlossen schien, sie zu meiden. Er selbst konnte den Gedanken kaum ertragen, sie sehen zu müssen, aber er hatte immerhin einen Grund dafür, denn sie war nicht sein und er wollte sich nicht in Versuchung führen.

Gott, sie war nicht sein.

Was tat er hier?

Sogleich wandte er seinen Blick ab.

Er glaubte nicht, dass er es erdulden könnte, in Graehams Nähe zu bleiben, sobald sie verheiratet waren. Und doch, um Graehams willen konnte er auch den Gedanken nicht ertragen, ihn zu verlassen. Ohne ihn wäre Graeham verloren, das wusste er. Obgleich er verdammt noch mal nicht verstand, warum das so war, schließlich war Graeham kein unbeholfener Bursche. Tatsächlich war Blaec überzeugt, dass Graeham ihm zumindest ebenbürtig wäre, wenn er sich darum bemühen würde, denn sie glichen sich in Stärke und Größe.

Oftmals kam ihm sogar in den Sinn, dass sein Bruder eine Art Todeswusch hatte ... als glaubte er, er würde durch sein Martyrium für irgendeine große Sünde büßen. Er verbrachte eindeutig hinreichend Zeit in Buße, er betete so viele Stunden in der Kapelle, als wäre er ein gläubiger Mönch. Und das könnte er genauso gut sein, denn Blaec konnte sich kaum an das letzte Mal erinnern, da sein Bruder eine Frau auch nur verlangend angesehen hatte.

Er war überrascht genug gewesen, als Graeham ihn über seine Entscheidung informiert hatte, dass er der Allianz mit Beauchamp zustimmen würde. Trotzdem hatte er es hingenommen und vielleicht würde Blaec, um das Wohl aller willen, nun endlich das Lehen annehmen, das Graeham ihm schon so lange übergeben wollte ... ein so reiches Gebiet, dass es ihm sündhaft erschien, es zu erhalten. Denn die dort erzeugten Tuchwaren füllten die Truhen von Drakewich so gut, dass sie keinen Krieg brauchten, um sich zu bereichern.

Wie dem auch sein mochte ... vielleicht war es endlich an der Zeit für ihn, zu gehen ...

„... sag mir, wer dir so etwas angetan hat", hörte Blaec Dominique ihrem Dienstmädchen befehlen.

Doch die junge Frau schüttelte den Kopf und flüsterte lediglich etwas Unverständliches. Dabei hielt sie ihr zerrissenes Gewand zusammen, als wollte sie die schlimmsten Spuren vor ihrer Lady verbergen. Erst jetzt sah Blaec, dass ihre Lippen ebenfalls angeschwollen waren. Und es zeigte sich eine dunkle Verfärbung auf ihrer Wange, als hätte man sie dort geschlagen. Beim Anblick der Schwellung griff er instinktiv nach seiner eigenen Wange und seine Miene verfinsterte sich bei der Erinnerung. Seine Lippen verzogen sich grimmig, denn die Hinweise waren viel zu überwältigend, als dass er sich jetzt einfach hätte entfernen können. Falls einer seiner eigenen Männer eine solche Untat begangen hatte, plante Blaec, den Namen des Mistkerls zu erfahren. Er trat auf die Frauen zu und wies sie dadurch auf seine Gegenwart hin.

Das Dienstmädchen schrie auf und fuhr erschrocken zu ihm herum, als hätte es ihn ganz vergessen.

Er runzelte angesichts ihrer Reaktion verstimmt die Stirn. „Auch ich würde von dir gerne den Namen erfahren", sagte er.

Die Frau schüttelte den Kopf noch heftiger. „Oh nay, Mylord! Bitte!"

Blaecs Augen wurden zu Schlitzen, obwohl er trotz ihrer direkten Weigerung ruhig blieb. „Ihr habt kein

Recht, mir in meinem eigenen Heim die Vollstreckung von Gerechtigkeit vorzuenthalten“, erinnerte er sie.

„Meint Ihr nicht, im Heim Eures Bruders?“, warf Dominique sogleich in beißendem Ton ein. Sie hatte ebenfalls ihre Augen verengt.

Blaec richtete seinen scharfen Blick auf sie, aber ignorierte die Spitze, denn er wusste genau, dass sie ihn nur reizen wollte. Er weigerte sich, manipuliert zu werden. Er wandte sich an die Zofe und setzte nach: „Ich verlange den Namen zu erfahren.“

Zu seinem Abscheu begann die junge Frau vor ihm zu zittern. „Oh, M-mylord ... bitte ...“

„Himmel, Weib, ich kann nicht glauben, dass du den Unhold unbestraft davonkommen lassen willst“, bemerkte er vernichtend.

„E-es war niemand, Mylord“, erklärte das Mädchen verzweifelt. Sie befühlte ängstlich ihre Wange und wandte den Blick ab. „I-ich schwöre! Ich bin nur aus meinem Bett gefallen, das ist alles.“

„Aus deinem Bett gefallen? Dass ich nicht lache!“

„Wie könnt Ihr es wagen, so zu ihr zu sprechen!“, warf Dominique ein.

Nach ihrem Tadel musterte Blaec sie erneut, jedoch mit wenig Gewissensbissen. Er konnte es kaum gutheißen, dass das Weibsbild so unwillig war, den Übeltäter zu benennen. Er wusste nur zu gut, dass sie nicht aus dem Bett gefallen war, denn er hatte die anderen Blessuren ebenfalls gesehen. Er war kurz davor, sie darauf anzusprechen, doch dann schaute er Dominique an – schaute sie wirklich an – und seine Zunge verharrte. Denn nur, wenn die Maid ihren Lord beschützte, würde sie so lügen, und indem sie ihren Lord deckte, schützte sie vielleicht auch ihre Lady. Angesichts des verstörten Blicks in Dominiques Augen war es ihm unmöglich, William zu beschuldigen; auch wenn ihre Wirkung auf ihn ihm unerklärlich war.

Seine Lippen verzogen sich geringschätzig, obgleich

er nicht sicher war, was ihn mehr abstieß: seine plötzliche Schwäche Dominique gegenüber oder die blinde Hingabe des Dienstmädchens für seinen Lord. „Und was ist mit dem Gewand?", kam er nicht umhin, anzumerken, und sah die junge Frau scharf an. „Ich nehme an, es hat sich bei deinem Fall zu Boden selbst zerrissen?"

Alyss spähte an sich herunter, als wäre sie in Schock, und schüttelte dann den Kopf, als sie den Blick wieder hob. „I-ich weiß nicht", wiederholte sie. Voller Panik angesichts seiner zweifelnden Miene sagte sie noch etwas aufgelöster: „Wirklich nicht, Mylord!"

„Lasst sie endlich in Ruhe!", verlangte Dominique, die sich plötzlich mit grimmiger Miene dazwischen stellte. Blaec beobachtete mit wachsendem Abscheu, wie sie die Frau sanft in ihre Arme schloss und beschwichtigend tätschelte. „Könnt Ihr nicht sehen, dass Ihr sie quält?"

Er hob seine Braue. „Im Gegensatz zu ihrer Lady, scheint mir, diese Frau ängstigt sich viel zu leicht, Demoiselle, denn ich habe sie keineswegs bedroht. Ich habe lediglich den Namen des Unholds erfragt, der sie missbraucht hat, damit ich mich angemessen um ihn kümmern kann."

Dominiques Wimpern senkten sich, dicht wie Rauch auf ihren cremeweißen Wangen. „Aye, nun ... sie sagt, sie weiß es nicht."

Als ihr Blick seinem wieder begegnete, konnte er sehen, dass sie dieselben Schlüsse gezogen hatte wie er. Und immer noch konnte er nichts sagen, um ihren Bruder zu beschuldigen, denn in ihren schönen blauen Augen – die denen ihres abscheulichen Bruders so glichen – erkannte er sowohl Bestätigung als auch Verleugnung.

Sie wusste es.

Sie musste es wissen.

Trotzdem hob sie abwehrend ihr Kinn und wagte,

ihm zu befehlen: „Lasst sie in Ruhe, Mylord.“

Als sie ihn für verantwortlich hielt, hatte sie keinen Hehl daraus gemacht, doch jetzt spürte er ihre Furcht davor, die Möglichkeit überhaupt zu äußern. Weshalb er sich fragte, ob sie es wusste ... oder lediglich vermutete.

War es möglich, dass sie nicht wusste, wie verabscheuenswürdig ihr Bruder war?

Zu seinem Ekel verspürte er den überwältigenden Drang, zu ihr zu gehen. Ihre Augen waren plötzlich geweitet und glänzten.

Bezaubernd. Bei Gott, er konnte sich in diesen funkelnden, blauen Seen verlieren.

„Wenn Ihr etwas zu sagen habt, Mylord, sprecht es aus und bringt es hinter Euch“, brachte sie atemlos hervor und ihre Brust hob sich sanft.

Vor Angst? Kummer? Wut?

Sie sah aus, als würde sie in Tränen ausbrechen, doch sie tat es nicht und plötzlich erkannte er, dass es keine Rolle spielte. Wenn sie ihren Bruder beschützte, dann sollte dem so sein. Er schüttelte den Kopf und gab es auf, das Thema weiter zu verfolgen.

Trotzdem konnte er sich des Drangs nicht recht erwehren, sie in seine Arme zu schließen ... so wie sie es mit dem Dienstmädchen getan hatte. Was für ein Dummkopf er doch war, denn er war nicht derjenige, der sie trösten sollte.

Ebenso wenig, wie sie seinen Trost brauchte, erinnerte er sich. Es war nichts als reine Einbildung, dass sie auf einmal verwundet wirkte, denn wahrscheinlich war sie so verachtenswert wie ihr Bruder – mit einem ebenso schwarzen Herzen.

Dieser Gedanke härtete sein eigenes.

„Nun denn“, gab er nach. „Ich werde es geradeheraus sagen.“ Er zeigte auf die Zofe. „Die Männer meiner Garnison begehen solche unehrenhaften Taten nicht, denn sie kennen die Konsequenzen nur zu gut.“

Das Blut schien vor seinen Augen aus ihrem Gesicht zu weichen, doch sie überraschte ihn, indem sie sich nicht einschüchtern ließ. Sie straffte ihre Schultern und fragte ihn: „Was genau möchtet Ihr damit sagen, Mylord?"

Trotz des Muts, der aus ihren Worten sprach, erspähte Blaec in ihren Augen das plötzliche Bedauern, die Frage überhaupt geäußert zu haben. Und so schüttelte er nur den Kopf und erwiderte: „Die Antwort ist simpel, Demoiselle. Öffnet einfach Eure Augen und dann werdet Ihr es wissen." Er wandte sich an das Dienstmädchen. „Und du ... solltest du deine Erinnerung wiederfinden, such mich gerne auf." Er nickte Dominique zu. „Guten Tag, Demoiselle."

Dominique antwortete nicht und er wartete nicht ab, bis sie es tat. Ohne ein weiteres Wort nahm er Hemd und Hose vom Bett und schlug die schwere Tür hinter sich zu – bevor er sich verleiten lassen konnte, dem unverschämten Weib genau zu sagen, was er mit der Bemerkung meinte: Dass ihr Bruder ein unwürdiger Mistkerl war, der nicht nur die Niedertracht besaß, die Hütten der Leibeigenen abzubrennen, während sie schliefen, sondern der auch so verdorben war, dass er das Dienstmädchen seiner Schwester schlug.

Blaec wollte Beauchamp am liebsten mit bloßen Händen erwürgen.

Er ballte seine Hand zur Faust, denn mehr als das und noch mehr als zuvor, wollte er dafür sorgen, dass diese Farce ein Ende fand. Graeham würde Dominique Beauchamp nicht heiraten – selbst wenn Blaec sterben müsste, um es zu verhindern. Er weigerte sich, in Betracht zu ziehen, dass seine eigene Motivation nicht vollkommen rein sein mochte.

Er wusste nur, dass er entschlossen war, Beauchamps Schwester um jeden Preis vom Bett seines Bruders fernzuhalten.

Um jeden Preis.

Bei allem, was heilig war, Graeham plante, Dominique Beauchamp von seinem Bett fernzuhalten. Das Problem war nur ... er wusste nicht, wie er es anstellen sollte – wenn sogar ihr eigener Bruder sie ihm aufdrängte.

Er hatte den Großteil des Morgens im Gebet verbracht und als er jetzt zurück zu seinem Zimmer ging, war sein Herz mit Ungewissheit erfüllt. Er hatte wirklich geglaubt, er hätte die richtige Entscheidung getroffen. Seine Leute konnten diese Heimtücke nicht länger ertragen. Er hatte gedacht, sein Bündnis mit Beauchamp würde die Überfälle beenden, aber nun schien es, dass er sich getäuscht hatte. Blaec war sicher, dass Beauchamp verantwortlich war, und Graeham konnte dem nichts entgegensetzen.

Außer Beauchamp konnte er sich niemanden vorstellen, der Angriffe auf seine Dörfer führen würde. Und doch schien Beauchamp kein Motiv zu haben, denn durch seine Schwester würde sein Blut eines Tages über diese Ländereien herrschen. Graeham konnte nicht begreifen, dass William das aufs Spiel setzen würde. Es ergab wenig Sinn, das Gold, das man in der Hand hielt, wegzuwerfen, auf die bloße Aussicht hin, anders mehr zu ergattern. Dennoch schien es niemanden sonst zu geben.

Eines war ihm nun klar: Er konnte sein Gelübde nicht brechen. Nicht, wenn es so wirkte, als könnte nichts Gutes daraus erwachsen. Trotz seines Zölibats hatte er der Allianz mit Beauchamp zugestimmt, denn er hatte das übergeordnete Wohl vor Augen: ein Ende ihres privaten Kriegs. Es war das Dach des armen Mannes, das bei jedem Gegenschlag in Flammen aufging. Wenn es also bedeutete, dass er für das Wohl seiner Leute die Ewigkeit in der Hölle verbringen müsste, dann hätte er dies gerne getan. Aber er wollte verdammt sein, wenn er es vergebens tat.

Seine Brust schmerzte, sowohl von den Nachwirkungen des Rauchs in seiner Lunge als auch wegen der Qual seiner Ungewissheit. Er drückte die Tür zu seinem Zimmer auf und sah seinen Bruder, der in der hüfthohen hölzernen Wanne saß, die einst ihrem Vater gehört hatte – und seinem Vater vor ihm, ihrem edlen Großvater, der neben dem Eroberer selbst in die Schlacht geritten war. Er war derjenige gewesen, der England als Erster seine Heimat genannt hatte. Und dann war der Eroberer gestorben und unter seinem jüngsten Sohn war das Land in das Blut des Verrats getaucht worden – eines Verrats, mit dem sich selbst Graeham behaftet fühlte, auch wenn der Treuebruch nicht sein eigener gewesen war.

Es reichte, dass er die Lüge lebte.

Zu sehen, wie Blaec nun in einem geliehenen Zimmer badete, ohne ein Dienstmädchen, das ihn wusch, wie es ihm geziemt hätte, brachte Graehams Magen vor Schuld in Aufruhr. Doch er setzte ein fröhliches Gesicht auf und versteckte seine Qual vor den müden, umschatteten Augen seines Bruders. Letzte Nacht hatte Blaec wieder seinen Rücken gedeckt, mit derselben kämpferischen Entschlossenheit, wie sie ein wilder Eber einem Jäger gegenüber zeigte.

„Es freut mich, dass du meinen Rat angenommen hast", sagte Graeham.

Erschöpft schaute Blaec über seine Schulter und lächelte grimmig. „Wie du so taktlos angemerkt hast ... wir möchten unsere Gäste nicht beleidigen, nicht wahr? Um deinetwillen, mein Bruder, war ein Bad das Mindeste, was ich tun konnte."

Graeham schmunzelte, als er seinen Helm auf das große Bett warf. „Du tust zu viel", merkte er an, während er seine Handschuhe abstreifte und sie gegen sein Bein klatschen ließ. Er warf sie zu seinem Helm. „Wie dem auch sei ... seit wann hörst du auf mich?"

Blaec grinste. Er fuhr mit der Hand durch seine schwarze Mähne, seufzte und legte dann seinen Kopf auf den Rand der Wanne und starrte zur Decke empor.

Graeham setzte sich auf das Bett. Es sank unter seinem Gewicht mit einem unheilvollen Ächzen ein. „Wir können nicht sicher wissen, dass es Beauchamp war", sagte er nach einem Moment.

Blaec musterte weiter die Decke. „Nay", stimmte er zu. „Noch nicht ... aber ich plane, es herauszufinden, bevor der Tag vorbei ist."

„Wirklich?" Graeham verengte interessiert die Augen. „Wie?"

„Einer der Dorfbewohner behauptet, einen der Mistkerle während ihrer Flucht verwundet zu haben."

Endlich wandte Blaec ihm sein Gesicht zu, dabei ruhte seine vernarbte Wange auf dem breiten Rand der Wanne. Die Erinnerung an den Schlag, der das Antlitz seines Bruders ruiniert hatte, war eine weitere andauernde Quelle des Bedauerns für Graeham. Ihr Vater hatte große Freude daran gefunden, Blaec den *colee* anzubieten, den traditionellen ersten Schlag, der einem Ritter gegeben wurde. Doch er hatte ihn unbarmherzig hart geschlagen – mit dem Heft des Schwertes, das er später Graeham überreicht hatte. Der Schnitt war tief gewesen und obwohl das Blut über seine Wange gelaufen war, hatte Blaec mit stolz aufgerichtetem Rücken gekniet und es ohne ein einziges Wort der Beschwerde ertragen. Aber Graeham hatte den herzzerreißenden Kummer in seinen Augen gesehen. Und hinter diesen Augen hatte er den kleinen Jungen erblickt, der sich so lange schon nach der Umarmung seines Vaters sehnte.

Die hatte er nie erhalten. Zu seiner Betrübnis war Graeham immer der Sohn seines Vaters gewesen und Blaec kaum mehr als eine Unannehmlichkeit. Es machte nichts aus, dass Graeham sich bemühte, es zu ändern, wo er konnte. Es blieb, wie es war. Seine Hand wanderte zu seinem Schwertgriff und er zog das alte Relikt aus seiner Scheide, strich mit seinem Daumen über die Inschrift der Klinge. INNOMINEDOMINI: In Gottes Namen. Wie unpassend.

„Also … wem sind wir diesen großen Dank schuldig?", fragte Graeham. Er konnte nicht begreifen, wie Blaec ihn mit solcher Zuneigung anschauen konnte; noch weniger verstand er die Hingabe, die er ihm entgegenbrachte. Er verdiente sie nicht.

Blaec grinste schelmisch. „Der Frau des Zimmermanns", enthüllte er mit offensichtlichem Genuss.

„Die süße Maude?" Graehams Ton war ungläubig.

Blaec schmunzelte. „Ja, genau die. Es scheint, sie haben sie bei ihrem Mann mit heruntergelassener Hose überrascht."

Graeham runzelte die Stirn. „Du scherzt, nicht wahr?"

Wieder schmunzelte Blaec, doch diesmal mit deutlich mehr Humor. „Nay. Und so wie Adam es erzählt, ist sie von ihm heruntergestiegen wie eine Wahnsinnige, hat ihr Kleid zurechtgerückt, ist mit einer Axt zum Fenster gerannt und hat sie auf den nächsten Reiter geworfen." Sein Grinsen wurde noch breiter. „Anscheinend ist sie in seinem Gesicht stecken geblieben und hat so das Anwesen verlassen."

„Guter Gott!" Graeham erschauerte bei der Vorstellung dieser Szene.

„Ganz deiner Meinung."

„Mir scheint, ich sollte diese Frau nie wieder reizen", schwor sich Graeham und erschauerte wieder. „Vielleicht sollten wir sie rekrutieren."

Blaec lächelte missmutig. „Sie hat sich gegen diese Angreifer auf jeden Fall besser geschlagen als unsere Männer bisher."

Graeham seufzte. „Eine traurige, aber wahre Tatsache."

„Jedenfalls", fuhr Blaec fort, „letzte Nacht war es viel zu dunkel, um die angrenzenden Wälder zu durchsuchen, aber ich dachte, vielleicht heute ... Wir könnten unsere Gäste zu einer ... Jagd einladen?"

Graeham hob die Brauen und nickte. „Ich würde gerne Beauchamps Gesicht sehen, sollten wir über eine Leiche stolpern", gab er zu.

„Dann ist es also beschlossen."

„Aye", stimmte Graeham zu. Er erhob sich vom Bett und ging zur Tür, wobei er das Schwert wieder in die Scheide steckte. „Ich nehme an, ich sollte die Einladung unserem Gast überbringen", sagte er. *Und beten, dass er schuldlos ist*, dachte er stumm. Für das Wohl aller hoffte er, dass Beauchamp nicht verantwortlich war.

„Denke daran, auch *deine Braut* einzuladen", rief Blaec ihm hinterher, sein Ton bitter.

Graeham hielt an und wandte sich um. „Natürlich", sagte er, aber er runzelte dabei die Stirn.

Etwas daran, wie Blaec sie *seine Braut* genannt hatte, erregte seine Aufmerksamkeit und er musterte seinen pflichtbewussten Bruder für einen Moment. Er hatte die beiden zusammen beobachtet und selbst ein Blinder konnte die Spannung zwischen ihnen erkennen. Und plötzlich grinste er, denn er wusste genau, wie er sich aus dieser Verstrickung befreien konnte. Unbeabsichtigt war er bereits über die Lösung gestolpert. Blaec hatte recht, auch wenn Graeham es niemals zugeben würde. Von Schuld getrieben hatte er ungewollt diese beiden zueinander gebracht.

Selbst wenn William schuldig war, überlegte er, war seine Schwester es wahrscheinlich nicht, denn sie erschien ihm nicht wie ein verräterisches Weib. Sie mochte ihrem Bruder treu ergeben sein, aber ihr Ausbruch gestern Abend, als sie über das Schicksal von Williams Meldereiter diskutiert hatten, hatte ihm viel verraten.

Aye ... konnte es eine bessere Möglichkeit geben, um sich von seiner Last zu befreien?

Und wenn sich alles geklärt hatte, dann würde es später viel einfacher laufen, wenn er mit Stephen sprach. Er hatte vor langer Zeit versprochen, dies zu tun, aber es war längst überfällig. Als er die Tür hinter sich schloss und Blaec sich wieder in die gigantische Wanne sinken ließ, fühlte Graeham sich eindeutig erleichtert.

Viel befreiter, als er sich seit Jahren gefühlt hatte.

⁂

Es gelang Dominique, zu warten, bis sie und Alyss angemessen gekleidet waren, doch dann konnte sie sich nicht länger zügeln. Als Alyss einen von Dominiques Kämmen anhob, um ihre Haare zu frisieren, nahm Dominique ihr diesen ab und legte ihn zurück auf den Tisch.

„Alyss", begann sie in ernstem Ton, „du musst mir sagen, wer dir das angetan hat." Vorsichtig streckte sie eine Hand aus, um Alyss' Wange zu berühren und zögerte kurz angesichts der Schwellung. „Es tut mir leid", flüsterte sie.

Alyss wand sich unbehaglich. „Nay, Mylady ... es gibt nichts, was Euch leidtun müsste." Sanft entfernte sie Dominiques Hand von ihrem Gesicht, als empfände sie die liebevolle Fürsorge als unangenehm. „Ich danke Euch, aber es ist so, wie ich es gesagt habe ... Ich bin im Schlaf aus dem Bett gefallen.“

Dominique ließ ihre Hand sinken und blickte weg. Sie richtete ihre Aufmerksamkeit von Alyss auf das verschlossene Fenster. „Herrgott, Alyss ... Wie kannst du erwarten, dass ich dir eine solche Geschichte abnehme? So sehr es mich schmerzt, einem einzigen Wort aus Blaec d'Lucys Mund zuzustimmen, ich kann dies genauso wenig glauben, wie er es getan hat.“

„Es war nett von ihm, sich um mich zu sorgen“, warf Alyss ein.

Dominique zog die Brauen zusammen, als sie herumwirbelte und ihr Dienstmädchen anschaute. „Nett? Ich kann mir viele Worte vorstellen, die diesen Mann beschreiben, aber *nett* gehört nicht dazu!“

Alyss nickte heftig. „Aye, Mylady! Er wäre gewiss nicht so wütend gewesen, würde er sich keine Sorgen machen. Überlegt doch nur ... Hätte er so viele Stunden seines Schlafs geopfert, um das Feuer zu bekämpfen, wenn er auch seine Männer hätte aussenden und sich ohne einen weiteren Gedanken zu Bett hätte legen können? Hätte er sich nicht auch des Morgens um das Feuer kümmern können? Aye“, bekräftigte sie und sah, dass Dominique ihre Worte überdachte. „Dieser Brand hat den Bergfried nicht gefährdet und würde er sich nicht um seine Leute sorgen, hätte er nicht genau so gehandelt!“ Sie wirkte eine Sekunde lang sehnsuchtsvoll, rang ihre Hände und sagte dann: „Ihr habt in der Tat Glück, denn Graeham ist nicht nur freundlich und ansehnlich, sondern auch sanftmütig. Könnte ich doch nur ...“ Sie hielt mit einem Schluchzer inne und schielte zu Dominique.

Dominique zögerte. Ihr Blick wurde verschwommen, aber nur für einen Moment, denn auch wenn sie die Frage scheute, so musste sie doch gestellt werden. „War es mein Bruder, Alyss? War es William?“ Ihre

Hand verkrampfte sich an ihrer Brust. „Hat er dir das angetan?"

Alyss' Augen weiteten sich. „Oh nay, Mylady!" Sie ließ einen kurzen Aufschrei vernehmen und schüttelte entschieden den Kopf. „Nay!" Sie bekreuzigte sich. „Gott bewahre – nay, Mylady –, wie könnt Ihr so etwas überhaupt denken?"

Erleichterung erfasste Dominique. Trotzdem musste sie nachfragen, musste es mit Sicherheit wissen. „Sagst du mir die Wahrheit, Alyss?"

Alyss öffnete den Mund, schloss ihn dann wieder und senkte das Gesicht, als fühlte sie sich durch die Frage beleidigt. Eine Sekunde später hob sie ihr Kinn und sagte mit gefühllosen Augen und voller Gewissheit: „Es war nicht Euer Bruder, Mylady."

„Wer dann?"

Alyss schüttelte nachdrücklich ihren Kopf. „Ihr müsst mir verzeihen, das kann ich nicht sagen."

Ein Klopfen unterbrach das Gespräch.

Dominique und Alyss wandten sich um, als die Tür sich knarrend öffnete. Das war etwas, das die Brüder gemein zu haben schienen, dachte Dominique verstimmt, als Graehams Gesicht erschien. Keiner von beiden scherte sich auch nur um die allerkleinste Höflichkeit. Jesus, sie begann wirklich, diese verflixte Verbindung zu bereuen.

Dominique sah ihr Dienstmädchen verstohlen an. „Du verstehst, dass ich es wissen musste?", fragte sie leise und plante, das Thema mit Graeham zu besprechen. Nicht einmal der teuflische Drache konnte sie davon abhalten, den Namen des Unholds aufzudecken, der für dieses Vergehen verantwortlich war.

Doch das konnte bis später warten. Denn dies war tatsächlich das erste Mal, dass ihr Verlobter sich die Mühe gemacht hatte, sie persönlich aufzusuchen. Sie zwang sich, zu lächeln, wollte ihn nicht direkt mit all ihren Beschwerden belasten. „Mylord", begrüßte sie ihn liebenswert. Sie hob ihr Kleid an und ging auf ihn zu. „Ich habe so gehofft, heute mit Euch zu sprechen."

Er lächelte auf sie hinunter und Dominique merkte, dass ein Teil ihres Ärgers bei dieser Wärme schmolz. Er war wirklich ein attraktiver Mann, sagte sie sich, und Alyss hatte recht: Sie hatte Glück. „Nun, hier bin ich", sagte er heiter. „Ich hoffe, es geht Euch heute Morgen besser." Er streckte den Arm aus und griff nach ihrer Hand, nahm sie in seine und presste sanft seine Lippen auf ihren Handrücken.

Überrascht von solcher Liebenswürdigkeit beäugte Dominique die Geste skeptisch. „Aye, Mylord", bestätigte sie und trotz ihrer Verunsicherung fühlte sie sich etwas töricht und schuldig ob der Dinge, die sie gerade über ihn gedacht hatte. Er war kein bisschen wie sein Bruder, versicherte sie sich. Nay, es war mehr als offensichtlich, dass der Mann vor ihr eine edle Erziehung genossen hatte – sie warf einen gereizten Blick zur Tür –, zumindest zum Großteil. Sein Bruder dagegen war nichts weiter als ein unzivilisierter Rohling.

„Vorzüglich", verkündete Graeham. Das Grübchen auf seiner Wange vertiefte sich mit seinem Lächeln und Dominique fragte sich, ob er und Blaec dieses Merkmal teilten. Doch allein der Gedanke erschreckte sie. Warum, bei Gott, sollte sie jetzt an diesen Mann denken? Sie brauchte sich nur mit Graeham zu befassen. Sie zog ihre Hand zurück und senkte schuldbewusst ihre Lider.

„Das freut mich, zu hören, denn ich hoffte, Euch zu überreden, mich auf der heutigen Jagd zu begleiten." Seine Augen funkelten, als sie seinem Blick begegnete. „Wenn Ihr dies nur in Betracht ziehen würdet", fuhr er fort, „würdet Ihr mich zu einem sehr glücklichen Mann machen."

Mit jedem Wort, das er sagte, wuchs Dominiques Unwohlsein. Sie war solche Höflichkeit nicht gewohnt und erst recht keine solch honigsüßen Worte von einem

Mann. Sie schenkte ihm ein zögerliches Lächeln. „Ich muss es gar nicht überdenken, Mylord", antwortete sie und hob ein wenig ihr Kinn, um ihn ansehen zu können. Noch etwas, was diesen Brüdern gemein war – ihre ungewöhnliche Größe. „Ich würde mich freuen, an Eurer Seite zu reiten", sagte sie ... und fragte sich, ob der Drache sie wohl mit seiner Gegenwart beehren würde.

Bei dem Gedanken geriet ihr Magen in Aufruhr. Sie sagte sich, dass es nichts mit der Aussicht zu tun hatte, Blaec d'Lucy wiederzusehen. Tatsächlich hoffte sie, dass der Drache sich nicht darum scheren würde, sich ihnen anzuschließen.

Natürlich machte es ohnehin nichts aus. Weder seine Anwesenheit noch seine Abwesenheit ging sie etwas an.

Sie runzelte die Stirn und biss auf ihre Lippe.

Heilige Maria, sie schien heute Morgen nicht in der Lage zu sein, auch nur zwei zusammenhängende Gedanken zu fassen, ohne an dieses Biest zu denken. Sie versicherte sich, dass es nur daran lag, dass er sie an diesem Morgen bereits belästigt hatte, und richtete ihre Aufmerksamkeit auf dringlichere Angelegenheiten. „Mylord", begann sie, „es gibt etwas, worüber ich mit Euch sprechen möchte ..." Sie blickte über ihre Schulter zu ihrer Zofe und dann wieder zurück. „Alyss, müsst Ihr wissen ..."

„Nay, Mylady!", unterbrach sie Alyss.

Überrascht durch den Protest drehte sich Dominique zu ihr, um sie stumm zurechtzuweisen. Dabei sah sie, dass Alyss einen drängenden Schritt vorgetreten war. Tatsächlich wirkte sie, als würde sie gleich in Ohnmacht fallen, und ihr Gesichtsausdruck wurde mit jeder Sekunde ängstlicher.

„Ich flehe Euch an, bitte!"

Dominique dachte, sie wäre vielleicht entsetzt darüber, ein so sensibles Thema vor Graeham anzusprechen, und gab mit einem Nicken nach. Sie entschloss sich, ihn später zu fragen, wenn Alyss nicht in der Nähe war. Vielleicht würden sie während der Jagd einen ungestörten Moment haben, in dem sie unter vier Augen mit ihm reden könnte.

Graeham runzelte die Stirn und musterte sie beide. „Wenn es etwas gibt, womit ich Euch helfen kann, Demoiselle, braucht Ihr nur zu fragen."

Demoiselle. Der Klang dieses Wortes von Graehams Lippen war eigenartig unattraktiv, nachdem sie es von seinem Bruder gehört hatte – wie absurd, da Blaec d'Lucy den Begriff immer nur im Zorn benutzt hatte und nie aus Zuneigung.

Einen nervösen Augenblick lang war sie nicht in der Lage, zu sprechen. Sie erinnerte sich daran, wie er sie voll intensiver, stummer Wut angeschaut hatte, und fragte sich erneut, was mit ihr nicht stimmte, dass es ihr etwas ausmachte, ob er sie zu Unrecht hasste oder nicht. Der Mann vor ihr würde ihr Ehemann werden. *Dies* war der Mann, mit dem sie sich befassen sollte, mit diesem und keinem anderen. Mit diesem Mann und nicht mit seinem Bruder.

Graeham musterte sie mit einem eigenartigen Ausdruck in seinem Gesicht. „Nun denn", sagte er. „Wenn es nichts anderes gibt ..." Er wartete, ob sie etwas sagen würde, und als sie das nicht tat, fügte er hinzu: „Es gäbe etwas, das Ihr für mich tun könntet ..."

Verdruss überkam sie, so ungerechtfertigt das auch sein mochte. Sie wollte ihm gefallen. Nay, es war ihre Pflicht, ihm zu gefallen, und sie würde alles tun, was sie konnte, um sich ihren Platz in seinem Heim zu verdienen. Sie neigte ihr Gesicht seinem zu und betete, dass er die Verwirrung nicht erkennen konnte, die ihre Seele erfüllte. „Alles, Mylord. Ihr braucht nur zu fragen", sagte sie und meinte es auch so.

Sein Lächeln war liebenswürdig und in diesem Moment dachte sie, dass Graeham d'Lucy der sanfteste

Mann war, den sie je kennengelernt hatte. Himmel, nicht einmal ihr eigen Fleisch und Blut war je so liebevoll zu ihr gewesen. Sie musste sich daran erinnern, für das, was sie hatte, dankbar zu sein.

„Mein Bruder", sagte er leise.

Dominiques Herz machte einen Satz. Sofort senkte sie ihre Lider.

„Er badet in meinem Zimmer", bemerkte Graeham. Er hob ihr Kinn mit einem Finger, um sicherzugehen, dass sie in seine Augen blickte. Dann befahl er: „Als meine zukünftige Braut ... möchte ich, dass Ihr jetzt hinübergeht und ihm die Ehre erweist, ihn zu waschen."

„Nay!" Dieses eine Wort explodierte von ihren Lippen und überraschte selbst Dominique, die nie zuvor gewagt hatte, eine Anweisung zu verweigern. Und doch konnte sie keine Entschuldigung für ihren Ausbruch vorbringen. Er runzelte die Stirn und sie schob seine Hand von ihrem Gesicht und trat panisch einen Schritt zurück. „Mylord! Ihr könnt doch nicht wollen, dass ich –"

„Doch das tue ich", unterbrach er sie. Seine Miene hatte sich angesichts ihrer Weigerung verhärtet. „Er ist mein Bruder, Lady Dominique. Und als meinen Bruder schätze ich niemanden in diesem Haus höher als ihn. Nicht einmal Euch", betonte er herzlos. „Und daher ... werdet Ihr hinübergehen und ihn waschen, denn ich werde keine ungehorsame Frau dulden."

Dominique schluckte die bittere Erwiderung herunter, die ihr auf der Zunge lag.

„Verstehen wir einander, Lady Dominique?"

Dominique sank der Mut. Hatte sie wirklich gewagt, zu denken, sie könnte in diesem verachtenswerten Handel mehr sein als nur eine politische Gefangene? Hatte sie zu denken gewagt, dass Graeham sich von seinem Bruder unterscheiden würde, nur weil sein Lächeln so engelsgleich war? Bei Gott, sie wusste nicht, wer schlimmer war: Blaec, der sie offen hasste, oder Graeham, der ihr zu hoffen erlaubte, nur um sie dann so einfach unter seinem Schuh zu zertreten.

„Aye, Mylord", brachte sie hervor und bemühte sich, so gut es ging, den Zorn aus ihrer Stimme fernzuhalten. „Wir verstehen einander sehr gut." In diesem Moment wusste sie nicht, wen von beiden sie mehr verabscheute. Doch dann runzelte sie die Stirn, denn so schmerzhaft ihr Herz auch gegen ihre Rippen pochte, sie wusste, die Antwort war immer noch Blaec.

KAPITEL 9

Es war nicht unüblich, dass die Frau eines Mannes sich um die Bäder der Gäste kümmerte, und es hätte eine vollkommen annehmbare Aufforderung sein können, hätte Dominique nicht den Gedanken verabscheut, in Blaec d'Lucys Gegenwart zu sein.

Außerdem hatte sie nie zuvor einen Mann gewaschen, weil ihr Bruder es nie erlaubt hatte. Er hatte sie vehement vor ihrer Lüsternheit gewarnt und betont, dass ihre eigene Mutter Opfer solcher Fleischeslust geworden war, während sie diese Ehre erwies. Und es stimmte, denn auch wenn Dominique sich kaum an ihre Mutter erinnerte, so hatte sie die Wut ihres Vaters und seine Anschuldigungen noch lebhaft vor Augen.

Verständlicherweise war Dominique nervös.

Es fiel ihr nicht schwer, in Erfahrung zu bringen, wo das Zimmer des Grafen war. Es lag hinter der Kemenate − oder zumindest da, wo sich der Privatbereich der Frauen befinden sollte. Hier, wie auch im Haushalt ihres Bruders, gab es keine Frauen, abgesehen von den Bediensteten. Mit dieser Erkenntnis gesellte sich Traurigkeit zu ihrem Ärger, denn sie hatte sich bereits vorgestellt, wie sie sich die Zeit mit typisch weiblichen Beschäftigungen vertreiben und Geheimnisse mit den

Frauen und Töchtern von den Soldaten der Garnison austauschen würde – anstatt sich für zwei ruchlose, launische Brüder abzuschuften. Vielleicht war Graeham nicht der Dämon, der sein Bruder war, aber er hatte ihr genau klargemacht, welchen Platz sie in seinem Heim einnehmen würde. Keinen.

In der Kemenate schob sie die Illusionen ihrer Träume von sich, die Visionen von plaudernden Frauen beim Nähen, zu ihren Füßen lachende Kinder, die ungezogene Katzen mit Mäulern voller Garn jagten. Sie hob ihren Kopf und weigerte sich, ihrem Kummer nachzugeben. Sie hatte immer getan, was nötig war, und dieser Moment unterschied sich nicht von irgendeinem anderen. Wenn sie das Biest waschen musste, dann sollte dem so sein. Sie würde das Biest waschen.

Sie hielt an der Tür inne, die Hand auf dem weichen Holz, und schaute über ihre Schulter zu der leeren Kemenate. Eines Tages, schwor sie, würde diese mit Lachen gefüllt sein – bei Gott, sie würde dafür sorgen! Sie nahm ihren Mut zusammen und klopfte an die Tür.

Eingeengt in den Begrenzungen der Wanne streckte Blaec gerade ein Bein über die Kante, als das Klopfen an der Tür ertönte. Er runzelte die Stirn, denn es war ganz sicherlich nicht Graeham. So entschlossen sein Bruder auch schien, ihm seine unangemessene Ehre zukommen zu lassen, war Blaec doch sicher, dass er nie so albern wäre, an seine eigene Zimmertür zu klopfen. Auch würde niemand, der sich seiner Gegenwart bewusst war, freiwillig in diesen Raum kommen – bestimmt nicht ohne ausdrückliche Einladung.

„*Entrez*", befahl er und erwartete ein reizendes Dienstmädchen, das er seinem Bruder zu verdanken hatte. Er machte sich nicht die Mühe, sich zu bedecken.

Verdammt sollte Graeham sein, dass er die meiste Zeit darauf verwendete, etwas wiedergutzumachen, das längst nicht mehr in ihrer beider Hände lag, statt sich um sich selbst zu kümmern. Denn dann hätte Blaec auch mit seinem Leben weitermachen können. Er würde seinem Bruder immer in irgendeiner Weise dienen – er hatte es geschworen –, aber bei Gott, Drakewich schien mit jeder Sekunde zu schrumpfen. Nicht unerheblich aufgrund der Ankunft der launischen kleinen Giftnudel, die sein Bruder versprochen hatte, zu ehelichen.

Als die Tür aufging, richtete er sich abrupt in der Wanne auf, riss sein Bein wieder zurück und schwappte dabei Wasser über die Seiten auf den Boden. Er war nicht auf diese Besucherin vorbereitet gewesen.

Nicht auf diese.

Er verengte die Augen. Ganz sicher nicht in *diesem* Kleid. Er umklammerte zornig den Rand der Wanne, bereit, aus dem Wasser zu springen – zur Hölle mit dem Anstand – und nach seinem Bruder zu brüllen, bis die Balken wackelten.

„Was zum Teufel macht Ihr hier?", fragte er ungläubig.

Während er sie musterte, röteten sich ihre Wangen vor Wut oder Empörung – oder vielleicht auch durch beides, entschied er, denn sie schaute ihn finster an, bevor sie den Blick abwandte.

„Was glaubt Ihr, sollte ich wohl hier tun?", erwiderte sie mit scharfer Zunge.

Er biss die Zähne zusammen. „Wieso klärt Ihr mich nicht darüber auf, Demoiselle?"

Ihr Erröten vertiefte sich und sie schien plötzlich großes Interesse an der Decke zu finden. Ihr Nacken war gestreckt und entblößte den starken Puls an ihrem Hals. Sein eigener Herzschlag beschleunigte sich. Er bemühte sich, die Versuchung zu ignorieren, aber trotz seines Zorns fiel es ihm schwer, nicht aus der Wanne zu steigen, zu ihr zu gehen und sie zu schütteln, bis ihr gesunder Menschenverstand zurückkehrte, und dann seinen Hunger nach dem Duft und Geschmack ihres Fleisches zu stillen.

Er zwang sich dazu, im Bad sitzen zu bleiben, und erlaubte sich die Vorstellung, wie es wäre, den Puls ihres Halses an seiner Zunge zu spüren. Seine Nasenflügel bebten.

Bei aller Liebe Gottes, sein Bruder war wahnsinnig, sie hierherzuschicken.

„Ich bin natürlich hier, um Euch zu waschen", enthüllte sie säuerlich.

Seine Mundwinkel hoben sich. „Wirklich?"

„Nicht aus meinem eigenen Antrieb, das versichere ich Euch, Mylord."

Sie sah ihn finster an und der Anblick ihrer klaren blauen und feurigen Augen traf ihn tief in seiner Seele. Christus, er könnte in diesen Augen eine Ewigkeit lang brennen. Er hatte kaum eine andere Wahl, denn er brannte selbst in diesem Moment. Bilder und Töne von ineinander verschlungenen Körpern, von verknoteten Gliedmaßen und fremdartigem Stöhnen behelligten ihn ... Schweiß ... Hitze ... der Puls an ihrem Hals.

Unter Einsatz seiner Seele versuchte er, sich seinen Bruder in der Umarmung mit ihr vorzustellen, aber es gelang ihm nicht; die Lippen, die er sah und die an ihren Brustwarzen saugten, waren seine eigenen.

Verdammt sei Graeham, zur Hölle und zurück.

Leise fluchend bewegte sich Blaec unbehaglich in der Wanne und schob seine Knie als Barriere zwischen diese außergewöhnlichen blauen Augen und den Beweis seiner Erregung. Konnte sein Bruder wirklich keine Ahnung haben, was er ihm antat, indem er diese Frau zu ihm sandte, während er ungepanzert und so schwach wie Adam war? Bei Christus, er mochte Graeham zwar loyal ergeben sein, aber im Gegensatz zu seinem Bruder war er alles andere als ein Heiliger.

Aye, ehrlich gesagt war er der Bezeichnung noch nicht einmal nahegekommen.

In diesem Moment würde es nicht mehr lange dauern, bis er den letzten Rest des Willens verlor, der ihm noch blieb. Am besten sollte er sie aus dem Zimmer schicken.

Er schloss die Lider, spannte seinen Kiefer an und hörte sich sagen: „Kommt her, Dominique."

Dominique erzitterte beim Klang seiner Stimme. Sie war rau und urtümlich und erzeugte eine Angst in ihr, die ihren ganzen Körper schüttelte. Und heilige Maria, der im Raum hängende Dampf schien die Luft aus ihrer Lunge zu saugen, denn sie konnte plötzlich nicht mehr atmen. „I-ich denke nicht", stammelte sie.

„Ich verstehe." Als er seine Augen wieder öffnete, waren sie lebhaft grün, fiebrig. Arrogant musterte er sie und ließ seinen Blick über ihr Gewand schweifen. Gut, sie war froh, dass ihr Kleid ihm missfiel. Das Letzte, was sie wollte, war, diesem Mistkerl zu gefallen.

„Und hattet Ihr vor, mich von Eurem jetzigen Standpunkt aus zu waschen?", verspottete er sie leichthin. „Oder habt Ihr stattdessen vor, mir einfach nur zuzuschauen, Demoiselle?"

„Natürlich nicht!" Allein der Gedanke! Obwohl sie wusste, dass er sie genau dazu provozieren wollte, trat Dominique einen zaghaften Schritt vorwärts und hielt dann inne. Es war ihr nicht möglich, die Distanz zwischen ihnen zu überwinden.

Aye, sie war ein Feigling!

Zu ihrem Entsetzen hob er einen seifigen Lappen aus dem Wasser, hielt ihn ihr hin und blickte sie herausfordernd an. Ihr Körper zitterte allein bei der Möglichkeit, dass sie es berühren müsste – dieses Tuch, das sich in demselben Badewasser wie er befunden hatte –, dass sie es so vertraut aus seiner Hand annehmen müsste. Ihn berühren müsste. Sie konnte kaum glauben, was gerade passierte. Und sie konnte nicht klar denken, solange er ihr so beharrlich den Lappen anbot.

Hatte ihre Mutter sich so gefühlt? War dies der Beginn ihres Treuebruchs gewesen?

Sie bewegte sich vorwärts und griff argwöhnisch nach dem Tuch, denn sie befürchtete, dass er seine Hand um ihr Handgelenk schließen würde, damit sie ihm nicht entkam.

Was würde sie dann tun? Schreien? Herumfahren und fliehen?

Irgendwie glaubte sie nicht, dass sie das tun könnte, so sehr fesselte sie sein Anblick. Der Gedanke verunsicherte sie derart, dass sie den Lappen aus seiner Hand riss; entschlossen, es nicht herauszufinden. Doch er griff nur erneut in das trübe Wasser und holte die Seife heraus. Diese reichte er ihr ebenfalls.

Eine weitere Herausforderung.

Ein Handschuh, der ihr vor die Füße geworfen wurde.

Trotzdem konnte sich Dominique bei seinem Anblick nicht rühren, nicht einmal, um ihre Würde zu bewahren.

Ihm zuschauen, wahrhaftig!

Er hob eine Braue. „Ich habe es Euch bereits einmal versichert, Lady Dominique ... ich beiße nicht."

Dominique erschauerte, denn sie war davon nicht überzeugt. Das unmissverständliche raubtierhafte Glänzen seiner Augen ließ sie sich fragen, ob er sich nicht doch von zarten Babys und geopferten Jungfrauen ernährte. „Aye, nun ..."

„Wenn Ihr Euch nicht vor mir fürchtet, gibt es keinen Grund, eine Armlänge Abstand zu halten ..."

„Ich – fürchte – Euch – nicht!", sagte Dominique so entschlossen, wie es ihr möglich war, und hob ihr Kinn. *Arroganter Mistkerl.* Sie beäugte seine ausgestreckte Hand so argwöhnisch, als wollte er ihr einen trügerischen Dolch überreichen. Sie schluckte heftig gegen den Knoten an, der sich plötzlich in ihrem Hals bildete, und griff nach der Seife. Doch sie war so nervös und die

Seife so glitschig und feucht, dass sie sie nicht sicher genug zu fassen bekam, um sie aus seiner Hand zu nehmen.

Was auch immer sie ihm gerne für schlaue Worte an den Kopf geworfen hätte, sie entfielen ihr, als sie sich abmühte, die Seife zu ergreifen. Helfend schloss sich seine Hand um die Seife und stabilisierte diese, damit sie sie aufheben konnte. Doch dabei berührten seine kräftigen Finger die ihren. Heiß wie kleine Flammen sandten sie einen Stoß durch sie und ließen sie benommen zurück. Jesus, sie konnte ihn nur mit leerem Blick anstarren, während das Herz in ihrer Brust hämmerte. Endlich schlossen sich ihre Finger um die Seife. Wie konnte dieser Mann einen so großen Einfluss auf sie haben, sein Bruder jedoch nicht? Etwas musste mit ihr nicht in Ordnung sein, denn Graeham war ein schöner Mann.

Blaecs Lächeln war so kalt, dass sie fröstelte. Es war, als hätte er in ihre Augen gesehen und ihre schamlose Schwäche für ihn entdeckt. Und Dominique konnte sich in diesem Moment gut vorstellen, dass er wie sein Namensvetter großes Vergnügen daran finden würde, sich an ihrem Körper und ihrer Seele zu laben. Der Gedanke ließ sie erzittern ... doch gewiss nicht vor Erwartung, oder doch? Sie runzelte die Stirn. Furcht, sagte sie sich. Es war Furcht und nichts anderes.

Er schien ihre Gedanken zu lesen, denn er fragte sie: „Sicherlich habt Ihr keine Angst vor mir, Lady Dominique?"

„Was für ein lächerlicher Gedanke", sagte sie, aber ihr Zittern strafte ihre Worte Lügen. „Warum sollte ich Angst vor Euch haben, Mylord?"

Erst verspätet bemerkte sie, dass sie ihre Hand seinem Griff noch nicht entzogen hatte. Mit seiner Handfläche drückte er das kleine Stück Seife in ihre, während seine Finger sich gnadenlos um ihre schlossen und sie umklammerten. Dominique schrie auf, konnte in diesem Moment keinen klaren Gedanken fassen, konnte überhaupt nichts mehr denken. Blinzelnd starrte sie auf ihre miteinander verbundenen Hände und ihr Herz pochte wild in ihrer Brust. Sein Blick durchbohrte sie. Sein Lächeln schien sie zu verspotten. Da war etwas, was sie tun sollte, aber sie konnte nicht begreifen, was.

Die Seife glitschte wie warmer, feuchter Samt zwischen ihren Handflächen, als er seine Hand bewegte und seine Finger mit ihren verflocht. Mit einem nachdrücklichen Zupfen zog er sie näher zu sich. Dominique konnte ihm nur Folge leisten, ihr Wille hatte sie vollends verlassen, alle Gedanken hatten die Flucht ergriffen.

Blaec sagte sich, dass es seine Absicht war, sie zu ängstigen, damit sie aus dem Zimmer fliehen und ihn ein für alle Mal in Ruhe lassen würde. Doch als er sie näher und näher zu sich zog und ihre Hand auf seine Brust presste, da wusste er, dass er keinen Willen mehr besaß. Wie in einem Wahn war sein einziger Gedanke, dass er sterben würde, wenn er ihre schmalen, feingliedrigen Finger nicht auf seiner Haut spürte, während sie ihn wusch. Es brannte, wo sie ihn so zaghaft berührte, und er erschauerte angesichts des heftigen Verlangens, das ihn plötzlich überkam und seine Lenden mit Hitze füllte.

Ihr Einatmen war hörbar. „Mylord!"

Sie versuchte, sich aus der Berührung zu lösen, aber er bemerkte, dass er sie nicht freigeben konnte.

„Dann wascht mich, Dominique", forderte er sie heraus. „Wenn Ihr wirklich keine Angst habt ..."

Sie versteifte sich, zog ihre Hand aber nicht sogleich zurück und das erachtete er als einen Sieg ... ein Versagen. Himmel, er war schwach. Sein Bruder verdiente etwas Besseres, als von seinem eigenen Blut gehörnt zu werden. Doch er konnte sich nicht beherrschen. Es war ihm, als wäre er ein heimgesuchter Mann. *Besessen.* Sie erfüllte seine Adern so sicher, wie ihr Gewand ihm gehörte. *Es war sein.* Auch wenn sie es nicht war. In seinem Ärger wollte er es ihr Stück für Stück vom Körper reißen ... und sich dann in ihr versenken, wie die Klinge seines Schwertes; rasch und voll süßer Rache.

„Badet mich", flüsterte er erbittert und seine Augen funkelten.

Immer noch rührte sie sich nicht und ihre Blicke trafen sich, konnten sich nicht mehr voneinander lösen.

„Ich habe *keine* Angst vor Euch", schwor sie. Ihre Brust hob sich und lenkte seine Aufmerksamkeit zu den harten Spitzen, die sich so köstlich gegen ihren Bliaut pressten. „Ich habe keine Angst vor Euch", wiederholte sie, als wäre es eine Litanei. Ihre Augen waren aufgerissen und ihre Pupillen geweitet, was das unglaubliche Blau hervorhob.

„Nay?"

„Nay", rief sie atemlos und benetzte ihre Lippen mit ihrer kleinen rosa Zunge.

Er wollte diesen Atem auf seiner Haut spüren, wollte an dieser Zunge mit seiner eigenen saugen, wollte sie zu sich in die Wanne und auf seinen Schoß locken, wollte mit seiner ihn quälenden Erregung in sie eindringen und sich von dem Druck befreien, der kaum noch zu ertragen war.

„Dominique", krächzte er.

Gott möge ihm beistehen, aller Wille hatte ihn verlassen.

Er war vollends willenlos.

Er war schwach. Abscheulich. Und noch schlimmer, ohne Ehre – sein Vater hatte vor langer Zeit recht gehabt. Jeder Muskel in seinem Körper war fast bis zum Bersten angespannt. Er wollte ihr befehlen, zu gehen, aber auf einmal begannen sich ihre Hände auf seiner Brust zu bewegen und er war so verloren wie der Engel Luzifer selbst.

„Dominique." Dieses eine Wort war eine Bitte, damit sie das Biest in ihm sehen würde, damit sie es erkennen und vor Angst fliehen würde. Denn er konnte nichts weiter tun, als in dem dampfenden Wasser zu sitzen und die Berührung ihrer Hände auf seiner Haut zu genießen, wie sie über seinen Oberkörper strichen und seine Brustwarzen mit der Seife streiften.

„Christus." Eine weitere Bitte. Sie hatte eine zu starke Wirkung auf ihn, als dass er einen klaren Gedanken fassen könnte. Sie sollte ihn verlassen, das wusste er, aber er schloss die Augen, legte seinen Kopf auf den Wannenrand und gab ihre Hand endlich frei.

Er stöhnte wie ein bartloser Jüngling und erschauerte vor nacktem, ungehemmtem Vergnügen, als sie fortfuhr.

KAPITEL 10

Sie war die Tochter ihrer Mutter.

Gott sei ihrer Seele gnädig.

Die Wahrheit erschreckte Dominique, denn obwohl sie diesen Mann verabscheute, erregte es sie insgeheim, seinen Körper unter ihren zitternden Fingern zu spüren, seine Reaktion auf ihre Berührung. Sie hatte nie wirklich verstanden, wie ihre Mutter so viel für die Aufmerksamkeit eines Fremden riskieren konnte ... bis jetzt. *Und jetzt verstand sie alles.* Allerdings war ihre Mutter in die Arme eines anderen Mannes getrieben worden, während Dominique nicht einmal diese Ausrede hatte, da sie erst einen Tag auf Drakewich war und ganz sicher nicht dasselbe Leid hatte ertragen müssen wie ihre Mutter.

Dies war viel schlimmer als das, was ihre Mutter getan hatte.

Er lehnte sich in der Wanne zurück, sodass er ihr seine muskulöse Brust vollends enthüllte, prachtvoll geformt durch Jahre der Kampfübungen. Und wie diese Muskeln bei der kleinsten Berührung zitterten ... es verschaffte ihr ein Gefühl von Macht, auch wenn es sie zugleich bestürzte. Wie konnte Graeham sie so prüfen? Sie verstand es nicht.

War es seine Absicht, sie mit seinem Bruder zu teilen? Waren sie so verdorben?

Bei dieser Frage flatterte etwas tief in ihrer Bauchhöhle und sie schüttelte den Kopf. Schließlich war sie diejenige, die verdorben war – wenn allein der Gedanke an diesen Mann sie erregte wie nichts anderes. Graeham hatte sie nur hierhergeschickt, um seinem Bruder die Ehre zu erweisen.

Blaec genoss lediglich sein Bad.

Und sie?

Seine Augen, funkelnd wie geschliffene Edelsteine, durchdrangen ihre Beherrschung.

Ahnte er ihre Gedanken?

Ihr Herz hämmerte wild in ihrer Brust, als sie wagte, seine Schultern zu erkunden; dabei nahm sie sich in Acht, nicht in die trüben Tiefen des Wassers zu spähen. Sie traute sich nicht, da sie nicht wissen wollte, ob er ihre Verdorbenheit teilte. Jesus, was würde sie dann tun?

Bei ihrem Feind liegen?

Sie war nicht so ignorant, dass sie die Empfindungen ihres Körpers nicht verstand – Erwachen ... Erregung ... Versuchung. Sie schloss die Augen, verdrängte die Bilder, die wie Evas Schlange aufstiegen, um sie zu verführen.

Aber nay, er war nicht ihr Feind, sondern ihr Verlobter. Oh Gott, doch auch das nicht .... Er war sein Bruder. Barmherziger Jesus, sie war so verwirrt. Und sie zitterte. Sie musste sich zusammenreißen. Sie musste aufhören, solche Gedanken zu hegen.

Sie durfte sich nicht entehren, wie ihre Mutter es getan hatte.

Aye, sie musste einfach ihre Pflicht erfüllen und es dabei belassen.

Mehr als alles andere wollte Dominique aufspringen und zur Tür eilen, aber sie sank stattdessen ganz auf ihre Knie. Ihre Hände bebten wie Blätter vor einem

Sturm. Sie schrie auf, als die Seife ins Wasser fiel, und kniff die Augen zusammen, während sie ihre Hand eintauchte, um sie zurückzuholen. Verzweifelt tastete sie herum.

Wie ein Blitz aus der Dunkelheit fuhr seine Hand hervor und umfasste ihr Handgelenk, um ihre Suche zu unterbrechen. Dominique schrie erneut angesichts des schmerzvollen Griffs. Ihre Augen flogen auf und begegneten seinen; Grün und Saphirblau maßen sich. Einen Moment lang sprach keiner, so angespannt war die Luft zwischen ihnen.

Als er endlich etwas sagte, war seine Stimme sowohl eindringlich wie auch voller Bosheit. „Sucht nicht weiter", warnte er sie mit loderndem Blick, „oder ich garantiere Euch, dass Euch nicht gefällt, was Ihr findet."

Dominique fühlte sich, als wäre jeglicher Atem ihrer Lunge entwichen. Sie begriff, was er meinte, und ihr Herz pochte wild. Sie schüttelte den Kopf, wandte die Augen ab. „M-mit Sicherheit, Mylord ... habe ich keine Ahnung, wovon ihr sprecht."

Sie spürte seinen Blick auf ihr, der sie aufspießte. So verzweifelt wollte sie ihm entkommen, dass sie gerne ihren Arm geopfert hätte, hätte sie eine Klinge zur Hand gehabt.

„Mylord!"

Er sagte nichts, hielt aber weiterhin ihr Handgelenk umfasst, als würde er es zerbrechen, sollte sie wagen, sich zu bewegen.

„I-ich habe nur nach der Seife gesucht", erklärte sie etwas hysterisch.

„Habt Ihr das?"

Sein zweifelnder Ton zog ihren Blick zu seinem.

Seine Augen glitzerten kalt, höhnisch. „Wirklich?"

Für eine Sekunde wusste Dominique nicht, wie sie reagieren sollte. Sein Blick klagte sie an. Sie schluckte heftig. Er hatte ihre Gedanken erraten! Die Wut in seinen Augen vermittelte ihr das Gefühl, als wäre es so.

Sie begann leise zu keuchen, suchte mental nach einem Ausweg, während ihr Herz raste. Was hatte sie getan? Sie hatte lediglich nach der Seife gesucht – nichts weiter. Sie schüttelte den Kopf. Selbst wenn ihre Gedanken auf Abwege geraten waren, so hatte sie nichts Ungehöriges getan. Da war sie sich sicher.

Und er tat ihr weh.

„Lasst mich los", verlangte sie plötzlich. In ihren Augen brannten unvergossene Tränen. Er kam dem nicht nach. Dominique kämpfte darum, sich zu befreien, und gab erst auf, als es sich als vergeblich erwies. Sie starrte ihn mit unverhohlenem Groll an, ihr Atem ging heftig durch die Anstrengung. „Wie könnt Ihr es wagen, mich so zu beschuldigen!", rief sie. „Wie könnt Ihr es wagen, wenn Ihr derjenige seid, der so viel Wonne bei diesem Bad empfindet! Ihr", schrie sie, „und nicht ich!"

Sein Kiefer zuckte so leicht, dass Dominique es nicht bemerkt hätte, wenn sie nicht seine wie in Stein gehauenen Züge so aufmerksam beobachtet hätte.

Unbewusst hatte sie ins Schwarze getroffen.

Er hatte es viel zu sehr genossen.

Wütend auf sich selbst ließ Blaec sie los. Sie zog sich sogleich zurück und begann, sich zu erheben. Er erlaubte ihr zu gehen und schwieg. Missmutig überlegte er, wie nah er daran gekommen war, sich selbst und seinen Bruder zu entehren. Wie verzweifelt hatte er ihre kleine Faust ergreifen und in ihrer samtigen Weichheit um seine Männlichkeit schließen wollen. Selbst jetzt entmannte ihn fast allein der Gedanke und er war nicht sicher, was die größere Sünde war: dass Graeham ihm die Frau überhaupt geschickt hatte, dass sie ihn so sehr in Versuchung geführt hatte oder dass er dem so schnell nachgegeben hatte.

Er musste nicht lange darüber nachdenken; die größte Sünde lag bei ihm selbst.

Denn selbst jetzt wollte er sie.

Selbst jetzt.

Sein Bauch verkrampfte sich vor Abscheu.

„Wascht Euch selbst, verdammt noch mal!", fuhr sie ihn an, warf ihm wütend den Lappen zu und wandte sich zur Flucht.

Das Tuch traf ihn voll ins Gesicht und er reagierte instinktiv, indem er rasend vor Wut aus dem Wasser schoss, sie ergriff und zornig zurückriss.

Wider besseres Wissen drückte er sie zu eng an sich.

Ihr Duft quälte ihn.

Sie zu spüren, setzte ihn in Brand.

Sein Körper reagierte heftig. Er biss die Zähne zusammen und warnte sie: „Man sagt, Demoiselle, wer mit Feuer spielt ...verbrennt sich. Ihr bewegt Euch gefährlich nahe an der Flamme."

Sie hob trotzig ihr Kinn. „Ihr macht mir keine Angst", sagte sie erbittert und kämpfte darum, sich zu befreien.

„Nay?"

„Nay. Ich weiß, dass Ihr Eurem Bruder verpflichtet seid. Ihr würdet es nicht wagen, seiner Braut zu schaden. Und jetzt lasst mich los", verlangte sie. „Ihr seid nass – und Ihr macht mich nass!"

Er hob eine Braue. „Ihr glaubt, ich würde mich nicht unehrenhaft verhalten, Demoiselle?"

„Ich *weiß*, Ihr würdet nicht –"

Er stieß sie gewaltsam von sich. Sie stolperte rückwärts und fiel auf das Bett. „Dann wisst Ihr gar nichts", knurrte er und folgte ihr. Er stürzte sich auf sie und hielt sie fest, bevor sie sich erheben konnte.

„Ihr seid nass", protestierte sie. Sie keuchte und schnappte nach Luft. „Geht von mir runter!"

Wasser tropfte von ihm herab und durchnässte ihren Bliaut. Gegen seinen Willen labten sich seine Augen an dem feuchten Stoff über ihrer Brust, wo sich ihre Brustwarzen abzeichneten, aufgerichtet, sich ihm

entgegenstreckten, ihn neckten, in Versuchung führten.
„Ich wage zu behaupten, Demoiselle", sein Blick kehrte
zu ihrem Gesicht zurück, „dass nass zu werden, im Moment die geringste Eurer Sorgen ist." Er begegnete
ihren saphirblauen Augen mit bitterer Ehrlichkeit.

„Lasst mich in Ruhe!"

Lasst mich in Ruhe? Diese verdammte Verführerin.
Sie wand sich und krümmte ihren Körper unter seinem,
als wollte sie ihn locken. Und sie war erfolgreich, denn
in dieser Sekunde befiel ihn eine Art Wahnsinn. Ein
Wahnsinn wie nie zuvor. Er war sich des weichen Körpers, der sich unter ihm bewegte, nur allzu bewusst. Er
ergriff eine Handvoll ihres Haars und drängte ihren
Kopf zurück auf das Bett, sodass sie gezwungen war,
stillzuhalten. Und dann – unfähig, sich zurückzuhalten –
drückte er seine Lippen auf ihre. Sein Mund war geschlossen, seine Lippen zitterten, ein Teil von ihm war
sich immer noch schmerzhaft bewusst, dass er seinem
Verlangen nicht nachgeben durfte.

Um Gottes willen, sie war die Braut seines Bruders.

Er murmelte einen Fluch durch zusammengebissene
Zähne, doch die Worte waren kaum verständlich – mehr
wie ein wildes Knurren. Sein Mund bedeckte ihren, er
presste sich an sie, bis seine Zähne sich in die Innenseite seiner eigenen Lippen gruben, doch dann sah er
bebend das Gesicht seines Bruders vor ihm aufsteigen.
Er wagte nicht, seine verräterischen Lippen zu teilen,
traute sich nicht, sie leidenschaftlich zu küssen. Stattdessen lag er einfach auf ihr. Er schloss seine Augen und
erzitterte mit der unmöglichen Entschlossenheit, sich
zurückzuhalten. Er erschauerte vor Verlangen.

Sein Gemächt befand sich zwischen ihnen, ein Beweis, den keiner von beiden leugnen konnte.

Er gab sich nicht die Mühe, es zu versuchen. Sie
wimmerte und er flüsterte fiebrig an ihren Lippen:
„Sagt mir jetzt, dass Ihr keine Angst habt, Demoiselle."

Wie konnte sie nicht ängstlich sein, wenn er sich plötzlich vor sich selbst fürchtete? Seine Augen durchbohrten sie. „Sagt mir auch, dass es Euch nicht berührt", hörte er sich selbst verlangen. Seine Stimme klang eigenartig in seinen Ohren.

Sie erwiderte nichts, starrte ihn nur mit aufgerissenen Augen an.

Aber sie wies ihn nicht ab. Himmel …

Er betete, dass sie das täte.

Verdammt, er konnte sich nicht zurückhalten. Sie wies ihn nicht ab. Sein Verlangen war zu groß, um zu widerstehen, und so stieß er seine Zunge in die Tiefen ihres Mundes, genoss den süßen, berauschenden Geschmack, wenn auch nur für einen kurzen Moment … den kürzesten … den außergewöhnlichsten Moment. Er war verloren.

Es wäre so leicht, sich dem Wahnsinn hinzugeben, ihre Röcke anzuheben und sich selbst in ihr zu versenken. Es wäre so leicht. Gott stehe ihm bei, er konnte sich fast vorstellen, wie es sich anfühlen würde. Sie bewegte ihr Becken und er stöhnte vor erlesener Qual. Er folgte ihr, sich seiner eigenen Nacktheit nur allzu bewusst.

Ihm war auch klar, dass unter ihrem Kleid keine Hindernisse mehr zwischen ihnen stehen würden – abgesehen von ihrer Jungfräulichkeit.

Und diese gehörte seinem Bruder.

Dominique konnte nichts tun, als aufzuschreien.

Selbst wenn sie nicht so ruchlos auf das Bett gedrückt würde, seine Erregung, die sich gegen sie presste, war zu erschütternd. Zu fassbar. Sie schloss die Augen, berauscht von dem Gefühl, wie sein Herz gegen ihre Rippen schlug und ihr eigenes zum Stolpern brachte, von seinem Mund auf ihrem. Mit geschlossenen Lidern spürte sie jeden heißen, kraftvollen Zentimeter seines Körpers. Noch nie zuvor hatte sie so einen erschreckenden, belebenden Moment des Verlangens empfunden.

„Fürwahr", krächzte er und zuckte zurück, wobei er sein Gesicht abwandte, als versuchte er, seine Fassung wiederzuerlangen. „Auch wenn nichts zwischen uns passiert ist ... keiner von uns kann leugnen, was geschehen ist." Feine Schweißtröpfen perlten auf seiner Oberlippe. Sie wusste, es war der Schweiß seines Körpers, denn sie konnte ihn immer noch auf ihrer Zunge schmecken. Als er sie wieder anschaute, stand Qual in seinen Augen. Sie befeuchtete nervös ihre Lippen und schluckte, während er auf sie herabstarrte. „Nicht wahr, Demoiselle?"

Dominique konnte kein Wort des Widerspruchs hervorbringen, denn er sagte die Wahrheit. Sie verstand nicht, was zwischen ihnen war, aber da war etwas ... etwas, das sie nicht leugnen konnte. *Etwas, das sie leugnen musste.*

„Nay", fuhr er verächtlich fort. Sein Körper zitterte, sein Gesicht hatte jegliche Farbe verloren. „Doch wir werden auch nie wieder darüber sprechen", befahl er. „Denn mit einer Sache habt Ihr recht, Lady Dominique. Ich werde meinen Bruder nicht entehren. Dies wird nicht wieder passieren. Haltet Euch verflucht noch mal von mir fern! Ich bin nur ein Mann – und Ihr – Ihr seid eine verdammte Verführerin!" Damit entfernte er sich von ihr.

Er richtete sich zu seiner vollen Größe auf, sodass er in seiner herrlichen Nacktheit über ihr aufragte, sein Anblick so erschreckend, wie es das Gefühl von ihm gewesen war.

Sie hatte ihn nicht verführt, konnte ihm aber auch nicht widersprechen. Noch wagte sie, sich zu bewegen. Sie konnte nichts tun, als ihn mit großen Augen anzustarren, während er sich ankleidete, auch wenn sein Blick sie tadelte. Da sie nicht wegschaute, riss er seine Augen plötzlich von ihr los, als würde ihr Anblick ihn abstoßen. Doch sie war sich nur allzu bewusst, dass sein Körper etwas anderes verkündete.

Er war ebenso wenig gegen sie gefeit wie sie gegen ihn.

Verwirrt legte sie ihre Finger an ihre Lippen. Sie hatten bereits begonnen, anzuschwellen, und reagierten empfindlich auf die Berührung.

Als er sich fertig angezogen hatte, drehte er sich wieder zu ihr um und seine Augen funkelten gefährlich. „Eine Sache noch, Demoiselle ... Ich schwöre Euch, solltet Ihr je wieder dieses Gewand tragen, werde ich es Streifen für Streifen von Eurem Körper reißen – unabhängig davon, wo wir uns befinden. Unabhängig davon, dass Ihr die Braut meines Bruders seid. Verstanden?"

Dominique war immer noch benommen von dem, was zwischen ihnen geschehen war, doch sie erwiderte mit zitternder Stimme: „Warum? Warum erzürnt Euch mein Gewand so sehr? Warum kümmert es Euch, was ich anziehe?"

„Weil es von mir gestohlen wurde!"

Er wandte sich zum Gehen und sie konnte sich endlich wieder bewegen. „Ihr lügt!", beschuldigte sie ihn. „Es war ein Geschenk meines Bruders!" Sie bebte. Ihre Gliedmaßen fühlten sich an, als hätten sie weniger Dichte als Wasser, während sie begann, sich vom Bett zu erheben. Doch als er sich wieder zu ihr drehte, erstarrte sie. Einen Moment lang schaute er sie nur finster an, dann kam er auf sie zu.

„Ich lüge *nie*, Demoiselle, und ich spreche eine Drohung nie ohne Absicht aus!"

Dominique wartete nicht darauf, seine Absicht für diesen Augenblick herauszufinden. Sie wandte sich um und floh, wollte über das Bett krabbeln, aber er war viel zu schnell. Sie kreischte unglücklich, als er ihre Taille umfasste und sie hoch in seine Arme hob.

„Lasst mich sofort runter! Ihr –! Aaaah!" Ihr Protest endete abrupt, als er sie kurzerhand in die Wanne warf.

Wasser schoss rings um sie empor, umfing sie, riss sie in die Tiefe und durchnässte sie vollends. Sie starrte wütend zu ihm hoch. „Biest! Wie könnt Ihr es wagen!"

Sein Mund verzog sich mit der ersten Spur unverfälschten Humors, die sie je an ihm erspäht hatte. Trotzdem war Dominique alles andere als amüsiert. Sie hätte ihn in die ewige Verdammnis geschickt, wenn sie es gekonnt hätte, denn er hatte ihr Gewand nahezu ruiniert. Den schönen Stoff, den ihr Bruder ihr aus London mitgebracht hatte, das einzige Geschenk, das er ihr je gemacht hatte. Ihr war danach, dem Dämon die Augen auszukratzen, wie er da so selbstgefällig über ihr verharrte.

„Eine kleine Sicherheit", sagte er glattzüngig. Sein darauffolgendes Lächeln vertiefte die Narbe an seiner einen Wange und offenbarte das einzelne Grübchen an seiner anderen. Sie teilten sich also doch dieses charakteristische Merkmal, dachte sie unwillkürlich.

Ohne weiteres Aufhebens oder eine Erklärung drehte er sich um und verließ sie. Dabei lachte er auf ihre Kosten in sich hinein.

„Schuft!", rief sie, noch während sie weiter in die Wanne rutschte. Sie griff unter sich und riss das verhasste Stück Seife aus dem Wasser, funkelte es wütend an und warf es gegen die sich schließende Tür. Es bereitete ihr großes Vergnügen, sich als ihr Ziel stattdessen den Kopf des Drachen vorzustellen.

KAPITEL 11

Blaec ballte seine Fäuste, als er seinen Bruder mit Nial, dessen übermütigem jungem Knappen, beim Sparring erspähte. Er bahnte sich seinen Weg zu dem sich tummelnden Paar und war sich der Menge der Zuschauer, die sich angesichts seines wütenden Blicks vor ihm teilte, kaum bewusst. Seine Emotionen führten Krieg, denn auch wenn es ihn freute, seinen Bruder beim Exerzieren zu sehen und nicht kniend in der Kapelle, so verspürte er dennoch das überwältigende Verlangen, ihm ins Gesicht zu schlagen. Das war *ihre* Schuld. Seit Kindertagen hatte er keinen so unsinnigen Drang mehr empfunden.

Nial entdeckte ihn als Erster. Das Lächeln des Jünglings verschwand und er senkte sein Schwert – ein Beweis der Heftigkeit von Blaecs Miene. Normalerweise ließ sich der Junge mit seinem unerschütterlichen Temperament nur von wenig einschüchtern. Das hatte auch die Art gezeigt, wie er noch kurz zuvor so sorglos mit seinem Lord gescherzt hatte. Jetzt nicht mehr. Er wirkte, als würde er gleich seine Hosen beschmutzen.

Graeham, dem Nials Bestürzung nicht entging, wandte sich zu Blaec, doch im Gegensatz zu dem Jüngling verzog sich sein Gesicht mit unverhohlener Erheiterung. „Ach Gott!", rief er aus und lachte in sich hinein, als er Blaecs tropfnassen Kopf und dessen feuchtes Hemd bemerkte. „Was um alles in der Welt ist dir passiert?"

Mit Mühe öffnete Blaec die Faust an seiner Seite. „Warum denkst du, dass mir etwas passiert ist?", fragte er mit trügerischer Ruhe.

„Oh ... nun ..." Graeham zuckte die Achseln und schien gegen ein Lachen anzukämpfen.

Blaec war nicht in der Stimmung dafür. Er fluchte leise.

„Vielleicht, weil du aussiehst, als hätte man dich zerkaut und dann wieder ausgespuckt", vermutete Graeham und ließ ein herzhaftes Glucksen hören.

Erneute Wut durchfuhr Blaec. „Ich war rastlos", sagte er knapp. Nur der Muskel, der an seinem Kiefer zuckte, verriet ihn, während er das Schwert beäugte, das sein Bruder hielt. „Ich bin eigentlich heruntergekommen, um mich mit dir zu messen." Er hob herausfordernd eine Braue. Ein selbstironisches Lächeln verzog seine Lippen, als er ihm mitteilte: „Man könnte sagen, ich konnte nicht widerstehen." Und er fragte sich, ob Graeham die Doppeldeutigkeit verstand.

Einen Augenblick lang war Graehams Miene verwirrt. „Aye, nun ... das erklärt es", verkündete er mit erheblicher Belustigung. „Du warst so ungeduldig, dich uns anzuschließen, dass du dir nicht einmal die Zeit genommen hast, dich abzutrocknen?"

Nial ließ ein bellendes Lachen hören, ein überraschtes Geräusch, das bald zu einem nervösen Ächzen wurde, als Blaec ihn finster anschaute. Da er dem, was aus seinem Mund kommen mochte, nicht traute, lächelte er den Jüngling nur grimmig an und fuhr sich mit den Fingern durch seine tropfenden Locken, wobei er diese anhob und aus seinem Gesicht wischte. Er drehte sich zu Graeham. „Scheint so", gab er zu.

Ein Lächeln erhellte Graehams Miene. Er wandte sich zu Nial. „Nun denn, Junge, tritt zur Seite! Es ist

Zeit, zuzuschauen und zu lernen", verkündete er mit einem Schmunzeln. Und flüsternd fügte er hinzu: „Ich glaube, er möchte mir den Hintern versohlen."

Leises männliches Lachen hallte um sie herum wider. Nial nickte schnell und tat sofort, wie ihm befohlen. Sein Gesichtsausdruck machte deutlich, dass man über so etwas seiner Meinung nach nicht scherzen sollte – ob sie nun Brüder waren oder nicht. Doch Graehams Augen blitzten, als er sich unverdrossen zu Blaec umdrehte. Und dann plötzlich wurde seine Miene ernst. Er neigte seinen Kopf und das leiseste Glitzern war immer noch in den Tiefen seiner braunen Augen sichtbar. „Zunächst", sagte Graeham, „solltest du dir bewusst machen, dass nichts passiert ist ...“

Zum ersten Mal in ihrem Leben war das Schweigen ein Hemmnis zwischen ihnen.

„Du bist mein Bruder."

Blaec stand bewegungslos, war sich der Tatsache bewusst, dass es zu viele Zeugen gab, um die Wahrheit zu sagen. Schuld quälte ihn. *Nichts ist passiert.* Es war eine Aussage, die nur sie beide verstehen konnten. Ein Freispruch. Doch es führte nur dazu, dass Blaec noch wütender wurde. *Nichts ist passiert.* Er schluckte und der Knoten in seinem Hals bewegte sich auf und ab, während er seinem Bruder gegenüberstand ... seinem Freund. Gott stehe ihm bei, er hatte vom Verrat gekostet und der Geschmack war in der Tat bitter. Auch wenn Graeham es nicht erkannte, er hatte jedes Recht, ihn entzweizuschlagen. Und wenn er es nicht versuchen wollte, so würde Blaec es tun.

„Ich verstehe vollkommen", sagte Blaec und zwang sich zu einem unbeschwerten Lächeln. „Du bist viel zu feige, um diese Waffe gegen mich zu erheben."

Graeham schmunzelte und schüttelte den Kopf. „Nicht in Form, vielleicht ... aber feige, niemals." Er hob wie zum Beweis sein Schwert. „Du könntest dies bereuen", fügte er hinzu.

„Wirklich?"

„Wirklich. Du musst wissen, ich habe trainiert." Er lachte, als Blaec immer noch keine Anstalten machte, sein Schwert zu ziehen. „Ich sehe, allein die Aussicht lässt dich in deinen Stiefeln erzittern."

Blaec gluckste widerwillig. „Gib dein Bestes", forderte er ihn heraus und mit trügerischer Ruhe zog er sein Schwert und schwang es.

Für alle sah es so aus, als wäre es ein bloßes Kräftemessen, eines von vielen zwischen ihnen, aber Blaec verspürte eine tieferliegende Gewalttätigkeit, wenn er daran dachte, dass sein Bruder ihn absichtlich so nah an den Abgrund getrieben hatte. *Und Schuld.* Er konnte die Schuld nicht ignorieren. Er wappnete sich, schüttelte den Kopf und spritzte Tropfen seines Badewassers in Graehams Gesicht.

„Christus, Blaec, trockne dich beim nächsten Mal ab!" Graeham wischte sich über die Wange.

Blaecs Miene wurde ernst. „Graeham", sagte er. „Was, wenn ich dir erzählte, dass es anders wäre? Was, wenn ich sagte, dass etwas passiert wäre?"

Graeham schwang sein Schwert, wie um das Gewicht zu prüfen, und zuckte dann mit den Schultern. „Ich nehme an, dann würde ich mich erkundigen, ob du es genossen hast." Er schmunzelte über den Gesichtsausdruck, den er von Blaec als Reaktion erhielt, und wechselte das Thema. „Feige bin ich?" Er lachte herzhaft. „Was hältst du dann hiervon?" Grinsend tat er einen ersten, geschickten Schlag.

Mit geübter Leichtigkeit wehrte Blaec ihn ab und erwiderte mit einem unnachgiebigen eigenen Streich. Bei Gott, aber Graehams Unbeschwertheit entzog sich ihm. Das Letzte, was er brauchte, war Graehams unerschütterliches Vertrauen oder seine Billigung. Seine Wut, wenngleich gemildert, war bei Weitem nicht verflogen. Schneller als er es erwartet hatte, parierte Graeham; bei der Wucht des Aufpralls verging ihm das Lächeln.

Als hätte er Blaecs Gedanken gelesen, sagte Graeham zwischen zwei Atemzügen: „Ich vertraue dir, Blaec.“

Blaec zeigte ein weiteres grimmiges Lächeln. Stolz und Genugtuung mischten sich in seinen Zorn, als er dieses selten offenbarte Können seines Bruders sah. Es löschte seine Wut für einen Moment aus, bis er sich an das Gefühl der Braut seines Bruders unter ihm erinnerte. Aufs Neue erfüllten ihn Schuld und Rage. Mit einem wilden Aufschrei wirbelte er herum und tat einen weiteren Schlag, diesmal weniger kontrolliert, wenngleich weiterhin in der Überzeugung, dass Graeham damit umgehen konnte. Er lächelte, als Graeham ihn geschickt abwehrte. „Du *hast* geübt, stelle ich fest.“

„Es freut mich, dass du das bemerkst“, sagte Graeham mit einem einnehmenden Lächeln.

„Wie könnte ich nicht, wenn du es doch vorher ausdrücklich erwähnst?“

„Himmel“, klagte Graeham. „Und ich dachte, mein Können hätte dich darauf aufmerksam gemacht.“

Blaec lachte leise. „Schade, dass du das glaubtest“, gab er zurück. Er konnte der sportlichen Stichelei nicht widerstehen. Zu viele Jahre des brüderlichen Wettstreits lagen zwischen ihnen.

Einmal mehr kreischte Metall, als die Klingen aufeinanderprallten, sich verhakten und Funken sprühten. Sie schlugen und parierten so lange, bis beide außer Atem waren. Blaec, innerlich zerrissen, fehlte seine übliche Finesse. Er wusste nur zu gut, dass es das Urteilsvermögen verschleierte und sich als ein tödlicher Fehler erweisen konnte, wenn man zuließ, dass die Emotionen einen kontrollierten – zumindest wenn der Gegner nicht der eigene Bruder war. Und doch konnte er sich kaum zusammenreißen, da das Gefühl, wie er seine Lippen auf ihre presste, ihn immer noch provozierte. Es machte selbst jetzt eine Farce aus seiner Selbstbeherrschung. Jesus, er hatte keine!

Weder jetzt.

Noch vorhin.

Möge Gott ihn dafür in die Hölle verbannen!

Wieder schlug er zu, diesmal stürmisch und geblendet von Selbstverachtung. Noch einmal. Und wieder.

Graeham parierte jeden Hieb und mit einem heiseren Schrei wirbelte er herum und erwischte Blaecs Klinge. Er schlug Blaec das Schwert leichter aus der Hand, als es ihm möglich gewesen sein sollte. Es flog durch die Luft und kam mit einem dumpfen Geräusch auf dem Boden auf. Seine silberne Klinge reflektierte die Sonne mit schmerzhafter Helligkeit.

Erstauntes Gemurmel erhob sich.

Einen Moment lang trafen sich ihre Blicke, dann wandte sich Blaec ab. Er war unsicher, warum er den Griff so leicht losgelassen hatte. Vielleicht hatte er gehofft, Graeham würde ihm ein für alle Mal den Garaus machen. Und vielleicht hatte er gewusst, dass seine Emotionen ihm entglitten.

„Ich vertraue dir", wiederholte Graeham. Er atmete schwer und warf das Schwert ihres Vaters zwischen ihnen auf den Boden.

Blaec starrte es an. Seine Finger wanderten unbewusst zu seiner Wange, als er sich vornüberbeugte. Er stützte seine Arme auf seinen Oberschenkeln ab, schnappte nach Luft und murmelte einen Fluch, während er sich mit dem Ärmel den Schweiß von der Stirn wischte und sein Gesicht wegdrehte. Ihm war klar, dass alle ihn anstarrten. Er war verrückt. Es konnte keine andere Erklärung dafür geben. Er war müde, aye, aber das war Graeham auch. Verflucht sollten sie beide sein. Die Nacht war zu lang gewesen ... und er war immer noch zu wütend über Beauchamps Verrat.

Ganz zu schweigen von seinem eigenen.

Christus ... wenn er Beauchamps Schuld beweisen könnte ...

„Bravo!", vernahm er einen unwillkommenen Jubelruf. „Bravo Euch beiden!"

Blaec musste sich nicht umdrehen, um zu wissen, wem die Stimme gehörte. Die Härchen in seinem Nacken kribbelten und richteten sich auf.

William kicherte in seinem Rücken. „Besonders Euch, Graeham!" Er lachte unverblümt.

Graeham richtete sich auf.

Blaec tat es ihm nach. Er begegnete Graehams Augen kurz und bestätigte den warnenden Blick seines Bruders, bevor er sich dem Mann zuwandte, den er mehr zu verabscheuen begann, als er momentan sich selbst hasste.

Was er nicht erwartet hatte, war, sie als seine Begleitung zu entdecken. Er starrte sie an und versteifte sich sichtlich bei ihrem Anblick.

Ihr Haar war immer noch feucht, aber jetzt geflochten, um die Locken aus ihrer Stirn zu halten. Um ihren Kopf gewickelt erschien es dunkler, wenngleich die trockeneren Strähnen wie prächtige Kupferadern herausstachen. Ein paar entkamen ihrer Beschränkung und fielen als feuchte Löckchen um ihr Gesicht. Ihre Wangen waren rosig und röteten sich mit jeder Sekunde mehr – *ein Beweis ihrer Schuld*, dachte er. *Seiner eigenen.* Ihre Augen begegneten sich und lösten sich schnell wieder voneinander.

Er erwies ihr nicht die Genugtuung, sich abzuwenden. Befriedigung erfüllte ihn, als er sah, dass sie ihr Kleid gewechselt hatte. Doch er konnte sich nur kurz an seinem Sieg erfreuen, denn ihr neues Gewand überließ wenig der Vorstellung. Die dünne, goldene Seide war durch Jahre des Tragens so hauchzart geworden, dass sie an ihr klebte wie Tau an einem Grashalm – der Effekt war nicht weniger zauberhaft und ebenso verführerisch. Wie winzige, glitzernde Tropfen für die Augen eines Verdurstenden. Und der Gürtel, den sie trug, brachte ihre schmale Taille noch mehr zur Geltung. Die Schnüre, mit ihren seidigen Enden, hingen bis zu ihrem Saum herab und schlangen sich bei jedem ihrer Schritte um ihre Beine und unterstrichen dadurch ihre Länge, zeichneten gar ihre Umrisse nach.

Bei ihrem Anblick überlief ihn ein Schauer der Erinnerung.

Graeham musste seine – und auch ihre – Reaktion bemerkt haben, denn innerhalb von Sekunden stand er hinter Blaec. „Du kannst nicht an dich reißen, was dir freiwillig gegeben wird."

Blaec drehte sich um, schaute seinen Bruder an, der nachdenklich wirkte. Er runzelte die Stirn. Gewiss konnte er nicht gemeint haben ...

„Lass dich nicht von ihm provozieren, Blaec. Der Mann ist ein aufdringlicher Rüpel."

Blaec nickte, noch immer geschockt von dem, was er glaubte, gehört zu haben. Er beobachtete, wie sich Graeham mit seinem einstudierten diplomatischen Lächeln an ihm vorbeidrückte, um ihren verhassten Gast zu begrüßen.

„Beauchamp", rief Graeham zur Begrüßung aus. Doch sein Blick verharrte bei seiner Braut, wie Blaec voller Unbehagen feststellte. Er trat von einem Fuß auf den anderen und verschränkte die Arme, als sein Bruder Dominiques Hand anhob und ehrerbietig küsste. Sie hielt ihre Augen zunächst gesenkt, doch als sie nervös zu Graeham aufschaute, wanderte ihr Blick zu Blaec.

Blaec spannte den Kiefer an, aber er sah nicht weg. Er konnte nicht, denn sie verzauberte ihn selbst jetzt, obwohl er die Gefahren kannte. Sie wandte ihr Gesicht ab, doch er konnte sich einfach nicht davon abhalten, sie weiterhin anzustarren. Im hellen Licht der Morgensonne war sie kein bisschen weniger schön – auch wenn ihre Schönheit nicht die allgemein gerühmte war. Noch war sie dunkel wie die Frauen aus dem Osten. Ihre Schönheit war unbestimmbar ... eine Art Strahlen, das mehr als einen Blick einlud. Etwas an ihr faszinierte ihn, obwohl kein Merkmal herausstach. Auch wenn er wusste, dass ihr Bruder sie beobachtete, konnte er seinen Blick doch nicht losreißen. Er spürte, dass Williams scharfe Augen raubtierhaft auf ihn gerichtet waren und ihn arglistig musterten.

„Hiermit verkünde ich ...“

Blaec hob den Kopf und begegnete dem eisblauen Blick direkt, diesen Augen, die ihm nun viel zu vertraut waren in ihrer Ähnlichkeit mit jenen seiner Schwester.

William lächelte, ein kaltes Lächeln, obwohl er alle Zähne zeigte. „Ich hätte nie gedacht, dass ich den mächtigen Drachen so eindeutig besiegt sehen würde“, sagte er trocken und seine Lippen verzogen sich vor Erheiterung. „Wenn die Troubadoure Euch gerade sehen könnten, d'Lucy.“

Blaec erwiderte nichts. Im Gegensatz zu Graeham konnte er mit Diplomatie nichts anfangen, er hatte auch gar nicht die Geduld dafür. Noch interessierte es ihn, was irgendwelche verfluchten Lieder über ihn zu sagen hatten. Fürwahr, niemand konnte leugnen, dass sein Bruder sich besser für den Posten des Grafen eignete. Denn wie ihr Vater war Graeham der geborene Politiker. Immer noch enthielt er sich einer Antwort, obwohl William eine zu erwarten schien.

Graeham ging dazwischen und wechselte das Thema. „Nun, da wir alle versammelt sind“, sagte er und drehte sich zu Blaec; seine Brauen zuckten fragend. Blaec verstand instinktiv, was er wissen wollte. Sie dachten in dieser Hinsicht viel zu ähnlich. Er nickte unmerklich und Graehams Lächeln kehrte zurück, als er sich wieder ihren Gästen zuwandte. „Nun denn“, verkündete er. „Gehen wir auf die Jagd!“

KAPITEL 12

Dominique wünschte nur, sie wüsste, was genau sie jagten.

Der Blick in Blaecs Augen hatte sie erschreckt. Selbst jetzt brachte er sie noch zum Zittern. Und ihr Bruder – sie beäugte seinen bunt gekleideten Rücken skeptisch – hatte darauf bestanden, dass sie eine verdammte Armbrust mitnahm, obwohl sie keine Ahnung hatte, wie man damit umging. Warum, das konnte sie nicht begreifen, denn sogar wenn ihr Leben in Gefahr wäre, könnte sie sie nicht verwenden, um sich zu retten. Sie hielt die Waffe unbeholfen fest und hoffte, sie würde nicht losgehen, während sie ihr Pferd lenkte und mit aller Macht versuchte, mit ihrer Last nicht aus dem Sattel zu fallen.

Fürwahr, sie begann sich zu fragen, ob dieses Bündnis eigentlich gar keines war, sondern ein verräterisches Spiel, das sie trieben. Es fühlte sich an wie Krieg. Die Spannung in der kleinen Jagdgesellschaft war spürbar, steigerte sich mit jeder Sekunde, und Dominique konnte es kaum noch ertragen.

Immer wieder wurde ihr Blick zu Blaec gezogen. Er ritt vor ihr und ignorierte sie, doch ihr war nur allzu klar, dass ihm nichts entging, was sie tat.

Er traute ihr nicht, das wusste sie. Dass er sie verabscheute, war offensichtlich an der Art, wie er sie behandelte ... daran, dass er es nicht einmal zu ertragen schien, sie anzuschauen. Er empfand es offenbar als seine Pflicht, sie in seinem Blickfeld zu behalten, ertrug es aber nicht einmal, in ihre Richtung zu sehen. Nicht ein einziges Mal hatte er das getan. Trotzdem spürte sie seine Aufmerksamkeit deutlich. Es war eigenartig ... als würde er sie durch Augen an seinem Hinterkopf beobachten.

Allein der Gedanke überzog ihre Glieder mit Gänsehaut ... sogar ihre Brüste. Es war verwirrend, denn so sehr sie ihn verachtete, sorgte doch ein bloßer Gedanke an ihn dafür, dass ihr Körper eigentümlich reagierte.

Sie bemühte sich, nicht an ihn zu denken. Entschlossen richtete sie stattdessen ihre Aufmerksamkeit auf die Schönheit des vor ihr liegenden Grünlands. Es war ein üppiges Gebiet mit Wäldern und Feldern, so opulent in seiner Vegetation, dass es surreal erschien. Für mindestens eine Achtelmeile außerhalb der Burgmauern – und diese vollends umgebend – erstreckte sich Weideland, mit einem so grünen Gras, dass es die Sinne betäubte. Hinter dem abgebrannten Dorf markierte ein Hintergrund aus dunklerem Grün den Beginn der Wälder. Tief, dunkel und neblig waren sie und es dauerte nahezu eine Stunde, bis sie ganz hindurchgeritten waren.

Und jetzt breitete sich vor ihnen wieder das Land aus, leicht hügelig, blaugrün in seiner Fülle und gesprenkelt mit wilden Lilien in leuchtendem Gelb und Weiß. Violette Flecken zeigten sich am entfernten Horizont, auch wenn sie den Ursprung der Farbe nicht ausmachen konnte – vielleicht Heidekraut. Es war faszinierend. So sehr, dass es Dominique für einen Moment gelang, die bevorstehende Hochzeit zu vergessen, genauso wie den abstoßenden Bruder. Sie vergaß, dass sie in ihren Händen eine abscheuliche Waffe trug, die sie niemals benutzen wollte, und war einfach von allem verzaubert.

Die Umgebung erfüllte sie mit einem so tiefen Gefühl von Schönheit und Ehrfurcht, dass es fast ein greifbares Gewicht in ihrer Brust war.

Bei Gott, jetzt da sie es sah, konnte sie sich gut vorstellen, dass jeder Mann es begehren und dafür kämpfen würde ... selbst für die bloße Chance, diese Luft einzuatmen. Sie schloss verzückt ihre Augen und füllte ihre Lungen mit dem Duft dieses Landes, mit der süßesten Luft, die sie je gekostet hatte.

Sie war so gefangen von dem Anblick vor ihr, dass sie gar nicht bemerkte hatte, dass sie ihr Pferd angehalten hatte, um ihn ganz zu genießen.

Er raubte ihr den Atem.

Es verwunderte sie, dass zwei Gebiete desselben Lands so unterschiedlich sein konnten. Mit einem Hauch Bitterkeit gestand sie sich, dass sie es kaum mit Amdel vergleichen konnte. Mit diesem unkultivierten Flecken Erde, der ihren Vater so hart gemacht hatte wie der Boden, in dem er begraben worden war.

Kein Wunder, dass ihr Bruder diesen Grundbesitz so heftig begehrte, und dass selbst ihr Vater ihn bereits geschätzt und so verzweifelt darum gekämpft hatte, ihn zurückzugewinnen. Der bloße Anblick rührte sie zu Tränen, denn jetzt ... jetzt endlich war es vorstellbar, dass Frieden über dieses Land kommen würde.

Für ihre Kinder.

Und für deren Kinder nach ihnen.

Plötzlich und voller Verzweiflung erkannte Dominique, warum dieses Bündnis notwendig war. Auch wenn es für diese Krieger um sie herum – ihren Bruder eingeschlossen – anders sein mochte; für sie war es so.

Sie beäugte den Drachen missmutig. Wie einfach es war, in ihm die Wurzel alles Bösen zu sehen. Sie konnte ihn nicht anschauen, ohne sich daran zu erinnern, was für Dinge er sie hatte empfinden lassen. Selbst jetzt spürte sie noch seine Lippen auf ihren – vielleicht nur in ihrer Einbildung, aber doch so schmählich real. Sie fürchtete, dass sie das nie vergessen könnte.

Aye, sie fühlte sich wirklich gebrandmarkt.

Und eigenartig warm – eine Wärme, die wenig mit der Hitze der Sonne zu tun hatte, denn sie schien tief aus ihrem Inneren zu strahlen. Ihre Finger wanderten zu ihren Lippen. Es war eine Wärme, die sich mit dem leisesten Gedanken an ihn verstärkte. An seinen Kuss, an seine bebenden Lippen und seine offenkundige Zurückhaltung, an die Wut und Leidenschaft, die sie durchflutet hatte, als sie unter ihm lag. An das Gefühl, wie sich seine harte Männlichkeit an ihren Oberschenkel drückte ... seine Hitze. Ihr Herz raste bei der Erinnerung.

Aye, sie war gebrandmarkt.

Christus, so sehr sie ihn auch verabscheute – und das tat sie ganz gewiss –, so sehr sehnte sie sich doch nach seinen Lippen. Um Himmels willen, was für eine Frau war sie, dass sie den Bruder ihres Verlobten begehrte? Der Kuss war Luzifers Versuchung, der verfluchte Bissen von der Frucht der Schlange. Sie war ganz sicher so schwach wie Eva ... so schwach, wie ihre Mutter es gewesen war.

Würde sie ihr Schicksal teilen müssen?

Ihre Mutter hatte einen Fehler begangen; sie hatte diesen dunklen Sehnsüchten nachgegeben, aber sie hatte nicht das Leben verdient, welches sie danach erlitten hatte. Ihr Vater hatte sie geradezu gefoltert und sie war als gequälte, gebrochene Frau gestorben.

Dominique hatte ihnen an sich nicht nachgegeben, aber sie fühlte sich, als hätte sie es getan ... weil sie es in ihrem Herzen getan hatte ... und in ihren Gedanken.

Das Schlimmste war, dass sie bezweifelte, dies jemals vergessen zu können. Ob er blieb oder nicht ... sie glaubte, sie würde sich immer erinnern. Sie würde sich immer sehnen. Fürwahr, sie war dankbar, dass er so abgeneigt schien, sie anzuschauen, denn sie bezweifelte,

dass sie ihn je wieder ansehen könnte, ohne heftig zu
erröten. Und auch wenn sie ihr Gelöbnis, sobald es gesprochen war, nie brechen würde – in ihrem Herzen
hatte sie Graeham bereits betrogen, denn sie konnte
sich nun nicht mehr vorstellen, bei ihm zu liegen, ohne
an Blaec zu denken.

Bei Gott, die Vergnügungen, die Männer und
Frauen teilten, waren ihr nicht unbekannt. Sie hatte zu
viele Anzüglichkeiten in der Burg ihres Bruders gehört,
um es nicht zu verstehen. Aye, und sie hatte zu viele
Liebende in sinnlicher Umarmung erblickt, um sich
selbst unwissend zu nennen. Noch jetzt raste ihr Herz
bei der Erinnerung, wie Blaec über ihr aufragte, unver-
hohlen nackt ... Sie kam nicht umhin, sich zu fragen,
wie es sich anfühlen würde, von ihm in Besitz genommen zu werden. Ganz und gar.

Sie schüttelte das Bild ab und presste ihre Schenkel
zusammen, schob die Empfindungen weg, die drohten,
sich durch ihre unteren Körperregionen auszubreiten.
Sie war lüstern und treulos. Und sie mochte den Mann,
bei dem sie liegen wollte, nicht einmal – Gott sei ihrer
Seele gnädig.

Ihre Augen flogen zu seinem Rücken.

Als spürte er ihren Blick, wandte er sich plötzlich
um und schaute zum ersten Mal an diesem Tag über
seine Schulter, was wiederum ihr Herz heftig pochen
ließ. Niemand sonst hatte offenbar bemerkt, dass sie
zurückgeblieben war. Der Rest ritt weiter, locker plau-
dernd. Er nicht. Er hielt an, ließ sich von den anderen
überholen und begegnete dann vollständig ihren Augen.
In diesem Moment war es, als würden nur sie beide
existieren.

Dominique unterdrückte ein Keuchen angesichts
der Intensität seines feurigen Blicks – ein grenzenlos
wissender Blick, der ihr das Herz in den Hals springen
ließ. Wie der Tod selbst wirbelte er sein Schlachtross
herum und kam auf sie zu. Trotz des Gewichts seiner

Rüstung waren seine Schultern gerade und angespannt.

Einmal mehr trug er die verdammte Rüstung – ein Schlag ins Gesicht, denn so verkündete er unhöflich, dass er dies alles als eine kriegerische Angelegenheit erachtete. Das Einzige, was seiner Rüstung fehlte, waren Helm und Schild. Er hatte sowohl Beinlinge als auch Kettenhemd samt Bundhaube an, als wäre es seine Alltagskleidung.

Dominiques erster Impuls war es, ihr Pferd zu wenden und zu fliehen. Aber das war lächerlich. Es gab keinen Grund, vor ihm zu fliehen. Sie hatte nichts falsch gemacht. Zumindest nichts, wovon er wissen konnte ... oder doch?

Sie schrie leise und ängstlich auf, als er vor ihr anhielt.

Seine Augen waren hart, abwägend. „Sagt Euch die Jagd nicht zu, Lady Dominique?"

Einen Moment lang fand Dominique ihre Stimme nicht. Eine Windböe wehte vorbei und brachte den Duft von Geißblatt mit ... und von noch etwas, das schwerer zu fassen war. Der Geruch von männlichem Schweiß. Schweißperlen reihten sich auf seiner Oberlippe, eine andere rann seine Schläfe herab, und sie benetzte ihre Lippen, konnte seinen Kuss selbst jetzt schmecken.

Jesus, es geschah ihm recht, wenn er sich unbehaglich fühlte, dachte sie mit einem nicht geringen Maß an Befriedigung. Schließlich war es seine Wahl gewesen, sich so beklemmend zu kleiden. Aber er bemerkte es anscheinend nicht und diese Tatsache dämpfte ihre Freude etwas. Mit einem Hauch Bitterkeit dachte sie, der verdammte Mann könnte genauso gut aus Stein sein, gemessen an dem, was er zu spüren schien.

Genauso wie sein Herz.

Kalter, harter Stein.

Genauso wie sein Körper, kam sie nicht umhin, sich zu erinnern.

Ihr Gesicht erwärmte sich. Und doch war sie pikiert genug über seine falsche Sorge, dass sie eine Braue hob. „Ich wusste gar nicht, dass Ihr Euch Gedanken darum macht, was mir Vergnügen bereitet oder nicht, Mylord." Sie bereute die Bemerkung sogleich, denn sie fürchtete, er könnte sie falsch verstehen. Ganz gewiss bezog sie sich nicht auf das Martyrium dieses Morgens.

Er lächelte kalt. „Und was lässt Euch denken, meine Frage bedeutete, dass es mich interessiert, Demoiselle?" Sein Schlachtross tänzelte unruhig unter ihm. „Ich fragte mich nur, ob Ihr einen Grund haben könntet, dass Euch diese Jagd so verunsichert ... Ihr wirkt ... aufgelöst."

Dominique bemerkte, dass sie seine Lippen an-starrte, und konnte sich doch nicht davon abhalten. Volle Lippen, die Mundwinkel ein bisschen nach unten gezogen in seinem ewig mürrischen Gesichtsausdruck, jedoch hell im Kontrast zu seiner dunklen Haut – eine Tönung, die durch seinen Bartschatten noch verstärkt wurde. Sein schwarzes Haar sah so ungezähmt aus wie der Mann selbst. Und obwohl zu lang, schnitten seine glänzenden Locken besser ab als ihre, denn diese hatten schon längst begonnen, sich aus ihrer Frisur zu lösen, und fielen ihr nun mit schamloser Ungehemmtheit ins Antlitz.

Ihre Gedanken verhielten sich ähnlich ruchlos.

Wenn sie geglaubt hatte, ihr Gesicht wäre vorher warm gewesen, so war es nun noch wärmer. Ihre Wangen brannten, als hätte sie Fieber. Sie wandte den Blick ab, unfähig, den wahren Grund für ihren Kummer auszusprechen.

Er war der Grund für ihr Unbehagen.

Er war der Fluch ihrer Existenz.

Sie schüttelte den Kopf; ihr Herz pochte schmerzhaft.

Sein Ton war voller Sarkasmus. „Es ist eine schuldbewusste Röte, die Ihr tragt."

Ihre Augen flogen zu seinen. „Und Ihr seid ein ungehobelter, herzloser Unmensch. Wie könnt Ihr es wagen, mich schon wieder zu beschuldigen!"

Sein Blick verengte sich tadelnd. „Die Unschuldigen haben von bloßen Fragen nichts zu befürchten", erwiderte er.

Dominique richtete sich auf, war versucht, ihn mit der Armbrust zu bewerfen. Wenn sie diese nur anheben könnte. Ihre Finger waren taub, weil sie die Waffe schon zu lange umklammerte. „Ich *bin* unschuldig", beharrte sie wütend. „Bei Gott, ich habe nichts Falsches getan!"

„Seid Ihr das, Demoiselle?"

Dominique nahm eine drohende Haltung ein, ihr Kinn hob sich wie von selbst. „Mylord, ich weiß nicht einmal, was Ihr mir vorwerft. Aber mir scheint, vom ersten Moment, als Ihr mich erblicktet, wart Ihr geneigt, das Schlimmste anzunehmen. Erklärt mir: Was an mir verabscheut Ihr so sehr?" Auch wenn sie sich einredete, dass es ihr egal war, so hielt Dominique den Atem an und wartete auf seine Antwort.

Sein Gesicht spannte sich an, als hätte sie ihm einen unvermuteten Schlag versetzt. Er presste die Lippen zusammen. „Weniger als ich sollte, Demoiselle – mehr als Ihr ahnt", sagte er hasserfüllt.

Dominiques Augen brannten. „Ich habe *nichts* getan, um diese Behandlung von Euch zu verdienen", betonte sie. Süße Maria, in was war sie bloß hineingeraten? Wie sollte sie es schaffen, für den Frieden zu sorgen, nach dem sie sich sehnte? Es würde nicht funktionieren.

„Vielleicht noch nicht", gab er zu, sein Gesicht eine undurchdringliche Maske. „Reitet schneller", empfahl er ihr und wendete sein Pferd. „Sonst verirrt Ihr Euch noch. Dies ist ein weitläufiges, trügerisches Land", rief er, als er davontrabte und ihr unhöflich den Rücken kehrte. „Wir wollen doch nicht, dass Ihr umkommt wie Euer Bote."

Als kümmerte es ihn.

Sie biss die Zähne zusammen und beobachtete, wie er davongaloppierte, ohne sich noch einmal zu ihr umzudrehen – ein angsteinflößender silberner Schemen, eine Abscheulichkeit in der perfekten und friedlichen Landschaft. Und doch besaß er eine makabre Schönheit, da die Sonnenstrahlen wie Diamanten auf seiner Rüstung schimmerten.

Sie schaute zu, bis er die Hälfte der Strecke zwischen ihr und dem Rest der Gruppe überwunden hatte, und fluchte ihm dabei stumm hinterher – Worte, die sie nicht kennen sollte, auch wenn sie im Moment froh darum war, dass sie es tat. Und dann unterdrückte sie ein für alle Mal die Flüche und spornte ihr Pferd an, um die anderen einzuholen.

KAPITEL 13

Sie waren fast den ganzen Nachmittag geritten und hatten doch nichts gefunden – weder Anzeichen von Angreifern noch von dem Reiter, den Maude verwundet hatte.

Blaec beobachtete die Gesichter ihrer Gäste, während sie jagten. Entweder war Beauchamp wirklich unschuldig ... oder er war der arroganteste Mistkerl, den er je getroffen hatte. Wahrscheinlich eher Letzteres, denn Lady Dominique schien so angespannt wie der Bussard, den Nial auf seinem Arm hatte und der in Erwartung seines Festmahls von Aas unruhig zuckte. So wie Blaec es sah, verriet ihr Unbehagen sie.

Er machte sich nicht die Mühe, sich nach ihr umzusehen. Er wusste, dass sie da war, ihr Gesicht verkniffen und bleich vor Stress. Noch war ihm entgangen, wie ihr Bruder darauf bestanden hatte, dass sie eine Armbrust mitnahm. Er fragte sich, was sie planten. Was immer es war, er schwor sich, dass sie damit keinen Erfolg haben würden.

Doch die andauernde Wachsamkeit begann an ihm zu zehren.

Auch konnte er den morgendlichen Zwischenfall nicht einfach beiseiteschieben – die Schuld würde für viele Nächte sein Bettgefährte sein.

Und um alles noch zu verschlimmern, spitzten sich die schrillen, klagenden Rufe des Bussards immer weiter zu, obwohl er seine Haube noch trug. Der Klang, wie die Schreie der Verwundeten nach einer Schlacht, zehrt an seinen Nerven. Bei Gott, es war kein Wunder, dass nur unerfahrene Falkner dieses übelgelaunte Tier verwendeten, denn es war nicht einmal ein hervorragender Jäger. Der Bussard war oft faul und gab sich damit zufrieden, Aas zu verzehren, anstatt sich frische Beute zu schlagen – genau der Grund, wieso Blaec ihn heute mitführte.

Fürwahr, er setzte darauf.

Er lächelte grimmig und stellte sich Beauchamps Gesicht vor, wenn der Vogel für die Jagd enthüllt würde. Es lag eine gewisse Befriedigung in diesem subtilen Ködern – selbst wenn es nicht dasselbe Vergnügen war, das er hätte, wenn er den Mistkerl einfach strangulieren könnte. So sehr er auch den Gedanken genoss, Beauchamp zu erschrecken, bisher hatte er gezögert, den Vogel loszulassen. Er hoffte, nicht auf eine so offensichtliche Art der Suche zurückgreifen zu müssen. Es wäre ihm lieber, die Beweise selbst zu finden. Ganz zufällig.

Nun war es allerdings höchste Zeit, da er des Spiels überdrüssig wurde ... ebenso wie Graeham. Sein Blick wurde einmal mehr zu seinem Bruder gezogen. An der Art, wie Graeham im Sattel hing, konnte er erkennen, dass er erschöpft war ... obgleich er unglaublicherweise immer noch mit William plauderte. Er lachte, wenn es angebracht war, nickte, wenn es ihm passend erschien.

Himmel, sein Bruder musste wirklich ein unerschöpfliches Maß an Geduld besitzen.

Blaec dagegen fehlte diese Tugend und so blendete er die Unterhaltung aus und ließ sich zurückfallen, um neben Nial zu reiten, da instinktiv wusste, dass er in diesem Zustand zu leicht die Beherrschung verlor.

„Ich glaube, wir haben genug Zeit verschwendet",

sagte er leise zu Nial und seine Stimme troff vor Unmut.

„Mylord …“

Er nahm den Schutzhandschuh auf, den er vor sich auf den Sattel gelegt hatte, steckte seine Hand hinein, zog ihn bis über seinen Unterarm und brachte seine Finger in Position. Er stellte sicher, dass sich die doppelte Lederpolsterung genau über dem Daumen und den ersten beiden Fingern befand, dann hielt er sein Pferd an. Nial folgte seinem Beispiel sogleich und blieb mit seinem Ross neben ihm stehen. Blaec streckte den Arm aus. „Reich mir den Vogel.“

Nials Pferd schien die Anspannung zu spüren, denn es tänzelte ängstlich unter ihm. „Mylord …“

Blaec schaute den Jüngling scharf an.

„Seid Ihr sicher?“

„Mittlerweile, Nial, ist es mir ziemlich egal, ob er es mir übel nimmt. Gib mir den Vogel, Junge, und hinterfrage mich nicht noch einmal.“

Nials Gesicht rötete sich fleckig. „Aye, Mylord.“ Schnell, doch mit Vorsicht, trieb er sein ängstliches Pferd näher und überführte den Raubvogel auf Blaecs Arm, wobei er sicherstellte, dass die Leine in Blaecs Hand war, bevor er ihm das Tier ganz übergab. Der Bussard kreischte rastlos und klingelte in einem Anfall von Unruhe mit seinen Glöckchen – ein Gemütszustand, den Blaec in diesem Moment teilte.

Als er das schrille Schreien des Vogels hörte, blickte William über seine Schulter, ebenso wie Graeham. Beide wendeten sogleich ihre Pferde, um dem Abflug beizuwohnen. Das wenige Gefolge, das sie mitgebracht hatten, schloss sich ihnen an.

„Na, das wird aber auch mal Zeit!“, rief William. Seine Laune schien sich zu heben, als er vorwärts galoppierte und Graeham hinter sich zurückließ. „Ich dachte schon, wir würden den wahren Sport nie zu sehen bekommen“, sagte er fröhlich und lachte.

Blaec musterte ihn flüchtig und ignorierte ihn dann einfach. Er machte sich auch nicht die Mühe, von Lady Dominique Notiz zu nehmen, als sie endlich bei ihnen anlangte und ihr Pferd in einer umsichtigen Entfernung anhielt ... Aber er wusste, dass sie da war. Wie ein blinder Mann von der Wärme eines Feuers angezogen wird, spürte er ihre brillanten saphirblauen Augen auf sich.

Wenn er ihnen begegnete ... wären sie voller Abscheu? Oder wären sie von demselben verwirrten Verlangen erfüllt, das er heute Morgen erspäht hatte? Nay, er hatte sich diesen Blick nicht eingebildet ... das leidenschaftliche Erröten ihrer Haut.

Ein Bild ihrer Lippen, geschwollen und pink von der Heftigkeit seines Kusses, tauchte in seinem Geist auf. Jesus, er war wie ein Trunkenbold, der nach Wein verlangte, wurde gegen seinen Willen in den Wahn getrieben. Er schüttelte es ab, spannte seinen Kiefer an. Schweigend begann er, die Haube des Vogels abzunehmen. Dabei ignorierte er auch die Verhärtung an seinen Lenden, als sein verräterischer Körper auf ihre bloße Gegenwart reagierte. Er hatte kein Recht, so etwas zu empfinden, obgleich − Gott sei seiner Seele gnädig − er trotzdem für sie brannte.

Die Spannung stieg, wenn auch nur in ihm selbst.

Sollte sich indessen die Anspannung der Jagdgesellschaft etwas gemildert haben, so hatte dies ein Ende, sobald der Bussard ganz enthüllt war. Er hörte Dominiques jähes Einatmen und als er hochschaute, sah er, dass ihre weichen Lippen sich erschreckt geteilt hatten.

Dominique konnte ihren Augen kaum trauen.

Bis jetzt hatte sie sich wenig Gedanken um den Vogel gemacht, auch wenn sie durch sein schrilles Kreischen gewusst hatte, dass er da war. Jetzt jedoch war Irrtum ausgeschlossen. Es war ein widerlicher Bussard und ihr Schock war greifbar.

„Stimmt etwas nicht, Lady Dominique?"

Sie war sprachlos und begegnete doch dem Blick des Drachen, sich vollauf bewusst, dass ihre Augen ihre Abscheu und Überraschung verrieten.

„Himmel!", rief William aus und seine Miene spiegelte Dominiques Gefühle exakt wider. „Was für eine Abscheulichkeit wollt Ihr uns heute Abend servieren, d'Lucy?" Er trieb sein Pferd vorwärts und nahm den Raum zwischen ihnen ein. Sein Reittier protestierte, bäumte sich leicht auf und tänzelte weg, als würde es auf eine stumme Warnung reagieren. William bändigte es und wandte sich zu Blaec, sein Gesicht vor Zorn gefleckt. „Was für eine Beleidigung stellt das dar?"

Blaec lieferte keine Erklärung, auch wenn Dominique angesichts seiner Miene vermutete, dass er dies geradezu genoss. Seine Augen blitzten und seine Lippen krümmten sich leicht. Er öffnete den Mund, um etwas zu sagen, doch bevor er die Gelegenheit dazu bekam, ritt Graeham näher und intervenierte.

„Keine Beleidigung ist beabsichtigt, das versichere ich Euch, Beauchamp. Die Wanderfalken sind noch in der Mauser. Nur ein Weibchen ist fertig, doch dieses ist noch zu dick, um zu fliegen. Der Bussard war alles, was uns zur Verfügung stand."

Immer noch fand Dominique ihre Stimme nicht. Sie mochte fast nichts darüber wissen, mit einer Armbrust zu jagen, aber sie kannte sich mit der Falknerei aus. Als Kind hatten die Volieren sie fasziniert. Graehams Erklärung war vermutlich wahr, denn um die Mauser der Vögel zu beschleunigen, wurden sie mit Futter vollgestopft, um das Wachstum des Gefieders anzutreiben – ein Prozess, der alleine Monate dauerte. Und wenn der Vogel damit fertig war, war er in der Tat oft zu beleibt, um zu fliegen, und musste außerdem trainiert werden.

Es war ein zeitaufwendiges Unterfangen, Vögel zu halten. Trotzdem war der Bussard absolut nutzlos für die Jagd, denn er fing keine Vögel im Flug. Wie die Geier jagte er, indem er zwischen Schweben und Sturzflug wechselte. Er schlug kleine Beute, wie Insekten und Nagetiere, da er weder die Kraft noch den Verstand für größeres Wild besaß – und er war auch dem Aas nicht abgeneigt. Der Gedanke, eine dieser Möglichkeiten auf ihrem Teller zu finden, stieß sie ab und sie schüttelte sich angesichts der Vorstellung.

William war offensichtlich argwöhnisch und seine Miene zeigte dies auch, doch er sagte nichts weiter, sondern beobachtete mit steinernem Gesicht, wie Blaec den Bussard losließ. Mit einem fürchterlichen Schrei stieß er sich von seinem Handschuh ab, flog hoch über die Bäume und seine Glöckchen klingelten schaurig in der leichten Brise.

Während Dominique zuschaute, fasziniert von seinem morbiden und doch anmutigen Flug, erschauerte sie, als würden kalte Finger ihre Haut zwicken. Eine ungute Vorahnung beschlich sie, die sich verstärkte, als der Vogel zu schweben begann, ein schwarzer Umriss vor einem hellblauen Himmel ... ein stummer Todesbote.

Wie die Geier.

Oder wie der Schwarze Drache ... wenn man den Erzählungen glaubte.

Ihr Blick wurde von seiner silbergekleideten Gestalt angezogen. Sein Profil, als er zu dem Bussard hochschaute, war hart und doch eindrucksvoll – aber selbiges galt für die glänzende Klinge eines Schwertes, erinnerte sie sich, und genau wie dieses war er heimtückisch. Sie täte gut daran, das in ihrem Gedächtnis zu behalten.

Man sagte, dass er im Kampf wie besessen wurde, dass er mit dem Zorn und der Stärke dreier Männer focht, dass er den Geruch von Blut genoss, und wehe, jemand wagte es, sich seinem Bruder zu nähern. Fürwahr, es wurde gemunkelt, dass Graeham eher wegen der Kampffertigkeiten seines Bruders regierte als wegen seiner beachtlichen Besitztümer in der Normandie.

Auch hieß es, dass einige, die dem Drachen in der Schlacht gegenüberstanden, sich ans Herz fassten und aus purer Angst starben.

Dominique hatte es nie für mehr als Geschwätz gehalten, aber in dem Wissen, das sie nun über ihn besaß … konnte sie sich alles gut vorstellen. Weshalb sie sich erneut fragte, wie er die Narbe an seiner Wange erhalten hatte. Alyss hatte gehört, dass sie ihm während eines blutigen Kampfes am Tag seines Ritterschlags zugefügt wurde – alles Weitere blieb ein Rätsel. Alles, was man sicher wusste, war, dass er sowohl seine Sporen als auch die Narbe an demselben schicksalshaften Tag erhalten hatte.

Als würde er ihre Gedanken spüren, blickte er plötzlich in ihre Richtung. Seine Lippen verzogen sich leicht, arrogant, und Dominique wandte die Augen ab. Ihr Gesicht brannte vor Scham. Süße Maria, warum schien er immer zu wissen, was sie dachte? In seiner Gegenwart fühlte sie sich so verflixt durchschaubar – als gäbe es nichts an ihr, was er nicht wahrnehmen oder vermuten könnte.

Dominique achtete darauf, ihn nicht wieder anzusehen und ihn auch aus ihren Gedanken fernzuhalten.

Sie folgten dem Flug des Bussards für eine Achtelmeile, dann kreiste er ein letztes Mal, bevor er irgendwo unterhalb der Baumgrenze verschwand. Während sie seinen zielgerichteten Sinkflug beobachtete, wurde es Dominique flau im Magen. Sie blickte zu ihrem Bruder, der noch immer finster vor sich hinstarrte, als sie den diesigen Wald betraten – auf der Suche nach dem Vogel und seiner Beute. Was auch immer er geschlagen hatte, Dominique schwor sich, nichts davon zu sich zu nehmen – sollten die anderen doch zum Abendessen Feldmäuse verspeisen, wenn ihnen danach war! Sie würde lieber verhungern.

Als der von Blättern übersäte Pfad so schmal wurde, dass sie nicht mehr nebeneinander reiten konnten, fiel

William hinter ihr zurück, sodass Blaec sich direkt vor ihr befand. Einer nach dem anderen ritten sie durch den schattigen Wald. In finsterer Stille. So finster wie ihre unergründliche Umgebung.

So sehr sie den Mann vor sich auch verabscheute, traute sie sich doch nicht, auf etwas anderes als seinen gepanzerten Rücken zu schauen, solange sie sich hier aufhielten. Irgendwie, gab sie reumütig zu, stärkte seine Anwesenheit sie, denn sie hatte viel zu viele Geschichten von Überfällen in den Wäldern gehört, um sich zu entspannen. Noch konnte sie in die Schatten und den Nebel blicken, ohne alle möglichen Intrigen zu sehen. Den verrufenen Drachen bei sich zu haben, beruhigte sie in doppelter Hinsicht, weil er sowohl berühmt wie auch berüchtigt war und es lächerlich schien, sich in der Gegenwart eines so fähigen und gefürchteten Kriegers zu ängstigen.

Und wie lächerlich war es erst, das Unbekannte zu fürchten, wenn ihre größte Gefahr direkt vor ihr ritt.

Es ärgerte sie, dass Graeham ihr bisher noch nicht einmal für einen Moment seine Aufmerksamkeit geschenkt hatte. Tatsächlich war sie den Großteil des Morgens schweigend geritten, nicht einmal ihr Bruder hatte mit ihr geredet, und auch wenn es sie zu Beginn keineswegs gestört hatte, so zehrte es langsam an ihren Nerven. Es schien Dominique, dass ihr Verlobter fest entschlossen war, sie zu ignorieren. Was wollte er dann von ihr? War sie nicht mehr als ein Zierstück, das er vorzeigen konnte, wenn ihm danach war? Die Arroganz der Männer! Es war unglaublich, dass die einzige Person, die sie beachtete, der Mann war, den sie verabscheute – genau der Mann, der sie ebenso verachtete.

Ihre Emotionen waren ein Durcheinander. Wie sollte sie sich fühlen, was denken, wenn im einen Moment große Hoffnung für die Zukunft zu liegen schien ... und der nächste wirkte, als gäbe es gar keine? Noch hatte sie eine Gelegenheit erhalten, Alyss' Tortur mit

Graeham zu besprechen, obwohl sie die ganze Zeit nach einer Möglichkeit Ausschau gehaltenhatte. Irgendwie würde sie einen Weg finden, sich mit ihm unter vier Augen zu unterhalten. Wenn nicht jetzt, dann später – oder sie würde es noch einmal bei Alyss versuchen. Der bloße Gedanke, dass Alyss' Peiniger auf freiem Fuß und damit in der Lage war, weiteren Personen zu schaden, erfüllte sie mit grenzenlosem Zorn. Je mehr sie über das Zusammentreffen an diesem Morgen grübelte, desto weniger konnte sie ihre Aufmerksamkeit von dem verhassten Bruder abwenden, und desto wütender wurde sie.

Auf ihn.

Auf sich selbst.

Was war nur los mit ihr? Warum konnte sie nicht aufhören, an ihn zu denken?

Weil sie treulos und lüstern war. Wie ihre Mutter.

Und weil kein Mann sie je zuvor geküsst hatte ...

Dominique schloss die Augen erneut, verdrängte die brennende Erinnerung an seine zitternden Lippen auf ihren eigenen.

Jesus, warum konnte sie stattdessen nicht über Graeham fantasieren? Wieso musste sie sich nach dem Verbotenen sehnen?

Mit zusammengekniffenen Augen hob sie ihr Gesicht gen Himmel, atemlos vor Verzweiflung. Siefühlte nichts außer der schattigen Kühle unter dem Blätterdach. Und doch war da eine Hitze in ihrem Inneren, die ihr Herz rasen und ihren Atem stocken ließ. Ihre Hand flatterte zu ihrem Hals, als sie die verräterischen Gedanken wegschob. Sie musste gegen das Verlangen ankämpfen, das Kreuz zu schlagen. *Heilige Maria, Muttergottes*, intonierte sie stumm, *bete für uns Sünder* –

„Fehlt Euch etwas, Lady Dominique?"

Dominiques Lider flogen auf. Sie sah, dass Blaec ihr einen Blick über seine Schulter zuwarf. Ihr Herz verkrampfte sich. „Ich ..." Sie schüttelte errötend den

Kopf. „Nay“, krächzte sie und fächelte sich mit der Hand Luft zu. „Es ist nur ... mir ... mir ist warm.“ Ihr Gesicht brannte. Nervös senkte sie ihre Finger zu der Armbrust, die in ihrem Schoß ruhte.

Seine Augen funkelten amüsiert. „Hier im Schatten des Waldes?“

Ihr Herz hämmerte. „I-ich mag die Wälder nicht“, erwiderte sie schnell und umklammerte die Armbrust eindeutig zu fest.

Sein Blick blieb unbeirrt. „Habt Ihr Angst, Lady Dominique?“

Er verspottete sie jetzt, das war ihr klar. Dominique knirschte mit den Zähnen und weigerte sich, darauf einzugehen.

Seine Lippen krümmten sich arrogant. „Sagt mir, was fürchtet Ihr?“

Sie konnte es nicht mehr ertragen. „Ganz sicher nicht Euch.“

Sein Lächeln vertiefte sich. „Wirklich?“

„Aye.“

„Ah ... aber das würdet Ihr ... wenn Ihr klug wärt, Demoiselle.“

Niederträchtiges, scheußliches Schwein! Mistkerl! So sehr sie ihn auch anschreien wollte, Dominique hielt ihre Zunge im Zaum, biss die Zähne zusammen und zwang sich zu einem Lächeln. „Versucht Ihr, mir etwas mitzuteilen, Mylord?“, fragte sie so süß wie möglich.

„Meine Güte, seid Ihr klug“, erwiderte er sanft, spöttisch. Ohne ein weiteres Wort wandte er sich wieder nach vorne und gluckste leise. Dominiques Wut mehrte sich. Mehr als alles andere wollte sie sich auf seinen Rücken stürzen und ihn zerkratzen, bis er tot war, wie sein verhasster Bussard es mit seiner Beute tun würde, wenn er die Gelegenheit dazu bekam. Noch nie in ihrem Leben hatte irgendjemand sie derart aufgeregt. Niemals hatte eine einzelne Person so viele Emotionen in ihr ausgelöst. Gott sei ihr gnädig, sie würde noch verrückt werden, wenn sie seine Anwesenheit bis in alle Ewigkeit ertragen müsste!

In ihrer Wut war sie sich flüchtig bewusst, dass er zwei Männer vorausreiten ließ – den Knappen, Nial, begleitet von einem weiteren. Ihr Gefühl der Unruhe verstärkte sich, als sie beobachtete, wie sie in der Dunkelheit des Waldes verschwanden.

Sie kehrten nicht zurück, eine Tatsache, über die Dominique nicht nachdenken wollte.

Danach ritten sie eine scheinbare Ewigkeit in beunruhigendem Schweigen weiter ... bis vor ihnen Sonnenstrahlen das Blätterdach durchbrachen. Einen bloßen Augenblick später erreichte Nials Ruf sie und obwohl Dominique ihn nicht verstand, so empfand sie umgehende Beklemmung.

Sofort trieb Blaec sein Pferd an und überholte seinen Bruder. In vollem Galopp preschte er aus dem nebligen Wald in den hellen Sonnenschein.

Auch wenn Dominique ihn nicht länger sah, so konnte sie die Stimmen deutlich hören: Blaecs Fluchen und Nials schnelles Sprechen. Sie drehte sich instinktiv zu ihrem Bruder um. William brütete vor sich hin.

Einen Moment später ritt Dominique hinter Graeham in das gleißende Sonnenlicht, wogegen sie sich mit einer Hand abschirmte. William folgte ihr. Wie ein grausiges Lied vernahm sie das wilde Klingeln von den Glöckchen des Bussards, lange bevor sie ihn erblickte. Als ihre Sicht aufklarte, sah sie alle zusammenstehen, sich leise unterhaltend und nach unten starrend, wo sich der Bussard an seiner Beute gütlich tat.

Dominique brauchte eine weitere Sekunde, um die ganze Grässlichkeit der Szene, die sich vor ihr abspielte, zu begreifen. Als Nial aus dem Sattel glitt, die Leine in der Hand, um den Bussard einzusammeln, erhaschte sie einen freien Blick und musste all ihre Kraft aufwenden, um nicht auf ihrem Zelter in Ohnmacht zu fallen. Sie schrie entsetzt auf und schaute sofort weg, während sie spürte, wie die Galle in ihrer Kehle aufstieg.

Gütiger Gott! Wenn sie es sich nicht einbildete – wenn ihre Augen ihr nicht einen Streich spielten –, dann hatten sie einen Menschen gefunden! Einen Menschen - kein Tier. Sie schluckte heftig, wirbelte ihr Pferd herum und drängte es von dem blutigen Schauplatz weg. Sie konnte den Gedanken kaum ertragen, sich in einer solchen Nähe zu befinden.

Sie bemerkte, dass William keine Anstalten machte, sich zu den anderen zu gesellen, und für einen langen Moment war Dominique zu gelähmt, um überhaupt darüber nachzudenken, warum er so zurückhaltend wirkte. Sie saß da und umklammerte die Armbrust in ihrer Hand, während ihr Herz hämmerte, ihr Magen rumorte und sie ein überwältigendes Gefühl der Übelkeit bekämpfte.

Ein Mensch, Himmel ... ein Mensch ... Die Ungeheuerlichkeit der Tatsache erdrückte sie.

William erwachte endlich aus seiner Versunkenheit und warf ihr einen mürrischen Blick zu, als er an ihr vorbei und auf die schreckliche Szene zuritt. Und immer noch konnte Dominique sich nicht bewegen. Sie wollte nichts mehr, als zu fliehen. Sie wollte ihr Pferd wenden und zurück zur Burg rasen, aber sie blieb sitzen. Ihr Körper zitterte, sie fror trotz der Hitze der Sonne.

„Aye, das ist mein Bote", hörte sie William leise sagen. Offensichtlich erkannte er den toten Mann. Entsetzen ergriff sie. „Christus, sie haben ihn abgeschlachtet, nicht wahr?"

Stille; sie war ohrenbetäubend.

„Seid Ihr sicher?", hörte sie Graeham fragen, der endlich das Schweigen brach. „Er ist kaum zu identifizieren mit dieser Wunde in seinem Gesicht."

Dominique versuchte, sich nicht vorzustellen, was für eine Verletzung er dort haben mochte.

„Aye", bestätigte William verbissen. „Er trägt meine Livree."

„Guter Gott, wie könnt Ihr das feststellen?" Sie erschauerte, als sie Blaecs tiefe, volltönende Stimme vernahm. „Es sieht aus, als wäre er von seinem Pferd gefallen und eine ganze Weile mitgeschleift worden. Von seiner Kleidung ist kaum mehr genug vorhanden, als dass ich mir den Hintern damit wischen könnte." Eine Spur unverhohlener Heftigkeit lag in seiner Stimme, aber Dominique schrieb dies der Situation zu. Es war unwahrscheinlich, dass irgendein Mann – selbst der härteste aller Männer – bei diesem schrecklichen Anblick ungerührt blieb. Ganz unabhängig davon, wessen Kamerad dort ausgestreckt vor ihnen lag.

„Er gehört zu mir", beharrte William.

„Mylord", warf Nial ein. „Schaut hierher ... Ihr könnt immer noch die Schleifspuren erkennen. Seht Ihr sie? Es ist eigenartig, dass sie aus Richtung des Dorfes kommen", bemerkte er.

Durch Zufall schaute Dominique nach unten und erblickte die Spuren, die genau unter ihrem Pferd entlangführten. Spuren, die Blätter und Strauchwerk zur Seite gefegt und einen lückenlosen Pfad aus aufgewühlter Erde ... und ... und Blut zurückgelassen hatten. Als sie ihnen mit ihren Augen folgte, zu dem abgebrannten Dorf in weiter Ferne, überlief sie eine erneute Welle der Übelkeit und sie musste sich festhalten, damit sie nicht stürzte.

„Wirklich eigenartig", stimmte William zu.

„Wirklich", wiederholte Blaec scharf. „Vielleicht habt Ihr eine Erklärung dafür, Beauchamp?"

„Vielleicht habt Ihr eine?", gab William ungerührt zurück. Dominique musste nicht ihre Gesichter sehen, um den stummen Kampf zu verstehen, den sie ausfochten – beide so bereit, die Schuld dem anderen zuzuweisen. Es verursachte ihr noch mehr Übelkeit.

Sie war zu erschrocken, um sich von den gerade entdeckten Hinweisen zu entfernen, und blieb betäubt sitzen. Hinter ihr hörte sie sich nähernde Hufe und im nächsten Moment ritt Blaec an ihr vorbei, wobei er aufmerksam den Boden musterte und seine Augen nur kurz hob, um ihr einen hasserfüllten Blick zuzuwerfen.

Als wäre das alles ihre Schuld. Die Unverfrorenheit dieses Mannes!

Es war der Verlust ihres Bruders, nicht seiner. Wenn irgendwer jemanden beschuldigen sollte, dann William. Es schien, als wäre Blaec d'Lucy entschlossen, ihnen zu misstrauen. Dennoch hielt sie ihre Zunge im Zaum und schwieg, denn es stand William zu, etwas zu sagen, nicht ihr. Noch hatte sie den Eindruck, dass William ihr Einmischen begrüßen würde. Wie er sie gestern angeschaut hatte, als sie über das Verbleiben des Boten gemutmaßt hatte, reichte, um sie auch jetzt verstummen zu lassen. Außerdem hatte sie falsch gelegen – und William richtig.

Waren sie wirklich erst gestern angekommen? Es schien eine Ewigkeit her zu sein, so viel war in dieser Zeit geschehen.

Einer nach dem anderen passierte sie der Rest der Gruppe. Sie folgten Blaec, der den Boden nach eindeutigen Hinweisen auf die Identität des Mannes absuchte. Nur ihr Bruder blieb bei der Leiche und starrte in nachdenklichem Schweigen auf den grauenvollen Anblick, sein Gesicht vor Wut umwölkt.

Dominique führte ihr Pferd rückwärts vom Pfad und aus dem Weg, damit sie ungestört suchen konnten. Aus dieser Position hatte sie einen freien Blick auf ihren Bruder und alle anderen – auch wenn sie es immer noch nicht ertragen konnte, ihren Bruder und den scheußlichen Leichnam genau anzuschauen.

Sie hatte das Gefühl, als würde sie eine Ewigkeit auf ihrem Zelter sitzen. Jedes Geräusch schien verstärkt ... jeder Moment der Spannung in die Länge gezogen, bis sie sie körperlich spürte.

Ihr Herz pochte unbarmherzig, sein Schlagen hallte in ihren Ohren wider. Doch plötzlich umgab sie betäubende Stille, denn aus dem Augenwinkel sah sie, wie ihr Bruder seine Armbrust hob ...

Süße Maria! Sie wusste, er war zornig, aber er dachte

ganz offensichtlich nicht über sein Handeln nach. Ganz sicher agierte er aus seiner Wut heraus.

Bevor sie ihm überhaupt den Kopf zuwenden konnte, um ihn anzuflehen ... ihn aufzuhalten ... flog ein Bolzen. Bei dem Klang des Schusses erfüllte Schrecken ihr Herz. Er zischte an ihrem Kopf vorbei; das Geräusch glich in ihren Ohren einem gnadenlosen Brüllen. Dominique überlegte nicht, was sie tat. Sie wusste nur, dass man William nicht in der Mitte dieser Männer, die ihm misstrauten, erwischen durfte – sie würden jede Gelegenheit willkommen heißen, ihn aufzuspießen.

Er konnte nicht der Schütze des Bolzens sein. Nay, sie musste es sein!

Es geschah so plötzlich, dass sie keine Zeit zum Nachdenken hatte. Mit heftig zitternden Händen hob sie die schwere Armbrust und war erleichtert, dass ihr Bruder seine senkte. Im nächsten Moment traf der Bolzen. Er bohrte sich in die Borke einer Eiche und hatte in seinem tödlichen Flug Blaecs Kopf nur knapp verfehlt. Der Laut des Aufpralls glich einem ersten Donnerkrachen in einem heftigen Sturm.

Blaecs Kopf fuhr herum, sein Blick flog instinktiv zu ihrem Bruder und dann zu ihr. Seine Augen verengten sich, als er die Armbrust in ihren Händen entdeckte, und er wendete sein Pferd, näherte sich ihr. Sein Schlachtross tänzelte leicht, weil er das Tier so grob behandelte.

Dominique hatte keine Ahnung, was sie sagen sollte, als sie seiner Wut gegenüberstand. Starr vor Schock senkte sie noch nicht einmal die Armbrust. Doch sie konnte ihre Entscheidung nicht bereuen, denn William war gewiss viel zu aufgewühlt, um sein Handeln überdacht zu haben. Sie war überzeugt, dass er Blaec nicht hatte herausfordern wollen.

Verzweifelt betete sie, dass er es nicht als Kampfansage gemeint hatte.

Aus dem Augenwinkel sah sie, dass er sie zu beobachten schien. Er bewegte keinen Finger, um einen weiteren Bolzen einzulegen.

Immer noch sagte Blaec nichts, er starrte lediglich, erst auf die erhobene Armbrust und dann in ihr Gesicht. Sein Blick war unbeirrt und seine grünen Augen funkelten vor Zorn. Dominique schluckte heftig, wünschte sich, dass er sprechen würde, dass er etwas sagen würde – irgendetwas.

„E-es war ein Unfall", brachte sie hervor. Die Stimme versagte ihr. Sie betete, dass ihr Bruder ihre Erklärung nicht leugnen würde.

„Ein Unfall, Demoiselle?" Blaecs Ton war anklagend. Er blickte zur Armbrust, dann wieder zu ihrem Gesicht.

Dominique nickte ruckartig, betete, dass er ihr glaubte – versuchte, sich nicht vorzustellen, was er mit ihnen anstellen würde, wenn er das nicht tat. Sie wagte nicht, zu ihrem Bruder zu schauen, nicht einmal, um ihren Mut zu stärken – sie wagte nicht, ihn zu verraten.

Blaec schien ihre Gedanken zu spüren, denn er blickte William direkt an und sagte leise und drohend: „Wie bei Rufus im New Forest?", fragte er betont. „So ein Unfall, Lady Dominique?"

Für einen Moment verstand Dominique nicht, was er meinte, dann fielen ihr die Gerüchte um William Rufus' Tod wieder ein. Dass er von seinem Bruder auf der Jagd ermordet worden wäre, dieser es aber als Unfall kaschierte. Ein Unfall, der sich zu viele Jahre vor ihrer Geburt ereignet hatte, als dass sie selbst Vermutungen anstellen könnte. Sie schüttelte heftig den Kopf. „Nay, Mylord! Ich hatte einfach Angst, das ist alles. I-ich dachte, die Angreifer könnten immer noch hier herumlungern, und habe gehandelt, ohne nachzudenken."

Als seine Augen ihren wieder begegneten, blitzten sie vor Zorn. Ehrlich gesagt fürchtete Dominique, dass sie keine Sekunde länger leben würde, denn sie konnte sich gut vorstellen, dass er sie direkt hier erschlug – Frau oder nicht!

„Mylord“, sagte sie reuig. „Es ... es tut mir wirklich leid ...“

„Ist das so?“, fragte er und seine grünen Augen ruhten erneut auf ihrer Armbrust. Er sah kurz zu William, dann wieder zu ihr. „Und Ihr hattet wirklich vor, Euch mit dieser Armbrust zu schützen, Demoiselle?“

Dominique verengte die Augen. Sie wusste instinktiv, dass es töricht wäre, jetzt den Kopf einzuziehen. „Glaubt Ihr, dazu bin ich nicht in der Lage, Mylord?“, fragte sie empört.

Seine Lippen verzogen sich und sein Blick wurde hart wie funkelnde Edelsteine. Er nickte knapp. „Etwas verschafft mir genau diesen Eindruck.“

„Wirklich, Mylord! Weil ich eine Frau bin?“, fragte sie und wurde nun aufgebracht. Tatsächlich hatte Dominique keine Ahnung, wie man eine verfluchte Armbrust benutzte, wusste nicht einmal, wie man eine lud. Aber dass er einfach davon ausging, erzürnte sie über alle Maßen.

„Nay, Demoiselle!“ Er näherte sich ihr wieder, bis sein Schlachtross an ihrer Seite war, und schaute sie an. Er beugte sich vor und als er sprach, waren seine Lippen den ihren so nahe, dass Dominique die Hitze seines Atems fühlen konnte. „Weil Ihr die verdammte Armbrust falsch herum haltet“, teilte er ihr mit. „Gott bewahre die Menschheit vor unwissenden Frauen!“, sagte er und riss die ungeladene Armbrust wütend aus ihren Händen.

KAPITEL 15

Stunden später erwärmten sich Dominiques Wangen immer noch bei der Erinnerung. Himmel, nie in ihrem Leben war sie so gedemütigt worden. Ihr einziger Trost lag in der Tatsache, dass Blaec d'Lucy anscheinend ihre Geschichte geglaubt hatte – dass er ihre Lüge als die Wahrheit akzeptiert hatte.

Es war ein magerer Trost, weil er sie vermutlich dennoch für einen Schwachkopf hielt.

Noch hatte sie bisher herausgefunden, warum William den Bolzen geschossen hatte, obgleich sie es für sehr wahrscheinlich hielt, dass es aus Wut geschehen war. Die Leiche seines eigenen Untergebenen da liegen zu sehen ... Dominique schüttelte den Kopf. Sie konnte es sich nicht erneut vergegenwärtigen, zu grauenvoll war der Anblick. Und wenn sie es noch nicht einmal ertrug, daran zu denken ... wie viel schlimmer hatte es für ihren Bruder sein müssen, es zu sehen?

Aye, sie konnte seinen Zorn gut verstehen. Und da sie William kannte, wusste sie, wie beachtlich es war, dass er seinen Ärger so weit hatte zügeln können, um Graeham nicht sofort herauszufordern. Sie bereute nicht, dass sie die Schuld auf sich genommen hatte. Sie hätte es nicht ertragen, der Exekution ihres Bruders beizuwohnen, denn so in der Unterzahl, wie sie es gewesen waren, hätte er niemals gesiegt.

Ebenso wenig war es Graehams Schuld, erinnerte sie sich – wenn ihm ihre bevorstehende Ankunft nicht einmal bewusst gewesen war. Wie hätte er Wachen ausschicken sollen, um ihren Boten zu beschützen, wenn dieser ihn nie darum hatte bitten können? Mit diesem Gedanken sandte sie ein stummes Gebet gen Himmel und bekreuzigte sich. Sie dankte Gott für ihre sichere Reise. Wie leicht hätte ein solches Schicksal ihnen zuteilwerden können. Sie erschauerte.

Wenn sie nur mit William sprechen könnte ... wenn sie nur sein Gesicht sehen könnte ...

Sie waren in düsterer Stimmung zur Burg zurückgekehrt, niemand hatte die angespannte Stille durchbrochen – nicht einmal Graeham, der normalerweise so diplomatisch war. Und dann hatten ihr Bruder, Graeham und Blaec d'Lucy sich zu einer geheimen Besprechung zurückgezogen und leise hinter geschlossenen Türen geredet. Dominique hatte eilig die Zuflucht ihres Schlafzimmers – sie schloss die Augen –, von Blaecs Zimmer, verbesserte sie sich, aufgesucht.

Dort saß sie nun mit rumorendem Magen, während sie sich das Gespräch vorstellte, das unten geführt wurde. Dem Blick in Blaec d'Lucys Augen nach zu urteilen war es gut möglich, dass sie und William sich in tödlicher Gefahr befinden könnten. Nay, er hatte sie im Wald nicht zur Rechenschaft gezogen, aber sie spürte, dass das bald noch folgen konnte.

Sie ertrug das Warten nicht.

Es schien ihr wie Stunden, die sie auf dem Bett sitzend verbrachte, die Hände rang und zur Tür starrte. Mit großer Erleichterung begrüßte sie William, als er endlich das Zimmer betrat. Auch wenn seine Miene ernst war, beruhigte sich Dominique damit, dass er unverletzt vor ihr stand.

„William!", schrie sie und sprang vom Bett. Sie

rannte auf ihn zu, um ihn zu umarmen – etwas, das sie nicht mehr getan hatte, seit sie Kinder gewesen waren. Aber sie war so froh, ihn zu sehen, dass sie ein befreites Schluchzen nicht unterdrücken konnte. „Oh, William", rief sie und umarmte ihn heftig. „Ich habe mir Sorgen gemacht!"

Ihr Verhalten schien ihn zu verwundern, denn er erwiderte die Umarmung zunächst ungelenk und dann mit Zurückhaltung, und schaute mit dem eigenartigsten Ausdruck auf seinem ansehnlichen Gesicht zu ihr herab. „Was ist los?", fragte sie. „Sag es mir!"

Er räusperte sich, dann umarmte er sie herzlicher und legte seine Wange auf ihren Scheitel. „Ich ... ich denke, es ist am besten, wenn ich gehe, Dominique."

Dominique keuchte überrascht bei dieser Enthüllung und versuchte, sich zurückzuziehen, aber er drückte sie fest an sich, eine Hand an ihrem Rücken, als könnte er es noch nicht ertragen, sich von ihr zu trennen. Das kräftige Schlagen seines Herzens zu hören, trug nur dazu bei, ihre Ängste zu schüren. Gott schütze sie beide, denn nur wenig, wenn überhaupt etwas, beunruhigte jemals ihren unerschütterlichen Bruder. Nach Dominiques Einschätzung musste die Situation wirklich schlimm sein, dass er jetzt so aufgewühlt war. Seine Hände an ihrem Rücken schwitzten. Sie konnte die Feuchtigkeit selbst durch ihr Gewand spüren und Furcht überlief sie.

„Jesus ... Dominique ..." Seine Stimme war rau.

Dominique blickte zu ihm auf. „Nun sag schon, William. Sprich mit mir!" Sie krallte die Finger in sein Hemd. „Lass mich nicht im Ungewissen ... bitte ..."

Er räusperte sich erneut.

Sie konnte das Warten kaum noch ertragen. „Haben sie dich aufgefordert, zu gehen?"

„Nay, Dominique, das haben sie nicht." Er umfasste ihr Kinn, hob ihr Gesicht mit einer Sanftheit an, die er ihr nie zuvor erwiesen hatte – die sie noch nie erfahren hatte. *Niemals.* Die Geste überwältigte sie. „Du warst heute sehr mutig", sagte er sanft. „Ich war sehr stolz auf dich." Seine Miene war zum ersten Mal in sehr langer Zeit zärtlich, fürsorglich, als würde er ihr so etwas wie Liebe entgegenbringen. Wie lange war es her, dass er sie so angeschaut hatte? Ihr Herz hüpfte und wie bei einem Kind, das sich lange nach Zuneigung gesehnt hatte, traten ihr Tränen in die Augen. Was für ein Spott des Lebens war es, dass sie in dem Moment zueinanderfanden, da er sie verließ?

„Ich könnte es nicht ertragen, dass sie dich verletzen", offenbarte sie ihm ehrlich.

„Aye, nun, deshalb halte ich es für das Beste, wenn ich gehe", erklärte er. „Heute hast du es geschafft, die Lage zu retten, Dominique. Morgen wird dir das vielleicht nicht gelingen."

„Nay, William ... bitte!" Wie lange hatte sie sich nach einer richtigen Familie verzehrt? Bei Gott, wie lange hatte sie sich nach den Armen ihres Vaters, ihrer Mutter, ihres Bruders gesehnt? Nach allen von ihnen vergebens. Wie lange? Nay, sie konnte ihn jetzt nicht verlieren. Nicht jetzt. „Ich kann den Gedanken nicht ertragen, hier allein zurückzubleiben", sagte sie und ihre Augen flehten ihn an. „Nicht ohne dich. Verlass mich nicht."

„Dominique ... meine geliebte ... meine kostbare kleine Schwester ..." Seine Stimme verhallte plötzlich. Und dann runzelte er die Stirn, schien die Kontrolle über sich zurückzuerlangen. „Meine Anwesenheit sorgt nur dafür, dass das Gute, wofür wir so hart gearbeitet haben, zunichtegemacht wird. Kannst du das nicht sehen?"

Widerwillig nickte Dominique.

„Fürwahr, auch wenn ich mich nach diesem Bündnis mehr sehne als nach meinem Leben, so kann ich mir nicht trauen, unter demselben Dach zu bleiben wie Blaec d'Lucy. Die Wahrheit dessen hast du heute selbst gesehen. Ich traue dem Mistkerl genauso wenig, wie ich mir selbst in seiner Gegenwart traue. Ich kann den Mann nicht ertragen. Nein, es ist am besten, wenn ich gehe. Es gibt zu viel, was wir sonst riskieren. Und du wirst es sehen ... alles wird am Ende gut werden", versicherte er. Er ließ ihr Kinn los und schob ihr Gesicht weg, als verstöre es ihn plötzlich.

„Du musst mir vertrauen", sagte er. Und dann erschrak sie, als er unversehens ihren Arm ergriff. „Vertraust du mir, Dominique?" Er schüttelte sie leicht, als sie nicht sogleich antwortete. „Tust du das?"

Dominique nickte und erlaubte ihm, sie erneut in eine Umarmung zu ziehen, auch wenn er sie diesmal ein bisschen zu fest drückte, ein bisschen zu heftig. Himmel, sie glaubte, er würde ihr den Atem aus den Lungen pressen! Sie rang nach Luft und verspürte plötzlich einen unerklärlichen Drang, sich zurückzuziehen, sich zu entfernen, aber sie tat es nicht. Sie umarmte ihn ebenso, wenngleich etwas starr, und sagte sich, dass sie solche Zärtlichkeiten zwischen ihnen nur nicht gewohnt war. Sie schalt sich selbst. Dies war gut ... dies war, was sie wollte ... oder nicht?

„Gut", sagte er, seufzte schwer und ließ sie los.

Erleichtert trat Dominique einen Schritt zurück und aus seiner Reichweite, dann atmete sie zitternd ein.

Er runzelte angesichts ihrer Reaktion die Stirn, ging aber nicht darauf ein, sondern sagte: „Hör mir genau zu, Dominique ... Du musst einen Weg finden, die Zeit bis zur Zeremonie zu verkürzen. Du musst Graeham so bald wie möglich vor den Altar bekommen. Es kann einfach nicht warten, denn ich fürchte, Blaec d'Lucy würde es vereiteln, wenn er könnte. Verstehst du mich?"

Dominique nickte. „Er traut uns nicht", stimmte sie zu und wandte ihre Augen ab, als ihr Herz sich schmerzhaft verkrampfte. Sie hob ihre Brauen. „Ich glaube, er verabscheut mich sogar." Sie wagte nicht, in diesem Moment zu William aufzuschauen, weil sie

Angst hatte, dass er sehen könnte, wie sehr sie der Gedanke quälte.

Sie konnte es selbst nicht verstehen. Süße Maria, wieso sollte es sie kümmern, wie Blaec d'Lucy über sie dachte? Und doch ... aus irgendeinem Grund ... tat es das.

„Ich verstehe", sagte sie und blickte endlich zu ihm auf, während sich erneut Tränen in ihren Augen bildeten. Bei Gott, sie war so verwirrt. „Ich verspreche, ich werde dich nicht enttäuschen, William." Sie schüttelte den Kopf. „Ich schwöre es."

Er musterte sie ein paar Sekunden lang und Dominique wurde unruhig bei dieser genauen Prüfung. „Nay", stimmte er zu und sein Gesicht wurde plötzlich hart, „das wirst du nicht." Seine Augen durchbohrten sie, als er sie warnte: „Sieh zu, dass du mich nicht enttäuschst."

☙

SO SEHR SIE ES AUCH VERSUCHTE, NOCH LANGE, nachdem William Drakewich verlassen hatte, konnte Dominique die Warnung in seinem finsteren Blick nicht aus ihren Gedanken vertreiben. Etwas an der Art, wie er sie angeschaut hatte, als er durch die Tore geritten war, erfüllte sie mit Schrecken, denn es ließ sie mit einem Gefühl drohenden Unheils zurück.

Nach ihrem Gespräch war William nicht einmal lange genug geblieben, um das Abendessen mit ihr einzunehmen. Stattdessen war er umgehend mit seinem Gefolge nach Amdel aufgebrochen; sie wollten das verbleibende Tageslicht nutzen, um ihre Reise zu erleichtern.

Bei Tisch war Dominique besonders leise, geradezu wortkarg. Sie lauschte dem Geplänkel der Männer und versuchte, sich nicht wie eine Geisel am Hofe ihrer Feinde zu fühlen. Fürwahr, so empfand sie, obwohl

Graeham d'Lucy entschlossen schien, den vor ihnen liegenden Weg zu ebnen. Er unterhielt sie mit Geschichten aus seiner und der Kindheit seines Bruders, während Dominique sich bemühte, sich nicht zu fragen, was sein teuflischer Bruder im Schilde führte, der verdächtig abwesend war.

Sie war kaum in der Lage, die Anspannung zu ertragen, die sie in Erwartung seiner Ankunft verspürte. Und der Zwang, lächeln zu müssen, wenn ihr gar nicht danach war, ließ Dominique auch das kleinste bisschen Appetit vergehen. Sie entschuldigte sich früh und floh in die Einsamkeit ihrer Kammer.

Mit Alyss' Hilfe bereitete sie sich aufs Zubettgehen vor und kroch unter die Decken, ermüdet von der Tortur des Tages. Doch selbst Stunden später, in der finstersten Nacht, konnte sie noch nicht einschlafen.

So alleingelassen und ängstlich, wie sie sich fühlte, verstärkte sich die überwältigende Ahnung eines drohenden Unheils.

Etwas war nicht richtig, das wusste sie.

Sie konnte es spüren, so sicher, wie sie atmete.

Oder vielleicht waren es einfach Schuldgefühle ... weil zusammen mit dem Gesicht ihres Bruders ein weiteres vor ihrem inneren Auge erschien.

Nicht das von Graeham d'Lucy.

Dieses Gesicht war dunkel ... vernarbt ... die Augen zu wissend, verletzend ... und doch – Gott schütze ihre sündhafte, reuelose Seele –, sie sehnte sich nach diesen schönen, verlangenden Lippen auf ihren eigenen.

Die bloße Erinnerung erweckte in ihr eine ganz und gar aufwühlende Hitze. Sie wälzte sich auf dem Bett hin und her, atemlos und schwitzend, betrogen von ihrem verräterischen Körper, nicht in der Lage, Ruhe zu finden. Noch konnte sie den Mann, von dem Alyss sprach, mit dem, den sie kannte, in Einklang bringen. Freundlich? Einfühlsam? Sie konnte es nicht begreifen und doch enthielten Alyss' Worte etwas Wahrheit, denn er *hatte* sich um Alyss gesorgt. Es schien, als wäre es nur Dominique, die solche Bösartigkeit in Blaec d'Lucy auslöste.

Dominique war verwirrt.

Und Christus stehe ihr bei: Als sie endlich Schlaf fand, träumte sie vom Drachen.

KAPITEL 16

Der Armenpfleger hatte fast alle der Gaben des Vortags gesammelt und verteilt, aber Dominique sah es als ihre Pflicht an, dass die Dorfbewohner mehr bekamen. Schließlich würden dies bald ihre Leute sein – egal, was sie für ihren Lord empfand –, irgendwie fühlte sie sich verantwortlich, nachdem sie ihre Häuser des Nachts brennen gesehen hatte. Viele arbeiteten immer noch eifrig daran, ihre verkohlten Hütten zu reparieren, während andere nach ihren herumirrenden Tieren suchten, sie zusammentrieben und neue Zäune und Käfige bauten.

Am frühen Morgen hatte Dominique Graeham um die Erlaubnis gebeten, dringend benötigte Dinge auszugeben: Decken, Kleidung und etwas Essen. Da er sich in einem privaten Gespräch mit seinem verhassten Bruder befand, hatte er abgelehnt, sie zu empfangen, aber er hatte ihr gestattet, zu nehmen, was auch immer gebraucht wurde. Dahingehend war er großzügig gewesen. Sie hatte irgendwie gewusst, dass er das sein würde, aber die Tatsache, dass er sie immer noch mied, ließ sie sich sehr unwillkommen in seinem Heim fühlen. Dominique kam nicht umhin, sich voller Bitterkeit zu fragen, wieso er dieses Bündnis eingehen wollte, wenn er sie so abstoßend fand. Wie konnte sie in dem einen Mann solchen Hass und in dem anderen solches Desinteresse hervorrufen?

Bei Gott, sie war so verwirrt.

Da es ihr freistand, zu kommen und zu gehen, wie es ihr gefiel, brachte sie alles, was sie konnte, selbst zum Dorf und war überrascht, dass ihre Gaben mit so viel Misstrauen angenommen wurden. Tatsächlich wurde sie beäugt, als erwarteten die Leute, dass sie ihnen Gift überreichte und keine Annehmlichkeiten. Dominique war es gleich. Sollten sie ihr mit Argwohn begegnen, wenn es ihnen beliebte. Für den Moment. Bald genug würden sie erkennen, dass sie in jeglicher Hinsicht ihre Gräfin sein wollte – und das bedeutete auch, für sie zu sorgen, wie sie es für die Leibeigenen in Amdel nicht hatte tun können. Es war etwas, das sie anstrebte, und sie würde sich ihnen allen beweisen.

Ohne darum gebeten zu werden, bereitete sie einen Eintopf aus Lauch und Kohl für eine der größeren Familien und zeigte der Frau, Maude, wie sie ganz alltägliche Kräuter benutzen konnte, um die Brühe zu würzen. Auch wenn Dominique keine Meisterin der Heilpflanzen war, so wusste sie doch genug, um ihr etwas vermitteln zu können. Alyss hingegen war sehr bewandert darin und Dominique versprach, bei ihrem nächsten Besuch ihr Dienstmädchen mitzubringen. Es gab vieles, was Alyss den Dorfbewohnern beibringen konnte, davon war Dominique überzeugt – zum Beispiel auch, wie sie einige der nützlichsten Pflanzen selbst anbauen konnten. Maude blickte ihr argwöhnisch über die Schulter, als erwartete sie, dass Dominique Alraune ins Essen gab, um sie zu vergiften. Wie sehr sie sich auch einredete, dass sie sich nicht beleidigt fühlte - genau so empfand sie. Es gab nichts, was sie dagegen tun konnte.

Später, als sie genug davon hatte, sich den Eltern zu beweisen, spielte sie mit den Kindern Verstecken und beschäftigte sie, während deren Mütter und Väter daran arbeiteten, alles wiederaufzubauen. Von den Kindern wurde sie stürmischer begrüßt. In ihrer Unschuld hegten sie keine Vorurteile gegen sie und zum ersten Mal seit Tagen war es ihr möglich, zu vergessen, dass sie eine unwillkommene Fremde in ihrer Mitte war.

Und doch war ihre Ehrlichkeit überwältigend und verwirrend.

„Mein Vater sagt, dass Euer teuflischer Bruder unser Haus niedergebrannt hat", erzählte ihr ein älterer Junge.

Das Lachen erstarb in Dominiques Kehle. Sie hörte auf, dem Jungen den Schal vor die Augen zu binden, löste den Knoten und drehte ihn zu sich herum. „Nay! Das stimmt nicht", sagte sie dem Knaben, ergriff ihn bei den Schultern und versuchte, ihm die Wahrheit klarzumachen. „Dein Vater hat unrecht! Mein Bruder war während des Feuers bei mir – in der Burg! Verstehst du das? Er hat ganz sicher nicht eure Häuser niedergebrannt!"

Sie ließ ihn los, als er stumm nickte, doch ihre eigene Miene blieb gequält, denn der Schaden war angerichtet. Sie konnte nicht länger spielen, wenn ihr Herz so schwer war. Himmel, es schien, dass ihr Bruder für schuldig befunden wurde, selbst wenn er unschuldig war. Es war so ungerecht!

Sie verabschiedete sich fürs Erste mit einem Lächeln, auch wenn dieses ihr Herz nicht erreichte. Selbst angesichts der Umarmungen der Kinder und des reuigen Blicks des Jungen, der ihren Bruder angeklagt hatte, konnte sie ihre frühere Entschlossenheit und Unbeschwertheit nicht zurückgewinnen. Noch konnte sie so bald zur Burg zurückkehren. Stattdessen bestieg sie ihren Zelter und suchte Zuflucht im entfernten Grasland. Dort glitt sie von ihrem Pferd und setzte sich erschöpft auf die üppige Wiese. Bevor sie sie zurückhalten konnte, traten Tränen in ihre Augen.

Es schien hoffnungslos. Konnten diese Menschen jemals die schrecklichen Kämpfe, die von ihren Vätern ausgefochten worden waren, vergessen und sie so annehmen, wie sie war? Sie war bereit gewesen, ihren eigenen Groll abzulegen. Es war immerhin ihr eigener Vater, der durch die Hand von Gilbert d'Lucy gestorben war! Wenn sie dies um des Friedens willen vergessen konnte ... konnten diese Menschen es nicht wenigstens versuchen?

Dominique wusste, es war sinnlos, sich selbst zu bemitleiden. Sie wusste, dass es ihre Probleme nicht löste, und doch konnte sie kaum verhindern, dass die Trauer und ein Verlustgefühl, wie sie es nicht einmal beim Tod ihres Vaters so stark empfunden hatte, sie umhüllten. Und dann war da die Einsamkeit. Nun, da William nicht mehr in Drakewich war, hatte sie wirklich niemanden.

Gar keinen.

William konnte sich auch nicht wirklich um sie sorgen, da er sie alleine im Heim seines Feindes zurückgelassen hatte – damit sie es zu erduldete, so gut sie konnte. Ebenso wenig hatte er versprochen, dass er für das Ehegelöbnis zurückkommen würde. Im Gegenteil, er hatte zugegeben, dass er den Anblick von ihr mit Graeham d'Lucy nicht ertragen konnte. Es war, als würde sie ins Exil verbannt werden. Konnte er sie wirklich so leicht opfern und zurücklassen? Würde er es nie wieder ertragen können, sie anzuschauen? Was für ein Bündnis sollte das sein?

Es war kein Bündnis, sondern Krieg, erwiderte eine leise Stimme.

Und sie würde sein Opfer sein.

Sie pflückte einen weiteren Grashalm aus seiner hellgrünen Umhüllung, musterte ihn und drehte ihn zwischen ihren Fingern. Dann warf sie ihn mit einem Mal in den Wind und beobachtete, wie er davongeweht wurde. Sie hob ihren Blick zu Drakewich und dachte, dass sie – genau wie der einzelne Grashalm – verloren waren, gefangen im Wind zwischen Himmel und Erde … oder vielmehr Hölle.

Als der Halm in der Ferne zu Boden fiel, wusste sie, dass sie dasselbe Schicksal ereilen würde.

Es war die Hölle, die auf sie wartete.

Ein Schluchzen entfuhr ihr und wurde sogleich unterdrückt, denn als sie sich umblickte, um sicher zu sein, dass sie allein war, erspähte sie einen einzelnen Reiter, der sie stumm aus dem Schatten des Waldes musterte.

Überrascht keuchte sie, rappelte sich mit pochendem Herzen hoch und wandte sich ihm zu.

Sie glaubte – bei Gott –, sie konnte nicht sicher sein, aber es schien William zu sein! Sie würde seinen eigenartigen Helm aus jeder Entfernung erkennen, so ungewöhnlich wie er war. Aus einem dunklen Metall gefertigt, mit Nieten und einem Nasenschutz, der weit über sein Kinn reichte und sein Gesicht entzwei teilte; es war ein Anblick, der sie geängstigt hätte, wäre er nicht so vertraut. Doch das war er und die Möglichkeit, dass es William sein könnte, hob sogleich ihre Laune.

Hatte er seine Meinung geändert? War er zurückgekehrt?

Winkend begrüßte Dominique den Reiter, aber er bewegte sich kein bisschen. Trotzdem *wusste* sie, dass er es war – sie wusste es! Warum gab er sich nicht zu erkennen? Er war es, das wusste sie. Sie schlug alle Vorsicht in den Wind, hob ihre Röcke an und rannte auf ihn zu, aber als sie sich näherte, zog sich die Person zwischen die Bäume zurück. Dominique rief seinen Namen und eilte schneller, bis ihre Seiten von der Anstrengung schmerzten.

„William! Warte! William!"

Sie schrie vergeblich, hielt an und schnappte nach Luft, als der Reiter vollends aus ihrem Blickfeld verschwand und von den Bäumen verschluckt wurde. Doch sie war zu nah, um einfach aufzugeben. Er war es. Sie wusste es. Er musste es sein! Erneut raffte sie ihr Kleid und rannte los, blieb erst stehen, um zu verschnaufen, als sie den Waldesrand erreichte. Da sie nicht weitergehen konnte, lehnte sie sich an einen Baum, um nicht zusammenzubrechen. Während sie sich ausruhte, musterte sie ihre Umgebung und suchte nach einer Spur des Reiters.

Er war fort.

Dominique hielt sich die schmerzenden Seiten, atemlos und entmutigt.

Die Gegend war unberührt, als wäre der Berittene nicht mehr als eine Erscheinung gewesen. Aber das konnte nicht sein ...

Die Härchen an ihrem Nacken kribbelten und stellten sich auf. Sie konnte ihn sich nicht eingebildet haben.

Sie *hatte* einen Reiter gesehen.

Sie schüttelte den Kopf, bedeckte das Gesicht mit ihren Händen und gab sich einem seltenen hysterischen Ausbruch hin. Hatte sie sich die Rückkehr ihres Bruders so sehr gewünscht, dass sie ihn sich eingebildet hatte? Jesus, sie glaubte, sie würde noch verrückt werden, wenn sie an diesem Ort weiterhin allein blieb!

„Sucht Ihr nach jemandem, Demoiselle?"

Überrascht von dieser unerwarteten Stimme richtete sich Dominique abrupt auf, löste sich vom Baum und wandte sich Blaec d'Lucy zu. Sie runzelte die Stirn. Ihr Peiniger. Einen Moment lang herrschte Schweigen zwischen ihnen, während sie sich sammelte. „Ihr!", rief sie plötzlich aus.

Wie ein düsterer Richter saß er auf seinem Pferd, schaute auf sie hinunter und sagte nichts. Doch seine gehobenen Brauen verhöhnten sie einmal mehr.

Ihre Nackenhärchen richteten sich auf und ihre Hände flogen wütend zu ihren Hüften. „Ihr wart es!", beschuldigte sie ihn. „Ihr wart es die ganze Zeit! Was fällt Euch ein, mir dergestalt nachzustellen?"

Eine seiner Brauen wanderte noch etwas höher. „Ist es das, was ich tue?"

Er klang gelangweilt, als interessierte es ihn kein bisschen, dass sie ihn beim Spionieren erwischt hatte. Dominiques Wangen brannten vor Empörung. „Ihr wisst ganz genau, was Ihr tut, Mylord! Sagt mir, was Ihr zu entdecken hofft, indem Ihr mir folgt – mich ausspioniert!", klagte sie geradeaus ihn an. Sollte er sich doch beleidigt fühlen, sie hatte kein Verlangen, ein Blatt vor den Mund zu nehmen.

„Was hofft Ihr zu verstecken?", erwiderte er und stieg ab. Dabei warf er die Zügel des Schlachtrosses über dessen Widerrist.

Dominique beäugte ihn misstrauisch, als er sich näherte. Und dann fiel ihr auf, dass er zum ersten Mal nicht seine Kriegsausstattung trug. Noch hatte er das unheilvolle Schwarz angelegt. Stattdessen kleidete er sich in eine kürzere, hellgraue Tunika mit einfacher blauer Stickerei und dunkelblaue Strümpfe. Nichts Ungewöhnliches. Aber die Hosen waren kürzer im Vergleich zu seinen gestrigen und kaum unter seinem Hemd zu erkennen, sodass seine Strümpfe für alle Blicke sichtbar waren. Dominique hatte diese Mode schon ab und zu gesehen, aber nie so unanständig. Da sie nie am Hofe gewesen war, wo sie die wechselnden Stile hätte erleben können, war sie solch freizügigen Anblicken selten ausgesetzt. Und die Gefolgsleute ihres Bruders – ihr Bruder eingeschlossen – hatten nicht das Geld, um den neuesten Entwicklungen zu folgen. Gott sei Dank, denn das Bild seiner nahezu unbekleideten Beine machte sie sprachlos.

Wie sie nun vor ihm stand, konfrontiert mit seiner so unvollständigen Bedeckung, vergaß sie alles. Sie vergaß seine kaum verhüllten Anschuldigungen, vergaß ihren Argwohn, vergaß ihre Wut, vergaß selbst ihre gute Erziehung. Ihr Blick wanderte die ganze Länge seiner muskulösen Waden empor bis zu seinen perfekt geformten Schenkeln und sie war wie vor den Kopf geschlagen. „Ich …" Sie schluckte heftig, ihre Augen kehrten kurz zu seinem Gesicht zurück und schweiften dann wieder zu seinen entblößten Gliedmaßen.

Ein Schauer überlief Blaec bei dem Blick, den sie ihm zuwarf. „Ihr – was, Demoiselle?" Seine Stimme klang selbst in seinen eigenen Ohren seltsam. Gott möge ihn verfluchen, sie wusste nicht, in was für Schwierigkeiten sie dieser Blick bringen könnte. Wäre er irgendein anderer Mann … und sie irgendeine andere Frau …

Christus … wäre sie nicht seinem Bruder zur Hochzeit versprochen …

Es war egal, was sie trug, oder dass sie schmutzig war, nachdem sie im Dorf ausgeholfen und mit den Kindern herumgetobt hatte. Sie war schön, zu schön für sein eigenes Wohl. Er hatte sie von den Burgmauern aus beobachtet, denn es kam ihm eigenartig vor, dass sie die Dorfbewohner unterstützen wollte, wenn es doch ihr eigener Bruder war, der dort so viel Zerstörung angerichtet hatte … oder vielleicht war das der Grund, warum sie helfen wollte. Schuld war ein wirksamer Antrieb. Zumindest hatte er begonnen zu glauben, dass es so war, bis er sie hier erspäht hatte, wartend – ihm war der Reiter nicht entgangen, der sie aus der Ferne gemustert hatte. Dominique musste ihn erkannt, ihn erwartet haben, denn sie hatte ihm zugewinkt. Doch der Berittene war verschwunden, als er Blaecs Ankunft wahrgenommen hatte. Da sie nicht bemerkt hatte, wie er sich näherte, nahm Blaec an, dass der Anblick ihres … Geliebten – oder was auch immer er war – ihre ganze Aufmerksamkeit gefesselt hatte. Allein der Gedanke fühlte sich wie Säure in seinen Eingeweiden an.

„Ihr scheint auf einmal sprachlos zu sein, Lady Dominique." Sein Kiefer spannte sich missmutig an. „War es etwas, das ich sagte?"

Ihr Blick blieb auf seine Beine gerichtet. „Etwas,

das Ihr sagtet", wiederholte sie. Sie runzelte die Stirn und ihre Zunge schoss heraus, um ihre vollen Lippen zu benetzen.

Hitze flutete seine Adern. „Lady Dominique ..." Blaec schloss die Lider, zwang seinem Körper Zurückhaltung auf. Als er sie wieder öffnete, starrte sie ihn immer noch an und er erschauerte, überwältigt von dem Verlangen, das so offensichtlich in ihren strahlend blauen Augen lag. Augen, die viel zu wissend waren. Es war ein Blick, der lockte und neckte, denn sie wusste nur zu gut, dass er sie nicht haben konnte.

Nicht haben würde.

Reizte sie ihn absichtlich?

Er begann zu überlegen, auch wenn er kein Recht dazu hatte, wie oft sie eine solch deutliche Einladung schon ausgesprochen hatte. Er fragte sich, wie oft diesen Versuchungen nachgegeben worden war. Einmal mehr wurde er zornig.

Und dann erinnerte er sich, dass er jedes Recht hatte, die Interessen seines Bruders zu wahren. Er hatte gewiss nicht vor, ihr zu erlauben, Graeham den Bastard irgendeines Mistkerls unterzuschieben. Graeham war viel zu gutmütig. Seine Wut steigerte sich und damit auch seine Entschlossenheit, die Wahrheit über dieses Weib herauszufinden, das so herausfordernd vor ihm stand.

Wen hatte sie zu treffen geplant ... war es ihr Geliebter, bei Gott, oder war es ein Spion ihres Bruders?

Beide Möglichkeiten drehten ihm den Magen um.

Sie war nicht unschuldig, dessen war er sich sicher. Nichts an ihr sprach dafür – nicht ihr allzu reifer Busen, nicht ihre langen, schlanken Beine, die dafür gemacht schienen, sich in unzüchtiger Lust um die Mitte eines Mannes zu schlingen. Wieder erschauerte er, stärker durch ihren Anblick stimuliert, als er es zugeben wollte.

War das der Grund, warum William die Zeremonie beschleunigen wollte? War sie nicht keusch? War das, warum sie unangekündigt nach Drakewich gekommen waren? Hatten sie gehofft, die Allianz zu sichern, bevor ihr Bauch von der Schwangerschaft anschwoll? Gott möge sie beide verdammen!

Er hatte nicht bemerkt, dass er sich ihr genähert hatte, bis er sah, dass sie einen Schritt zurücktrat und dabei gegen den Baum stieß und sich in ihrer Eile, ihm auszuweichen, den Kopf anschlug. Sie schrie auf und versuchte, wegzuhuschen, aber bevor sie fliehen konnte, sprang er vor und nagelte sie zwischen seinen Armen an der Eiche fest. „Ich habe Euch bereits gewarnt, Demoiselle ... wer mit dem Feuer spielt, verbrennt sich. Ihr bewegt Euch gefährlich nahe an der Flamme."

Dominique zuckte zusammen, als er sie gegen die raue Borke drückte, aber etwas tief in ihrem Inneren flatterte, als sie seinen steinharten Körper so nah an ihrem eigenen spürte. Jeder Nerv in ihr prickelte bei seinen Worten. Bei seiner Berührung.

„Euer Blick ist gefährlich", sagte er kalt und leise.

Dominiques Herz pochte in ihrer Brust. „Ich ... ich habe keine Ahnung, was Ihr meint. Wenn ich Euch überhaupt angeschaut habe, Mylord, dann nur voller Abscheu und nichts sonst!"

„Wirklich?"

Sein raues Flüstern sandte ein alarmierendes Zittern über ihren Rücken. Dominique fühlte, wie ihre Stimme sie verließ, obwohl ihre Lippen sich zum Sprechen öffneten. „Aye", krächzte sie. „D-das ist die W-wahrheit ..."

Er senkte sein Gesicht, bis sein Mund fast genau über ihrem verharrte. Dominique spürte, wie sie vor Angst zu schielen begann, als sie ihn anstarrte und sich erinnerte. Himmel, hatte er vor, sie zu küssen? Ihr Herz stolperte bei dem Gedanken.

Gewiss wollte sie nicht, dass er das tat ... nicht wahr?

Seine Augen verfinsterten sich zu einem rauchigen

Grün. „Haltet Ihr mich für so dumm, dass ich Euch das glauben soll, Demoiselle?" Er presste sie fester gegen den Baum, seine Lippen streiften ihre, als er sprach.

Dominique schrie bei der kurzen Berührung an ihrem Mund auf und wandte ihr Gesicht ab, auch wenn etwas in ihrem Inneren in diesem Moment zum Leben erwachte. Flüssige Hitze rann wie ein Lavastrom durch ihre Gliedmaßen, es brannte ... genau, wie er sie gewarnt hatte. Bei Gottes Gnade, sie durfte das nicht empfinden ... dieses Gefühl! Sie sollte nicht ... konnte nicht ... Sie schüttelte verwirrt den Kopf, denn sie tat es. Sie wollte, dass er sie küsste. Gott möge ihre Seele verdammen. Sie war treulos ... lüstern ...

„Wen wolltet Ihr hier treffen?", fragte er und wechselte abrupt das Thema. Dominique konnte kaum ihre Lippen teilen – und erst recht nicht antworten.

„Lady Dominique!", blaffte er. „Wen wolltet Ihr treffen?"

Die Bedeutung der Worte durchdrang endlich den Nebel, der sich um ihren Verstand gelegt hatte. Einmal mehr misstraute er ihr, obwohl sie ihm keinen Grund dazu gegeben hatte. Dominique drehte ihr Gesicht ihm zu.

„Ich habe mit niemandem ein Treffen geplant!", versicherte sie vehement. „Mit niemandem, hört Ihr mich? Wieso beschuldigt Ihr mich schon wieder? Mir scheint, Ihr seid entschlossen, das Schlimmste von mir anzunehmen, Mylord. Was für ein Unheil soll ich Eurer Meinung nach im Schilde führen?"

„Unzählige", murmelte er hasserfüllt. Sein Blick war ungerührt, reuelos. Der Mistkerl! Er scherte sich nicht darum, dass seine Worte sie verletzten.

Dominique verengte die Augen und funkelte ihn an. Sie wollte ihn so gerne treten. Und sie hätte es auch getan, wenn seine Schenkel ihre eigenen nicht so gnadenlos gefangen hielten. Sie wand sich heftig, versuchte, sich zu befreien, aber ohne Erfolg.

„Gott möge Euch verdammen, Blaec d'Lucy", keifte sie. „Gott möge Euch verfluchen und verrotten lassen!"

Er schnalzte mahnend mit seiner Zunge, als wäre sie nicht mehr als ein ungezogenes Kind. „Solche Worte von einer Lady", sagte er und seine Augen durchbohrten sie. „Wenn ich es nicht besser wüsste, Demoiselle, würde ich Euch als Eurer Erziehung unwürdig erachten."

„Oh!" Dominique wand sich wieder, erreichte aber nur, dass er sie noch fester hielt. Er war so unbeweglich wie solider Stein. „Ihr – seid – wirklich – all das, was man über Euch sagt! Ihr seid abscheulich! Geht von mir runter, Ihr arrogantes Untier!" Sie drückte gegen seine Brust, aber er rührte sich nicht.

„Das werde ich nicht", sagte er und kam noch näher. Seine bloße Nähe ließ ihren Puls wild hämmern. „Nicht bis ich ganz sicher weiß, dass Ihr rein und unberührt zu meinem Bruder kommt."

Dominique kreischte entrüstet. Ihre Brauen stießen zusammen. „Rein? Unberührt! Ihr niederträchtiges Schwein! Lasst mich los! Geht von mir –"

Seine Lippen bedeckten ihre mit einer prompten Rohheit, die Blitze durch ihren gesamten Körper schießen ließ und ihren Widerstand ein für alle Mal beendete. Sie sorgte auch dafür, dass ihre Zehen sich in ihren weichen, spitzen Schuhen krümmten. Dominique hatte vor, ihn wegzustoßen, das wollte sie wirklich, aber ihre verräterischen Knie gaben unter ihr nach, als er ihren Mund mit einer Heftigkeit für sich beanspruchte, die sie überraschte.

Sie konnte nur wimmern, als seine Zunge über den Rand ihrer Lippen fuhr und Einlass begehrte.

Blaec war entschlossen. Es war ein Wahnsinn, der in ihm wütete. Er konnte sich nicht aufhalten, obwohl er wusste, dass er kein Recht hierauf hatte. Ihr Anblick, sie an sich zu spüren, hatte ihn bis jenseits allen vernünftigen Denkens erregt. Als sie ihre Arme um seinen

Hals schlang und ihre Finger sich an seinem Nacken ineinander verschränkten, konnte er sich nur noch die Lust, das weißglühende Verlangen wahrnehmen, das wie eine feurige Explosion durch ihn raste.

Jesus … als sie ihre Lippen öffnete … empfand er einen Triumph wie einen Blitzschlag in seinen Adern. Seine Zunge drang in ihren Mund, kostete, plünderte – es war keine sanfte Invasion, sondern eine strafende. Ihr Geschmack war süß, viel zu süß. Er drückte sich noch mehr gegen sie, erlaubte ihr, seine Erregung zu spüren, und hoffte, dass sie ihn wegschieben würde. Gott stehe ihnen beiden bei, denn jetzt, da er sie berührte … sie küsste … endlich … wusste er nicht, ob er jemals wieder aufhören könnte.

Jemals.

Sie fühlte sich zu gut, zu richtig in seinen Armen an.

Himmel, er konnte sich nicht einmal entsinnen, warum er hiermit begonnen hatte, noch was er zu beweisen gehofft hatte. Und sie widersetzte sich ihm nicht. Er stöhnte vor Qual … vor Lust. Seine Hand glitt nach unten, um ihren Hintern zu umfassen und sie vollends an sich zu pressen.

Dominique stöhnte leise. Sie war sich kaum bewusst, dass seine Finger noch tiefer wanderten, ihr Bein entlang, und ihren Rock bis zu ihrem Schenkel anhoben. Wie konnte sie sich so leichtsinnig zu diesem Mann hingezogen fühlen?

Wie konnte sie je zurückkehren? Sie war gebrandmarkt, so sicher, wie sie verloren war. Gezeichnet von den Flammen des Drachenodems … ihre Seele, ihr Herz, ihr Körper …

Nay … nay … nay … wie konnte das sein? Wie konnte sie sich nach einem Mann sehnen, den sie erst so kurze Zeit kannte und vor allem verabscheute? Wie war das möglich? Nay, sagte sie sich selbst.

„Das ist es nicht", flüsterte sie. Doch noch während sie es sagte, strafte ihr Körper sie Lügen, denn er wölbte sich ihm entgegen, in schamloser Hemmungslosigkeit sehnte er sich nach seiner Berührung. Tränen brannten in ihren Augen und schlüpften still an ihren geschlossenen Lidern vorbei. Sie war verrucht, wie ihre Mutter, und noch schlimmer, da sie den Mann nicht einmal liebte. Das war nicht möglich. Wie konnte sie nach der Berührung des berüchtigten, herzlosen Schwarzen Drachen verlangen? Nach dem Mann, der nichts getan hatte, als sie zu verhöhnen und ihr auf Schritt und Tritt zu misstrauen.

Der Bruder ihres Verlobten.

„Blaec ... nein ... bitte ...“

Wie einen entfernten Ruf zu den Waffen hörte ein Teil von Blaec die Stimme, die ihn wieder zur Vernunft zu bringen suchte. *Ihre Stimme.* Doch immer noch konnte er seinen Weg nicht recht durch die düstere Lust finden, die an seinem Körper zerrte und ihn an den Rand des Wahnsinns führte.

Doch dann klarte sein Verstand plötzlich auf und er schob sie heftig keuchend von sich. Er wich vor ihr zurück, als wäre sie die Sünde in Menschengestalt, und wischte mit dem Handrücken über seinen Mund. Wie ein berauschendes Gift blieb ihr Geschmack zurück und quälte ihn. Und wie eine verführerische Zauberin lockte ihr Anblick ihn immer noch. Mit schwachen Knien und glasigen Augen lehnte sie sich, um Halt suchend, gegen die Eiche. Ihre Brust hob und senkte sich schwer unter ihrem blauen Bliaut und ihre Lippen waren von dem Kuss ganz rosig und schwollen an, während er sie beobachtete. Ein Beweis, wie nahe er daran gewesen war ...

Christus, was hatte er getan?

Zu viel und nicht genug.

Er schüttelte den Kopf und widerstand, denn selbst jetzt, obgleich er wusste, dass er sich entfernen musste, wollte er nichts mehr, als sie wieder in seine Arme zu schließen und an Ort und Stelle bei ihr zu liegen.

Gott stehe ihm bei ... selbst jetzt ... wenn er sie nur wieder berührte ... er wusste, er würde ...

Ihre Blicke trafen sich, verharrten, offenbarten zu viel.

Viel zu viel.

Dominiques Herz setzte einen Schlag aus angesichts dessen, was sie dort sah, und plötzlich ... verstand sie alles. Jeden Moment, der sich zwischen ihnen ereignet hatte. Jedes Wort. Jeden Blick.

Alles.

Schon bei diesem ersten schicksalsträchtigen Blick, den sie im Burghof geteilt hatten, hatte er es auch gespürt. Und er hatte sich widersetzt, ohne Erfolg.

Ihre Beine versagten beinahe. So sehr erschreckte sie das Wissen, dass sie kaum noch Atem schöpfen konnte.

Sein Gesicht wurde rot vor Zorn. „Verdammt sollt Ihr sein", zischte er und wandte den Blick ab. „Und ich auch!"

Er fuhr zu seinem Pferd herum, legte die Entfernung in wenigen, zornigen Schritten zurück, ergriff die Zügel und stieg hastig auf. Er schaute sie noch einmal finster an, dann wirbelte er sein Ross herum und spornte es an, sodass es geradezu gen Drakewich flog. Er ritt, als fletschten Wölfe an seinen Fersen die Zähne.

Fort von ihr.

Sie schluckte den Knoten herunter, der sich in ihrer Kehle bildete und sie zu ersticken drohte. In ihren Augen standen Tränen. Dominique sah ihm nach ... und in ihrem Herzen wusste sie, dass sie von diesem Moment an verändert war. *Gebrandmarkt.* Jetzt half kein Leugnen mehr ... sie hasste ihn – ein leiser klagender Laut entkam ihrem zusammengeschnürten Hals, als sie zugab, dass sie ihn aber ebenso begehrte. Süße Maria, das tat sie! Sie rutschte am Baum herab, scherte sich nicht darum, dass die Rinde ihr Kleid ruinieren mochte, und fragte sich, wie Gott so etwas geschehen lassen konnte.

Nie hätte sie das vorhersehen können – niemals!

Noch konnte sie ihn jemals haben.

Benommen vor Schock und zitternd sank sie zu Boden, ihre Brust schwoll mit den Schluchzern an, die sie nicht freilassen würde.

Mit nichts als einem bloßen Kuss ... waren ihre Schicksale besiegelt worden.

Möge Gott ihren Seelen gnädig sein.

KAPITEL 17

Da sie dringend allein sein musste – wenn auch nur, um ihrem Mund Zeit zu geben, sich von Blaecs gnadenlosem Kuss zu erholen –, suchte Dominique als Erstes die Volieren auf. Sie hoffte, dass sie dort vor neugierigen Blicken sicher wäre – vor allem vor Alyss'.

Auch war ihr nicht danach, Graeham zu begegnen.

Wie der Bergfried selbst war die Anlage makellos und beherbergte eine Reihe edler Vögel: einige Habichte, ein Paar Wanderfalken, einen Zwergfalken. Aber ein einzelner weißer Gerfalke war die größte Überraschung, denn es war ein seltener und kostbarer Vogel. Dominique hatte nur einmal zuvor einen erblickt, so selten war das Tier. Wie Graeham behauptet hatte, befanden sich alle in der Mauser – eine Tatsache, die sie etwas zu beruhigen schien, auch wenn sie nicht wusste, warum. Vielleicht würde sie zu einem späteren Zeitpunkt ihr eigenes Wissen zu ihrer Haltung einbringen. Sie kannte eine Beschäftigungsform, die den Vögeln sie ungenutzte Zeit verkürzen könnte. Im Moment war ihr jedoch nur nach Grübeln zumute.

Sie stand da und starrte den Gerfalken an, verloren in ihren Gedanken, bis der Klang *seiner* Stimme sie erneut aufstörte. Hatte er hier auf sie gewartet? Entweder das, oder seine Leute beeilten sich, ihn über jeden ihrer Schritte zu informieren, dachte sie bitter.

„Was macht Ihr hier, Demoiselle?"

Dominique weigerte sich, sich ihm zuzuwenden. Sie hielt an der unwahrscheinlichen Hoffnung fest, dass er einfach wieder gehen würde. Doch sie kam nicht umhin, ihn zu reizen. „Natürlich Eure Falken stehlen, Mylord."

Schweigen.

Das verunsicherte sie mehr als sein Zorn. Ohne klar zu denken, streckte sie ihre Hand nach dem Gerfalken aus, um ihre zitternden Hände zu beschäftigen, aber sie wagte sich zu weit vor. Der Vogel kreischte, schnappte nach ihr und erwischte leicht ihren Finger. Dominique schrie vor Überraschung auf und riss ihre Hand zurück, mehr erschrocken als verletzt. Zu ihrem Entsetzen war er sogleich an ihrer Seite und hob ihre Hand, um sie zu inspizieren.

„Es ist nichts!", sagte sie gereizt und versuchte, ihre Hand wegzuziehen, aber er ließ sie nicht los. Ein Rinnsal Blut sammelte sich an ihrer Fingerspitze und sie starrte es missmutig an. Sie konnte ihm nicht in die Augen sehen – konnte es nicht ertragen, sich in Erinnerung zu rufen, was gerade zwischen ihnen im Wald passiert war. Noch konnte sie die Wärme seiner Finger wieder auf ihrer Haut aushalten.

Warum war er hier?

Es fiel ihr schwer, ihre Hand nicht loszureißen und vor ihm wegzurennen. Süße Maria, sie konnte so schnell keine weitere Konfrontation mit ihm durchstehen – nicht wenn sie von der letzten noch ganz taumelig war.

„Ihr scheint eine Vorliebe für Gefahr zu haben", merkte er an. Seine verräterisch sanfte Stimme sandte einen alarmierenden Schauer über ihren Rücken – denn aye, er war der Inbegriff von Gefahr und sie fühlte sich zu ihm hingezogen.

„Habe ich das?", erwiderte Dominique leise und

schluckte. Sie hob endlich ihr Gesicht, begegnete seinen verblüffend grünen Augen und war sich vollends bewusst, dass er ihre Hand viel zu vertraulich hielt. „Sagt mir, Mylord", fragte sie ihn ruhig, „werdet Ihr mir überallhin folgen und mich ständig ausfragen?"

Seine Augen verengten sich und seine Lippen krümmten sich sinnlich – diese Lippen, die bereits ihre eigenen gekostet hatten. Wärme stieg in ihre Wangen. „Wenn das nötig ist, um Eure Intrige aufzudecken", antwortete er.

Dominiques zitternde Finger wanderten zu ihrem Mund, strichen nachdenklich über ihre Lippen – verhüllten sie gleichzeitig, denn die Hitze durchflutete sie bei der geringsten Rückbesinnung. „Es gibt keine Intrige", versicherte sie.

„Das sagt Ihr."

Tatsächlich war Blaec hergekommen, um sich für sein Handeln im Wald zu entschuldigen, aber als er ihr jetzt gegenüberstand, brachte er es nicht über sich, es auszusprechen.

„Ihr blutet", stellte er fest und konnte sich nicht zurückhalten: Er streckte seine freie Hand aus und strich ihr das Haar aus dem Gesicht. Christus, sie war zu schön für seine Gemütsruhe. Ein paar Strähnen fielen zurück, bedeckten ihren Mund.

Sie keuchte, zuckte bei seiner Berührung zusammen und versuchte, ihre Finger aus seinem Griff zu befreien. Der Blick in ihren Augen war ungestüm und verwirrt; dieselben unbändigen Emotionen, die ihn selbst erfüllten. Doch er merkte, dass er sie nicht loslassen konnte.

„Mylord!"

Er senkte den Kopf, presste seinen Mund auf den kleinen Schnitt an ihrem Finger und war sich bewusst, dass der Geschmack ihrer Haut an seinen Lippen sein Ende wäre – trotzdem war es ihm nicht möglich, sich zu beherrschen. Er küsste sie, leckte die Blutstropfen ab und erzitterte mit urtümlicher Lust. Sein Herz hämmerte, als er ihren Finger in seinen Mund zog und daran saugte – sanft, vertraut, willens, ihn durch seinen Kuss zu heilen.

Einen Moment ließ sie ihn gewähren, war zu verblüfft, um zu protestieren, doch dann gewann sie wohl ihren Verstand zurück und schrie: „Mylord! Was tut Ihr da?"

Wenn er es bloß selbst wüsste.

„Was eine Hündin für ihre Welpen tun würde", sagte er geraderaus. Er saugte immer noch an ihrem Finger und wusste genau, dass dies ein viel gefährlicherer Instinkt war – er wollte sie beschützen, aye, aber das war nicht alles, wonach er sich sehnte. Das war nicht einmal ansatzweise, wonach er sich wirklich verzehrte.

„Aye, nun, Ihr seid nicht meine Mutter – und wir sind auch keine Tiere!", teilte sie ihm überheblich mit und riss ihren Finger aus seinem Mund. Jedoch nicht, bevor er den Schauer bemerkte, der sie bei diesem Rückzug überlief.

„Ah", erwiderte er, sein Ton angefüllt mit Selbstvorwurf, „damit habt Ihr unrecht, Demoiselle. Entfernt die Vernunft" – wie sie es offenbar bei ihm getan hatte – „und wir sind in der Tat Tiere", versicherte er ihr. „Kaum mehr." Er war einen Moment still und gab ihr Zeit, sie diese Warnung verdauen. Dann sagte er: „Glaubt es ruhig." Er streckte seine Hand erneut aus und strich die Strähne von ihrem Mund, wollte den Schaden beurteilen, den er angerichtet hatte. Wie befürchtet waren ihre Lippen angeschwollen und gerötet von der Lüsternheit seines Kusses und Schuld nagte an ihm, obgleich ihr Anblick ihn auch erregte. Er schluckte und beherrschte sich. „Ihr solltet gehen", sagte er reuevoll. Seine Finger verharrten an ihrer Wange, liebkosten sie. Entweder würde sie gehen oder er müsste es, denn er konnte auf diese Weise nicht fortfahren. Er besaß nicht die Kraft, ihr zu widerstehen.

„A-aye!" Sie wich vor seiner Berührung zurück, wandte das Gesicht ab und erschauerte. „D-das sollte ich in der Tat!" Damit hob sie ihre Röcke an und rannte an ihm vorbei – wie ein verängstigter Hase auf der Flucht, dachte er. Er drehte sich nicht um, beobachtete nicht ihren Abgang, sondern starrte stattdessen in die Augen des Gerfalken. Dabei bekämpfte er jeden Instinkt in ihm, der ihn drängte, sich auf sie zu stürzen, wie es der Raubvogel vor ihm tun würde. Es war seine Pflicht, sie ziehen zu lassen, sagte er sich. Seine Pflicht, zu gehen.

DA IHR AM NÄCHSTEN MORGEN ALLEIN DER Gedanke, Blaec wiederzusehen, unerträglich schien, wählte Dominique den feigen Ausweg und gab vor, krank zu sein. Sie blieb im Bett, die Fensterläden gegen das Tageslicht geschlossen, das Zimmer verdunkelt. Seit ihrer Kindheit, als ihr Vater einen seiner Wutanfälle gehabt hatte, war sie nicht mehr so ein Weichling gewesen, aber es ging nicht anders. Sie wollte nicht das Risiko eingehen, unten auf ihn zu treffen. Und wenn die Läden geöffnet wären, überlegte sie, würde sie unwillkürlich zum Fenster gezogen werden und dann stünde er wahrscheinlich darunter. Das war einfach ihr Pech. Und bei Gott, sie wollte sein Gesicht nie wieder erblicken – auch wenn sie keine Ahnung hatte, wie sie das umsetzen sollte.

Trotzdem würde sie es versuchen.

Selbst jetzt wurde sie das Gefühl seines Mundes nicht los – die Erinnerung, wie er an ihrem Finger saugte, sich um sie kümmerte, wie ein Muttertier es bei seinem Jungen tun würde. Und doch war der Blick in seinen Augen alles andere als wohlwollend gewesen. Er hatte sie warnend angeschaut, obwohl seine Handlungen im Widerspruch zu seinen Worten standen. Er verhielt sich, als würde er sie verabscheuen, aber trotzdem eilte er ihr zu Hilfe, wenn er sie verletzt glaubte.

Noch nie in ihrem Leben war sie so verwirrt gewesen.

Sowohl zu ihrem Glück als auch zu ihrer Verzweiflung kam Graeham nur einmal vorbei, während sie im Bett lag, und sprach mit Alyss im Vorzimmer. Sie hörte, wie er sich nach ihrem Wohlergehen erkundigte, vernahm Alyss' Antwort, dass es nur ihre monatliche Blutung war, die sie darniederliegen ließ, und dann ging er wieder und kehrte nicht zurück.

Es gefiel ihr gar nicht, dass Alyss gezwungen gewesen war, für sie zu lügen, aber es verschaffte ihr dringend nötige Zeit. Zum Nachdenken. Und mit großer Erleichterung vernahm sie die Neuigkeit von Blaecs Abreise zwei Tage später. Erst dann wagte sie, ihre Kammer wieder zu verlassen.

Sie erfuhr sogleich, dass er ausgezogen war, um die Grenzen zu verstärken, denn es schien Grund zur Annahme zu geben, dass die Angreifer des Dorfes sich noch auf ihren Ländereien befanden. Die bloße Möglichkeit ließ Dominique schaudern, als sie daran dachte, dass sie die Sicherheit von Drakewichs Mauern verlassen hatte, während diese Barbaren noch nicht gefasst waren – und offensichtlich noch nicht befriedigt mit dem Schaden, den sie so gewaltsam angerichtet hatten.

Graeham mied sie weiterhin, selbst nachdem sie schon einige Tage wieder auf den Beinen war. Aber Dominique nahm sich vor, mit ihm zu sprechen, sobald sich die Gelegenheit ergab. Ihr Verlobter schien ihr jetzt noch fremder als bei ihrem ersten Treffen – zumindest hatte sie ihn damals in einem schmeichelhafteren Licht gesehen. Wenngleich er sie freundlich und respektvoll behandelte, so hatte er ihr doch auch eine Seite offenbart, die weniger liebenswert war – vor allem in Bezug auf seinen Bruder.

Wenn sie nur dasselbe über seinen Bruder sagen könnte.

Selbst nachdem er eine ganze Woche fort war, verfolgte sie immer noch das Bild seiner glimmenden grünen Augen, die sie in den Schatten des Waldes angeschaut hatten.

Sie versuchte, zu vergessen.

Am nächsten Morgen, nachdem Dominique den Großteil des Anwesens abgesucht hatte, fand sie Graeham in der Kapelle auf den Knien, im Gebet versunken. Zu ihrem Erstaunen achtete er nicht auf ihre Anwesenheit, drehte sich nicht einmal um, um herauszufinden, wer in sein Heiligtum eingedrungen war, obwohl das Echo ihrer Schritte im Gotteshaus widerhallte. Das Geräusch war eine Blasphemie in der stillen Besinnlichkeit der heiligen Wände. Und doch konnte sie sich nicht abwenden und wieder gehen, ohne endlich mit ihm gesprochen zu haben.

Allerdings wollte sie ihn auch nicht stören, also setzte sie sich, beobachtete ihn und wartete. Zu ihrer Fassungslosigkeit kniete er, als wäre er aus solidem Stein, unbewegt, den Kopf unerschütterlich zum Gebet gebeugt. Hätte sie es nicht besser gewusst – wäre ihr nicht klar, dass er aus Fleisch und Blut bestand –, hätte sie ihn für ein wunderschönes Bildnis gehalten, die Statue eines Engels, denn mit seinem goldenen Haar und makellosen Profil erschien er unwirklich.

Vielleicht war er das auch, denn obwohl Dominique fast eine Stunde verweilte, drehte er sich immer noch nicht, um von ihr Notiz zu nehmen. Sie ärgerte sich. Wenn es seine Intention war, sie mit Nichtbeachtung zu verletzen, dann war er damit erfolgreich. Es war, als spürte er, dass sie da war, weigerte sich aber, sie wahrzunehmen. Oder vielleicht war er sich ihrer Anwesenheit wirklich nicht bewusst, weil er so sehr in seine Andacht vertieft war. So oder so verhieß es nichts Gutes für sie.

Tränen stiegen in ihre Augen, als sie mit unmissverständlicher Sicherheit zu fühlen begann, dass dieses Bündnis wenig mehr als eine Farce war. Wenngleich anders als bei seinem Bruder, so versetzte Graeham sie doch ebenfalls in eine üble Laune. In einem plötzlichen Anfall von Verrücktheit wollte sie sich auf ihn stürzen und ihn mit ihrer Faust schlagen, wollte ihm befehlen, ihr Antworten zu geben. Hatte sie ihren Bruder verlassen, der sie mit kaum mehr Zuneigung behandelte, nur um hier das Gleiche zu erfahren? Würde man sie nie wertschätzen? Wie hatte sie es je wagen können, zu hoffen?

Sie schluckte den Klumpen herunter, der in ihrem Hals aufstieg und sie zu ersticken drohte, sprang auf und floh aus der Kapelle, bevor sie sich blamieren konnte.

⁂

„ICH HABE KEINE AHNUNG, WAS ICH SONST TUN SOLL, Alyss. Er ist wie eine Statue, emotionslos!"

„Vergebt mir, Mylady", meinte Alyss, „aber vielleicht solltet Ihr Euch mehr bemühen, wenn Ihr bei ihm seid, anstatt ihm so aufzulauern? Wenn er nicht damit rechnet, Euch zu sehen, ist er vielleicht eher unfreundlich."

Dominique wandte sich vom Fenster der Kemenate ab und Alyss zu. Ihre Wangen waren mit wütenden Flecken überzogen. „Nay, Alyss, er ist zu diplomatisch, um unfreundlich zu sein! Er verletzt stattdessen durch sein Handeln." Niedergeschlagen ließ sie die Schultern sinken.

„Mylady, vergebt mir, aber ich denke, Ihr irrt Euch." Dominique hob die Brauen, sagte jedoch nichts, und Alyss fuhr unverzagt fort: „Seht Ihr ... ich habe ihn beobachtet", sagte sie etwas wehmütig. „Er ist freundlich und sanftmütig zu denen, die ihm dienen. Aye", versicherte sie, als Dominique immer noch ungläubig schaute. „Ich bin überzeugt, dass er Euch kein Leid zufügen möchte. Da ist etwas zwischen diesen beiden Brüdern, auch wenn ich es noch nicht benennen kann ... irgendetwas ... Mir scheint, Ihr seid lediglich der Tropfen, der das Fass zum Überlaufen bringt."

„Woher willst du das wissen?"

„Wie gesagt, Mylady ... ich habe ihn beobachtet." Ihr Gesicht wurde puterrot. „Es ist gut, dass Ihr ihm versprochen seid", fügte sie schnell hinzu und senkte den Kopf. Sie probierte den Met, den sie in dem kleinen Krug über der Kerzenflamme umrührte. „Pfui!", rief sie aus und verzog das Gesicht. „Das ist das furchtbarste Gebräu, das ich je zu erhitzen versucht habe! Wir brauchen etwas, um den Geschmack zu überdecken."

Dominique fiel es schwer, sich im Moment darum zu scheren, womit die Getränke in Drakewich gewürzt wurden.

„Vielleicht ist es aromatisiert, um dem Gaumen eines Mannes zu gefallen", überlegte sie mit leichter Verbitterung und fügte nicht hinzu, dass es ihr egal war, ob sie es verbesserten oder nicht. Wenn es bitter schmeckte, nun, dann passte es zum Gemüt des Lords – ungeachtet dessen, was Alyss behauptete.

„Nay, Mylady", erwiderte Alyss. „Euer eigener Bruder mag es lieber süß. Tatsächlich habe ihm das Getränk immer mit *pearmain* und Honig erwärmt." Sie unterbrach das Rühren und seufzte, schien plötzlich in Gedanken verloren. Doch ebenso schnell, wie dieser Blick gekommen war, verflog er auch wieder und sie begann erneut zu rühren. Ihre Miene wirkte nun verschlossen.

Dominique fragte sich, woran sie denken mochte, hakte aber nicht nach. Sie wusste, dass das Mädchen ein schweres Leben gehabt hatte, denn ihr Vater hatte sie noch vor ihrem dreizehnten Geburtstag William zuerkannt; im Tausch wofür, das wusste Dominique nicht. Aber von der Tochter eines Grafen zu einer Geliebten und dann zu einer Kammerzofe zu werden, das konnte nicht einfach zu ertragen sein. Besonders wenn sie eigentlich selbst hätte heiraten und Gräfin über ihren eigenen Besitz hätte sein sollen.

Dominique seufzte. Sie hatte gehört – jedoch nicht von William –, dass er Gefallen an Alyss gefunden hatte, als er einst ihrem Vater einen Besuch in Kester abstattete. Im Sommer darauf, nach ihrer ersten Blutung, war Alyss nach Amdel gekommen.

„Jedenfalls", fuhr Alyss fort und riss sie aus ihren Gedanken. Die Zofe schaute von ihrer Tätigkeit auf und lächelte. „Ich wollte etwas mit Euch teilen, das einst eine sehr weise Frau zu mir gesagt hat."

Dominique konnte nicht anders, als das Lächeln des Mädchens zu erwidern, auch wenn es nicht von Herzen kam. „Was für eine weise Frau ist das?", fragte sie ernst.

Alyss' Lächeln vertiefte sich, erreichte ihre sanften braunen Augen. „Meine Mutter", antwortete sie leise und voller Ehrfurcht. Wieder wurde ihre Miene verträumt. „Sie sagte immer zu mir ... *Alyss, Liebling ... manchmal muss eine Frau die Sache selbst in die Hand nehmen. Sie muss tun, was sie tun muss.*" Ihre Augen glänzten leicht, als sie nickte und Dominiques Blick begegnete. „Genau das hat sie zu mir gesagt, aber damals habe ich es nicht verstanden."

Dominique verspürte einen plötzlichen Anflug von Trauer, sowohl um Alyss' als auch ihrer selbst willen. Ihre eigene Mutter hatte nicht lange genug gelebt, um ihr solchen Rat zu erteilen. Und Alyss ... Dominique wusste nicht, was schlimmer war: die Liebe einer Mutter zu haben und dann zu verlieren, oder dies niemals empfunden zu haben. „Und jetzt? Verstehst du es jetzt?"

Alyss' Augen umschatteten sich, als sie ihre Aufmerksamkeit wieder auf den zu erwärmenden Met richtete. „Manchmal ja", sagte sie tonlos und ohne aufzublicken.

„Alyss ..." Dominiques Herz pochte angesichts der Frage, die zu stellen sie sich verpflichtet fühlte. Ob ihr Bruder derjenige gewesen war, der Alyss verletzt hatte ... auch wenn sie nicht glaubte, es ertragen zu können. „Ich habe mich gefragt ..." Ihr Blick wanderte zum Fenster und kehrte dann zurück, um Alyss prüfend zu mustern. „Die Blutergüsse", sagte sie. „Wie –"

Alyss' Kopf schoss hoch und ihre Augen glichen wieder denen eines gefangenen Tiers. Sie schüttelte den Kopf. „Fragt mich das nicht, Mylady, denn ich werde nicht darüber –"

„Ladies?"

Erschreckt durch die unerwartete männliche Stimme schauten sowohl Alyss als auch Dominique auf und sahen Graeham, der dort mit überraschter Miene in der Tür stand. Dominiques Herzschlag beschleunigte sich. Sie hatte gewusst, dass er hier vorbeigehen musste, um zu seinem Zimmer zu gelangen, und sie hatte gehofft, endlich mit ihm zu sprechen. Aber er schien nicht sonderlich erfreut über ihre Anwesenheit in der Kemenate. Dennoch machte sie sich Mut, weil ihr klar war, dass sie nicht mehr lange so weitermachen konnten wie bisher.

„Mylord", begann sie. „Ich ... ich hatte gehofft ..." Ihr Blick huschte zu Alyss. Mit ihren Augen ermutigte Alyss sie, fortzufahren. Sie schaute wieder Graeham an. „Nun ... Seht Ihr, wir ... wir ..."

„Wir haben den Met für Euch erwärmt, Mylord", warf Alyss leise ein, ohne von ihrer Tätigkeit hochzusehen.

„Aye!", rief Dominique sofort aus. „Bitte, bitte, Mylord, kommt herein und setzt Euch zu uns." Sie trat vor, als er seinen Mantel auszog, und bot ihm an, ihn zu nehmen. Er zögerte, hielt ihn zurück. Dominique schaute zu ihm auf. Sie weigerte sich, auch nur eine Träne zu vergießen, sollte er sie zurückweisen, aber ihre Hand umklammerte den dicken Wollstoff mit einer

Verzweiflung, die sie beschämte. Zu ihrer Erleichterung lockerte er seinen Griff und überließ ihn ihr. Er sagte nichts, nickte jedoch. Sie eilte damit in sein Zimmer, hinter den Paravent, und legte ihn auf sein Bett, dann hastete sie zurück.

Hoffnung keimte in ihr auf, während sie den Mann anstarrte, der ihr Ehemann werden sollte. Vielleicht würde es doch noch funktionieren? Vielleicht war noch nicht alles verloren. „Wir haben ... überlegt, Mylord ... o-ob Ihr Gewürze habt ... für den Wein?"

Seine Brust hob sich, wie durch einen schweren Seufzer. „In der Speisekammer", sagte er. Er drehte sich um, ging zu dem nächsten Stuhl und setzte sich so darauf, dass er sie im Blick hatte.

Vor Aufregung ganz aus dem Häuschen rannte Dominique zur Speisekammer, durchsuchte sie rasch und griff sich Honig und Muskat und nahm auch etwas zögerlich ein kleines Gefäß mit *vin aigre*, in Ermangelung von *pearmain* oder Bitterfrucht. Sie eilte zurück und brachte alles zu Alyss, die es zu ihrer Überraschung jedoch ablehnte. Stattdessen erhob sich das Mädchen und bat, sie verlassen zu dürfen, wobei sie über Bauchschmerzen klagte und murmelte, dass Frauen täten, was sie tun müssten. Ohne ein weiteres Wort ging sie aus dem Zimmer. Dominique lächelte darüber, wie Alyss den Kopf gesenkt hielt und ihren Unterleib umklammerte. Sie war wirklich eine schlaue Person.

„Nun ..." Dominique blickte zu Graeham. Sie lächelte schüchtern. „Mylord ... ich hoffe, Ihr habt einen robusten Magen", sagte sie in einem unbeholfenen Versuch, die Stimmung zu lockern. „Ich muss leider gestehen, dass ich nicht Alyss' Fertigkeiten besitze."

Graeham lächelte angespannt. „Wir werden zurechtkommen", antwortete er mit einem knappen Nicken. Er saß dort und schaute sie an, als schmerzte es ihn, im selben Raum mit ihr allein zu sein.

Das machte nichts. Dominique ließ sich davon

nicht entmutigen. Wenn es ihn schmerzte, dann war dem so. Er würde es ertragen – so wie sie seine mangelnde Aufmerksamkeit in den letzten Wochen erduldet hatte. „Aye, nun ... es wird gleich fertig sein", versprach sie und lächelte heiter. Sogleich machte sie dort weiter, wo Alyss aufgehört hatte. Sie hob den Krug an seinem hölzernen Griff an und hielt ihn vorsichtig über die Flamme. Während Graeham ihr zusah, rührte sie erst Muskat ein, dann den Honig und schmeckte immer wieder ab.

Zu ihrer Bestürzung verlängerte sich das Schweigen zwischen ihnen und wurde unangenehm, aber Dominique war entschlossen, eine Lösung zu finden.

„Es tut mir leid, Lady Dominique, sollte dies schwierig für Euch gewesen sein", sagte Graeham plötzlich.

Dominique setzte mit zitternden Händen den Krug ab und unterbrach ihre Tätigkeit, um sich ihm zuzuwenden. Sie wusste nicht, was sie sagen sollte. Seine Augen schienen so gequält wie ihre eigenen. Er war wirklich ein attraktiver Mann, erst recht, wenn er lächelte. Warum konnte sie ihn nicht dazu bringen, so zu lächeln wie bei ihrem ersten Treffen?

„Mylord ... ich verstehe es einfach nicht."

Sein Seufzen klang müde, reuevoll. „Ich weiß."

„Habe ich –"

„Ihr habt nichts falsch gemacht", unterbrach er sie. „Ich wünschte wirklich, ich könnte es erklären –" Er schüttelte den Kopf. „Aber ich kann es nicht."

„Ich verstehe", sagte Dominique, doch das tat sie absolut nicht. Sie senkte ihren Kopf, hob den Krug mit dem Met an und probierte. „Er ist zu süß", sagte sie leise und bemühte sich, gefasst zu bleiben.

Stille.

Dominique schluckte ihren Stolz hinunter. Ihre Stimme zitterte. „Mylord ... ich möchte Euch eine gute Ehefrau sein."

Er schwieg einen Moment länger und erwiderte dann mit ruhiger Gewissheit: „Ihr werdet eine gute Ehefrau sein, Lady Dominique. Das habe ich nie bezweifelt."

Ermutigt durch seine Bemerkung sah ihn Dominique erneut an. Sein Blick war herzlich, aber bedauernd.

„Alles wird so werden, wie es sein soll", versprach er und nickte. Seine Augen füllten sich mit nicht zu bestimmenden Emotionen. „Ich hatte nie vor, Euch zu verletzen, Lady Dominique. Bitte vergesst das nicht."

Dominiques Mut sank. Warum fühlte sich das wie eine Entschuldigung für etwas an, das noch kommen würde? Sie nickte, obgleich sie sich davor fürchtete, mehr zu hören, und hob zögerlich das Fläschchen mit *vin aigre*. Mit zitternden Händen goss sie eine kleine Menge in den Met ... und dann ... Gott stehe ihr bei, vernahm sie *seine* Stimme von unten und bald darauf seine Schritte, als er die Treppe erklomm.

Ihr Herz setzte einen Schlag aus.

Eine Unzahl an Gefühlen wallte in Dominique auf, als sie auf sein Erscheinen wartete: Enttäuschung, Entsetzen und, aye ... ob sie es verleugnen wollte oder nicht ... Vorfreude. In ihrem Bauch regte sich ein nervöses Flattern.

Graeham erhob sich, um ihn zu begrüßen. Er umarmte ihn auf der Schwelle und klopfte ihm enthusiastisch auf den Rücken. Blaec tat es ihm gleich ... bis er über Graehams Schulter hinweg Dominique entdeckte. Da stockte seine Hand mitten in der Luft.

Ihre Augen begegneten sich.

Derselbe Blick ging von einem zum anderen: Grauen, Aufruhr, Verleugnung ... Schuld ... zu viele Emotionen, um sie zu benennen.

Er wandte sich abrupt ab, tätschelte seinem Bruder den Rücken und umarmte ihn fester.

„Das ist aber eine behagliche Szene, in die ich hier

hineingeraten bin", sagte er leichtfertig und musterte Dominique mit einem plötzlich leidenschaftslosen Blick. Sie schluckte heftig, denn mit kaum mehr Mühe, als ein Blinzeln erforderte, hatte er alle Gefühle aus seinem dunklen Antlitz gewischt – zumindest in Bezug auf sie. Solange sie auf seinem Bruder ruhten, waren seine Augen voll echter Zuneigung.

Was für ein Dummkopf war sie, diesem Mann zu verfallen! Sie schaute weg, obgleich ihr Herz weiterhin verräterisch pochte.

„Bei Gott", beschwerte sich Blaec. „Du schickst mich ohne Gewissensbisse weg, damit ich auf Blättern und Steinen schlafe, während du es dir mit deiner Braut gemütlich machst." Aus dem Augenwinkel sah sie, wie er Graeham leicht mit der Faust gegen den Arm boxte. „Gut gemacht", sagte er. „Das wurde aber auch Zeit."

„Schuldig", gab Graeham zu. „Ich beichte."

„Du beichtest viel zu oft", bemerkte Blaec leise.

Dominique beobachtete sie und hatte den Eindruck, dass ihr Geplänkel nicht wirklich heiter war, und doch gab es zwischen ihnen echte Zuneigung. Das war an ihrem lockeren Umgang und den Blicken zu erkennen. Diese beiden Brüder – diese Zwillinge, die sich nicht zu gleichen schienen – teilten weit mehr als ihre Entwicklung in derselben Gebärmutter. Vielleicht mochten sie einander nicht direkt lieben, aber sie empfanden Bewunderung füreinander. Und beide schienen den gleichen Beschützerinstinkt für den anderen zu besitzen.

Graeham lachte heftig in sich hinein. „Das mag sein, aber wer sonst würde für deine Seele beten, mein lieber Bruder? Ohne mich bist du verloren", sagte er schlagfertig.

Blaecs Lippen verzogen sich leicht und er unterdrückte ein Grinsen. „Das wäre ich wohl wirklich", stimmte er ohne Zögern zu.

„Da hast du es", erwiderte Graeham gut gelaunt und

wandte sich dann zu Dominique. „Lady Dominique! Bringt einen Becher mit warmem, gewürztem Met für meinen erschöpften Bruder."

Dominique brauchte einen Moment, um zu bemerken, dass sie ihn anstarrte. Verflucht sollte er sein; er schien jedes Mal, wenn sie ihn erblickte, noch etwas attraktiver zu werden. Selbst unrasiert wie jetzt raubte er ihr den Atem. Nay, er besaß nicht die engelsgleiche Schönheit seines Bruders, aber Alyss hatte recht ... er sah sehr männlich aus. Fürwahr, bei seinem Anblick fiel es ihr schwer, zu glauben, dass er jemals ein Junge gewesen war, denn seine Augen waren die eines Mannes, der viel zu viel erlebt hatte. Es waren die Augen eines Mannes, der ein Menschenalter bereits hinter sich hatte, und sie standen in starkem Kontrast zu seinen ansonsten eher jugendlichen Zügen.

Sie fragte sich, wie alt er war, denn er schien in gewisser Weise so alt wie die Sünde. Und andererseits ... da war etwas tief in seiner Miene, das in ihr das Bedürfnis weckte, ihm eine Hand zu reichen ... ihn zu trösten.

Diese Gedanken waren zu gefährlich – gefährlich und leichtsinnig. Außerdem brauchte er keinen Trost, dessen war sie sicher.

„... keine verdammte Spur", hörte sie Blaec verärgert sagen. „Es gab keine Hinweise auf die Mistkerle."

Ein für alle Mal schüttelte Dominique ihre Gedanken ab und schaute in den Krug mit dem siedenden Met. Dann blickte sie zu dem leeren Gefäß, das sie noch in der Hand hielt. Ein erstickter Laut entkam ihr. Christus, sie hatte den ganzen *vin aigre* in den Krug geschüttet!

„Lady Dominique?"

Barmherziger Gott – alles davon. Mit aufgerissenen Augen stellte sich Dominique Graehams fragendem Blick, ihr Herz hämmerte, ihr Magen verknotete sich. „M-mylord!", rief sie aus.

„Den Met", verlangte Graeham. Seine hellen Brauen zogen sich vor Unmut zusammen. „Bringt ihn her."

„Aber ... aber, Mylord!" Ihr Verstand raste auf der Suche nach einer Ausrede. „Er ist noch nicht fertig!"

„Blödsinn!", sagte er. „Ich habe gesehen, wie Ihr Euch in den vergangenen zwanzig Minuten darum gekümmert habt. Wenn er noch mehr erwärmt wird, ist nichts mehr zum Trinken übrig. Bringt ihn uns."

Dominique biss die Zähne zusammen. Sie musste gegen den Drang ankämpfen, die Augen zu verengen, und sagte sich, es würde ihm recht geschehen, sollte sein Bruder vor seiner Nase an einer Vergiftung sterben. Wenn er seinem Bruder ihren verdorbenen Met geben wollte, dann war dem so! „Wie Ihr wünscht, Mylord", antwortete sie. Sie richtete sich auf. Tatsächlich glaubte sie, es könnte ihr gefallen, ein solches Spektakel zu sehen. Bei allen Heiligen! Sie verdienten einander, diese zwei Brüder! Sie stellte das Fläschchen ab, erfasste den Krug mit beiden Händen und goss den Becher, den sie danebengestellt hatte, bis zum Rand voll.

Sie setzte ihr süßestes Lächeln auf, erhob sich und trug den Becher zu Blaec, um ihm den Met anzubieten. Für einen Moment stand er nur da und starrte sie an und Dominiques Wut loderte auf. Gleichzeitig stolperte ihr Herz, aber sie würde sich nicht von ihm einschüchtern lassen – nicht dieses Mal.

Sie hob ihr Kinn ein bisschen. „Mylord ... vielleicht hättet Ihr es gerne, wenn ich es Euch einflößte", schlug sie frech vor und klimperte mit den Wimpern. Jesus, sie würde es ihm gerne in seine verdammte Kehle schütten! Sie wünschte sich verzweifelt, dass Graeham d'Lucy keinen Bruder hätte. Mehr noch als das wünschte sie, sie hätte diesen verfluchten Ort nie erblickt!

Er nahm ihn an und Dominique bat sogleich darum, sich entschuldigen zu dürfen. Sie war nicht töricht und würde ganz gewiss nicht bleiben und mitansehen, ob er zu Boden stürzte und vor Qual seinen Hals umklammerte. Graeham entließ sie mit einem Nicken und Dominique eilte zur Tür.

„Ahhh!"

Dominique erstarrte, als sie das erstickte Geräusch hörte. Obwohl sie ihre Füße zum Rennen, zur Flucht antrieb, hätte sie sich nicht einmal bewegen können, um ihre Seele zu retten. Sie wirbelte herum und fand ihn würgend, wie er Met ausspuckte und sich den Mund abwischte.

„Bei Gott!", rief er aus. „Das ist Gift!"

„Ich kann es erklären", sagte sie sogleich.

Er fuhr zu ihr herum, seine Miene wutentbrannt. „Bitte, versucht es, Demoiselle!" Er goss den Inhalt des Bechers auf den Holzboden vor ihren Füßen.

Angesichts der Drohung in seinen Augen wich Dominique einen Schritt zurück. Sie verzog das Gesicht. Die Stimme versagte ihr. „Ich ... ich ... Es war ein Unfall", versicherte sie.

„Ein weiterer verfluchter Unfall, Demoiselle? Wie verdammt passend!"

„Ich schwöre, es ist die Wahrheit, Mylord. Es war ein Unfall", beteuerte sie. „Ich habe den Met erwärmt, als ..." Süße Maria, wie konnte sie es erklären? Sie hatte den Met erwärmt, als sie seine Stimme hörte und sich erschreckte. Der Gedanke, ihn wiederzusehen, war so verstörend, dass sie den gesamten Inhalt des Fläschchens mit *vin aigre* ausgeschüttet hatte, ohne es überhaupt zu merken. Eher würde sie kochendes Pech schlucken. „Also gut", fauchte sie. „Dann habe ich eben versucht, Euch zu vergiften! Glaubt, was Ihr wollt! Ich wünschte nur, ich wäre erfolgreich gewesen", spie sie. Ohne ein weiteres Wort hob sie ihre Röcke an und rannte aus der Kemenate.

In ihrem Zimmer lief Dominique auf und ab, bis

ihre Fußsohlen schmerzten. Sie hatte also versucht, ihn zu töten? Pah! Im Moment hätte sie gerne mehr getan, als es nur zu versuchen. „Ich kann nicht glauben, dass er mir so etwas vorwerfen würde, Alyss!"

„Ich bin sicher, er glaubt es nicht, Mylady", sagte Alyss ruhig.

„Nay?" Dominique schaute ihre Zofe an. Ihre Wangen glühten vor ohnmächtiger Wut. „Du hast sein Gesicht nicht gesehen. Der Mann ist entschlossen, mich für etwas schuldig zu sprechen – irgendetwas. Ich hatte gehofft, er würde mit seinen Anschuldigungen ein für alle Mal aufhören, als William uns verließ – aber nay!" Es musste eine Möglichkeit geben, um diese Farce zu beenden.

Vielleicht würde sich alles klären, sobald Graeham und sie verheiratet waren. Dominique sah keinen Weg, aus dem Verlöbnis zu entkommen. Nicht wenn ihr Bruder so darauf bestand und Graeham bereits zugestimmt hatte. Sie konnte nur nicht verstehen, warum Graeham ihr gegenüber so zurückhaltend schien.

Vielleicht fühlte er sich unsicher im Umgang mit Frauen? Er war nie unfreundlich zu ihr gewesen, nicht wirklich. Vielleicht wusste er einfach nicht, wie er mit ihr sprechen sollte? Vielleicht war er in ihrer Anwesenheit zu verlegen?

Plötzlich wusste sie, was sie tun musste. In dem Moment, in dem ihr die Eingebung kam, wusste sie, dass es die einzige Lösung war. Wenn Graeham zu schüchtern war, um sich ihr zu nähern ... dann musste sie zu ihm gehen.

Heute Nacht.

Und wenn er sie wirklich nicht wollte ...

Nun, dann würde sie das auch herausfinden.

KAPITEL 18

Sie wartete, bis der Haushalt schlief, dann folgte sie den brennenden Fackeln an der Wand zum Zimmer des Grafen. Sie trug nichts außer ihrer leinenen Chainse und tapste barfuß die Turmtreppe hinab.

Niemand hielt sie auf.

Keiner war noch wach, um das zu tun.

Sie eilte durch die Kemenate, drückte die massive Tür auf und schlüpfte schnell hinein. Durch ein einzelnes Fenster, dessen Läden offenstanden, ergoss sich Mondlicht in den Raum und erhellte ihn mit einem gespenstischen Schein. Wie eine silberne Klinge fiel es auf das Bett und beleuchtete die Person, die dort allzu innig in die Decken gekuschelt war. Der Anblick von Graeham, wie er dort so friedlich lag, ließ sie zögern, doch sie erlaubte ihren Füßen kein Anhalten.

Sie nahm ihren Mut zusammen und hastete durch das Zimmer, nur um ihren Mut zu verlieren, als sie hinunter auf die Matratze schaute, auf der die schlummernde Gestalt ihres Verlobten ruhte.

Süßer Jesus, er war ein schöner Mann.

Sein blondes Haar war im Mondschein noch heller und seine Züge wirkten makellos im Schlaf. *Engelsgleich*, dachte sie nicht zum ersten Mal. Trotzdem war der Gedanke, freiwillig in sein Bett zu kriechen, im besten Fall befremdlich. Doch Dominique wusste, dass dies etwas war, das sie tun musste. Sie durfte sich nicht wieder der Versuchung hingeben. Sie musste das hier tun. Sie hatte keine Wahl.

Und sie musste erfolgreich sein.

Sie atmete zitternd ein, hob vorsichtig die Decke an und schlüpfte neben Graeham darunter. Ihr Herz pochte so wild, dass sie glaubte, es würde ihr den Brustkorb zerspringen lassen. Süßer Christus, wie konnte er schlafen, wenn es so laut hämmerte? Sie versuchte, sich zu beruhigen, indem sie sich so nah wie möglich an die Bettkante legte und darauf achtete, ihn nicht zu berühren – keinen Teil von ihm.

Noch nicht, sagte sie sich.

In einem Augenblick würde sie es tun.

Ein paar Sekunden verstrichen, dann einige Minuten und mit jedem Moment, der verging, wurde das Schlagen ihres Herzens qualvoller und unerträglicher.

Um Himmels willen, dachte sie aufgelöst, wie sollte sie einen Mann verführen, den sie sich noch nicht einmal zu berühren traute?

Rutsch näher, sagte sie sich. Sie schüttelte den Kopf, erstarrte bei der kleinsten Bewegung, die sie verursachte, und hielt den Atem an. Hatte sie das Bett erbeben lassen? Hatte er ihre Anwesenheit gespürt?

Himmel! Was, wenn er aufwachte? Was würde sie sagen? Wie würde sie ihm ihr eigenartiges Verhalten erklären? Was würde er erwidern?

Sie war wirklich verrückt! Gott sei Dank, denn sonst wäre sie nie in der Lage, einen solch wahnwitzigen Plan durchzuführen.

Aber sie konnte ihn nicht durchführen, bemerkte sie plötzlich.

Egal wie oft sie sich einredete, dass sie den Mann neben ihr verführen musste, sie hätte keinen Muskel rühren können, selbst wenn es darum ginge, ihre Seele zu retten. Die wenigen Zoll zwischen ihnen wirkten so unüberwindlich wie eine Schlucht und die Wirklichkeit ihrer Anwesenheit in seinem Bett erschütterte sie mehr, als sie je gedacht hätte.

Dominique schloss die Lider und befahl ihren Händen, ihn zu berühren, aber sie verharrten zu ihrem Unmut unerschütterlich an ihre Brust gepresst – wie bei einer toten Frau!, dachte sie verzweifelt.

Beweg dich!, forderte sie sich auf.

Ihr Atmen beschleunigte sich, bis es ihr vorkam, als wäre sie tausend Treppenstufen hinaufgerannt – und wieder hinunter! Sie kniff die Augen zusammen und bewegte ihren kleinen Finger. Selbst bei diesem kläglichen Versuch verstärkte sich das Pochen ihres Herzens.

Guter Gott, sie würde in seinem Bett sterben! Ihr Herz fühlte sich an, als würde es zerspringen!

Wie töricht sie doch war!

Was hatte sie sich bloß dabei gedacht?

Eine Panik überkam sie, wie sie es nie zuvor erlebt hatte, und lähmte sie vollends. Plötzlich schien allein der Gedanke, sich von der Matratze zu erheben, wie eine unmögliche Aufgabe. Was, wenn sie ihn weckte?

Aber sie musste aufstehen! Oh, was für ein Feigling sie war! Ein törichter, kleiner Feigling! Ihr war nie mehr nach Weinen zumute gewesen.

Zu ihrem Entsetzen blubberte hysterisches Lachen in ihr hoch, explodierte gegen ihren Willen von ihren Lippen, erschütterte sie – und schreckte Graeham auf.

Bei dem kreischenden Geräusch, das von ihr kam, sprang er aus dem Bett und rannte wie ein Kind vor einem Albtraum. „Wer ist da?", verlangte er zu wissen.

Auch wenn sie es verzweifelt versuchte, Dominique konnte nicht mit dem Lachen aufhören, nicht einmal, um nach Luft zu schnappen. Sie umklammerte ihren Bauch, gelähmt von dem Kichern, das alles andere als fröhlich war.

Graeham entzündete hastig eine Kerze, hielt sie

über sie und starrte auf sie herab, als glaubte er, sie wäre wahnsinnig.

Und das musste sie sein, denn sie konnte nicht innehalten, nicht einmal, als er sie finster anblickte.

„Lady Dominique?" Seine Miene war fassungslos und ein bisschen verärgert.

Dominique hätte nicht antworten können, wenn ihr Leben davon abhinge.

„Jesus!", rief er aus. „Was macht Ihr in meinem Bett?"

Sein überraschtes Gesicht, nur auf einer Seite vom Kerzenschein erhellt, wirkte plötzlich unheimlich und schien sich mit dem Flackern der Flamme zu verzerren – es war mehr, als Dominique ertragen konnte. Ihre Emotionen schwangen wie ein Pendel. Sie keuchte vor Angst und sprang aus dem Bett, verhedderte sich dabei allerdings in den Laken.

Mit einem erstickten Aufschrei fiel sie zu Boden. Und Gott war ihr gnädig, denn in ihrem Geist zuckte das Licht und erstarb.

Graeham war kaum in der Lage, seinen Augen zu trauen, als sie stürzte. Jetzt hastete er auf die andere Seite des Bettes in der Hoffnung, sie rechtzeitig aufzufangen. Aber er war nicht schnell genug. Er erreichte sie, als sie ein letztes zitterndes Keuchen von sich gab und dann verstummte.

Eilig stellte er die Kerze ab und hielt seinen Handrücken an ihre Nasenlöcher, um ihren Atem zu prüfen. Als er dessen Stärke spürte, atmete er erleichtert aus. Er wollte nicht noch mehr zu den Feindseligkeiten zwischen ihrem Bruder und ihm selbst hinzufügen.

Sie war schlaff wie ein nasses Tuch, als er sie in seine Arme hob und auf das Bett legte. Er nahm die Kerze auf und entzündete damit die Fackel, die in ihrer Halterung neben seinem Bett hing.

Was in Gottes Namen hatte sie getan?

Als er auf sie herabblickte, war ihr Gesicht so

bleich, dass es ihm Übelkeit bereitete und seinen Magen verknotete. Sanft tätschelte er ihre Wange. „Lady Dominique!" Keine Antwort. Christus, in diesem Moment fand er sie schön.

Sie war wirklich schön, aber sie erregte ihn nicht.

Er hatte gedacht, er wäre dazu in der Lage. Er hatte wirklich gehofft, die Fehde zwischen ihren Familien mit ihrer Verbindung zu beenden. Nun wusste er, dass es unmöglich war. Die Wahrheit war ihm in den letzten Tagen offensichtlich geworden. Und er hatte vergeblich gebetet. Es schien, Gott würde ihn nicht erhören.

Als er sie zum ersten Mal erblickt hatte ... hatte er es für möglich gehalten. Er hatte wirklich geglaubt, wenn irgendein Mädchen ihn erregen könnte, dann sie. Aber dem war nicht so und er begann sich zu fragen, ob es je eine Frau könnte.

Einst war er ein vollständiger Mann gewesen ... bis ein Bauernmädchen, das Blaec und er begehrten, in sein Leben gekommen war. Sobald Blaec bemerkte, dass Graeham Interesse an ihr hatte, schaute er sie nicht einmal mehr an. Und Graeham hätte sie haben können ... Es wäre ihm möglich gewesen, wenn er es gewollt hätte ... Aber seit diesem Tag verstand er, dass es sein Schicksal war, alles zu nehmen, was sein Bruder sich wünschte. Blaec war immer pflichtbewusst zur Seite getreten, sogar bereitwillig, und das war die Wurzel des Problems. Ein Teil von Graeham wollte nicht haben, was gestohlen war. Vielleicht war es Blaec egal, dass Drakewich kraft seiner Geburt rechtmäßig sein war, aber Graeham machte es etwas aus. Selbst wenn sein Körper sich nicht vor so langer Zeit gegen ihn gesträubt hätte ... selbst wenn er in der Lage wäre, bei einer Frau zu liegen ... Da wäre immer noch sein Keuschheitsgelübde. Er hatte es vor Langem nur als Buße betrachtet. Es hätte anders sein können, hätte er die Wahrheit nicht gekannt, aber er kannte sie.

Auf ihrem Totenbett hatte seine Mutter ihm alles

gestanden und ihn gebeten, sich immer um seinen Bruder zu kümmern. Sie hatte ihm alles erzählt, was er bereits vermutet hatte. Ihr Vater war so sicher gewesen, dass Blaec nicht sein Kind war – denn mit seiner dunklen Haut glich er weder ihrem Vater noch ihrer Mutter –, und Gilbert d'Lucy hatte kurz nach Blaecs Geburt beschlossen, dass er außerehelich gezeugt worden war. Und auch wenn er ihre Mutter zu sehr liebte, um sie zu verstoßen, so hatte Blaec doch für Gilberts Verdacht bezahlt – obgleich ihre Mutter es bis zum Ende ihrer Tage geleugnet hatte.

Um sie nicht vor den Augen ihrer Leute zu beschämen, hatte er Blaec seinen Namen gegeben. Hinter geschlossenen Türen war Blaec, ältester Sohn von Gilbert d'Lucy, ein Bastard und nicht mehr. Ungeliebt. Ungewollt. Abgelehnt. Es war eine Farce, denn Graeham kannte die Wahrheit. Sie teilten nicht nur dieselbe Gebärmutter, sondern auch denselben Vater.

Wie ein unsichtbares Messer durchstach die Wahrheit Graehams Magen und die Zeit heilte diese Wunde nicht, auch wenn es nicht seine eigene war. Obgleich Blaec es nicht bemerkte ... die Wunde war seine. Und Graeham konnte nicht länger mit dem Blut und der Schuld an seinen Händen leben.

Er hatte zu viel unverdientermaßen auf sich genommen.

Er schüttelte sie leicht. „Dominique."

Ihre Augen flogen auf und sie atmete keuchend ein, als sie ihn über sich aufragen sah.

Er schüttelte den Kopf, versuchte, zu verstehen. „Was habt Ihr in meinem Bett gemacht?", wollte er wissen, jedoch nicht unfreundlich.

Sie sagte nichts, auch wenn ihre Lippen zu zittern begannen. Eine einzelne Träne fiel von ihren Wimpern und rollte über ihre blasse Wange. Sie lag still und starrte ihn mit aufgerissenen Augen an. „Lady Dominique ... was habt Ihr in meinem Bett gemacht?", fragte er erneut. Seine Stimme blieb sanft, um sie nicht weiter zu verängstigen.

Sie schüttelte den Kopf, wandte ihr Antlitz ab und begann leise zu weinen. „I-ich weiß nicht", schluchzte sie unglücklich. Sie rollte sich auf die Seite, weg von ihm, und bedeckte ihr Gesicht mit den Händen. „Ich schäme mich so sehr!"

„Erklärt mir, warum."

Er legte eine Hand auf ihre Schulter und sie wandte sich ihm wieder zu. In ihren Augen glänzten Tränen.

„Weil ich Euch verführen wollte, Mylord!", beichtete sie.

Graeham hob benommen seine Brauen. Er musste etwas nicht mitbekommen haben. „Ich versichere Euch, Lady Dominique", sagte er und schüttelte den Kopf. „Was auch immer Ihr getan habt ... Ihr habt mich ganz sicher nicht verführt."

Da begann sie noch heftiger zu weinen und Graeham spähte nervös über seine Schulter zur Tür und betete, dass niemand es hörte. Das hätte gerade noch gefehlt – dass alle wüssten, dass sie in seinem Bett gewesen war. Er hätte keine Chance mehr, aus dem Verlöbnis zu entkommen.

„Aber das wollte ich!", bekräftigte sie und setzte sich auf, um ihn anzusehen. Er bemühte sich, nicht die dunklen Schatten ihrer Brustwarzen unter dem feinen, plissierten Leinen wahrzunehmen. „Und ich schäme mich so!", jammerte sie.

Graeham verzog das Gesicht und blickte zur Decke hinauf. In der Hoffnung, ihre Tränen zu stoppen und sie nicht mehr direkt ansehen zu müssen, streckte er seine Hände aus und nahm sie in seine Arme. „Aber nicht doch", sagte er unbeholfen. „Alles ist gut, Lady Dominique ... Es ist nichts passiert."

Sie schüttelte heftig den Kopf. „Ich habe nicht versucht, Euch zu vergiften", schwor sie mit Nachdruck.

„Ich weiß", sagte er und strich ihr über den Rücken. „Schhh ..."

Mochte er ihre Unschuld vorher auch bezweifelt haben, so tat er das nicht länger. Irgendwie wusste er, dass die Frau in seinen Armen schuldlos war, nicht mehr als eine Schachfigur in den Winkelzügen ihres Bruders. Ihr Schluchzen war zu ehrlich, um es infrage zu stellen. Dass sie ihm so offen von ihrem Versuch, ihn zu verführen, berichtet und sich so lächerlich dabei angestellt hatte, bewies nur, dass sie eine verzweifelte Braut war, ignoriert und verwirrt.

Er wünschte, er könnte das Versprechen erfüllen, das er ihrem Bruder gegeben hatte – dass er sie heiraten könnte und alles würde gut werden. Aber das konnte er nicht. Sie jetzt in seinen Armen zu halten, war der letzte Beweis. Gott, er hatte sie umsonst gemieden, hatte sich gesagt, dass er sich nicht in Versuchung führen wollte, aber es war nichts vorhanden ... absolut keine Empfindung. Obwohl er die Süße ihres Haars riechen und die Wärme ihres weiblichen Fleisches spüren konnte ... war er nicht erregt.

Es gab jetzt nur eine Lösung.

Und verdammt, er würde tun, was richtig war.

Er zog sich plötzlich von ihr zurück, wischte ihre Tränen ab, erhob sich vom Bett und ging zur Tür.

KAPITEL 19

Sie wusste nicht, dass er da war.

In den Schatten.

Er beobachtete sie, als sie auf ihrem Weg zum Zimmer seines Bruders an ihm vorbeischlich. Ihr feines, plissiertes Gewand schmiegte sich in der nächtlichen Brise an sie, sodass sich ihre Gestalt anmutig darunter abzeichnete. Sie war schlank und schön, ihr Busen üppig … ihre Taille schmal.

Ein erstickter Laut entrang sich Blaecs Kehle bei dem unerträglichen Gedanken an die Hände seines Bruders auf ihr. Gott … warum? Nie in seinem Leben hatte er ihm etwas geneidet.

Weshalb sie?

Wieso jetzt?

Er glaubte nicht, dass er es ertragen konnte.

Er müsste sie sicher verlassen.

Er hob den Flakon, den er in seinen Händen umklammerte, an seine ausgedörrten Lippen, dann zog er ihn gereizt wieder weg und schüttelte ihn. Als er ihn leer fand, warf er ihn zur Seite.

Obwohl er betrunken war, konnte er immer noch nicht schlafen, stellte sie sich dort drinnen vor … in den Armen seines Bruders …

Er verdrängte das Bild aus seinem Geist, streckte

sich auf einer Pritsche in der Kemenate aus und starrte an die Decke. Sein Körper war angespannt. Mit einem leisen Stöhnen schloss er die Augen und fuhr sich mit den Fingern über den Schädel. Sein Kopf schmerzte bereits; er wusste nicht, ob es am Trinken oder an der Anspannung lag. Vielleicht an beidem.

Gerade als er sich erneut fragte, was sie wohl tun mochten, flog die Tür zu Graehams Zimmer auf und jemand bellte seinen Namen. Graeham, dachte er. Seine Augen versuchten, sich auf die Person zu fokussieren, deren Umriss er im Türrahmen erkennen konnte. Graeham. Blaec sprang auf die Füße, schwankte leicht und erwartete fast, ein Messer in der Brust seines Bruders stecken zu sehen.

„Schaff sie verdammt noch mal aus meiner Kammer!", verlangte Graeham.

Blaec schüttelte den Kopf, unfähig, zu verstehen, denn Graeham stand unverletzt da.

Wütend, aber unverletzt.

„Himmel! Es ist mir egal, ob du auf ihr schlafen musst", knurrte er. „Schaff sie hier weg und halte sie von mir fern!"

Dominique konnte kaum ihren Ohren trauen. Ihr Gesicht erhitzte sich vor Demütigung.

Einen Moment lang dachte sie, er würde mit einem Wachposten sprechen, obgleich sie keinen auf ihrem Weg hierher erspäht hatte – ganz sicherlich nicht in der Kemenate. Das wäre ihr aufgefallen ...

Ihr Herz machte einen Satz, als Blaec d'Lucy in der Türöffnung erschien und sich träge gegen den Rahmen lehnte, während er hineinschaute. Auch wenn er äußerlich ruhig wirkte, so galt das nicht für seine Augen.

Sie klagten sie einmal mehr an, obwohl er nichts sagte.

Er trug lediglich weite Kniehosen, kein Hemd, und sein Haar war zerzaust, wie vom Schlaf. In dem schwachen Licht des Raums schien seine Haut noch dunkler, glänzte durch eine leichte Schweißschicht, denn die Nacht war warm.

War er die ganze Zeit über in der Kemenate gewesen?

Wie hatte sie ihn übersehen können?

Hatte er alles gehört?

Es war unerheblich, mit ihm würde sie nirgendwohin gehen. Er stand da, als würde er warten – nun, er könnte eine Ewigkeit dort verharren. Sie würde nirgendwohin gehen. Er bewegte sich plötzlich, als wollte er sie ergreifen. „Nay!", schrie sie aufgelöst. „Ich kann alleine laufen!" Sie sprang vom Bett, warf Graeham einen verletzten Blick zu und eilte zur Tür. Dort hielt sie inne, denn sie musste zwischen den beiden hindurchschlüpfen. Ihr Herz begann wieder zu pochen, als sie von einem Bruder zum anderen schaute und ihren Mut zusammennahm. Schließlich huschte sie an ihnen vorbei.

„Ich brauche keine Begleitung!", teilte sie ihnen überheblich mit und betete, dass sie ihr nicht folgen würden.

Zu ihrem Entsetzen kam sie nicht weit.

Blaec, der Rüpel, war innerhalb von Sekunden hinter ihr und – verflucht sollte er sein! – hob sie hoch und warf sie sich über die Schulter. Wenige Augenblicke später hing sie wie ein Mehlsack auf seinem bloßen Rücken. Sie kreischte empört, schlug mit ihren Fäusten gegen seinen Rücken und versuchte, nicht die Wärme seiner nackten Haut wahrzunehmen.

„Ich hasse Euch!", fauchte sie. „Lasst mich sofort runter, Ihr abscheulicher Rüpel!" Sie fühlte sich schwindelig und ein bisschen, als würde sie gleich ohnmächtig werden, deshalb stemmte sie ihre Hände gegen seinen Rücken und spürte, wie seine Muskeln unter ihrer Berührung zuckten.

Um die Beleidigung noch zu verstärken, sagte er kein Wort, während er sie die Treppe zu seiner Kammer hochschleppte. Keine Entschuldigung – nichts! Dominique schäumte vor Wut, als sie das Vorzimmer erreichten. Ihrer Meinung nach genoss er das alles viel zu sehr! Nun, diesmal würde er nicht einfach wieder gehen. Sie würde ihn nicht lassen! Nicht ohne ihm die Augen auszukratzen!

Er trat die Tür des Vorzimmers auf und dann die zur Kammer selbst, trug sie nach drinnen und warf sie aufs Bett, als wäre sie nicht mehr als ein Gepäckstück. Aber Dominique schwor sich, dass sie es ihm nicht so einfach machen würde. Sie schlang die Arme um seinen Nacken, weigerte sich, loszulassen, und plante wirklich, ihm die Augen auszukratzen, wenn sie in Reichweite kämen.

Schreiend zog sie ihn mit sich herunter.

Mit einem überraschten Ächzen stürzte er auf sie.

Dominique verlor den Halt, der Aufprall raubte ihr den Atem. Aber das hielt sie nicht auf. Sie griff wild nach einer Locke seines Haars und umklammerte sie, als hinge ihr Leben davon ab. Gott verfluche seine verruchte Seele! Es geschähe ihm recht, wenn sie ihm jedes Haar vom Kopf risse.

Sogleich schoss seine Hand hoch und umschloss ihr Handgelenk mit festem Griff. „Lasst los“, brüllte er.

„Niemals!“, erwiderte sie heftig. „Arroganter Mistkerl! Ich würde Euch lieber jede Haarsträhne von Eurem ungehobelten Kopf rupfen. Wie könnt Ihr es wagen, mich so zu behandeln!“

Sein Daumen presste fester gegen die empfindliche Stelle an ihrem Handgelenk, bis Dominique vor Schmerz aufschrie. Trotzdem weigerte sie sich, ihren Griff zu lockern.

Er klang, als würde er keine Luft bekommen, aber Dominique war sich nicht sicher, denn das Zimmer war trotz offener Fensterläden stockdunkel. Er gab ein Geräusch von sich, das einem Knurren recht ähnlich war.

„Was zur Hölle habt Ihr im Zimmer meines Bruders gemacht?", verlangte er plötzlich zu wissen.

„Als ginge Euch das etwas an!", fauchte sie. „Überheblicher Mistkerl!"

Er schnalzte in der Dunkelheit mit der Zunge. „Solche Ausdrücke ... Habt Ihr so auch mit Graeham gesprochen?", fragte er. „Hat er Euch deshalb aus seinem Bett geworfen?"

„Das habe ich ganz sicher nicht! Und er hat mich nicht –"

„Er hat", erwiderte Blaec mit trügerischer Ruhe. Der verführerisch sanfte Ton seiner Stimme sandte einen Schauer der Angst über Dominiques Rücken, denn sein Griff um ihr Handgelenk war alles andere als sanft. „Ihr vergesst, dass ich da war, Demoiselle", verhöhnte er sie. „Vielleicht hat Euer Bruder Euch nicht darüber informiert, Lady Dominique ... aber mein Bruder mag seine Frauen keusch."

„Ihr Unhold!" Dominique sah das Funkeln in seinen Augen und wollte ihn schlagen, doch er hielt ihre Handgelenke viel zu energisch fest.

Sie wand sich unter ihm und versuchte, ihn abzuwerfen. Er ächzte, als hätte er Schmerzen. „An Eurer Stelle würde ich mich nicht so bewegen", warnte er sie leise und rieb dann seinen Unterleib vielsagend an ihrem, sodass sie ihn fühlen konnte. „Denn ich nehme mir die Freuden, die mir angeboten werden."

Dominique keuchte vor Schock und Empörung.

Auch wenn sie ihn in der Dunkelheit der Kammer nicht sehen konnte, spürte sie seine Augen auf ihr, die sich bis in ihre Seele brannten ... nahm seinen unruhigen Atem wahr, warm und süß vom Wein ... fühlte seine Männlichkeit, die sich schändlich an ihren Oberschenkel schmiegte.

Süßer Jesus, *das* spürte sie sogar durch ihr Untergewand und den Stoff seiner Kniehosen. Es ließ sich nicht leugnen!

Sie schluckte heftig und stellte ihre Bewegungen sofort ein.

Den längsten Moment lang rührte sich keiner von beiden.

Er lachte leise, das Geräusch war freudlos, spöttisch. Er beugte sich vor und flüsterte an ihrem Ohr: „Anscheinend habe ich endlich Eure Aufmerksamkeit."

Dominiques Griff in seinem Haar verstärkte sich. Vielleicht konnte sie den Rest ihres Körpers nicht bewegen, aber sie konnte ihn jedes verfluchte Wort, das er ausgesprochen hatte, bereuen lassen!

Schmerz zog sich über Blaecs Kopfhaut, aber er begrüßte ihn, denn er sorgte dafür, dass er sich nicht vollends vergaß. Sie unter sich zu spüren war eine viel zu wirksame Ablenkung. Wie eine verlorene Seele betete er, dass sie sich nicht rühren würde, und betete zugleich, dass sie es doch tun würde. Er betete, dass sie ihn losließe, und war erleichtert, als sie es nicht tat.

Unfähig sich zurückzuhalten, bewegte er sich an ihr und bemerkte, wie er pulsierte. Christus ... er glaubte, er würde die Kontrolle verlieren ... „Dominique", krächzte er flehend und dann war es zu spät. Er hätte sich nicht aufhalten können, hätte er es versucht. Viel zu lange hatte er auf seiner Pritsche gelegen ... dies herbeigesehnt ... und nun lag sie unter ihm ... und diesmal war es kein Traum ...

Vergangene Nacht war er in seinem Zelt aufgewacht, hatte sich auf seinem Lager hin und her bewegt, weil er dachte, es wäre sie ... weil er es so sehr brauchte.

Und jetzt war sie es wirklich und er war erledigt.

Ein Arm glitt unter ihren Rücken, dann senkte er seinen Mund unbeirrt auf ihre Lippen.

Erschreckt von der unerwarteten Wärme seines Mundes keuchte Dominique überrascht auf, öffnete sich ihm. Sogleich drängte er seine Zunge zwischen ihre Lippen. Mit einem leisen Schrei ließ sie sein Haar los, ihre Arme schlangen sich um seinen Nacken und diese hilflose Geste schickte eine weitere Hitzewelle durch seine Adern, erfüllte ihn mit einem Triumph, den zu spüren er kein Recht hatte.

Vom ersten Augenblick an war Dominique verloren.

Sie konnte nicht denken, nur fühlen ... und das Gefühl war zu erlesen für bloße Worte. Es war, als hätte sie eine Ewigkeit auf diesen einen Moment gewartet. Alle Gedanken an Verweigerung flohen aus ihrem Kopf und aus ihrem Herzen ... von ihren Lippen ... und aus ihrem Körper.

Sie konnte nur noch an die Wärme seiner Zunge und die Süße seines Atems denken ... und an die Weichheit seiner Lippen, als er ihren Mund auskostete.

Sie verführte.

Er schmeckte nach süßem Wein, überlegte sie flüchtig. Köstlich. Wie von selbst fuhren ihre Hände durch sein Haar ... aber diesmal genossen ihre Finger seine Seidigkeit.

Dieses Gefühl ... dieses unglaubliche Gefühl, das schon einmal zuvor in ihr erwacht war – dasselbe Gefühl, das sie so verzweifelt drängte, ihre Schenkel um ihn zu schlingen –, entfachte sich erneut ... glühte ... brannte ...

Dominique stöhnte leise und wand sich instinktiv unter ihm ... brauchte mehr. Er antwortete mit einem tiefen, heiseren Ächzen und löste sich etwas von ihrem Körper. Für einen Augenblick dachte Dominique, er wollte sie verlassen. Und zu ihrem Entsetzen und ihrer Bestürzung empfand sie Erleichterung, als er blieb und an der erhitzten Haut ihres Nackens knabberte und sie küsste. Sie wölbte sich ihm entgegen, um ihm besseren Zugang zu verschaffen. Das Vergnügen, das er ihr bereitete, beraubte sie ihres Verstands und sie schluchzte leise über ihre eigene Lüsternheit.

Aber es störte sie nicht ... sie wollte nicht zulassen, dass es sie störte.

Sie war die Tochter ihrer Mutter.

„Vergebt mir", flüsterte er.

Dominique fragte sich, ob er sie darum bat ... oder ob es ihre eigenen Worte waren ... und dann überlegte sie nicht mehr, da die Hand in ihrem Rücken sie hochhob und er einmal mehr an ihr herunterglitt. Mit einem tiefen Stöhnen schlossen sich seine Lippen um die Spitze einer ihrer Brüste, spielten damit, leckten daran, zogen sanft, saugten so süß wie ein Baby.

Dominique schrie auf und versteifte sich – aber nur für einen Moment, denn der Schock seiner intimen Berührung schwand mit den unglaublichen Empfindungen, die sie durchströmten. Sein Saugen erregte sie. Wimmernd wölbte sie sich ihm entgegen, wand sich, weinte angesichts der überwältigenden Emotionen, die über sie hereinbrachen.

Oh Gott, sie war sündhaft ... sündhaft ... sündhaft ...

Ihre Hände verflochten sich hinter seinem Kopf, hielten ihn fest, damit er weiter an ihrer Brust saugte, während ihr Körper sich unter ihm wie von selbst zu winden begann. Er bewegte sich weiter nach unten, saugte und küsste abwechselnd ihre Brüste.

In ihrem ganzen Leben war sie nie so verwirrt gewesen ... sich einer Sache so gewiss gewesen ...

Sie brauchte ihn.

Blaec stöhnte vor Lust, als sie ihn so vollends annahm, ihm ihren Busen entgegenstreckte. Er saugte an ihr, presste sich euphorisch an sie, wusste, dass er aufhören sollte, aber konnte sich nicht dazu überwinden.

Es war, als gehörte sein Körper nicht ihm.

Er schwelgte in dem Geschmack ihrer Haut – köstlich selbst durch den feinen Leinenstoff ihrer Chainse –, der Wärme ihres Körpers, der Länge ihrer Beine an seinen eigenen.

Es war zu viel, um es zu ertragen.

Langsam fuhren seine Hände ihre appetitlichen Kurven entlang weiter nach unten, er genoss jeden Zoll von ihr, prägte sich alles ein ... denn selbst in seinem

Dämmerzustand war ihm bewusst ... das durfte nicht wieder passieren.

Aber dieses eine Mal ...

Er konnte nicht aufhören.

Er hätte sich nicht von ihr losreißen können, selbst wenn jemand mit einem Schwert über ihm gestanden und angesetzt hätte, es ihm zwischen die Schulterblätter zu rammen.

Für diesen Moment würde er gerne sterben.

Gott konnte ihn niederschlagen, aber er würde nicht aufhören.

Dominique war sich nur vage bewusst, dass er ihr Gewand anhob, aber sie begrüßte es ... sie wollte seinen Mund auf ihrer nackten Haut spüren ... seine Hände ... Und mit einer Verzweiflung, die ihr missfiel, kämpfte sie gegen die Trennung ihrer Körper an und klammerte sich an ihn, als würde sie ohne ihn sterben.

Und bei Christus ... sie glaubte, das könnte sie.

Da es ihm nicht gelang, ihr die Robe auszuziehen, ergriff Blaec den Halsausschnitt und zerfetzte ihn wild, dann riss er das störende Kleidungsstück ein für alle Mal zwischen ihnen fort.

Der Schock des Körperkontakts war allumfassend.

Er stöhnte vor Qual bei dem Gefühl ihres nackten Busens, der sich ihm entgegenreckte, ihren harten Brustwarzen, die über seine Brust strichen ... ihre Wärme, ihre Weichheit.

Wie ein Besessener drängte er sich an sie, verlor sich selbst ein bisschen mehr mit jeder gedankenlosen rhythmischen Bewegung. Er konnte sie nicht sehen, aber er spürte sie und sie fühlte sich erlesen an.

„Wunderschön", flüsterte er. Das Gefühl von ihr war berauschend. „Gütiger Himmel, Ihr seid wunderschön." Er glaubte, er würde verrückt werden, wenn er sich nicht sogleich entblößte. Er fummelte an den Bändern, die seine Kniehosen hielten, schüttelte sie ab und atmete laut auf, als er sich endlich befreit hatte. Er hakte seine Arme unter ihre Knie und hob ihre Beine an.

Sie war eine feurige Frau ... die Hure ihres Bruders ... und sie reizte ihn zum Wahnsinn – gut, wenn die Wahrheit eher früher als später ans Licht kam, sagte er sich. Um seines Bruders willen. Die Frau unter ihm konnte keineswegs keusch sein. Das Feuer in ihr brannte zu heiß, als dass er glauben konnte, dass es nie zuvor entfacht worden war.

Wahrscheinlich hatte sein Bruder diese Tatsache bereits entdeckt und sie deshalb seines Zimmers verwiesen.

Mit diesem letzten qualvollen Gedanken, ging er vor ihr in Position und hielt ihre Beine für sein Vergnügen hoch. Es störte ihn nicht. Er wollte, dass sie ihn tief in sich aufnahm, dass sie ihn vollends umhüllte. Sie stöhnte leidenschaftlich unter ihm, wand sich in Erwartung seines Eindringens in ihren Körper.

Nun, sie brauchte nicht länger zu warten, sagte er sich bösartig.

Noch er.

Die Spitze seines Schafts glitt mit Leichtigkeit in sie hinein und dann drang er weiter vor, ächzte angesichts der köstlichen Enge ihres Körpers, als sie ihn umfing.

Dominique schrie vor Schmerz auf und erstarrte unter ihm. Ihr Körper brach in kalten Schweiß aus, aber sie biss die Zähne zusammen und erduldete es; sie wusste, die Wonne würde bald zurückkehren. Das hatte Alyss ihr erzählt.

Instinktiv wusste sie es auch.

Über ihr erstarrte Blaec ebenfalls.

„Verdammt", murmelte er. Sofort begann er, sich zurückzuziehen, aber der Schmerz verschwand bereits und Dominique konnte es nicht ertragen, wenn er sie jetzt verließ.

Sie hatten doch gerade erst begonnen ...

Sie hatte doch gerade erst begonnen ...

Sie schlang ihre Beine um seine Mitte, hielt ihn gefangen in dieser zeitlosen Umarmung der Liebenden.

„Verdammt", flüsterte er. „Verdammt ... verdammt ... Gott, vergib mir", sagte er und senkte sich wieder in sie herab. Diesmal bewegte er sich sanft und gab ihr Zeit, sich an seine Größe zu gewöhnen; dabei zitterten seine Arme von der Zurückhaltung.

Dominiques Finger wanderten flüchtig über die angespannten Muskeln seines Arms. Instinktiv schlang sie ihre Arme um seinen Hals, strich über seinen Rücken, genoss die Breite seiner muskulösen Schultern, die Hitze seines Körpers. Ohne nachzudenken, zog sie seinen Kopf zu ihrem herunter, so sehr verzehrte sie sich nach seinen Küssen.

Er reagierte sogleich, als wüsste er genau, was sie brauchte. Seine Zunge fuhr über ihre Lippen und Dominique öffnete sich ihm vollends. Während er ihren Mund liebkoste, saugte sie an seiner Zunge und bot ihm ihre vorsichtig im Gegenzug an. Seine Antwort war ein tiefes, kehliges Stöhnen.

Bei diesem kleinen Erfolg wimmerte sie leise, wollte, dass er sich wieder rhythmisch an ihr bewegte ... wie er es zuvor getan hatte. Ungehemmt wand sie sich unter ihm.

„Dominique ..." Er brachte seine Hand zwischen sie und unterbrach die Bewegungen ihrer Hüften. „Hört auf", krächzte er und versuchte erneut, sich zurückzuziehen.

Dominique folgte ihm mit ihren Hüften, drängte ihn tiefer in sich hinein. Sie schrie auf, als er sich erneut zurückzog, diesmal weiter, krallte ihre Finger in die Laken und folgte ihm stur.

„Dominique", ermahnte er sie und entzog sich ihr soweit, dass nur die Spitze seiner Männlichkeit noch in ihr war. „Ihr könnt nicht wissen ..."

„Das tue ich", murmelte sie atemlos. „Das tue ich ..." Sie fühlte sich mutig wie nie zuvor, umklammerte seine Mitte mit ihren Beinen und glitt nach oben. Sie keuchte, als er sie vollends ausfüllte. „Das tue ich", wisperte sie euphorisch.

Eine Hitzewelle durchflutete ihre verbotenen Körperstellen und ließ sie vor Lust aufschreien.

Nie hatte sie sich solche Empfindungen vorgestellt.

Nie hatte sie so etwas geträumt.

„Ich kann nicht aufhören", warnte er sie. „Ich kann – nicht!" Mit einem rauen Schrei zog er sich zurück und stieß dann wieder vor.

„Ja!", rief sie. Sie wollte nicht, dass er sie verließ. Sie wollte, dass er sie niemals verließ. Sie wollte, dass es nie aufhörte. Sie wollte, dass er sie für immer so ausfüllte.

In diesem Moment gab es keine Welt, nur sie beide.

Es gab kein Verlöbnis, keinen Bruder, kein Tageslicht.

Nur sie beide. Und die Dunkelheit.

Morgen wäre früh genug, um über diese Dinge zu grübeln.

Heute Nacht konnte sie nur an eines denken. An diesen Moment. Diese unglaubliche Empfindung, die sie durchströmte, die sie in einen Wirbelwind aus unbekannten Gefühlen zog. Sie umklammerte verzweifelt die Laken, als er sich rhythmisch an ihr bewegte. Dominique schluchzte leise, empfing ihn.

Christus ... war er verrückt?

Sie war die Braut seines Bruders.

Er konnte sich auf keinen Fall in sie ergießen. *Tu es nicht*, befahl er sich selbst. Es wäre der größte Verrat – doch, Gott möge ihn verfluchten, er konnte nicht aufhören!

Sie wand sich unter ihm mit vollkommener Hemmungslosigkeit und er konnte sich nicht zurückhalten.

Er konnte sich nicht widersetzen.

Einmal mehr versuchte er, sich zurückzuziehen, und wurde von ihrer seidigen Weichheit außer Gefecht gesetzt. Er verlor vollends die Kontrolle, stieß wild in sie hinein, füllte sie aus und zog sich zurück. Als ihr Körper sich um ihn zusammenzog und erzitterte, warf er seinen Kopf zurück und schrie auf, kehlig und gequält.

Unter ihm schluchzte Dominique angesichts ihrer eigenen Erlösung, ihr Körper erschauerte, verlangte nach seinem Samen, nach seiner Kapitulation.

Mit einem letzten kräftigen Stoß ergoss sich Blaec tief in ihr.

Und es war immer noch nicht genug.

Er umfasste ihren Hintern, presste sie fest gegen seinen Körper, bewegte sich noch einmal, zweimal, dreimal rhythmisch in ihr und trieb seinen Samen tief in ihren Schoß.

Und immer noch konnte er nicht aufhören.

Heute Nacht hatte er sie zu seinem Eigen gemacht, gegen allen Anstand ... und er konnte es nicht einmal dem Wein zur Last legen.

Er war schwach und ohne Ehre.

Und die Schuld lag ganz allein bei ihm.

Morgen würde das Ausmaß seiner Sünde im hellen Licht des Tages gewogen werden.

Doch heute Nacht, zum ersten Mal seit seiner Jugend, glänzten Tränen in seinen Augen. Mit einem tiefen, rauen Schrei brach er auf ihr zusammen, hielt sie fest ... vergrub sich in der Stille und der Dunkelheit.

Gott stehe ihm bei, sein Vater hatte recht gehabt.

KAPITEL 20

Morgendliche Sonnenstrahlen fielen durch die offenen Fensterläden und gossen goldenes Licht in Dominiques Gesicht. Doch es war nicht das Licht, das sie geweckt hatte. Aus dem Burghof drangen das Geschrei und die Geräusche von Männern und Pferden, das Klirren und Klappern von Rüstungen, das Wiehern von rastlosen Rössern.

Das Nächste, was ihr bewusst wurde, war die Hand, die ihre nackte Brust umschloss … und das wunde Gefühl zwischen ihren Beinen. Ihr Herz machte einen Satz, als die Bilder der vergangenen Nacht qualvoll vor ihr auftauchten. Sie zuckte zusammen, biss auf ihre Unterlippe und schirmte ihre Augen vor dem Licht ab, während sie verstohlen die andere Person im Bett musterte. Da sie ihn dort liegen sah, wusste sie, dass es kein Traum gewesen war, und sogleich erfüllten sie widerstreitende Emotionen – zu viele, um sie zu zählen.

Seine Augen waren noch geschlossen und er ruhte auf seinem Bauch, hatte einen Arm auf sie gelegt und hielt sie so im Bett fest. Seine Hand umfasste eine ihrer Brüste. Süßer Jesus, selbst jetzt, ohne dass er überhaupt etwas tat, erregte seine Berührung ihren Körper. Sie bemühte sich, den Kontrast ihrer Hautfarben nicht wahrzunehmen, seine dunkle Hand auf ihrer hellen Haut –

versuchte, sich nicht auf das Gefühl seiner kampferprobten Hand auf ihrem glatten Körper zu konzentrieren.

Stattdessen schaute sie auf sein Gesicht. Im Schlaf verlor seine Miene viel von ihrer Härte. Selbst die Narbe auf seiner Wange war weniger sichtbar. Sie fragte sich erneut, wie er sie erhalten hatte, und unterdrückte den Drang, die Hand auszustrecken und sie zu berühren, denn sie fürchtete, dass dieser Moment dann zu Ende ginge.

Würde er sie wieder voll Abscheu ansehen, wenn er erwachte?

Oder würde er ihr einen zärtlichen Blick schenken?

Sie hatte Angst, die Wahrheit zu entdecken. Sie hatte Angst, weil sie wusste, dass sie nicht länger ihr eigenes Herz verleugnen konnte – ungeachtet dessen, was er für sie empfand, selbst wenn er sie hasste. Sie hatte sich ihm letzte Nacht aus freiem Willen hingegeben und das Schlimmste war, dass sie nun, im Morgenlicht, nicht einmal wirklich Reue verspürte.

Sie war nicht anders als ihre Mutter, liebte einen Mann, den sie nicht haben konnte.

Immerhin verstand sie es jetzt.

Mit einem schläfrigen Ächzen bewegte er plötzlich seine Hand und drückte ihre Brust, eine träge und doch ehrfürchtige Geste. Dominique biss sich auf die Lippe, um das verräterische Stöhnen zu unterdrücken, das seine Berührung wachrief.

Und dann flogen seine Lider auf, als er das schwere, knirschende Geräusch des Fallgitters hörte, das angehoben wurde. Innerhalb von Sekunden war er vom Bett zum Fenster geeilt. Obwohl sie es versuchte, konnte Dominique ihre Augen nicht von seinem nackten Körper abwenden, wie er dort stand und durch die geöffneten Läden schaute. Er war ein atemberaubendes Exemplar von Mann. Sein Hintern und seine Beine waren so muskulös wie sein Brustkorb – sogar noch mehr.

„Da hol mich doch der Teufel!", sagte er wütend.

Er drehte sich zu ihr um, vollkommen ungeniert ob seiner Blöße, und seine grünen Augen durchbohrten sie. An seinem Gesichtsausdruck erkannte Dominique, dass die Lage ernst war.

Sie setzte sich sogleich auf und suchte nach ihrem Gewand. Als sie es zerfetzt fand, errötete sie und hob stattdessen das Betttuch an, um ihren Busen zu bedecken. „Was ist los?", fragte sie ängstlich. Er reagierte nicht, abgesehen davon, dass er zum Bett kam. Er riss an dem Laken und zog es ihr aus den Händen, während er zornig nach seiner Kleidung wühlte.

Dominique spürte, wie das Blut aus ihrem Gesicht wich. „Was?", hakte sie nach und kämpfte darum, sich einmal mehr zu bedecken. „Sagt es mir! Was ist los? Mein Bruder? Ist er zurückgekehrt?"

Er fand, was er suchte – seine Hose –, nahm sie vom Bett und streifte sie über. Während er sie zuschnürte, starrte er auf sie herab. Seine grünen Augen glühten vor Verachtung – für sie? Ihn selbst? So oder so, es quälte sie, ihn so zu sehen, denn sie wusste sogleich, dass er bereute, was letzte Nacht zwischen ihnen geschehen war.

Und doch empfand sie es nicht das Gleiche.

Ihre Wangen erwärmten sich, als sie ihn weiterhin schamlos betrachtete, obwohl er sie anfunkelte. Obwohl ihr Bruder gerade durch die Tore reiten und schon bald ihre Untreue entdecken mochte.

Seine Augen verengten sich missmutig. „Sie reisen ab", teilte er ihr mit.

Einen Moment konnte Dominique nicht klar denken. Sie schüttelte verständnislos den Kopf. „Wer?"

„Graeham", blaffte er. Als er endlich mit dem Anziehen fertig war, wandte er sich zum Gehen. „Euer Verlobter, falls Ihr vergessen habt."

Dominiques Herz verkrampfte sich bei dieser ungerechten Anschuldigung. Jesus, sie war nicht alleine beteiligt gewesen! Sie wollte ihn anschreien, ihn beschimpfen, aber sie war zu fassungslos, um zu sprechen. Er machte sich nicht die Mühe, zu ihr zurückzuschauen, und schlug die Tür zu, als er das Zimmer verließ.

Dominique unterdrückte ein Schluchzen und die Reue überkam sie, sobald er fort war. Sie sprang vom Bett und stürzte zur Tür, schlug mit ihrer Faust dagegen und schrie vor Wut. Doch ihr Zorn war mehr gegen sie selbst gerichtet als gegen Blaec, denn, beim barmherzigen Christus, wie hatte sie vergangene Nacht so dumm sein können?

Sie wandte der Tür den Rücken zu und lehnte sich mit zitternden Beinen dagegen. Noch nie hatte sie sich selbst mehr verabscheut als in diesem Moment – noch nie hatte sie sich törichter gefühlt.

Sie liebte einen Mann, der sie nicht zurücklieben konnte ... und indem sie ihn liebte, hatte sie den Mann betrogen, den sie heiraten sollte – gar nicht zu sprechen von ihrem Bruder, der wütend sein würde, wenn er herausfand, was sie getan hatte.

Aye, sie war ein Dummkopf.

Wie in Gottes Namen hatte sie sich so sehr verstrickt? Hatte Graeham sie heute Morgen gesehen, während sie schliefen? Dominique kam nicht umhin, sich das zu fragen. Und sich zu sorgen. Wenn er sie in einer so intimen Umarmung entdeckt hatte, wie die, in der sie erwacht war, konnte sie es ihm nicht vorhalten, sollte er sie verabscheuen. Aye, und sie konnte gut verstehen, wieso er gehen würde.

Jesus, was würde William sagen? Vielleicht war Graeham dorthin gegangen – zu William. Diese Möglichkeit erfüllte sie zugleich mit Entsetzen und Hoffnung. Immer noch betete sie, dass das Bündnis gerettet werden könnte. Es musste gerettet werden, denn sonst

… nun, sie konnte nicht ertragen, sich die Alternative vorzustellen.

BLAEC GAB SICH GROSSE MÜHE, SIE DEN REST DES Tages zu meiden. Dominique wusste genau, dass er Graeham nicht nach London begleitet hatte. Sie hatte herausgefunden, dass Graeham Blaec befohlen hatte, in Drakewich zu bleiben – eine Anordnung, die ihn offensichtlich über alle Maßen erzürnt hatte, schließlich war sein wütendes Brüllen selbst bis in ihre Kammer gedrungen.

Sie revanchierte sich, indem sie ihm ebenso auswich – genauso wie Alyss, da ihr ganz und gar nicht nach Gesellschaft zumute war. Sie beschäftigte sich mit jeder Ablenkung, die sie finden konnte – natürlich nichts von Bedeutung. Sollte sie jemals Gräfin von Drakewich sein, würde sie die Pflichten der Burgherrin annehmen. Bis dahin hatte sie kein Recht auf die Schlüssel – noch brauchte Drakewich dringend ihre Führung. Der Seneschall erfüllte seine Aufgaben augenscheinlich nur zu gut. Sie wurde hier nicht benötigt, und offenbar auch nicht gewollt.

Da sie nichts Besseres zu tun hatte, schlenderte sie zu den Volieren um einen weiteren Blick auf die Vögel zu werfen, die Graeham hielt. Einmal mehr war sie erstaunt über den Reichtum, der sich hier versammelte. Doch während sie dort stand und den Gerfalken betrachtete, wurde sie aufs Neue von jeder Erinnerung und Emotion gequält, die sie so sehr zu vergessen suchte.

Sie ließ die Anlage hinter sich und besuchte ihren Zelter in den Ställen, stellte sicher, dass das Tier gut versorgt wurde, und dann, als es nichts mehr zu erkunden gab, schloss sie sich in ihrem Zimmer ein und wartete – auch wenn sie nicht wusste, worauf.

Vielleicht hoffte sie, dass Blaec zu ihr kommen würde – doch es war wahrscheinlicher, dass sie sich einfach fürchtete, seinem Zorn ausgeliefert zu sein, wenn sie ihm unverhofft gegenüberstand. Bis jetzt wusste sie nicht, was sie ihm sagen sollte.

Gewiss konnte er sie nicht für das, was gestern Nacht zwischen ihnen passiert war, verantwortlich machen? Dominique machte sich selbst Vorwürfe, aber *er* hatte kein Recht, die Schuld allein auf ihr abzuladen – noch würde sie diese vollends annehmen.

Mit jeder Stunde, die sie allein verbrachte, wuchs ihre Wut. Ebenso wie ihr Leid und ihre Verwirrung. Sie verpasste das Abendessen absichtlich ... und doch wollte sie nichts mehr, als ihn zu sehen. Sie versuchte zu schlafen, konnte aber kaum ihre Augen schließen. Wann immer sie es tat, kehrten die Erinnerungen der vergangenen Nacht zurück und quälten sie.

Endlich hielt sie es nicht länger aus. Sie erhob sich vom Bett, warf die Decke zur Seite und war entschlossen, ihn ausfindig zu machen. Um die Dunkelheit der Turmkammer zu vertreiben, entzündete sie eine Kerze und hielt sie hoch – nur um sie beinahe wieder fallen zu lassen, als sie hörte, wie sich plötzlich die Tür des Vorzimmers öffnete und wieder schloss.

Einen Moment lang erstarrte Dominique, wusste nicht, was sie tun sollte. Sie hielt die Kerze mit zitternden Händen vor ihrem Körper und wandte sich mit hämmerndem Herzen zur Tür.

Es war unmöglich, sich von ihr fernzuhalten.

Obwohl er wusste, dass es falsch war.

Obwohl er den Preis kannte, den sie bezahlen würden – den sie vielleicht schon bezahlt hatten –, denn er war sicher, dass Graeham sie zusammen gesehen hatte.

Wie ein Trunkenbold, der – sobald er den ersten Schluck gekostet hatte – gezwungen war, den nächsten zu nehmen, und einen weiteren ... und noch einen.

Er hatte wirklich vorgehabt, die Nacht in Graehams Zimmer zu verbringen, so weit wie möglich von ihr entfernt – aber seine Füße waren die Treppe weiter nach oben gelaufen, hatten sich ihm widersetzt, selbst als er ihnen befahl, ihn wieder zurückzubringen.

Der Teufel sollte ihn holen, aber er konnte nicht anders.

Heute Abend hatte er nicht einmal den Wein als Ausrede. Er ging mit klarem Verstand und aus freiem Willen zu ihr und mit einem bleiernen Gefühl im Magen, das seinen Verrat symbolisierte.

Als er die Tür zu seiner Kammer öffnete, stand sie barfuß vor ihm, nur in ihr Untergewand gehüllt. Ihre kastanienbraunen Haare waren offen, ihre Locken zerzaust, als hätte sie geschlafen. Er versuchte, zu sprechen, aber ihr Anblick überraschte ihn, machte ihn sprachlos. Er hatte erwartet, sie im Bett zu finden – hatte es gehofft, zumindest sagte er sich das –, damit er sie sehen und seine Neugier befriedigen und dann wieder gehen konnte.

Aber dem war nicht so. Und er wusste verdammt gut, dass er sie nicht einfach wieder verlassen hätte, selbst wenn sie tief geschlafen hätte.

Sie sagte nichts, obwohl ihre Lippen sich zum Sprechen öffneten.

Sollte sie ihn bitten, zu gehen, war er nicht sicher, ob er dem nachkommen könnte.

Das Licht der Kerze erhellte ihr schönes Gesicht ... ihre leuchtenden, saphirfarbenen Augen und ihren Busen, der von dem durchscheinendsten Stoff verhüllt wurde, den er je gesehen hatte. Dünn durch vieles Tragen und faltenlos fiel das Gewand ihr bis zu den Knöcheln. Es war offensichtlich, dass es nicht gerade neu war.

Er erkannte plötzlich, dass sie zwar ein paar hübsche, neue Kleider besaß – eines weniger, nachdem er das aus dem gestohlenen Stoff gefertigte nahezu zerstört hatte –, der Großteil ihrer Gewänder jedoch abgetragen und altmodisch war. Es deutete an, dass ihr Bruder sie, trotz all seiner schönen Worte, nicht sonderlich schätzte. Dass er sie einfach zurückgelassen hatte, ohne wenigstens bis zur Zeremonie zu bleiben, war ihm zu der Zeit eigenartig erschienen ... jetzt begann es Sinn zu ergeben. Nay, William konnte sie nicht wertschätzen, sonst wäre er geblieben – ungeachtet der Feindseligkeiten, die zwischen ihnen standen.

Wäre sie seine Schwester, hätte er ihre Seite bis zum letzten Augenblick nicht verlassen, um ihre Ehre zu beschützen.

Er bereute, dass er das purpurne Kleid zerstört hatte. Kein Wunder, dass sie es so oft getragen hatte – und kein Wunder, dass sie auf das verfluchte Ding so stolz gewesen war. Es war wahrscheinlich das Einzige, das ihr Bruder ihr seit Jahren geschenkt hatte. Sein Blick wanderte zu ihren Truhen – nur zwei, was seinen Verdacht bestätigte. Dass all ihre Besitztümer in so wenig Gepäck passten, war unvorstellbar. Sein Magen zog sich bei dem Gedanken zusammen und er wünschte, er könnte ihr andere Gewänder schenken. Er wünschte, er hätte das Recht dazu.

Fürwahr, er wünschte, sie wäre seine Braut ... damit er sie mit allem überschütten könnte, was ihr Herz begehrte.

Sein Blick kehrte zu ihr zurück. Sie stand stolz da, auch wenn ihre Augen voller Furcht waren, und er kam nicht umhin, sich zu erinnern, wie sie ihren Bruder beschützt hatte, ihn verteidigt hatte, obgleich der Mistkerl es nicht verdiente – nay, es war ihm nicht entgangen, wie sich Williams Armbrust im Wald gesenkt hatte. Aber er war nicht sicher gewesen, deshalb hatte er es unkommentiert gelassen. Auch wenn er sich dazu bringen konnte, zu glauben, dass es ein Unfall gewesen war – und das mochte es auch gewesen sein, obwohl er es stark bezweifelte –, so wusste er, als er die

Frau vor sich betrachtete, dass sie unschuldig am Verrat ihres Bruders war.

Er erinnerte sich, wie sie ihm durch den Burghof hinterhergeeilt war, als sie in Drakewich angekommen waren, wie sie die Ehre ihres Bruders gegen seine Unterstellungen und unverhohlenen Anschuldigungen verteidigt hatte.

Wieso kämpften gerade die Ungeliebten so hart darum, das zu gewinnen, was sie nie bekommen konnten?

Die Frage quälte ihn, denn sie hätte auch ihn selbst meinen können. Er räusperte sich und blickte aus dem Fenster. Von dieser Seite des Bergfrieds war der Mond selten sichtbar. Einmal mehr war die Nacht schwarz, die Sterne zu wenige und zu weit entfernt, um ihr mageres Licht zu spenden. Er war froh, dass sie eine Kerze entzündet hatte.

Heute Nacht wollte er sie sehen.

Sie stand regungslos da, ihre erlesenen saphirblauen Augen auf ihn gerichtet ... als fürchtete sie, was er als Nächstes tun würde ... was er sagen würde. Ihr Busen hob und senkte sich leicht. Als er sich entsann, wie er an diesem Morgen erwacht war, wie er ihre weiche Haut zärtlich mit seiner Hand umfasst hatte, war es um ihn geschehen.

„Wo wolltet Ihr zu dieser späten Stunde hingehen?", fragte er heiser. Sein Herz hämmerte gegen seine Rippen.

Ihre Brauen stießen zusammen und sie zitterte, obgleich das Zimmer nicht kalt war. „Ich ..." Sie schaute weg, schloss die Augen und schluckte.

Und er wusste es.

Doch wie konnte er ihr für etwas, das er nicht einmal selbst kontrollieren konnte, die Schuld geben? Er wollte sie beruhigen, indem er ihr dies mitteilte. „Was letzte Nacht passierte, war nicht Eure Schuld", sagte er ehrlich. „Es war meine."

Sie sah zu ihm auf, schüttelte den Kopf und Tränen traten in ihre Augen. „Nay ...“ Sie wandte den Blick ab und schaute zum Bett. „Wenn ... wenn dem nur so wäre“, antwortete sie kläglich.

„Die vergangene Nacht war unvermeidlich, Dominique.“ Wie die heutige es sein würde. Er schluckte schwer, denn der Treuebruch war auch beim zweiten Mal nicht einfacher. Doch er konnte sich nicht zurückhalten. „Ich ...“ Auch er schaute sie nicht an, sein Herz pochte. „Ich konnte Euch nicht fernbleiben“, sagte er voller Selbstverachtung.

Einen Moment lang umgab sie Stille, umhüllte sie völlig, eine Stille, in der das Schlagen ihrer Herzen die Sekunden abzählte und diese qualvoll in die Länge zog.

Ihr Gesicht verzerrte sich vor Pein und als sie sich ihm wieder zuwandte, glänzten in ihren Augen unvergossene Tränen. „Ich ... ich möchte nicht, dass Ihr mir fernbleibt“, offenbarte sie mit zitternden Lippen.

Mehr musste Blaec nicht hören.

Die Intensität seines Blicks ließ Dominique leise aufschreien. Er bewegte sich zielgerichtet auf sie zu und bei Gott, sie dachte, sie würde in Ohnmacht fallen. Ohne ein Wort nahm er die Kerze aus ihren Händen und stellte sie auf eine Truhe neben ihr. Das Licht schien zwischen ihnen und warf ihre verzerrten Umrisse an die geweißte Decke.

Sie keuchte überrascht, als er vor ihr niederkniete und den Saum ihres Kleids umfasste. Er sah zu ihr auf, als er ihre Chainse anhob, und bat sie schweigend um Zustimmung. Sie nickte ruckartig und ihr Herz schlug wie wild, als er sich vorbeugte und seine Lippen auf die nackte Haut ihrer Wade drückte. Gänsehaut bildete sich und breitete sich wie Lauffeuer bis zu ihren Armen aus. Ihre Brüste sehnten sich nach seiner Berührung.

Mit einem leisen Aufschrei fiel ihr Kopf nach hinten, als seine Lippen langsam ihre Beine hinaufwanderten, erst das eine, dann das andere. Über ihr bildete der orangefarbene Schein der Kerze jede Bewegung auf der Decke ab. Sinnlich. Jeder Muskel in ihrem Körper spannte sich an, als er sich immer weiter nach oben vorarbeitete und ihr Untergewand Stück für Stück mit anhob.

Barmherziger Himmel, sie glaubte, sie würde durch das überwältigende Vergnügen noch sterben!

Seine Zunge und seine Lippen huldigten ihr, leckten und küssten, reizten die empfindliche Haut an der Innenseite ihres Oberschenkels, bis Dominique es kaum mehr aushielt.

Sie konnte nichts sagen, um ihn aufzuhalten, als er die Chainse noch höher schob, bis zu dem Punkt über ihren Schenkeln. Ihre Beine zitterten verräterisch. Er umklammerte den Stoff ihres Kleids in seiner Faust und hielt ihn auf Bauchhöhe fest, während sein Mund sich ihren geheimsten Stellen näherte, sie fand und erkundete. Sie schluckte heftig.

Dabei schaute sie an die Decke, beobachtete ihre Schatten und ihr Herz hämmerte.

Dominique spürte, wie ihre Knie unter ihr nachgaben, aber er war da, um sie aufzufangen. Mit einem Aufschrei sank sie zu Boden und sah ihn an.

Seine Arme umschlangen sie fest. „Soll ich fortfahren?", fragte er, sein Flüstern heiser und kratzend.

Dominique konnte nicht sprechen. Auch wenn sie nicht sicher war, ob sie es ertragen könnte, nickte sie. Er schob ihr Untergewand weiter hoch, bis über ihren Kopf, und warf es beiseite.

„Ich möchte Euch sehen", wisperte er. „Alles von Euch ... hier im Kerzenschein."

Dominique hätte keine Worte gefunden, um ihn abzuweisen, selbst wenn sie es gewollt hätte. Doch das wollte sie nicht. Als sie entblößt war, betrachtete er sie lediglich, ohne sie anzufassen, die Hände an seinen Seiten. Dann hob er eine Hand zu ihrer Brust, liebkoste sie, umschloss sie ehrfürchtig. Und danach die andere.

Dominique schluckte, stöhnte, konnte nicht reden, konnte nicht denken, solange er sie so sanft berührte.

Ihr Atem beschleunigte sich.

Eine Hand verließ ihre Brust, strich an ihrer Seite entlang, über ihre Taille, ihre Hüfte, als würde er sie vermessen, und dann wieder nach oben auf ihrer sinnlichen Erkundung. Und in diesem Moment wollte Dominique ihn auch sehen, wollte ihm zurückgeben, was er ihr gegeben hatte.

Mit klopfendem Herzen griff sie nach dem Saum seiner Tunika, wie er es mit ihrer Chainse getan hatte. Ihre Augen trafen sich, er nickte, gab ihr die Erlaubnis. Ihr Herz setzte angesichts ihrer Unverfrorenheit einen Schlag aus, aber sie hörte nicht auf. Sie folgte seinem Beispiel, hob das Hemd über seinen Kopf und ließ es auf den Boden fallen, wo es neben ihrem abgestreiften Gewand liegenblieb.

Bevor sie darüber nachdenken konnte, was sie tat, bevor sie ihren Mut verlieren konnte, beugte sie sich vor und berührte seine glatte Brust mit ihren Lippen. Er stöhnte, seine Hände wanderten zu ihrer Mitte, um sie zu umfassen und ihr stumm zu bedeuten, dass es ihm gefiel. Wie nie zuvor in ihrem Leben wurde Dominique von Euphorie erfüllt.

Sie wollte ihm Vergnügen bereiten. Wollte ihn lieben. Wollte, dass er sie liebte. Sie wollte ihm alles geben, was er begehrte, alles, was sie besaß ... ihren Verstand, ihren Körper, ihr Herz.

Sie erinnerte sich an all das, was er in der letzten Nacht mit ihr gemacht hatte, suchte und fand seine Brustwarzen, leckte an ihnen und küsste sie, immer abwechselnd. Ihre Zähne schlossen sich um eine Spitze und sein Kopf fiel zurück. Die Sehnen an seinem Hals zeigten die Anspannung seines Körpers. Einmal mehr verspürte Dominique Triumph, selbst als seine Reaktion auf ihre Berührung ihrem eigenen Körper Vergnügen bereitete. Irgendwo tief in ihr genoss sie, wie sein Körper sich anfühlte, und es erregte sie, wie sie es nie für möglich gehalten hatte.

Eifrig erkundete sie seinen Brustkorb mit ihren Händen und ihrem Mund, erfreute sich daran, wie seine Muskeln auf jede ihrer Berührungen reagierten.

„Dominique", krächzte er. „Ich halte es nicht mehr aus." Er ergriff ihre Hand und führte ihre Finger dorthin, wo er am meisten nach ihnen verlangte – zu der Verschnürung seiner Hose.

Ihr Herz hüpfte bei dieser stummen Aufforderung. Dominique gehorchte und löste den Knoten. Der Stoff rutschte zu seinen Knien, enthüllte ihn ihren begierigen Augen. Ihr Puls beschleunigte sich und sie konnte ihn für einige Sekunden nur anstarren.

Er war prachtvoll.

Erneut nahm er ihre Hand in seine und führte sie zwischen sie beide, wobei seine Augen ihre nicht für einen Moment verließen. Dann öffnete er ihre Faust, einen Finger nach dem anderen, und zog jeden von ihnen nacheinander an seine Lippen, küsste sie, saugte an ihnen, benetzte sie und senkte dann ohne ein weiteres Wort ihre Hand zu seinem Gemächt, schloss ihre Finger darum. Sie atmete keuchend ein. Ihr Herz hämmerte, aber sie widersetzte sich nicht. Sie hielt ihn fest und ihr Körper erschauerte bei dem Gefühl seiner Männlichkeit in ihrer Handfläche.

Noch ließ es ihn unberührt. Er schloss die Augen. Sein Körper zuckte leicht und seine Hand fiel an seine Seite.

„Ich habe mich hiernach gesehnt." Er schluckte schwer. „Seit dem Tag, an dem Ihr mich gebadet habt", erzählte er ihr ehrlich. Als er sie anschaute, glitzerten seine Augen fiebrig.

Dominique konnte nicht sprechen. Noch konnte sie sich bewegen. Sie kniete weiter vor ihm, ohne auch nur ansatzweise zu wissen, was er von ihr wollte. Ihre Brust hob und senkte sich schwer. Er schien ihr Dilemma zu verstehen, lachte leise und volltönend in sich hinein. Der Laut erregte sie so sehr, wie seinen Körper in ihrer Hand zu spüren.

Mit dem ersten wirklichen Lächeln, das sie je auf seinen schönen Lippen gesehen hatte, bewegte er sich in ihrer Faust, einmal, zweimal und ein weiteres Mal, dann war es um Dominique geschehen. „Bitte", schrie sie und keuchte leise.

Er zog sich zurück und riss sie in seine Arme. Er hob sie hoch, trug sie geschwind zum Bett. Doch im Gegensatz zur letzten Nacht legte er sie sanft ab, blieb stehen und schaute auf sie hinunter, ohne etwas zu sagen. Danach ließ er sich auf ihr nieder und richtete seinen Körper langsam auf ihrem aus. Dominique begrüßte sein Gewicht, umklammerte die Bettlaken und hob instinktiv ihre Knie an. Wieder lachte er und das Geräusch war Ambrosia für ihre Sinne. Er drang behutsam in sie ein, ließ sich von ihr umschließen und hielt dann inne.

„Zeigt mir, was Ihr wollt", befahl er ihr leise, stemmte sich etwas hoch und stützte sein Gewicht auf seine Arme, um ihr Raum zu geben.

Zuerst wusste Dominique nicht, was er meinte, doch dann verstand sie es. Sie begann sich unter ihm zu bewegen, stöhnte angesichts der überwältigenden Empfindungen, die sie durchströmten.

Sie wollte, dass es eine Ewigkeit lang andauerte, wollte, dass es nie zu Ende ging ...

Zunächst war das Tempo langsam, doch dann, obwohl sie versuchte, sich zurückzuhalten, wurde sie schneller und keuchte auf, als er sich ihren Bewegungen anschloss. Instinktiv schlang Dominique ihre Beine um seine Schenkel, zog ihn näher an sich, wollte ihn noch tiefer in sich spüren.

Sie drängte nach oben, ließ ihn noch weiter in sich eindringen und dann war ihrer beider Zurückhaltung dahin, als ihre Körper das Liebesspiel übernahmen.

Dominique schrie auf, wimmerte, erwiderte jeden seiner Stöße und zog ihn jedes Mal noch tiefer in sich hinein. Bis er ihren innersten Kern zu berühren schien. In diesem Augenblick zersplitterte ihr Körper in tausende funkelnde Stücke.

Und immer noch hörte er nicht auf.

Er liebte sie heftig, arbeitete auf seinen eigenen Erguss zu und Dominiques Herz stieg höher und höher mit jeder rhythmischen Bewegung. Bis sie glaubte, sie würde sterben. Bis er sie zu einem weiteren Höhepunkt brachte und dann mit einem letzten, erregenden Stoß seinen Kopf zurückwarf und wild aufschrie.

Er brach auf ihr zusammen und vergrub sein Gesicht an ihrem Hals. Dominique hielt ihn fest, strich über seinen Rücken und fuhr mit ihren Fingern durch seine Haare.

Mit aller Kraft kämpfte sie gegen das Bedürfnis an, ihm zu sagen, dass sie ihn liebte.

KAPITEL 21

Während er auf seine Vorladung wartete, lief Graeham in dem Gang vor König Stephens Privaträumen auf und ab. Obwohl er gestern früh in London angekommen war, hatte er es bis heute aufgeschoben, den König um eine Audienz zu ersuchen. Er war sicher, Stephen hätte ihn niemals abgewiesen, aber er hatte aus Respekt abgewartet, da er seinem Herrscher nicht beschmutzt von der Reise gegenübertreten wollte. Ausgeruht und mit frischer Kleidung war er nun bereit, seine Bitte vorzubringen, so unkonventionell sie auch wirken mochte.

Ihm war bewusst, dass Stephen ihn für verrückt halten würde, dennoch war er entschlossen. Zu lange hatte er darüber nachgedacht – schon seit dem Todestag seiner Mutter. Er war sicher, dass sie es befürwortet hätte, würde sie noch leben.

Die Tür öffnete sich schließlich und er wurde hineingebeten. Er atmete tief ein, um sich zu wappnen, und folgte dem Kämmerer in den Saal, wo der König ihn erwartete. In dem Raum, der angefüllt war mit den Reichtümern seiner achtundzwanzigjährigen Herrschaft, stand Stephen in schlichter Kleidung am Fenster und kehrte Graeham den Rücken zu. Sein helles Haar zeigte kaum Grau.

„Majestät", sagte der Kämmerer.

Stephen blickte über seine Schulter und bemerkte: „D'Lucy ... ich bin überrascht, Euch zu sehen. Tatsächlich hätte ich gedacht, Ihr wärt mit Eurer zukünftigen Braut beschäftigt." Er nickte seinem Kämmerer zu. „Lasst uns allein", sagte er leise und wartete geduldig, bis der Mann seiner Anweisung Folge leistete.

Graeham straffte entschlossen seine Schultern. „Aye, nun, genau das ist es, was ich mit Euch besprechen möchte, Mylord ... meine, ähm, Braut." Unter dem aufmerksamen Blick des Königs trat er unruhig von einem Fuß auf den anderen.

„Wirklich?" Stephen hob das Kinn, drehte sich nun ganz zu Graeham um und sagte beiläufig: „Wusstet Ihr, Graeham, dass William Beauchamp auch hier am Hofe ist?"

Graeham gelang es nicht, seine Überraschung zu verbergen. Er runzelte die Stirn. „Nay, das wusste ich nicht, Mylord."

„Aye, nun, er ist hier. Er wartet auf eine Audienz mit mir, doch bisher war mir noch nicht danach, sie ihm zu gewähren. Stellt Euch meine Überraschung vor, Euch ebenfalls hier vorzufinden", sagte er, als er vor Graeham stehenblieb.

Ehrerbietig kniete Graeham vor seinem Herrscher, aber Stephen winkte ihn hoch. „Wir sind allein", sagte er. „Kein Grund für solche Förmlichkeiten. Sagt mir, was bringt Euch nach London, mein Freund?"

Graeham schluckte und schaute Stephen direkt an. Es hieß, er war einst der attraktivste Mann von England gewesen und mit siebenundfünfzig sah Stephen immer noch sehr gut aus. Jedoch zeigten seine glanzlosen Augen einen Kummer, der – wie Graeham wusste – vom Verlust seiner Königin vor zwei Jahren stammte. Sie war seine Verbündete bei der Bewältigung seiner schlimmsten Hürden gewesen und er würde nie ganz über ihren Tod hinwegkommen. Dies und die Tatsache, dass er keine Ahnung hatte, an wen er die Krone vererben sollte, hatte zu seinem Waffenstillstand mit Matilda geführt.

„Ich habe eine ungewöhnliche Bitte", offenbarte Graeham. „Doch es ist eine, die mir wichtig ist." Als Stephen nickte, fuhr er fort: „Ich möchte, dass Ihr alle Ländereien meines Vaters, die ich derzeit verwalte, meinem Bruder Blaec überschreibt."

Stephens Gesichtsausdruck zeigte seine Verwirrung deutlich. Er gab einen überraschten Laut von sich und sagte dann: „Das ist wirklich eine außergewöhnliche Bitte. Tatsächlich ist mir ein solches Gesuch in all meinen Jahren nicht untergekommen." Er schüttelte ungläubig den Kopf. „Auch wenn ich Blaec als Grafen von Drakewich begrüßen würde, muss ich doch fragen, Graeham, warum Ihr mich um so etwas bittet. Es klingt verrückt."

„Majestät ... mir ist bewusst, wie es sich anhören muss, aber es ist ganz einfach. Blaec ist sowohl mein Bruder als auch der rechtmäßige Erbe der Besitztümer meines Vaters. Er ist der Erstgeborene und als solcher verdient er es, zu erhalten, was sein ist. Ich möchte es nicht mehr haben, denn ich fühle mich nicht geeignet, meine Leute anzuführen – nicht so wie er."

Stephens Miene wurde ernst. Für einen langen Augenblick herrschte Schweigen zwischen ihnen. „Ich kannte Eure Mutter, Graeham", sagte er. „Ich kannte sie sogar recht gut und ich kenne die bedauernswerte Wahrheit. Und doch ... ich möchte Euch erinnern, dass Euer Vater Euch als seinen Erben bestimmt hat, nicht Blaec. Dass er der Erstgeborene ist, gibt ihm nicht das uneingeschränkte Erbrecht. Ich verstehe nicht, wieso Ihr das ändern wollt. Ich würde es nur ungern glauben, aber Ihr werdet nicht hierzu gezwungen, richtig?"

„Nay, Mylord, das werde ich nicht. Ich bin nur einfach nicht der Krieger, der mein Bruder ist", sagte Graeham standhaft. „Tatsächlich kennt Ihr mich gut genug, um zu wissen, dass ich kein Feigling im Kampf bin. Doch ich muss Euch gestehen, dass ich weder den Schneid noch die Entschlossenheit habe, um weiterhin den Anführer zu geben."

Stephens Brauen hoben sich angesichts dieser direkten Antwort. „Ich verstehe. Auch wenn ich zugeben muss, dass ich mir nur schwer vorstellen kann, dass Blaec einem so unklugen Gesuch zustimmen würde." Er neigte den Kopf zur Seite.

Graeham errötete. „Aye, nun", sagte er ausweichend, „tatsächlich weiß Blaec noch nichts davon."

Stephen blinzelte ungläubig. „Er weiß es nicht?" Er schüttelte den Kopf. „Erlaubt mir, es zu wiederholen, für den Fall, dass ich Euch missverstanden habe ... Ihr möchtet Eurem Bruder Eure Ländereien überschreiben und er weiß nichts davon?"

Graeham blickte ihn kleinlaut an. „Ja, das ist der Kern des Ganzen, Majestät."

„Bei Gott, Sohn! Warum bei Christi Geburt würdet Ihr so etwas tun wollen? Wüsste ich es nicht besser, würde ich Euch für unzurechnungsfähig halten! Ich bin sicher, Graeham, wüsste Blaec von all dem, würde er es nicht nur zurückweisen, sondern Euch für so verrückt halten, wie ich es tue."

„Vielleicht." Graehams Miene blieb ernst. „Doch ich muss darauf bestehen, dass Ihr meinen Wunsch in Betracht zieht."

Stephen machte ein Geräusch, das wie ersticktes Lachen klang. „Brüderliche Zuneigung ist eine Tugend, d'Lucy, aber Ihr beide treibt es zu weit, fürchte ich." Er seufzte schwer und atmete tief ein. „Nun denn, ich kann nicht sagen, dass ich es verstehe, aber wenn es Euer Wunsch ist, dann werde ich ihn Euch erfüllen. So soll es sein."

Graeham fiel auf die Knie, ergriff die Hand seines Herrschers und küsste diese ungestüm. „Danke sehr, Eure Majestät! Ich danke Euch!"

Stephen nickte, zog seine Hand zurück und strich sich verwundert über sein Kinn. „Eine Sache noch, Graeham. Sagt mir eins, damit ich das besser verstehe: Ist Eure Braut so hässlich, dass Ihr all das aufgeben würdet, um sie nicht heiraten zu müssen?"

Graeham errötete. „Nay, Mylord. Sie ist hübsch genug."

„Was ist es dann, bitte?"

Graeham zuckte die Achseln, suchte nach einem plausiblen Grund, einem, der nicht so kompliziert oder beschämend war wie die Wahrheit. Er schüttelte den Kopf. „Ich fühle mich zur Kirche berufen", sagte er unsicher und verzog das Gesicht.

„Guter Gott, Mann! Ihr müsst doch einen besseren Grund haben als das!"

Graeham schüttelte erneut den Kopf. „Ich fürchte nicht, Majestät."

Stephen seufzte und schüttelte ebenfalls den Kopf. „Nun denn, d'Lucy. Wie Ihr wollt – auch wenn ich Euch Erfolg dabei wünsche, Euren Bruder zu überzeugen. Ich bezweifle, dass er so tolerant sein wird wie ich."

Graeham lächelte. „Ich bin sicher, dass ich das fertigbringe, Majestät."

Stephen gluckste. „Aye – Ihr seid ein glattzüngiger Schurke." Einmal mehr bedeutete er Graeham, sich zu erheben, dann legte er einen Arm um Graehams Schultern und führte ihn zur Tür. „Sagt mir ... heißt das, ich werde bald noch einen Prälaten haben, der in Gottes Namen kämpft, um meine Seele zu retten?"

Graeham lachte und neigte den Kopf zur Seite. „Vielleicht, Majestät, auch wenn ich schwöre, dass ich Euch nicht mehr Kummer bereiten werde als die Lakaien der Kaiserin."

Stephen lachte lauthals und schlug ihm auf den Rücken. „Jesus! Ich würde Euch vierteilen lassen", versicherte er mit Nachdruck. „Das würde ich wirklich!"

WILLIAMS LAUNE WAR DÜSTER – NOCH DÜSTERER wegen der Neuigkeiten, die er soeben erhalten hatte – von niemand Geringerem als dem König persönlich! Auch wenn er sich bemühte, ruhig zu bleiben, stürmte er aus den Privaträumen des Königs und stürzte hinaus ins Sonnenlicht. Sein Gesicht jedoch war eine Maske aus Stein, falls irgendjemand ihn sehen sollte.

Dieser Bastard d'Lucy! Was für einen Grund konnte der Trottel haben, seine Ländereien seinem teuflischen Bruder zu überschreiben? Sollte er es gewagt haben, Dominique auch nur falsch zu berühren … Er würde den Dummkopf mit bloßen Händen erwürgen. Falls er dachte, dass er Dominique noch heiraten könnte, obwohl er seine Besitztümer abgegeben hatte, dann war er wirklich verrückt!

Zum Mindesten war er ein Narr! Genau wie Stephen, der das Gesuch bewilligt hatte, denn Blaec d'Lucys Treue gehörte niemandem außer seinem Bruder. Seine Interessen waren vollkommen seine eigenen. Und seine Macht, wenngleich sie unter der Fuchtel seines Bruders gestanden hatte, blieb unbestreitbar. Nun würde seine Gier keine Grenzen mehr kennen, da er sich gegenüber niemandem mehr verantworten musste.

Und Blaec! Möge Gott den Kerl in die Hölle verbannen! William würde Dominique eher eigenhändig strangulieren, als dem Bastard zu erlauben, sie zu berühren. Das Letzte, was er tun wollte, war, Blaec d'Lucy an sich reißen zu lassen, was sein war. Graeham hätte er ertragen – der Drache war eine ganz andere Sache, denn er konnte sich gut erinnern, wie Blaec Dominique angeschaut hatte. Dort würde es keine Pflichterfüllung sein. Nay, er erkannte Lust, wenn er sie erblickte.

Verdammt sollte d'Lucy sein!

William hatte nichts weiter tun können, als seinen

Zorn zu verbergen, als er mit dem König sprach – König, pah! Der Mann besaß keine Weisheit, wenn es um die Vollstreckung von Gerechtigkeit ging. Noch hatte er den Mumm, so zu regieren, wie er es gekonnt hätte. Hatte England in diesen neunzehn Wintern nicht genug gelitten? Stephen war ein Narr ohne Rückgrat, wollte jedem gefallen und machte es doch niemandem recht. Zumindest Henry war klug genug gewesen, sich Verbündete zu erwählen. Stephen war kaum mehr als ein Schwachkopf.

Verflucht, wenn Stephen keine Gerechtigkeit walten lassen konnte, war William willens, die Dinge selbst in die Hand zu nehmen – und mehr als bereit dazu.

Vielleicht war noch nicht alles verloren. Aye, vielleicht musste er seine Pläne nur umkehren. Vielleicht könnte Dominique immer noch Gräfin von Drakewich werden. *Seine* Gräfin von Drakewich.

Aye, vielleicht.

Andererseits ... sollte sich herausstellen, dass Blaec d'Lucy bei ihr gelegen hatte ... dass er sie überhaupt berührt hatte ... dann wäre Gift ganz sicher kein ausreichender Tod. Bei Christus, er würde eigenhändig Blaec d'Lucys Eingeweide herausreißen und sie an seinen verdammten Bussard verfüttern!

KAPITEL 22

Um Aufmerksamkeit zu erregen, musste Dominique nur einen Raum betreten. Selbst wenn sie wie jetzt in ihren abgetragenen blauen Bliaut gekleidet war, folgten ihre alle Blicke. Ihre seidige Mähne, prächtig und üppig, wallte hinter ihr, als sie ihre Röcke anhob und durch den Saal eilte. Offensichtlich war sie sich seiner Anwesenheit und der des Haushofmeisters nicht bewusst. Sie sah ihn nicht einmal, als sie an ihnen vorbei zur Treppe hastete, und Blaec fiel es schwer, dem Bericht des Haushofmeisters zuzuhören, während er sie beobachtete. Dem Mann erging es ähnlich. Er kämpfte darum, nicht den Faden zu verlieren, bemerkte Blaec. Doch seine Laune war zu gut, um dem Kerl etwas vorzuwerfen, wovon er sich selbst nicht abhalten konnte.

Sobald sie aus seinem Blick entschwand, entschuldigte er sich, um ihr zu folgen. Schnellen Schritts und doch leise eilte er die Turmtreppe hinauf, denn er hatte vor, sie zu überraschen.

Schon bald holte er sie ein, schlang seinen Arm um ihre Taille, hob sie hoch und schleppte sie die restlichen Stufen empor. Sie schrie leise und erschreckt auf. „Ihr werdet entführt“, offenbarte er ihr glucksend und trug sie in den nächsten Gang.

Dominique kreischte empört. „Nicht hier", rief sie aus.

Er stellte sie grinsend auf ihre Füße. „Ah, aber wo sonst gibt es einen besseren Ort für Zweisamkeit?"

„Schon, doch dies ist der Aborterker!", erwiderte Dominique.

Er hob das Kinn und blickte sich überrascht in der kleinen Kammer um. „Ist das so?", fragte er und schnupperte. „Das ist mir nicht aufgefallen."

„Unfug!" Dominique lachte und schob ihn von sich, versuchte, ihm zu entkommen. „Himmel, ich glaube, Ihr seid verrückt!", sagte sie mit Bestimmtheit.

Er fing sie ein, drückte sie einmal mehr gegen die Wand. Seine Lippen krümmten sich schelmisch. „Verrückt nach Euch", stimmte er bereitwillig zu. Er hob eine Braue.

Dominique lachte leise. „Ihr seid ein sündiger, sündiger Mann", schalt sie ihn.

„Nun, da habt Ihr es ..." Er strich ihr das Haar von der Schulter und beugte sich vor, um ihren Hals zu küssen. „Und da wir schon hier sind ..."

Dominique keuchte. „Ich denke nicht, dass ich den Geruch ertragen könnte, Mylord!"

Damit sie ihm nicht entfloh, hielt er sie an der Wand fest, indem er seine Arme links und rechts von ihr aufstützte. „Ich rieche nur den Duft Eures Körpers", murmelte er seidig, schmiegte sich an sie und schnupperte an ihrem Haar. Er positionierte ein Knie zwischen ihren Beinen, presste sich an sie.

Dominique atmete bei dieser Geste scharf ein. „Ich kann mir nicht sicher sein, Mylord", sagte sie mit einem Seufzen und ihr Kopf rollte zur Seite, „aber ich glaube, Ihr habt mich soeben beleidigt ..." Er legte eine Hand auf ihre Brust und sie murmelte leise.

Plötzlich öffnete sich die Tür einen Spalt. Dominique verkniff sich einen überraschten Aufschrei und ihr Kopf fuhr hoch. Blaec streckte den Arm aus, bevor man sie entdecken konnte, und drückte die Tür wieder zu. „Besetzt", rief er.

Für einen Moment herrschte Stille auf der anderen Seite. „Entschuldigt, Mylord", erwiderte dann eine männliche Stimme.

„Guter Gott, kann man sich noch nicht einmal in Ruhe erleichtern?", fügte Blaec zur Sicherheit hinzu.

Dominique unterdrückte ein Keuchen. Ihre Augen weiteten sich angesichts seiner Direktheit.

„Aye, Mylord", kam die verärgerte Antwort von der anderen Seite der Tür, dann folgte der Klang von sich entfernenden Schritten.

Sie hob eine Hand, um seinen Mund zu bedecken, damit er nicht noch mehr von sich gab.

Blaec schüttelte sie ab und sagte: „Aber, meine Liebe, ich erleichtere mich wirklich."

„Schhh! Mein Gott, er wird Euch noch hören!", zischte Dominique. „Ihr seid wirklich verrückt!"

„Er ist weg", murmelte Blaec, griff nach unten und hob ihren Saum zielstrebig an. „Und aye ... ich bin verrückt ... verrückt vor Lust", verkündete er heiser. „Lasst mich Euch lieben, Dominique ..."

Er wartete ihre Antwort nicht ab, sondern beugte sich vor und küsste sie. Sie schmolz an ihm dahin und ihr leises Seufzen war ihm Zustimmung genug.

❦

SIE WURDEN VERFOLGT.

In den letzten Stunden, seit sie London verlassen hatten, wurden sie beschattet. Und jetzt nahm Graeham immer wieder das unheilverkündende Funkeln von Metall vor ihnen wahr, was ihn sich fragen ließ, ob sie in einen Hinterhalt geführt wurden.

Er zog die Brauen zusammen, als er überlegte, wer es sein mochte, und dann verfinsterte sich sein Blick noch mehr, denn ehrlich gesagt hatte er keine Ahnung, wer ihnen auf den Fersen war. Dies waren gesetzlose Zeiten.

Jeder war verdächtig.

Sein Instinkt sagte ihm, dass ihre Verfolger schon seit Beginn hinter ihnen her waren. Doch jeder, der London verließ, hätte die Gerüchte gehört und wüsste ... es gab nicht länger etwas zu gewinnen, wenn man ihn herausforderte. Die Ländereien seines Vaters gehörten ihm nicht mehr. Nay, es gab nichts zu gewinnen ... außer man wollte Lösegeld fordern ... oder eine Schuld begleichen.

Er schaute zu Nial, der stolz an seiner Seite ritt. Nial hielt das Banner hoch, unverwechselbar mit seinem von glitzernden Goldfäden durchzogenen Feld und dem feuerspeienden Drachen – ein Wappenmotiv, das besser zu seinem Bruder passte, denn Blaec war der wahre Drache von Drakewich. Selbst ohne die Ländereien hatte Blaec bereits den Titel innegehabt. Er war der Schwarze Drache.

Es war eigenartig ... dass Menschen einen Anführer erkannten, selbst wenn dieser geschworen hatte, zu folgen.

Graeham hatte nie einen Grund gehabt, Blaec zu misstrauen. Sein Bruder hatte ihm die Treue immer gehalten, fraglos und ohne Bedauern. Tatsächlich würde Blaec ihn wahrscheinlich an seinen Hoden aufhängen, wenn er herausfand, was er getan hatte. Es war dennoch vollbracht und es gab nichts, was noch gesagt werden konnte, um Graehams Entscheidung zu ändern. Jesus, er hatte getan, was am besten für alle war, und zum ersten Mal in seinen fünfundzwanzig Lebensjahren fühlte er sich wie sein eigener Herr – nicht wie die Marionette seines Vaters.

Wieder blitzte es metallisch in der Ferne auf, näher diesmal. Nial hatte es auch gesehen, bemerkte Graeham. Er nickte seinem gewissenhaften Knappen zu. „Geh und warne die Männer", befahl er ihm.

Nial ließ sich sogleich zurückfallen. „Aye, Mylord."

„Unauffällig", sagte Graeham und musterte die Umgebung mit scharfem Blick. „Wir wollen sie nicht zum Handeln zwingen."

Zu ihrer Rechten, nicht mehr als eine Achtelmeile entfernt, gab es dichte Wälder, ideal, um eine Armee zu verstecken. Aber sein Instinkt sagte ihm, dass die Gefahr nicht von dort kam. Sie waren in einem schwer schätzbaren Abstand hinter ihnen zurückgeblieben – mittlerweile vielleicht schon ein ganzes Stück, denn er hatte in den letzten zwanzig Minuten keine Spur von ihnen mehr entdeckt.

In dem unmittelbaren Gebiet vor ihnen stieg das Land an und verbarg, was dahinterlag. Zu ihrer Linken war das Gelände ähnlich beschaffen. Die Straße, auf der sie reisten, erstreckte sich diagonal zu den beiden Hügeln und führte durch ein enges Tal zwischen diesen hindurch. Auf diese Stelle richtete er seine Aufmerksamkeit.

Darauf und auf die kleinen Gebiete mit Wald, die sie noch passieren mussten. Er umging sie alle, abgesehen von dem letzten, wo er sich gezwungen sah, eine Entscheidung zu treffen, denn das letzte Dickicht brachte ihn in eine Zwickmühle. Wenn sie außen herum ritten, mussten sie nach rechts ausweichen, gefährlich nahe zu dem noch dichteren Waldstück zu ihrer Rechten. Allerdings würde es ihnen auch einen besseren Blick über das Tal geben, wenn sie dort anlangten. Wenn sie das Dickicht durchquerten, würden sie sich dort der Gefahr eines Hinterhalts aussetzen und dann blind ins Tal reiten. Wenn sie sich links hielten, müssten sie den Hügel erklimmen und würden einen Angriff am Hang riskieren und wären zudem noch verwundbarer, wenn sie das Tal betraten.

Verdammt, verdammt, verdammt ... immer, wenn Blaec nicht da war, brauchte er ihn am meisten. Doch es war seine eigene Schuld, erkannte Graeham gereizt, dass sein Bruder nicht bei ihm war; schließlich hatte er ihm befohlen, daheim zu bleiben. Graeham mahlte mit dem Kiefer und zog die Zügel an. Seine Haut kribbelte, da ihm klar war, dass ihnen hier und jetzt die größte Gefahr drohte.

Und die Entscheidung lag allein bei ihm.

Obwohl er ruhig blieb, begannen seine Handflächen heftig zu schwitzen. In diesem Moment fühlte er sich mehr denn je zur Kirche hingezogen. Dies war nicht seine Stärke, bei Gott. Es war Blaecs. Er lachte verächtlich. Was für ein Aberwitz ... Getrieben durch die Schuld für das, was sein Vater seinem Bruder angetan hatte, und für seinen eigenen Anteil an der Ungerechtigkeit, hatte er sein Leben so viele verfluchte Male in Gefahr gebracht ... und wenn er jetzt starb, würde er seinem Bruder ein Vermächtnis derselben Bürde hinterlassen. Er konnte den Gedanken kaum ertragen.

Seine Männer schienen sein Dilemma zu verstehen, denn ein Ritter kam zu ihm und bot an, den Hügel auszukundschaften. Er beorderte einen anderen zu dem Dickicht zu ihrer Rechten. Und wieder einen anderen ins Waldesinnere. Obgleich unruhig gehorchten alle sofort und galoppierten davon, während Graeham ihnen nachschaute und wie ein Schwein in der brütenden Sommerhitze schwitzte. Obwohl sein Gesicht schweißnass war, widerstand er dem Drang, seinen Helm abzunehmen, weil er wusste, dass seine Leute ihn beobachteten.

Kaum waren die drei Reiter losgetrabt, offenbarte sich der Hinterhalt keine zwanzig Yards von ihnen entfernt. Der Ritter, der sich zum Dickicht begeben hatte, schaffte es nicht einmal, sein Pferd herumzuwirbeln, so schnell wurde er überwältigt. Er fiel, als die Angreifer an ihm vorbeistürmten. Sein Schmerzensschrei zerriss die Luft.

„Zu mir!", donnerte Graeham. „Zu mir!" Verdammte Mistkerle! Sie hätten sie aus dem Waldstück heraus überfallen, egal, welche Seite sie gewählt hätten. Und wenn es das Letzte sein sollte, was er tat, er wollte ihren schändlichen Anführer aufspießen. Es würde das Beste sein, was das Schwert seines Vaters jemals geleistet hätte.

Der Kampf begann mit dem Aufeinanderprallen von Metall und Graeham fand sich früher als erwartet dem behelmten Anführer gegenüber.

Er war maskiert mit Visier und Helm, dessen Nasenschutz sein Gesicht verzerrte und es optisch entzwei teilte. Der Feind ließ sich nur an seinen Augen entlarven, aber Graeham erkannte diese sofort an ihrer Farbe: leuchtend saphirblau.

„Mistkerl!", brüllte er, als sein Pferd sich unter ihm aufbäumte. Grausames Lachen hallte in seinen Ohren wider, selbst über dem metallischen Krachen ihrer ersten schmetternden Schläge.

KAPITEL 23

Sie waren alleine auf dem Turmdach. Ein weiterer Moment gestohlener Zweisamkeit.

Als Dominique über die Brüstung blickte, fühlte sie sich, als würde sie irgendwo zwischen Himmel und Erde schweben. Aus dieser großen Höhe erstreckte sich das Land unter ihnen bis in weite Ferne, offenbarte den Horizont wie nie zuvor.

Atemberaubend.

Sie war niemals so überglücklich gewesen.

Wie ein Flüstern Gottes, das ihr sagte, dass alles gut werden würde, umwehte eine Brise ihr Gesicht, ihr Haar und ihr Kleid, hob ihre Laune wie auf Engelsflügeln. Sie war verzaubert. So sehr, dass sie nicht einmal hörte, wie Blaec sich ihr von hinten näherte und sie umarmte. Die Hitze seines Körpers erwärmte sie vom Nacken bis zu den Hüften. Sie keuchte, als seine großen Hände ihre Taille umschlossen, und genoss die Art, wie er sie hielt ... als wäre sie das kostbarste Kleinod für ihn.

Er drückte sie leicht und sie drehte ihm lächelnd den Kopf zu. Ihre Augen versprühten die gleiche Lust, die sie bei seiner Berührung durchströmte. „Ist es nicht wunderschön?", fragte er. Ihr Blick kehrte zu der Landschaft zurück und seine Arme umfassten sie noch enger. *„Ihr* seid wunderschön", flüsterte er leidenschaftlich.

Lächelnd legte Dominique ihren Kopf an seine Brust, blickte hinauf in den hellblauen Himmel und ihr Herz erfüllte sich mit Freude. Eine Taube flog an ihnen vorbei und landete elegant auf einer höheren Stelle der Turmmauer. Sie schaute zu Blaec auf, um zu sehen, ob er den Vogel auch erspäht hatte. Das hatte er tatsächlich. Im Profil erschien sein Gesicht auf die schönste Weise schroff. Ihre Augen wanderten einmal mehr zu der Narbe, die seine Wange verunstaltete.

Diesmal konnte sie sich nicht zurückhalten, selbst wenn sie es versucht hätte. Sie strich mit den Fingerspitzen über den blassen Umriss. Er fühlte sich glatt an und ihre Augen trübten sich. Es tat ihr leid, zu wissen, dass er Schmerzen hatte verspüren müssen, und es erinnerte sie an die Realität dessen, was er war.

Er war ein Ritter. Ein Krieger, der seinem Bruder und seinem König treu ergeben war. Selbst wenn sie all die unüberwindlichen Hindernisse lösten, die zwischen ihnen lagen, gäbe es immer die Möglichkeit, dass er ihr im Krieg genommen würde. Sie zitterte, war kaum in der Lage, den Gedanken zu ertragen. Mit der verzweifelten Hoffnungslosigkeit von jemandem, der zu lange ohne Atemluft geblieben war, wollte sie ihn in sich einsaugen, sodass sie nie getrennt werden würden.

„Wie habt Ihr sie erhalten?"

Er lächelte und in seinen Augenwinkeln bildeten sich Fältchen, als er zu ihr herunterschaute. „Was?"

Sie runzelte die Stirn, nahm ihre Hand von seinem Gesicht und stemmte beide Hände in die Hüften. „Ihr wisst ganz genau, was ich wissen möchte", beschuldigte sie ihn übertrieben missmutig.

Seine grünen Augen zwinkerten, während er seine Hand hob und ihre Brust umfasste. „Was ist das?", erwiderte er schelmisch und wechselte mühelos das Thema.

Dominique kreischte überrascht und lachte, versuchte, sich seiner Umarmung zu entziehen. Doch er hielt sie fest in seinen Armen und wollte sie nicht loslassen.

„Nay, nicht", sagte er. „Ich lasse Euch nicht gehen."

„Dann sagt es mir", verlangte sie.

Seine Augen wurden etwas ernster. „Wenn Ihr es wissen müsst ... ein achtloser Barbier hat mich mit dem Rasiermesser geschnitten."

„Nay!", rief Dominique ungläubig. „Sagt, dass das nicht wahr ist!"

Er umarmte sie, vergrub seine Nase spielerisch an ihrem Hals. „Ah, aber es ist wahr", versicherte er. Sein Atem war warm an ihrer Haut.

„Ich habe etwas anderes gehört." Sie sank gegen ihn und spürte die Antwort ihres Körpers, wie ihre Brüste sich spannten, als er an ihrem Nacken knabberte, sie sanft biss.

„Sagt mir, was Ihr gehört habt, Demoiselle." Er klang unbekümmert, hob eine Hand, um ihre Brust zu umschließen, während die andere ihren Bauch erkundete. Seine Lippen wanderten über ihren Hals.

Dominiques Atem beschleunigte sich. „Ich habe gehört ..." Sie lachte. „Wenn Ihr nicht aufhört, kann ich nicht sprechen", schalt sie ihn. Doch ihr Kopf sank zur Seite, um ihm besseren Zugang zu verschaffen. „Ich habe gehört, Mylord, dass Ihr die Narbe im Kampf erhalten habt", offenbarte sie. „Bei einer großen Heldentat."

„Gerüchte", murmelte er und tat es ab. Er drückte sie sanft an sich und hielt sie fest. „Doch mir gefällt diese Geschichte besser, Mylady, das versichere ich Euch ..." Er verstummte einen Moment, seufzte dann und enthüllte: „Es war in Wirklichkeit nicht so erhaben."

Dominique seufzte auch. „Die Leute sollten ihre Zungen zügeln", stimmte sie zu, durcheinandergebracht durch seine sanfte Aufmerksamkeit.

„Mmmm ... ich etwa auch?" Er kitzelte ihren Hals mit der Spitze seiner Zunge und Dominique lachte leise.

Der Wandel, der in den letzten Tagen über ihn gekommen war, erstaunte sie. Er verhielt sich fast wie ein schelmischer Junge. „Ihr, Mylord", sagte sie verträumt, „seid ein sehr ... sehr sündiger Mann."

„Hmmmmm." Er nickte und schnupperte träge an ihr. „Das habe ich mir sagen lassen, Demoiselle. Und doch klingt Ihr enttäuscht ... Wäre es Euch lieber, wenn ich zugäbe, dass ich die Narbe im Kampf erhielt?", fragte er unbekümmert.

„Nay!" Sie umklammerte seine Arme, die ihre Taille umschlangen. „Ihr habt mich falsch verstanden, Mylord." Und dann platzte sie mit einem wehmütigen Seufzer heraus: „Ich wollte, dieser Moment würde nie enden."

Er erwiderte nichts und Dominique schloss die Augen und lehnte sich an ihn. Sie wollte ihn so verzweifelt fragen, wie ihre Zukunft aussehen würde.

Hatten sie überhaupt eine gemeinsame?

Hatten sie irgendetwas?

In den letzten Tagen hatten sie, ohne darüber zu reden, beschlossen, dies nicht als den Treuebruch zu betrachten, der es war. Oder an Graeham zu denken oder daran, dass es enden könnte. Nay, es war einfacher gewesen, so zu tun als ob ...

In der Ferne schwankte ein einzelner Baum im Wind, seine fedrigen Zweige neigten sich nach hier und dort, als wäre er ein anmutiger Tänzer unter Gottes wachsamen Augen. Das Schweigen zwischen ihnen war in diesem Moment so intensiv, dass Dominique fast hören konnte, wie die Brise durch die leuchtendgrünen Blätter des Baums fuhr.

„Was wird Graeham sagen, wenn er zurückkehrt?" Sie knabberte an ihrer Unterlippe, während sie auf seine Antwort wartete.

Er war nicht mitteilsam. Er legte sein Kinn auf ihren Scheitel, als würde er über ihre Frage grübeln und als wäre allein der Gedanke zu belastend, um ihn zu ertragen. Sie spürte, wie sein Kiefer arbeitete, sich anspannte.

„Denkt Ihr, er weiß Bescheid?", hakte sie nach.

„Mein Bruder ist kein Dummkopf", sagte er entschieden. „Er wusste es, bevor er abgereist ist."

Er drehte sie plötzlich zu sich herum. Seine Miene war ernst, seine Augen eindringlich. Dominique wollte, dass er sah, was in ihrem Herzen war. Süße Maria, sie liebte ihn! Als er sie anschaute, war sein Blick aufgewühlt und zärtlich zugleich. Seine Hände wanderten zu ihren Schultern.

Er schloss langsam die Augen und beugte sich vor, um sie zu küssen. Seine Lippen zitterten, seine Finger gruben sich in ihre Schulter. Der Ausdruck auf seinem Gesicht ließ ihr das Herz in den Hals springen. Sie wollte vor purem Vergnügen aufschreien, denn es schien, als würde er allein den Gedanken, sie zu küssen, unendlich genießen, verzehrte sich sogar danach. Genau wie sie.

Seine Zunge strich verführerisch über den Rand ihrer Lippen; sein Atem ging unruhig, während er sie leckte, sie umarmte. Als sie seinen hämmernden Herzschlag an ihrer Brust spürte, öffnete sie sich ihm bereitwillig und seufzte voller Lust, die er ihr bescherte. Guter Gott, sie liebte diesen Mann. Sie wollte es ihm sagen. Das tat sie wirklich, aber sie war unsicher, wie er reagieren würde. Sie wusste, dass er sie wollte, aye ... aber liebte er sie?

Es schien so... Zumindest wagte sie, das zu hoffen. Und doch ... Der Schatten seines Bruders hing über ihnen, verfolgte sie selbst in diesem Augenblick.

Jeden Tag erwartete Dominique Graehams Rückkehr ... jeden Tag ... Und was würde dann aus ihr werden? Aus ihnen?

Sie kniff die Augen zu, denn sie wollte gerade nicht daran denken, sie wollte nur an das Gefühl denken, wie seine glatten Lippen sich wie warme Seide auf ihren bewegten.

Sie klammerte sich heftig an ihn, wünschte sich, dass er alles von ihr nahm, was er wollte.

Egal, was.

Alles.

Wenn er sie lieben wollte, selbst hier, würde sie es ihm gerne gestatten. Aye ... und sie würde ihn zurücklieben ... mit jeder Faser ihres Körpers und Herzens. Wenn er sie nur küssen wollte, dann wollte sie das auch. Und wenn er sie einfach umarmen wollte ... dann würde sie ihn umarmen, als ob ihr Leben ohne ihn enden würde.

Und sie glaubte, das könnte es ...

Durch den Nebel der Lust vernahm Dominique undeutlich einen Hornstoß.

Blaec riss sich sofort von ihr los und spähte über ihre Schulter und die Turmbrüstung zum Torhaus. Dominique brauchte einen Moment länger, um sich zu sammeln, auch wenn sie bei seinem Gesichtsausdruck nicht sicher war, ob sie in die Wirklichkeit zurückkehren wollte.

Seine Miene war starr, seine Augen verengt.

Dominique wirbelte herum, um den nahenden Reiterzug zu sehen. Aus dieser Höhe und Entfernung war kaum mehr zu erkennen als das gold-schimmernde Feld des Banners. Als sie dies erblickte, machte ihr Herz einen Satz.

Graeham.

„Etwas ist nicht in Ordnung", sagte Blaec mit angespannter Stimme und seine Hand packte ihre Schulter. Er ließ sie plötzlich los, fuhr auf dem Absatz herum und eilte die Turmtreppe hinab.

Für einen Moment stand Dominique mit schmerzhaft pulsierendem Herzen einfach da. Dann atmete sie tief ein und hastete ihm hinterher, wobei sie sich sagte, dass alles gut werden würde.

Das musste es, denn sie konnte den Gedanken, ohne ihn zu leben, nicht ertragen.

Das Fallgitter hob sich bereits, als Blaec den Burghof erreichte. Sein Herz pochte wie der Hammer eines Waffenschmieds, als er zum Torhaus rannte.

„Öffnet das verdammte Tor!", schrie er. „Schneller!"

Als das Fallgitter endlich oben war, lief er selbst vor, um die Torflügel zu öffnen. Er entriegelte sie und schob sie mit all der Kraft, die seiner Angst entstammte, auf. Mit Hilfe seiner Männer begann das massive Tor in seinen gewaltigen Scharnieren zu ächzen. Der raue Klang, vermischt mit der Stille von der anderen Seite des eisenbeschlagenen Eichentors, brachte die Härchen seines Nackens dazu, sich aufzurichten.

Als die Torflügel aufbarsten und seinen Bruder sowie gerade einmal die Hälfte der Männer, mit denen er Drakewich verlassen hatte, enthüllten, verkrampfte sich Blaecs Magen. Er spürte, wie bei ihrem blutverschmierten Anblick ein Brüllen in ihm aufstieg, denn ihm war sofort klar, dass sie gekämpft hatten. Himmel ... sein erster Gedanken war, dass er nicht da gewesen war, um seinen Bruder zu verteidigen. Schuld wütete in seinen Eingeweiden, zerriss sein Innerstes.

Während Graeham um sein Leben gefochten hatte, war er mit seiner Braut im Bett gewesen.

Gott ... das war seine größte Angst gewesen. Dass Graeham kämpfen würde, ohne ihn an seiner Seite. Dass sein Bruder sterben würde, weil er nicht da gewesen war, um ihn zu retten.

Blaec fühlte sich taub, als er seinen Bruder in den Burghof reiten sah, sein Pferd entkräftet und mit Schaum vor dem Maul. Er selbst saß so steif im Sattel, dass es wirkte, als hätte man ihm eine Lanze durch den

Hintern getrieben und ihn so aufgerichtet ... Doch sein Kopf hing mit erschreckender Lahmheit zu einer Seite.

Das Blut wich aus Blaecs Gesicht, während Graeham sich ihm näherte, und er schüttelte den Kopf, weigerte sich, zu glauben, was er sah, obgleich seine Augen es bezeugten. Er eilte zu seinem Bruder und war froh, dass dessen Augen offen und wach waren, wenn auch spärlich. Als er ihn erblickte, rührte sich Graeham. Seine Augen erhellten sich und er versuchte, seinen Kopf zu heben, als wollte er Blaec beruhigen, und für einen Moment begegneten sich ihre Blicke. Seine ausgetrockneten Lippen öffneten sich zum Sprechen.

Ein Wort: „Beauchamp." Und dann verdrehte er die Augen und sank in sich zusammen, glitt von seinem blutverkrusteten Pferd in Blaecs Arme.

Blaec konnte kaum noch reden, als er in das bleiche Gesicht seines Bruders schaute. Sein Hals zog sich zusammen.

„Graeham", krächzte er. Er hörte sich selbst tief und klagend brüllen, dann spannte er die Kiefermuskeln an und verschloss seinen Hals; er wusste, er konnte seinen Emotionen jetzt keinen Raum geben.

Mit einem wilden Schrei und glasigen Augen hob er den schlaffen Körper seines Bruders hoch und wandte sich zum Bergfried. Als er sich umdrehte, begegnete er leuchtend saphirblauen Augen.

Sein blinder Zorn steigerte sich noch weiter, denn er konnte nur das Gesicht ihres Bruders sehen.

Ihm war vage bewusst, dass jemand versuchte, ihm dabei zu helfen, Graeham zu tragen, aber er fuhr den Mann knurrend an: „Berührt ihn und ich durchbohre Euch." Obwohl Graeham seinem Griff zu entgleiten drohte, wollte er nicht, dass irgendein anderer ihn anfasste. Er wollte die Last alleine schultern. Er *musste* diese Last alleine schultern. Könnte er bloß mit ihm tauschen – er hätte es mit Freuden getan, wenn es möglich wäre.

Nial wich zurück und ließ die Arme sinken. „Wir sind in einen Hinterhalt geraten", offenbarte er niedergeschlagen. Sein jungenhaftes Gesicht war schmutzig und von Schweiß und Blut befleckt, doch seine Augen waren trüb wie die eines Mannes, der zu viel Tod gesehen hatte. Blaec wusste nur zu gut, was der Junge durchmachte, denn auch er erinnerte sich an seinen ersten Kampf. Nur zu gut. Sollte er jemals wagen, diesen zu vergessen, musste er nur in den Spiegel schauen, um sich zu entsinnen.

„Sie griffen uns an, kurz nachdem wir London verließen", fuhr Nial fort.

Blaec schleppte das tote Gewicht seines Bruders zum Bergfried, seine Miene so starr wie Stein. „Beauchamp?", fragte er mit kaum unterdrückter Wut. „Hat er das getan?" Er wollte sicher sein – musste sicher sein, denn er plante, dem Mistkerl die Kehle zu zerfetzen.

Nial nickte, wandte das Gesicht ab und warf Dominique einen vernichtenden Blick zu.

Die versuchte verzweifelt, Schritt zu halten, stolperte mit geplagter Miene neben ihnen her.

Wegen ihres Bruders?, fragte sich Blaec bitter. Möge Gott sie in die Hölle werfen! Ganz sicher nicht wegen Graeham.

„Nay!", rief sie aus. Ihre Brust bebte heftig, ihr Gesicht war ob der Neuigkeiten in Falten gelegt. „Das kann nicht sein! Ihr lügt! Mein Bruder würde so etwas niemals tun!"

Frustriert von ihrer unermüdlichen Verteidigung des Mistkerls schaute Blaec sie durchdringend an. Damit er ihr nicht ins Gesicht spuckte, ignorierte er sie. Er war gerade nicht in der Lage, sich mit ihr zu befassen. Erst recht nicht mit ihrer beider Verrat an dem Mann, der so hilflos in seinen Armen lag.

Sein Bruder.

Christus ... sein Bruder ...

Was für ein Mann war er, dass er zuließ, dass sein Bruder, sein Fleisch und Blut, sein Lehensherr auf dem Schlachtfeld kämpfte und fiel, während er hier weilte ... und ihn mit seiner Braut, der Schwester seines Feindes, betrog?

Er schaute auf das Gesicht seines Bruders und glaubte, sein Brustkorb würde zerspringen. „Mein Gott ... habt ihr keinen Heilkundigen aufgesucht?", fragte er Nial. „Er sieht aus, als hätte er tagelang geblutet."

„Mylord, er ließ niemanden ruhen, bis wir hier ankamen", verteidigte sich Nial; sein junges Gesicht war schuldbeladen. „Wir haben es versucht – das haben wir wirklich ... Wir haben versucht, vernünftig mit ihm zu reden, aber er fürchtete, Beauchamp würde als Nächstes hierherkommen, und er wollte sich nicht beruhigen lassen, bis er Euch gewarnt hätte."

Blaec fluchte. „Wie viele haben euch angegriffen?"

„Zu viele, um zu zählen", erwiderte Nial schnell.

„Wie viele sind gefallen?"

„Wir haben neun Männer verloren", offenbarte der Jüngling. „Aber wir haben ihnen ebenso viele Tote beschert", sagte er mit einem Rest von Würde. „Und ich ... habe einen getötet", berichtete er gefühllos.

Blaec hörte dem Jungen zu, als er weiterplapperte. Er war sich kaum bewusst, wer ihm folgte, als er Graeham in den Bergfried und die Treppe hinauftrug, durch die Kemenate hindurch und in das Zimmer des Grafen.

Taub von Kummer und Reue, beladen mit unbeantworteten Fragen legte er den schlaffen Körper seines Bruders auf das Bett ihres Vaters und fuhr sich mit der Hand über das stoppelige Kinn. „Geh...", fuhr er Nial an, doch seine Stimme versagte. Er schluckte. „Geh, Bursche, und hol den Priester ..."

KAPITEL 24

Dominique trat vor, verzweifelt entschlossen, zu helfen, wenn es ihr möglich war. Sie rang die Hände, fühlte sich schwindlig angesichts der Gedanken, die durch ihren Kopf wirbelten. William konnte das nicht getan haben ... *er konnte es einfach nicht.* Sie weigerte sich, zu glauben, dass er so etwas täte ... Es musste ein Irrtum sein.

„Ihr ... Ihr müsst Alyss erlauben, sich um ihn zu kümmern", warf sie ein. „Lasst den Priester für die Toten."

Obwohl ihr bewusst war, dass alle sie plötzlich anstarrten, spürte sie nur seinen Blick.

Sein verurteilendes Starren zerriss ihr das Herz.

„Alyss weiß, was am besten für ihn ist", argumentierte sie. In ihren Augen brannten heiße Tränen.

„Warum sollte ich der Hure Eures Bruders trauen?", brüllte Blaec. Seine Augen sprühten eiskalte Funken.

Dominique schnappte nach Luft, bestürzt über seine Wut. Sie kämpfte um ihren nächsten Atemzug und fand ein Schluchzen, das in ihrem Hals festhing. „Sie ist ..." Sie blinzelte Tränen weg und es gelang ihr nicht, eine Erwiderung auf diese Wahrheit zu finden. „Sie kann die einfachsten ..." Sie wandte den Blick ab, schluckte bittere Tränen hinunter. „Ich schwöre, Mylord ...“ Die Stimme versagte ihr und ihre Lippen zitterten. Sie schüttelte unglücklich den Kopf und bedeckte ihren Mund, als sie seinem Blick erneut begegnete. Ihre Augen flehten ihn an. „Alyss würde ihm nicht mehr schaden, als ... als sie mir schaden würde. Lasst sie sich um ihn kümmern ... bitte ...“

Einen Moment lang erwiderte er nichts, wenngleich seine Augen sie aufspießten. Dann sagte er monoton: „Mir scheint, es bleibt keine Wahl, Demoiselle, denn Drakewich hat keinen Heilkundigen vor Ort. Holt sie, und zwar schnell“, fauchte er.

Dominique nickte und wandte sich zum Gehen. Sie war erleichtert, seine Gegenwart zu verlassen, da ihr das Herz brach und sie nicht wollte, dass er ihren Schmerz sah.

Er gab ihr die Schuld, das wusste sie.

Sie konnte es in seinen Augen erkennen.

„Sagt ihr dies von mir, Lady Dominique“, rief er hinter ihr her. Die kaum verhüllte Bosheit in seiner Stimme ließ sie abrupt erstarren. „Sollte er unter ihren Händen sterben ... werde ich ihren Kopf neben dem Eures Bruders aufspießen lassen. Richtet ihr das von mir aus ... und wenn Ihr schon dabei seid, Demoiselle, betet zu Gott für die schwarze Seele Eures Bruders, denn ihm werde ich morgen beim ersten Licht des Tages nach dem Leben trachten.“

Dominiques Beine drohten unter ihr nachzugeben, aber sie nickte abgehackt und unterdrückte ein Schluchzen, das bei seinen hasserfüllten Worten in ihr aufstieg. Sich auszumalen, dass sie nur Augenblicke zuvor zusammen gelacht hatten ... zusammen gehofft hatten. Gequält bedeckte sie ihren Mund, als sie aus dem Raum floh.

Jesus, sie konnte es nicht ertragen. Das durfte nicht passieren. Ihr Bruder konnte Graeham das nicht angetan haben! Das konnte er einfach nicht!

Denn er hätte gewusst, dass er sie mit seinem Handeln in Gefahr brachte. Und das würde er nicht tun.

Oder doch?

Nay, es musste eine andere Erklärung geben.

Mit dieser Selbstvergewisserung wischte sie die Tränen von ihrem Gesicht und schwor, dass sie die Wahrheit aufdecken würde.

Selbst wenn sie dafür zu William gehen musste.

Auf keinen Fall konnte sie unbeteiligt dabeistehen und Blaec erlauben, ihren Bruder wegen einer eingebildeten Untat umzubringen. Sie musste ihn warnen.

Doch mehr noch als das musste sie die Wahrheit herausfinden – sobald sie Alyss ausfindig gemacht und über ihre Aufgabe in Kenntnis gesetzt hatte.

❧

„Er schläft jetzt, Mylord", sagte Alyss und blieb ängstlich vor ihm stehen. „Die Wunde in seiner Brust ist tief, aber er ist kräftig und besitzt einen starken Lebenswillen."

Erleichterung nahm Blaec den Atem und erstickte alles im Keim, was er vielleicht hätte sagen wollen. Obwohl er es versuchte, konnte er nicht sprechen. Er nickte.

Die Zofe ließ den Kopf hängen, atmete zittrig ein und langte dann zögerlich in ihre Schürze, aus der sie ein Fläschchen zog. „Ich ..." Sie schnappte erneut bebend nach Luft und reichte ihm dann das Gefäß. „Ihr müsst ihm dies geben ... ein paar Tropfen, wenn er aufwacht", wies sie ihn an und schluckte. Widerstrebend begegnete sie seinem Blick. „Aber nicht mehr als ein paar ..."

Blaec untersuchte das mit einer Flüssigkeit gefüllte Fläschchen und sah sie dann wieder an, wobei er die Augen misstrauisch verengte. „Was ist das?"

Sie hielt seinem Blick stand, obgleich sie bei seiner

Frage sichtlich zusammenzuckte. „Ei-eine Tinktur aus Schierling, Mylord."

Blaec hob eine Braue und presste seine Lippen zusammen. „Du trägst Schierling mit dir herum?", fragte er argwöhnisch. „Warum?"

Ihr Gesicht rötete sich bei dieser Frage und sie wandte den Blick ab, zuckte nervös mit den Schultern und schüttelte dann den Kopf. Als sie ihn wieder anschaute, hob sie ihr Kinn und ihre Augen zeigten denselben in die Enge getriebenen Ausdruck, den er schon einmal erblickt hatte ... in der Nacht, als er sie zu ihren Prellungen befragte.

„Es w-wurde mir g-gegeben", antwortete sie leise und schuldbewusst.

„Wurde dir gegeben?"

Sie schloss die Lider und erschauerte, dann nickte sie abgehackt. „Aye, Mylord. Es wurde mir gegeben."

Gott möge ihm beistehen, er verstand sogleich und erneut durchbrauste ihn Zorn.

„Verdammter Bastard!"

Er hatte die ganze Zeit über geplant, Graeham umzubringen. Seine Gedanken flogen zurück zum Wald ... und dann zu dem Met, den Dominique zusammengepanscht hatte. Er scheute sich, mehr zu hören, etwas zu erfahren, das er nicht wissen wollte.

Und doch ... er musste das Ausmaß ihres Verrats feststellen — musste sicher sein. „William hat es dir gegeben, Alyss?"

Sie schaute ihn auch jetzt nicht an. „Aye, Mylord."

Blaec wappnete sich und verlangte zu wissen: „Weiß deine Lady Bescheid?" Auch wenn er sich sagte, dass sein Herz gegen sie geschützt wäre, hielt er den Atem an, während er auf die Antwort wartete.

Sie schüttelte den Kopf, begegnete seinem Blick und sagte mit ruhiger Gewissheit: „Nay, Mylord, das tut sie nicht."

Er fühlte, wie die Luft aus seinen Lungen entwich —

er wollte ihr glauben. Zu sehr. Doch um Graehams willen konnte er sich nicht erlauben, ihr blindlings zu vertrauen. Nicht wenn Graehams Leben von seiner Vernunft abhing. „Und wieso erzählst du mir das jetzt?", fragte er skeptisch, da er sich über ihren Antrieb noch nicht im Klaren war.

„Weil, Mylord ..." Sie sah zu Graehams Körper, der so still auf seinem Bett lag, und dann wieder zu ihm. „Weil ich es nicht tun kann – und er wird die Tinktur brauchen, wenn er aufwacht, Mylord. Schierling ist auch gut gegen Schmerzen, allerdings in kleinen Mengen. Jedoch ..."

„Sprich", befahl er ihr ungeduldig. „Jetzt ist nicht die Zeit, um zu schweigen, Frau."

„Aye ... nun ... wisst Ihr ... zu wenig wird ihm gar nicht helfen ... zu viel könnte ihn lähmen – oder gar töten, wie Euch selbst bewusst ist ... und diese Mischung ist besonders gefährlich, da ich sie stark bereitet habe ... und ... und ich möchte es nicht riskieren, nicht wenn ..."

Er hob eine Braue. „Nicht wenn ich vorhabe, deinen Kopf aufzuspießen?", beendete er den Satz für sie.

Sie blinzelte, wandte sich aber nicht ab.

„Ich verstehe." Unter Vorbehalt gab er ihr das Fläschchen zurück, sein Gesicht so unbeweglich wie Stein. Er trat zu seinem Bruder und zog die Bettdecke höher, um ihn vor Zugluft zu schützen.

Seine Finger verharrten über der Hand seines Bruders, jener Hand, der er einst Treue geschworen hatte.

Sie hätte ihm nichts erzählen müssen, gestand er sich ein. Sie hätte die Tinktur verwenden können, sobald er ihr den Rücken zukehrte ... oder selbst, wenn er wieder genesen war ... sobald sie sich nicht mehr in Gefahr wähnte. „Liebst du den Mistkerl?", fragte er plötzlich. Trotz seines rasenden Zorns blieb seine Stimme ruhig.

Für einen Moment erwiderte sie nichts. Dann sagte

sie entschieden: „Nay, Mylord. Er ... er hat mich oft geschlagen."

Er spürte die Wahrheit in der bitteren Art, wie sie es aussprach, und doch verlangte er unbarmherzig zu wissen: „Ist er derjenige, Alyss, der die Verletzungen verursacht hat, die ich gesehen habe?"

Er bemerkte, dass es ihr schwerfiel, die Frage zu beantworten. Sie zögerte, doch schließlich schluckte sie und sagte: „Aye, Mylord. Er war es. Doch ich bitte Euch, es nicht Mylady zu erzählen. Sie weiß es nicht. Sie hält ihn für edler, als er es ist, und ich würde ihr gerne die Wahrheit ersparen. Er ist alles, was sie hat – alles, was sie je gekannt hat."

„Ich verstehe", sagte er. Und dann: „Möchtest du meinen Schutz, Alyss?" Er begegnete ihrem Blick. Ihre Augen glänzten und ihre jugendlichen Züge schienen gealtert, seit er sie zuletzt angeschaut hatte.

Er sah Hoffnung in ihren Augen aufflackern. „Das würdet Ihr tun, Mylord? Das würdet Ihr ... für mich tun?" Sie biss sich auf die Lippe, bis er fürchtete, sie könnte bluten.

Einen Moment lang herrschte Schweigen zwischen ihnen, dann schluckte er heftig und erwiderte: „Aye ... jedoch, tu, was du tun musst." Er warf einen schmerzerfüllten Blick zu seinem Bruder und schaute danach wieder zu ihr. „Ich schenke dir mein Vertrauen, Alyss", sagte er ernst. Dann schüttelte er den Kopf und kniff die Augen zusammen. „Enttäusche mich nicht und wenn er überlebt, werde ich dir erlauben, in Drakewich zu bleiben."

Ihre Miene war verzerrt von überwältigenden Gefühlen. „Danke sehr, Mylord! Ich danke Euch! Ich schwöre, ich werde Euch nicht enttäuschen, Mylord!"

„Aber hör mir gut zu, Alyss ...", fuhr Blaec fort. „Sollte er sterben, werde ich tatsächlich deinen Kopf aufspießen – oder besser noch: Ich werde dich diesem verdammten Bastard zurückgeben und ihm sagen, dass du ihn verraten hast." Trotz seines sanften Tons meinte er jedes Wort genau so, wie er es sagte.

Sie schluckte schwer. „Aye, Mylord ... Ich werde Euch nicht enttäuschen", versprach sie. „Das schwöre ich."

„Sieh zu, dass du dich daran hältst", warnte er sie und trat beiseite, damit sie sich um seinen Bruder kümmern konnte. Doch er plante, sie in jedem Moment genau zu beobachten.

Sie trat eifrig vor, das Fläschchen in ihrer Faust umklammert, und Blaec betete stumm.

KAPITEL 25

Lange nachdem die Kammerzofe, Alyss, eingeschlafen war, wobei ihr Kopf auf ihren schmalen Armen ruhte, saß Blaec schlaflos im Stuhl seines Vaters und wachte über Graehams Schlummer.

Bitterkeit sickerte wie kalter Nebel in seine Knochen, während er jeden schwerfälligen Atemzug seines Bruders beobachtete, der dessen Brustkorb hob und senkte. Wenn einer von ihnen hier liegen und leiden sollte, dann war er das und nicht Graeham.

Er konnte der hohläugigen Frau, die nun dösend am Bett seines Bruders saß, nur dankbar sein, denn sie hatte ehrlich ihre Pflicht erfüllt. Er hatte sie genau beobachtet, auch wenn es nicht nötig gewesen wäre, denn selbst jetzt, obwohl sie so erschöpft war, dass sie ihren hübschen Kopf kaum anheben konnte, verließ sie Graehams Seite nicht.

Sie fürchtete wahrscheinlich, dass er seine Drohung wahrmachen würde – dass er ihren Kopf tatsächlich aufspießen würde. Oder vielleicht war sie einfach so erpicht darauf, frei von ihrem teuflischen Lord zu sein, dass sie entschlossen war, Graeham genesen zu sehen. So oder so, Blaec kam es nur darauf an, dass ihre Bemühungen erfolgreich waren.

Sollte Graeham nicht überleben ... Gott stehe ihm bei, ein Teil von ihm würde auch sterben.

Tief in der Nacht begann die Fackel am Bett zu flackern und erlosch dann, hüllte das Zimmer in Dunkelheit. Immer noch verharrte Blaec unbewegt und lauschte den Geräuschen der Nacht.

Mondlicht ergoss sich in den Raum, umfloss wie geschmolzenes Silber die schlafenden Umrisse von seinem Bruder und Dominiques erschöpfter Zofe. Während er dem leisen Wispern von Graehams Atem zuhörte und sich von jedem erfolgreichen Luftholen trösten ließ, wanderten seine Gedanken zu der Frau, die sich den ganzen Abend um ihn gekümmert hatte.

Sie war beredt, wenngleich schüchtern, und Blaec würde wetten, dass sie nicht von niedriger Herkunft war. Alles, von ihren zarten Gliedern über ihre helle Haut bis zu ihrem würdevollen Benehmen, sprach dafür, dass sie adlig war. Er fragte sich, wie sie in Williams Klauen gelandet war – und wunderte sich, wie zur Hölle Dominique so blind für die Hinterlist ihres Bruders sein konnte.

Er war sicher, dass Dominique an all dem keine Schuld traf. Er hatte es in ihrem Gesicht sehen können, als sie ihn gebeten hatte, die Unterstützung ihrer Zofe anzunehmen. Gottverdammt – ihn schauderte, wenn er daran dachte, was hätte passieren können, wenn Alyss sich nicht entschieden hätte, ihm das Fläschchen und die Wahrheit zu enthüllen.

Was, wenn sie es benutzt hätte, wie William es ihr aufgetragen hatte?

Der wahrscheinliche Ausgang verkrampfte seinen Magen. Und Christus ... sie hätte es tun können ... und er hätte es wahrscheinlich nie erfahren. Er hätte einfach gedacht, sein Bruder wäre seinen Verletzungen erlegen.

Aber Alyss hatte sich ihm anvertraut und dafür stand Blaec in ihrer Schuld. Ob Graeham lebte oder nicht – selbst wenn er lahm wäre –, er wusste, er würde dem Mädchen erlauben, in Drakewich unter seinem Schutz zu bleiben. Das war er ihr schuldig.

Er konnte das Ausmaß von Beauchamps Hinterhältigkeit immer noch nicht glauben.

Auch wenn er nicht einmal den Hauch einer Idee hatte, wie er mit Dominique umgehen sollte, war er zumindest froh, dass sie heute Nacht nicht unter dem Dach ihres Bruders schlief.

Vor Entschlossenheit, nicht an sie zu denken, spannten sich seine Kiefermuskeln. Er bemühte sich, zu ignorieren, dass sie oben in seinem Bett lag. Doch selbst jetzt war er hin- und hergerissen zwischen dem Wunsch, an Graehams Seite zu bleiben, dem Verlangen, bei ihm zu sein ... und der Begierde, zu ihr zu gehen – ganz der treulose Mistkerl, der er laut seinem Vater war.

Selbst in diesem Moment, während sich sein Bruder im selben Gebäude befand, wollte er sie. Und aye, er verabscheute sich dafür. Trotzdem sehnte er sich danach, seinen Schmerz, seinen Zorn, seinen Samen in Dominiques schmalen, süßen Körper zu ergießen. Sie war wie eine Droge in seinem Blut.

Schuldgefühle hielten ihn auf seinem Stuhl – Schuld, Erschöpfung und der Anblick seines geschätzten Bruders, wie er dem Tode so nah vor ihm lag.

Bei Gott, was für ein schöner Bruder er ihm war – aye, und wie hinterhältig er seine Zuneigung gezeigt hatte. Seine Lippen verzogen sich vor Selbstverachtung, denn er hatte sich zu rechtfertigen gewagt, hatte zu hoffen gewagt, dass es Graehams Wille gewesen wäre. Wie ein Dummkopf hatte er sich selbst davon überzeugt, dass sein Bruder ihn in Dominiques Bett getrieben hätte ... in ihren Körper.

Was für ein Dummkopf er doch war ... ein treuloser, anmaßender Dummkopf.

Er hätte Graeham folgen sollen.

Seine selbstverachtenden Gedanken waren hartnäckig, belagerten ihn, bis endlich Müdigkeit ihn überkam und er auf dem massiven Stuhl zusammensank. Er erlaubte seinem Kopf, auf seine Schulter zu fallen, und schloss die Augen ... nur für einen Moment ... und döste ein.

⁂

DOMINIQUE LAG DEN GROSSTEIL DER NACHT WACH und hoffte, Blaec würde zu ihr kommen. Sie fragte sich, wie Graehams Zustand gerade sein mochte und ob ihre Entscheidung, wegzugehen, die Richtige war. Sie wartete vergebens, denn Blaec tauchte nicht auf, und ihr Herz fühlte sich an, als würde es zerspringen. Die Tatsache, dass er sich nicht geschert hatte, nach ihr zu sehen, verstärkte ihre Entscheidung, aufzubrechen.

Sie hatte sich am vergangenen Abend gewünscht, dass er noch ein letztes Mal zu ihr käme, weil sie die Erinnerungen brauchte, bis es ihnen wieder vergönnt wäre, sich erneut zu begegnen. Jetzt wusste sie, dass sie nicht nach Drakewich zurückkehren würde, wenn sie es einmal verließ, und der bloße Gedanke, ihn nie wieder zu sehen, ließ ihre Augen vor Tränen brennen.

Es war nicht sicher, dass Blaec sie wieder in Drakewichs Mauern aufnehmen würde – das hatte ihr sein Gesichtsausdruck offenbart, als der Junge ihren Bruder verantwortlich gemacht hatte. Nach Blaecs verächtlichem Blick zu urteilen, hielt er sie immer noch für schuldig und sie glaubte, er würde ihr vielleicht nie verzeihen.

Aber selbst wenn er es tat ... Sobald ihrem Bruder erführe, dass die d'Lucys ihn wieder einmal angeklagt hatten, ohne ihm die bloße Chance einer Verteidigung einzuräumen, würde er ihr nie erlauben, hierher zurückzukehren.

Abgesehen davon war ihr Verlöbnis endgültig vorbei, denn sie könnte niemals zustimmen, Graeham zu heiraten, nachdem sie bei Blaec gelegen hatte.

Wie könnte sie es ertragen, selbst wenn man sie zwingen würde?

Noch konnte sie sich vorstellen, dass Blaec den Vollzug dieser Ehe zulassen würde. Nicht mehr – nicht wenn die Ehre seines Bruders auf dem Spiel stand. Falls sie seine Hingabe zu seinem Bruder je in Frage gestellt hätte – was sie nicht getan hatte –, wäre der Ausdruck in seinem Gesicht, als er Graehams verwundeten Körper in den Bergfried trug, Beweis genug dafür gewesen.

Es war vorbei.

Von ganzem Herzen betete Dominique, dass Graeham leben würde, betete, dass Blaec ihr vergeben würde, falls Graeham starb. Aber sie würde nicht bleiben, um zu sehen, was passieren würde. Nay, sie würde nicht einmal Alyss von ihrem Plan berichten können, denn die war noch nicht wieder aus dem Zimmer des Grafen gekommen – und das Letzte, was Dominique brauchte, war, sich an diesem Morgen Blaec zu stellen.

Wenn sie es täte, würde sie nie die Kraft aufbringen, ihn zu verlassen, zu tun, was sie tun musste.

Und sie *musste* die Wahrheit aufdecken.

Sie hatte gewissenhaft jeden Morgen die Gaben des Armenpflegers zum Dorf gebracht, in der Hoffnung, die Dorfbewohner würden sie mit der Zeit als ihre Gräfin akzeptieren. Und sie hatte das Gefühl, als wäre sie fast erfolgreich gewesen, denn auch wenn sie ihr noch nicht vollends vertrauten, so waren sie zumindest dazu übergegangen, sie herzlich zu begrüßen. Sie war jetzt aus einem weiteren Grund froh, dass sie diese Aufgabe übernommen hatte: So hatte sie einen Vorwand, um an diesem Vormittag die Burgmauern zu verlassen. Mit etwas Glück würde es niemandem einfallen, ihr Verhalten zu hinterfragen – immerhin hatte sie genau das bei jedem Sonnenaufgang zuvor auch getan. In einem Beutel aus der Küche würde sie ein paar ihrer Besitztümer und auch etwas Essen für die Reise nach Hause mitnehmen können.

Nach Hause.

Süße Maria, wo war das?

Schmerz durchzuckte ihr Herz, als die Schwere der Frage sie betäubte. Sie hatte nie wirklich ein Zuhause gekannt — noch würde sie jemals eines kennen, allem Anschein nach.

Sie war dazu verdammt, auf ewig ohne eine wirkliche Heimat zu leben.

Sie bemühte sich, nicht zu weinen, streifte schnell ihren blauen Bliaut über und eilte dann hinunter in die Küche, wo sie froh war, dass niemand von ihrer Anwesenheit Notiz zu nehmen schien. Anders als an den übrigen Vormittagen fragte sie nicht nach den Rationen, sondern ließ diese für den Armenpfleger. Würde sie sie jetzt mitnehmen, müsste sie diese in ihrer Kammer unterbringen und dort würden sie niemandem zugutekommen.

Sie hatte keine Schwierigkeiten, die Beutel zu finden, und griff sich einen, zusammen mit ein bisschen von dem Essen, das gerade fürs Frühstück bereitet wurde, bevor sie wieder zu ihrem Zimmer eilte. Dort überlegte sie, was sie mitnehmen würde — nur die wertvollsten ihrer Besitztümer. Alles andere würde sie zurücklassen. Sie war gezwungen, dies zu tun, denn es gab keine Möglichkeit, alles mit sich zu führen, ohne Aufmerksamkeit zu erregen.

Als sie endlich fertig war, hastete sie mit pochendem Herzen die Turmtreppe hinab und betete, dass sie nicht auf Blaec treffen würde.

Sie atmete erleichtert auf, als sie die Halle durchquert hatte, und lief zu den Stallungen. Zum Glück hatte man ihren Zelter an diesem Morgen schon versorgt — sie sah es daran, dass das Tier noch kaute, als sie anlangte.

Wieder nahm niemand von ihrer Anwesenheit Notiz, da sie jeden Morgen um diese Zeit hier war – nur diesmal hatte sie nicht vor, zum Dorf zu reiten ... noch zurückzukehren.

Sie fand Sattel und Geschirr, machte das Pferd bereit und lächelte den Stallburschen nervös an, der an ihr vorbeikam. Sie summte leise für das Tier, während sie den Proviantbeutel am Sattel befestigte, und versuchte, trotz ihrer Hast ungezwungen zu wirken. Danach ging sie mit dem Pferd aus dem Stall, trat in die Morgendämmerung hinaus und stieg auf.

Inzwischen hatte sich der Himmel deutlich aufgehellt und die Sonne sandte Strahlen in Pink und Lila über den entfernten Horizont.

Ihre Handflächen schwitzten, ihre Glieder zitterten und ihr Herz pochte wild in ihrer Brust, doch sie tat einen stärkenden Atemzug und ritt zum Torhaus. Sie sagte sich, dass dieser Morgen dem Torwächter nicht anders erscheinen würde als bisher – auch wenn das konstante Hämmern in ihrem Kopf ihr Selbstbewusstsein Lügen strafte.

Dieser Morgen *war* anders.

Wie könnte es auch nicht so sein, wenn erst gestern der Körper des Lords durch das Tor getragen worden war, verwundet – vielleicht tödlich? Sie konnte nicht vergessen, dass Graeham d'Lucy im Bergfried lag und um sein Leben kämpfte. Noch konnte sie vergessen, dass ihr Bruder dessen angeklagt wurde – oder den Blick, den Blaec ihr zugeworfen hatte.

Würde die Wache ihr erlauben, zu passieren?

Ihr drehte sich der Magen um, als sie sich dem Torhaus näherte. Sie konnte kaum noch atmen, als sie dem ernst dreinblickenden Torwächter gegenüberstand. Sie sagte nichts, lächelte nur und klopfte auf den Beutel, den sie an ihrem Zelter befestigt hatte. Er winkte ihr zu und gab Order, das Fallgitter zu heben und das Tor zu öffnen. Dominique war dankbar, dass sie auf einem Pferd saß, denn wäre sie zu Fuß, hätten in diesem Moment sicherlich ihre Beine vor Erleichterung unter ihr nachgegeben.

Während sie wartete und dem Lärm lauschte, den das sich hebende Fallgitter verursachte, betete sie, dass niemand aus dem Bergfried eilen und das Öffnen des Tors aufhalten würde – sie betete, dass sie den Mut besitzen würde, loszureiten, wenn es soweit war.

Je länger sie verharrte, desto mehr überwältigte sie die Angst, lähmte sie. Sie versuchte, nicht schuldbewusst auszusehen, aber sie spürte die Gewissensbisse tief in ihrem Inneren.

Endlich war das Fallgitter oben, die Zugstangen freigegeben – und schließlich öffnete sich das Tor. Mehr durch Angst denn Mut getrieben spornte Dominique ihre Stute an, ritt ins Vorwerk und traute sich nicht, zurückzuschauen. Sie wagte es nicht, weil sie vor ihrem inneren Auge Blaec aus dem Bergfried stürmen sah, der auf sie zurannte, mit tödlicher Rache in seinem Blick.

Erst als sie das Vorwerk verlassen hatte und sich das Tor hinter ihr schloss, atmete sie erleichtert auf. Das Geräusch, mit dem die Zugstangen wieder an ihren Platz geschoben wurden, glich sowohl einem Wohlklang des Himmels als auch einer Totenglocke, denn sie war sicher, dass ein Teil von ihr aufhören würde zu leben, sollte sie Blaec nie wiedersehen – sie war kaum aus den Toren und schon starb ein Teil von ihr.

Um etwaigen Verdacht abzulenken, ritt Dominique zunächst Richtung Dorf, dabei donnerte ihr Herz wie ein Rammbock. Sobald sie weit genug von der Burg entfernt war, dass sie sich sicher fühlte, wandte sie sich zu den nebelverhangenen Bäumen und wurde nicht langsamer, bis sie sich zwischen ihnen befand.

Und selbst dann hielt sie nicht an. Da sie davon ausging, dass die Schreie ihrer Verfolger jeden Moment ihre Ohren erreichen könnten, bahnte sie sich ihren Weg durch den dunstigen Wald. Stumme Tränen liefen über ihre Wangen.

Sie hörte nichts außer dem Rascheln der Blätter unter den Hufen ihres Pferdes und den Geräuschen des Waldes um sie herum. Und den Klang, wie ihr Herz zerbrach.

Auch als sie aus den Bäumen ritt und wagte, die alte Straße zu benutzen, konnte sie keine Verfolger hinter sich wahrnehmen. Dominique wusste nicht, ob sie erleichtert oder enttäuscht sein sollte.

Obwohl sie sich sagte, dass es Ersteres war, spürte ihr Herz nur Letzteres.

KAPITEL 26

„Mylord!"

Blaec richtete sich abrupt im Stuhl auf und umfasste die geschnitzten hölzernen Armlehnen. Er hatte geträumt und die hektische weibliche Stimme drang in seinen Traum, riss ihn aus dem Schlaf, verwirrte ihn.

„Wacht auf, Mylord!", rief das Dienstmädchen.

Als er ihr Gesicht verschwommen vor sich sah, blinzelte er und vertrieb den Nebel, der sich um seine Gedanken gelegt hatte. Es war Morgen, soweit er das beurteilen konnte, denn die Läden waren geöffnet und ließen Sonnenlicht hinein, während die Fackeln gelöscht waren. Er hatte geschlafen.

„Er hat nach Euch gerufen, Mylord!" Alyss' Miene war gut gelaunt, beschwingt, ihre dunklen Augen funkelten. „Er hat Euren Namen gesagt!", erzählte sie ihm aufgeregt und lächelte.

Er traute seinen Ohren kaum – fürchtete, er würde noch träumen – und blinzelte erneut. Seine Stimme war vom Schlaf belegt, als er fragte: „Er hat nach mir gerufen?" Er räusperte sich und neigte fragend seinen Kopf. „Graeham?"

Sie nickte begeistert und machte dann einen Satz zur Seite, als er plötzlich aufsprang und den Stuhl in seiner Hast fast umwarf. Mit pochendem Herzen kniete Blaec neben dem Bett seines Bruders, doch dessen Augen waren geschlossen. „Bist du sicher?", fragte er. Schon durchflutete ihn Enttäuschung.

„Aye, Mylord", antwortete sie und spähte über seine Schulter. Ihre Stimme wirkte unverzagt bei dem Anblick von Graehams bleichem Gesicht. Blaec ging es anders. Es erschreckte ihn, denn Graeham war viel zu still. „Nicht nur einmal, sogar zweimal hat er nach Euch gerufen", versicherte sie ihm.

Blaec berührte argwöhnisch Graehams Arm, drückte ihn leicht und spürte seine Wärme. Immer noch hatte er Angst, zu hoffen. „Graeham?", fragte er leise und hielt den Atem an.

Zunächst kam keine Reaktion, doch als er ansetzte, Graehams Namen erneut auszusprechen, schlug dieser plötzlich die Augen auf. Bei Blaecs Anblick, lächelte er leicht und Blaec atmete erleichtert aus.

„Himmel", sagte Graeham kraftlos und schluckte mühsam. „Kann man hier nicht mal in Ruhe dösen?" Seine Augen funkelten schwach und straften seine Beschwerde Lügen.

Blaecs Miene entspannte sich bei dem Scherz seines Bruders und dem vertrauten schalkhaften Blick in dessen Augen. „Du Mistkerl", sagte er und lächelte zurück. „Denkst du, du kannst den ganzen Tag hier herumliegen und gemütlich ausschlafen?"

Graeham gluckste, wenngleich mit Mühe, und verzog wegen der Anstrengung vor Schmerz das Gesicht.

Blaecs Lächeln wurde schwächer. „Du hast es diesmal wirklich getan, nicht wahr, Graeham?" Beide wussten ganz genau, wovon er sprach. Als sein Bruder nichts erwiderte, sagte er: „Mir scheint, du bist entschlossen, dich ins Grab zu bringen."

Graehams Miene wurde ernst, während er sich bemühte, seine verbundenen Verletzungen zu inspizieren.

Er schüttelte den Kopf, als er Blaecs Blick wieder begegnete. „Es ist nicht so, wie du denkst, Blaec." Der Ausdruck seiner Augen wurde reuig. „Ich habe es versucht, das habe ich wirklich. Hätte ich mich jedoch ernstlich nach dem Tod gesehnt … nun … dann würden wir uns jetzt nicht unterhalten", bemerkte er. „Nicht wahr?"

Blaec nickte und seufzte. „Wahrscheinlich nicht, nein", räumte er ein. „Ich fürchtete, ich hätte dich verloren, Bruder."

Sie schauten einander an.

Graeham blinzelte, seine Augen glänzten leicht. „Aber das hast du nicht", antwortete er so unbekümmert, wie er konnte, „denn hier bin ich, in Fleisch und Blut."

Blaecs Mundwinkel hoben sich. „Hauptsächlich Blut."

Graeham atmete tief ein und ächzte vor Qual. „Der verdammte Bastard", zischte er.

Blaec knirschte mit den Zähnen. „Beauchamp?"

Er spürte, wie Alyss sich in diesem Moment entfernte. Er hörte ihre Schritte, als sie den Raum durchquerte, um ihnen etwas Privatsphäre zu geben, und war ihr dankbar, auch wenn er gerade zu wütend war, um die Geste zu würdigen.

Graeham seufzte und seine Augen folgten ihr. „Aye, Beauchamp – der Mistkerl –, auch wenn ich keine Ahnung habe, wieso er so etwas tun würde." Ein Muskel an seinem Kiefer zuckte.

„Und du bist sicher, dass er es war?"

„Diese Augen würde ich nie verwechseln", versicherte Graeham. „Aye, er war es – der Bastard! Ich schwöre, sollte ich je meine Hände an seinen verräterischen Hals legen können –" Er rang die Hände und erschauerte. Mit einer Kopfbewegung wies er auf Alyss. „Hat sie das getan?" Er deutete auf die Verbände.

Blaec nickte. „Sie war recht hilfsbereit." Seine

Lippen krümmten sich leicht. Er blickte über seine Schulter zu der fraglichen Frau und dann wieder zu Graeham. „Vielleicht fürchtete sie, die Gelegenheit zu verlieren, ihren neuen Lord zu reiten?", sagte er leise, damit er sie nicht verletzte.

Graeham gluckste, schloss die Lider, als würde er über die Bemerkung nachdenken ... doch dann öffnete er sie nicht wieder ... noch schien er zu atmen.

Blaecs Herzschlag beschleunigte sich. „Graeham?" Er erbleichte.

Graehams Augen flogen auf und er blickte wieder zu der Zofe. „Ich habe überlegt, ob sie etwas dagegen hätte, den *Bruder* des Lords zu reiten, das ist alles", sagte er mit einem leichten Lächeln.

Blaec wandte den Blick ab. Er hatte sich nie mehr gehasst als in diesem Moment. „Der Bruder des Lords muss nicht berücksichtigt werden", sagte er voller Gewissensbisse und Bitterkeit. „Der Bruder des Lords hat sich schon genug genommen." Was nicht sein war. Er brachte es kaum über sich, seinen Bruder wieder anzusehen.

„Mistkerl", sagte Graeham, ohne es zu meinen, und lachte leise. „Sprich für dich selbst. Wenn ich sage, dass der Bruder des Lords Aufmerksamkeit gebrauchen kann, dann ist dem so." Das Funkeln seiner Augen verstärkte sich. „Endlich", fügte er kaum hörbar hinzu.

Verstört über die Bemerkung seines jüngeren Zwillingsbruders runzelte Blaec die Stirn. „Du musst verwirrt sein", sagte er. „Du hast nicht mehr so wenig Sinn ergeben ..." Er schüttelte den Kopf. „Nicht seit ..."

„Ich bin nicht länger der Graf von Drakewich", unterbrach ihn Graeham. Seine Miene war ernst, doch seine Augen glänzten immer noch wie von einem Fieber.

Blaecs Brauen stießen zusammen. „Bei Gott!", rief er. „Beauchamp hat deinen Verstand durcheinandergebracht! Was zur Hölle meinst du, Graeham?"

Graehams Gesicht wurde hart. „Ich sagte ... ich bin nicht länger Graf der Ländereien unseres Vaters", wiederholte er mit ernstem Blick. „Ich glaube, ich habe mich deutlich genug ausgedrückt. Für den Fall, dass dem nicht so ist, sage ich es noch eindeutiger ... Drakewich ist nicht länger mein. Es gehört dir", offenbarte er ohne Reue.

Blaec sprang auf die Füße und starrte finster auf Graeham herab. „Auf wessen Erlass?"

„König Stephens", erwiderte Graeham entspannt, obgleich er vor Schmerz eine Grimasse zog.

„Das werde ich verdammt noch mal nicht akzeptieren!", brüllte Blaec. „Was denkt er eigentlich, wer er ist, dass er dir dein Geburtsrecht nehmen kann?"

„Nay. Es ist dein Geburtsrecht, nicht meines", entgegnete Graeham leise und hob sein Kinn. „Es ist deines, das wissen wir beide ganz genau."

Blaec spannte seinen Kiefer an, biss die Zähne zusammen.

„Es ist höchste Zeit, die Wahrheit zu akzeptieren", fuhr Graeham unverdrossen fort.

Blaec schüttelte heftig den Kopf. „Beim Kreuze Jesu, Graeham!" Er kniete sich wieder neben das Bett und bemühte sich, Graeham zu Verstand zu bringen, während er es selbst zu verstehen suchte. „Siehst du nicht, dass ich diese Ländereien nie erben wollte? Weißt du nicht, dass ich dir nie etwas missgönnt habe –" Seine Stimme brach und er schloss die Augen. „Abgesehen von einer Sache", berichtigte er ehrlich und begegnete Graehams Blick, so schwer es ihm auch fiel. „Wir wissen beide, was diese eine Sache ist ..."

Graeham nickte langsam. „Zusammen mit Drakewich ... ist auch sie dein." Seine Augen wurden feucht.

Blaecs Gesicht wurde ungläubig. Er verengte die Augen. „Ist es das, worum es geht?", fragte er. „Ist es das, Graeham? Denn wenn es das ist –"

„Nay", erwiderte Graeham nun mit festerer Stimme.

„Es geht nicht um Dominique. Es geht darum, wer von uns der rechtmäßige Erbe ist." Er zog eine Grimasse und fasste sich an die bandagierte Brust. „Es geht darum, wer von uns die Stärke besitzt, diese Ländereien zu beschützen. Es geht darum –"

Blaec schüttelte den Kopf. Auch seine Augen glänzten nun. „Ich habe dir die Treue geschworen, Graeham!" Sein Ton war emotionsgeladen. „Hast du mir nicht geglaubt, als ich dir mein Leben verschrieben habe?"

„Aye!", rief Graeham und die Stimme versagte ihm bei diesem leidenschaftlichen Ausbruch. Er schluckte. „Gott möge dich in die Hölle verdammen, Blaec!" Seine Nasenflügel zitterten. „Ich habe dir geglaubt, du Mistkerl." Seine Kiefermuskeln spannten sich an und sein Gesicht war vor Kummer verzerrt. „Verstehst du nicht, dass es nicht nur um dich geht? Es geht auch um mich! Ich will das hier nicht –" Er kniff die Augen zusammen und stöhnte, als litte er Schmerzen.

Blaec legte eine Hand auf seine Brust, um ihn zu beruhigen. Sein eigener Kiefer war so verkrampft, dass er dachte, er würde gleich entzweibrechen. Er schüttelte den Kopf. „Jesus ... ich wollte das nie", sagte er heiser und schloss die Lider, versuchte, es Graeham verständlich zu machen.

Graeham ergriff seinen Arm und drückte ihn heftig. „Du musst es wollen", sagte er und schüttelte ihn. „Du musst es annehmen! Für mich. Verstehst du das nicht?"

Blaec öffnete die Lider. „Und wenn ich das nicht kann?", fragte er leise.

Graeham hob das Kinn. Seine Augen glänzten. „Dann gehe ich einfach, Blaec – das schwöre ich! Ich gehe weg und dann bleiben wir beide mit nichts zurück", sagte er stur. „Du wirst schon sehen."

Blaec verengte die Augen. „Und was bleibt dir, sollte ich dieser Tollheit zustimmen?", fragte er grimmig.

„Wie kann ich mir nehmen, was dein ist, Graeham, wo ich doch geschworen habe, es für dich zu verteidigen?"

„Ich werde meine Ehre haben", sagte Graeham ernst, als wäre das alles, wonach er sich sehnte. „Und du kannst mir gar nichts wegnehmen ... denn was mein war, war auch immer dein", argumentierte er. „Und was dein ist ... das wirst du großzügig teilen, wie ich dich kenne."

Blaec sagte nichts, starrte ihn nur mit versteinertem Gesicht an. Er war nicht überzeugt.

„Im Gegenzug werde ich dir die Treue schwören."

Für den längsten Augenblick herrschte Stille zwischen ihnen. Eine schwere, undurchdringliche Stille. Sie waren in einer ausweglosen Situation, keiner von ihnen willens noch in der Lage, nachzugeben.

„Du kannst dir nicht vorstellen, was du von mir verlangst", sagte Blaec schließlich und sein Kiefermuskel zuckte. „Du verlangst von mir, gegen den Treueeid zu verstoßen, den ich dir geschworen habe. Einen Eid, den ich auf meine Seele geschworen habe", sagte er wütend.

Wieder Schweigen, stur und bedrückend.

„Auf mein Leben."

„Es ist vollbracht", sagte Graeham tonlos und wandte den Blick ab. „Es kann nicht ungeschehen gemacht werden."

„Von wegen!"

Graeham schaute zu der Zofe, die in der Zimmerecke stand und sie mit aufgerissenen, ungläubigen Augen beobachtete. Er nickte ihr zu. „Bring mir mein Schwert", befahl er ihr.

„J-ja, Mylord", sagte sie sogleich, zögerte jedoch und sah nervös zu Blaec. Als dieser nichts sagte, brachte sie Graeham die Scheide, die sein blutverschmiertes Schwert umgab, das noch vom Kampf befleckt war. Graeham zog die Klinge ihres Vaters und hielt sie Blaec hin. „Dann benutze es jetzt!", zischte er.

Blaec berührte das Schwert nicht, er blickte nur auf Graeham und hielt ihn für verrückt.

„Ich kann nicht länger diese Schuld auf meinem Gewissen tragen", sagte Graeham inbrünstig. „Lass mich endlich leben!", verlangte er.

„Das ist Wahnsinn", erwiderte Blaec und schüttelte den Kopf. „Es ist nicht deine Schuld, Graeham. Siehst du das nicht?"

Graeham stieß mit dem Schwert nach ihm, sein Gesicht rötete sich vor Zorn. „Lass mich leben, Blaec", beharrte er. „Oder lass mich sterben! Beende, was Beauchamp begonnen hat!"

„Herrgott! Gibt es nichts, was ich sagen kann, damit du zu Sinnen kommst?", fragte Blaec. „Gibt es nichts, was ich tun kann?" Er schüttelte den Kopf.

Graeham schüttelte ebenfalls den Kopf. „Nichts", versicherte er. „Gar nichts. Du kannst es nicht verstehen, Blaec, weil du nicht in meinem Körper lebst." Er verengte die Augen und erhob sich vom Bett, vor lauter Zorn vergaß er seine Verletzungen. „Du kannst nicht wissen, was die Vergeltung unseres Vaters gegen dich und unsere Mutter mich gekostet hat. Nimm mir das nicht weg."

„Ich soll dir *das* nicht wegnehmen?", fragte Blaec ungläubig. „Christus, du hast gerade von mir verlangt, dass ich dir *alles* nehme!"

„Aye, und doch wirst du mir im Gegenzug meine Freiheit geben", erwiderte Graeham. Zitternd fiel er wieder aufs Bett. Sein Gesicht war von der Anstrengung und dem Schmerz dieses neuen Kampfes schweißbedeckt.

„Du bist schwach und verletzt und kannst nicht klar denken", sagte Blaec. „Überleg es dir –"

„Nay! Es gibt keinen Grund, es mir noch einmal zu überlegen. Meine Entscheidung stand fest, lange bevor ich Drakewich verließ. Was denkst du, warum ich dir nicht gesagt habe, wohin ich reise, Blaec? Was meinst du, warum ich dich nicht mitkommen ließ? Und aye, was glaubst du, warum ich euch bei jeder Gelegenheit zusammengebracht habe? Aye", bestätigte er, als Blaecs Augen sich fragend auf ihn richteten. „Du hattest recht."

„Das ist Wahnsinn!", rief Blaec erneut und musterte Graehams blutleeres Gesicht.

„Vielleicht ... Trotzdem bitte ich dich, das anzunehmen, was ich dir angeboten habe. Ich schwöre dir: Ich gehe sonst weg und lasse uns beide mit nichts zurück."

„Wohin?", fragte Blaec herausfordernd. „Wohin würdest du gehen, Graeham?"

Der zuckte die Achseln. „Zur Kirche", sagte er leidenschaftslos, kniff dann die Augen zusammen und zog eine Grimasse.

„Verdammt!" Blaec fuhr sich mit der Hand über die Bartstoppeln. Er fürchtete, dass Graeham sich verausgabt hatte. „Kompletter Wahnsinn!" Er nickte endlich. „Aye, wenn es dir so wichtig ist, werde ich zustimmen", gab er nach. „Allerdings unter einer Bedingung: dass du alles zurücknimmst, wenn du den Willen zu herrschen wiederfindest."

Graeham mahlte stur mit dem Kiefer. Er öffnete seine umschatteten Augen und begegnete Blaecs Blick. „Ich wollte nie herrschen", sagte er voller Aufrichtigkeit. „Du bist immer der Anführer gewesen – auch wenn du nicht den Titel innehattest. Drakewich ist rechtmäßig dein, mein Bruder – ist es immer gewesen –, ob es dir gefällt oder nicht. Es war nie mein. Das ist sowohl mein Wille wie auch der des Königs. So Gott mein Zeuge ist, ich werde es nie zurücknehmen."

Blaec wusste nicht, was er sagen sollte. Graehams emotionslose Worte hatten ihn sprachlos gemacht. Er biss die Zähne zusammen und wog die schwierigste Entscheidung seines Lebens ab. Ein Teil von ihm erkannte die Wahrheit in Graehams Aussage. Ein anderer Teil wollte um der Ehre willen alles zurückweisen.

Aber wessen Ehre besaß die größere Bedeutung?

Graehams – soweit es Blaec betraf. Wenn er dies so verzweifelt tun musste – und so schien es –, dann sollte dem so sein. Er würde sich seinem Bruder nicht in den Weg stellen. Er nickte zustimmend, wenngleich widerstrebend. „Nun gut, Graeham", gab er mit einem erschöpften Seufzen nach, „wie du willst ..."

„Das tue ich", versicherte ihm Graeham erneut. „Jetzt ist endlich alles so, wie es sein sollte –"

Ein Klopfen an der Tür unterbrach ihn.

„Ich kümmere mich darum, Mylord", sagte Alyss sogleich.

Blaec drehte sich um, wollte ihr sagen, dass sie sich nicht bemühen müsste – immerhin hatte sie schon genug getan – und er es selbst tun würde, doch sie eilte schon zur Tür. Er brachte es nicht über sich, sie jetzt noch aufzuhalten. Sie öffnete und Edmund, einer der älteren Ritter seiner Garnison, blickte mit ernstem Gesicht hinein.

„Was gibt es, Edmund?" Edmund errötete und zögerte. Blaec stand auf und ging zu ihm hinüber. Instinktiv richteten sich die Härchen in seinem Nacken auf. „Edmund?"

Der ältere Mann zog eine Grimasse. „Mylord", begann er und runzelte die Stirn. „Ich habe keine Ahnung, ob es von Bedeutung ist oder nicht, aber ich dachte, ich sollte es Euch trotzdem sagen ..."

Blaec versteifte sich. „Was solltet Ihr mir sagen?"

„Nun, Mylord ... es geht um Lady Dominique ..."

Seine Sorge verstärkte sich. „Spuckt es aus!", befahl er „Was ist mir ihr?"

„Nun, seht Ihr, Mylord ... möglicherweise ist es nicht von Belang ... es ist nur ... Nun, als sie heute früh am Tor erschien, habe ich mir nichts dabei gedacht. Erst später ... als der Armenpfleger kam und mich bat, ihn durchzulassen, habe ich mir Gedanken gemacht."

Blaec runzelte die Stirn. „Ich verstehe nicht."

Edmund richtete sich auf. „Nun, Mylord ... Es ist so ... Euch ist bewusst, dass Lady Dominique jeden Morgen die Gaben des Armenpflegers ins Dorf gebracht hat?"

Blaec nickte, soweit konnte er folgen. „Ja."

„Nun, heute Morgen wirkte sie auf mich nicht anders als sonst ... und ich dachte ... nun, Mylord ... ich dachte mir gar nichts", gab Edmund mit rotem Gesicht zu. „Aber als später der Armenpfleger selbst erschien, musste ich mich fragen, ob Lady Dominique die morgendlichen Gaben überhaupt mitgenommen hatte – obwohl sie einen Beutel mit sich führte", erklärte er. „Ich wartete und glaubte, sie würde jeden Moment zurückkehren ... aber das tat sie nicht und deshalb dachte ich mir, ich sollte zu Euch kommen und es Euch berichten."

Blaecs Magen verkrampfte sich. Er wandte sich zu Graeham und dann zu der Zofe, die sich unruhig unter seinem Blick bewegte – und dann wieder zu Edmund. „Wann hat sie die Burg verlassen?"

Er zuckte mit den Schultern. „Vor ein paar Stunden, Mylord."

„Stunden? Und da kommt Ihr erst jetzt zu mir?"

Edmund ließ seinen Kopf hängen. „Der Armenpfleger erschien erst vor Kurzem", erklärte er. „Und dann dachte ich ..." Er schaute an Blaec vorbei zu Graeham. „Nun, ich wollte nicht stören", sagte er. „Es ist gut, Euch atmen zu sehen, Mylord." Er nickte. „Sehr gut."

„Danke, Edmund", antwortete Graeham. „Es tut auch mir gut, wieder zu atmen."

„Aye, nun ..." Edmund blickte wieder zu Blaec. „Das ist alles, Mylord. Habt Ihr Befehle für mich?"

„Reite ihr nach, Blaec", drängte Graeham.

Blaec stand einen Moment lang da und schüttelte hin- und hergerissen den Kopf. Er konnte nicht gehen und doch konnte er sie nicht einfach ziehen lassen. Der

Gedanke, dass sie wieder in den Klauen ihres Bruders sein könnte, ließ ihn frösteln. Er musste gehen. Er drehte sich zu Alyss. „Kann ich auf dich zählen, Alyss ... dass du an der Seite meines Bruders bleibst?"

„Aye, Mylord", antwortete Alyss sofort und trat eilfertig auf ihn zu. „Ich werde mich treulich um ihn kümmern", versprach sie.

Blaec nickte und wandte sich zu Edmund. „Aye, dann gibt es tatsächlich etwas, das Ihr tun könnt, Edmund. Sattelt mein Pferd und versammelt fünf Männer, die mit mir reiten. Sendet einen weiteren hierher, damit er über Graeham wacht." Er schaute Alyss an. „Ich werde mich nicht dafür entschuldigen, Mädchen", sagte er. „Ich werde nichts riskieren, wenn es um meinen Bruder geht."

Sie nickte, obwohl seine Bemerkung sie verletzt zu haben schien. Doch sie senkte den Kopf und sagte nur: „Aye, Mylord. Ich verstehe. Ich würde dasselbe tun."

Er nickte anerkennend und sah zu Edmund. „Geht", wies er ihn an. „Beeilt Euch und lasst das Tor öffnen. Sagt außerdem den fünf Männern, dass ich mich ihnen gleich im Burghof anschließe."

Edmund fuhr auf dem Absatz herum und eilte davon, um dem Befehl seines Lords Folge zu leisten.

Blaec drehte sich zu seinem Bruder. Er verharrte für einen Moment, ihre Blicke begegneten sich. So viele Gefühle bewegten ihn, die er weder aussprechen noch zugeben konnte. Er war dankbar, dass Graeham lebte, dankbar für seine Zuneigung, dankbar für ihre Blutsbande. „Tu mir einen Gefallen", bat er.

Graeham hob eine Braue. „Noch einen?"

Blaec schmunzelte, ohne es zu wollen, doch seine Augen verdüsterten sich vor Emotionen. Er schüttelte den Kopf. „Bemüh dich, nicht zu sterben, während ich weg bin."

„Das würde mir nicht einfallen", sagte Graeham

ernst und fügte dann hinzu: „Finde sie, Blaec ... Lass sie nicht in die Klauen dieses Teufels zurückkehren."

Blaec nickte und als er sprach, war seine Stimme rau. „Das habe ich vor, Graeham." Dann wandte er sich zum Gehen.

KAPITEL 27

Dominique war stundenlang in der brütenden Hitze geritten. Sie schaute hoch und bestimmte an der Position der Sonne am Himmel, dass die Mittagszeit nahe sein musste. Wobei sie sich bei der Zeit nicht sicher sein konnte, da jede Minute mit der nächsten zu verschwimmen schien.

Inzwischen war ihr Kleid schweißdurchtränkt und hing an ihr wie nasse, klebrige Lumpen. Auch ihr Haar haftete an ihrem Gesicht, in feuchten, wilden Löckchen, und war ihr über alle Maßen lästig.

Immer noch war sie dankbar, dass man sie nicht verfolgte – zumindest hatte sie nicht den Eindruck, dass jemand ihr nacheilte. Ab und zu spielten ihre Ohren ihr einen Streich, aber bisher waren ihre Ängste unbegründet geblieben. Es waren nur die Geräusche des Waldes: ein Hase, der vor den Hufen ihres Pferdes davonhuschte, ein Nagetier, das vor ihr durchs Unterholz flitzte, die Vögel, die in den Bäumen herumflatterten. Alle Klänge schienen sich gegen ihre Nerven verschworen zu haben.

Niemand war hier, sagte sie sich ... niemand folgte ihr ... obwohl ein kleiner Teil von ihr zu hoffen wagte. Gleichzeitig betete sie, dass es nicht *er* war.

Mehr noch als das betete Dominique, dass Graeham

überlebt hatte, denn sie glaubte, sie könnte es sonst nicht ertragen.

Jesus, was, wenn es wirklich Williams Werk war?

Was würde sie tun, wenn sie entdeckte, dass William Graeham herzlos überfallen und dann zum Sterben zurückgelassen hatte? Der Gedanke ließ sie erschauern.

Es gab sicherlich viel, was sie nicht über ihren Bruder wusste. Ab einem gewissen Alter hatte er sich von ihr abgeschottet. Dennoch konnte sie sich nicht vorstellen, dass er zu so einer Niedertracht fähig war. So sehr sie es auch versuchte, Dominique fiel nichts ein, was durch eine solche Gewalttat erreicht werden konnte; es ergab einfach keinen Sinn. Schließlich hatte William die Verbindung mit Graeham d'Lucy selbst ausgehandelt, damit Dominiques Kinder – Williams Geblüt – eines Tages wieder in Englands Namen über diese Ländereien herrschen konnten. Was sollte es William bringen, wenn er Graeham umbrachte?

Außer ... er hatte vorgehabt, Graeham zu töten, nachdem Dominique und er rechtmäßig verheiratet waren ...

Dominique schüttelte den Kopf und weigerte sich, zu glauben, dass er eine solche Gräueltat planen würde. Ihr Bruder war kein Dummkopf. Sollte Graeham ohne direkte Nachkommen sterben, wäre sein Anspruch auf Drakewich im besten Falle kläglich – besonders solange Graeham einen älteren Zwillingsbruder hatte, der diese Forderung anfocht. Und Dominique war überzeugt, dass Blaec diesen Anspruch anfechten würde. Das wäre auch William sicherlich bewusst.

Ebenso wenig hätte William das Offensichtliche übersehen: Durch einen Angriff auf Graeham *vor* der Zeremonie konnte nichts gewonnen werden. Bis jetzt waren Graeham und sie nicht verheiratet. Selbst wenn William etwas so Schändliches planen sollte, hätte er doch das Eheversprechen abgewartet.

Je mehr sie darüber nachdachte ... desto weniger

Sinn ergab es. Alles führte zu einem Ergebnis: William konnte wenig bis nichts durch ein so faules Vorgehen erreichen. Ihr Bruder konnte Graeham nicht überfallen haben.

Sie weigerte sich, das zu glauben.

Mit jeder verstreichenden Minute, mit jedem Argument, das ihr in den Sinn kam, wusste sie, dass sie das Richtige tat, indem sie William vor den Verdächtigungen gegen ihn warnte. Obwohl sie Blaec innig liebte, war William ihre Familie und sie konnte das nicht vergessen. Sie durfte nicht zulassen, dass ihr Bruder ungerechtfertigt litt.

Sie musste ihm einfach erzählen, was ihm vorgeworfen wurde – und aye, sie musste die Wahrheit aus seinem eigenen Mund hören.

Dominique ritt weiter, ignorierte das Hungergefühl und die Erschöpfung, so gut sie konnte. Als sie an einen Bach kam, wäre sie am liebsten von ihrem Pferd direkt in die Fluten geglitten, so unerträglich heiß war ihr. Sie stieg ab und führte ihren Zelter zum Wasser. Dann überließ sie das Tier sich selbst, fiel auf die Knie und benetzte begierig ihr Gesicht und ihren Hals. Sie schloss die Augen, genoss die Erleichterung, die ihr die Kühle brachte.

Danach legte sie sich auf den Bauch und wölbte die Hände. Sie schöpfte Wasser und trank gierig mit tiefen Schlucken. Als das nicht reichte, führte sie eine weitere Handvoll an ihre Lippen und noch eine, bis ihr Durst endlich gestillt war.

Und dann lag sie wie ein Kind in dem saftigen Gras und war zu voll, um sich zu bewegen. Sie rollte sich neben dem Bach auf die Seite und schaute zu dem sich verändernden Himmel empor, um Zeit und Entfernung abzuschätzen.

Bei Gott, ihr schien, dass der Weg *nach* Drakewich viel kürzer gewesen war. Sie war nun sicherlich in der Nähe von Amdel ... Es musste so sein.

Und doch kam ihr nichts vertraut vor.

Andererseits, wie oft hatte sie die Mauern von Amdel verlassen? Ihr Vater und später ihr Bruder hatten ihr nur selten erlaubt, hinauszuwandern. Sie hatte das umgebende Land nur von ihrem Turmfenster aus gesehen. Das Einzige, was sie sicher wusste, war, dass die Landschaft um Amdel deutlich weniger üppig war als die um Drakewich.

Sie hob den Kopf und blickte sich um. Es gab auch hier viel weniger Grün. Selbst der Wald, den sie soeben verlassen hatte, besaß spärlicheren Baumwuchs. Vor ihr lag ein weiteres Waldstück, das auch nicht sehr dicht wirkte.

Süße Maria, sie war hungrig.

Und außerdem musste sie ihre Notdurft verrichten.

Mit gerunzelter Stirn erhob sie sich mühsam vom Boden, klopfte den Staub von ihrem Kleid und tätschelte ihr Pferd, bevor sie den Beutel durchsuchte, den sie dem Tier auf den Rücken gebunden hatte. Nach ein bisschen Wühlen fand sie sowohl Brot als auch Käse und da niemand in der Nähe war, der ihre Manieren sehen konnte, scherte sie sich nicht darum, wie sie aß. Wie ein schmutziges, hungriges Bauernmädchen stopfte sie die trockenen Happen in ihren Mund und war mehr als dankbar, sie mitgenommen zu haben. Es machte ihr nichts, dass das Essen trocken war, und auch nicht, dass sie sich wie eine Verrückte darüber hermachte.

Als sie fertig war, wischte sie die Krümel mit dem Ärmel aus ihrem Gesicht, beugte sich wieder zum Bach hinunter, um zu trinken, und richtete sich dann auf. Sie schüttelte die Hände aus und strich den verbliebenen Schmutz von ihrem Kleid. Danach ergriff sie die Zügel ihres Pferds und ging zu einem Dickicht vor ihr, um sich dort zu erleichtern. Auch wenn es unwahrscheinlich war, dass man sie hier entdecken würde, so gab es doch keine Sicherheit, dass niemand sie mittendrin überraschte, und das hätte sie nicht ertragen. Obwohl das Waldstück hinter ihr viel näher war, wollte sie nicht einen Schritt mehr als nötig in die falsche Richtung gehen. Sie wusste nicht, wie lange sie es noch aushalten konnte.

Noch nie in ihrem Leben war sie in einer so verzweifelten Lage gewesen. Doch es würde all das wert sein, wenn sie William endlich gegenüberstand und er ihr ein für alle Mal versicherte, dass er unschuldig war.

DIE SPUREN WURDEN IMMER FRISCHER.

Blaec schätzte, dass Dominique kaum mehr als eine halbe Stunde vor ihnen hier vorbeigekommen sein musste. Er war keinesfalls zufrieden mit der Geschwindigkeit, mit der sie den Weg zurücklegten, und wurde mit jedem Augenblick unruhiger. Mit jeder Meile, die sie hinter sich brachten, näherten sie sich Amdel weiter.

Ist sie inzwischen angekommen?

Die Möglichkeit wirkte wie Säure auf seinen Magen. Er biss die Zähne zusammen, als er aus dem Wald herausritt, zog kurz darauf die Zügel an und befahl seinen Männern sofort, es ihm nachzutun. Dort in der Ferne sah er sie und sein Herz begann zu hämmern wie das eines bartlosen Jünglings.

Der Knoten in seinem Bauch lockerte sich bei dem Wissen, dass sie ihren Bruder noch nicht erreicht hatte – noch nicht.

Dennoch war sie ihrem Ziel nahe genug, um ihn weiter zu beunruhigen. Das Letzte, was er jetzt wollte, war, sie in Panik zu versetzen. Sollte sie ihn erblicken und die Möglichkeit ergreifen, wieder aufzusteigen, müsste sie lediglich ein paar Meilen gen Süden reiten und sie wären in Sichtweite von Amdels Mauern. Und er wollte es auf jeden Fall vermeiden, von den Männern ihres Bruders erspäht zu werden, wenn er ihnen so schlecht gewappnet war.

Einen Moment lang saß er da und beobachtete, wie sie, ohne Notiz von ihm und seinen Leuten zu nehmen, in ein Dickicht vor ihr stolperte. Blaec wartete nur einen Augenblick länger, dann trug er seinen Männern auf, an ihrem Platz zu bleiben, während er ihr alleine folgte. Er stieg ab, ließ sein Schlachtross vor dem Wäldchen stehen und betrat dieses so heimlich wie möglich.

Es dauerte nicht lange, bis er sie erblickte. Ganz in seiner Nähe entdeckte er ihren Scheitel, der über einem Busch aufragte, hinter dem sie hockte. Sie pinkelte, vermutete er, und sang leise dabei. Er zog eine Grimasse angesichts des unglücklichen Zeitpunkts ihres Zusammentreffens.

Er musste den Impuls unterdrücken, sich umzudrehen und ihr die Privatsphäre zu gönnen, die sie gesucht hatte, denn er wollte sie nicht schon wieder aus den Augen verlieren. Jesus, er war froh, dass er seine Männer nicht mitgebracht hatte, entschied er, als er sich duckte und leise näher schlich.

Nun, wenn er gehofft hatte, sie ahnungslos und unvorbereitet zur Flucht anzutreffen ... dann gab es keinen besseren Moment als diesen.

Dominique war absolut nicht danach, zu singen, aber sie tat es trotzdem, weil es ihr half, die Melancholie zu vertreiben. Sie trällerte eine Strophe eines Lieds, das – wie sie sich dunkel erinnerte – ihre Mutter gesungen hatte, und vergaß genau in der Mitte den Text. Sie bemühte sich, nicht an ihr Unbehagen oder ihre Erschöpfung zu denken – oder auch an die beschämende Tatsache, dass sie dabei war, in Gottes freier Natur ihre Blase zu leeren. Sie seufzte angeekelt und versuchte es erneut:

„Mein Mann ist außerordentlich eifersüchtig, arrogant, ruchlos und hart ... Aber er wird bald ein betrogener Ehemann sein, wenn ich meinen süßen Geliebten treffe, einen vornehmen und charmanten Mann. Weißt du, ich schere mich nicht um Ehemänner ... denn sie verabscheuen alles, was der Mühe wert ist. Ich sage dir: Wir sollten den Flegel verhöhnen, der uns nur schaden will!"

Sie nickte, zufrieden, dass ihr der Text diesmal eingefallen war, und fuhr fort:

„Nicht um alle Reichtümer von Citeaux sollte eine lebhafte Lady mit gutem Herz sich einen Mann nehmen, sagt Etienne de Meaux; sie sollte sich stattdessen einen Geliebten nehmen ... und ich will ihm glauben und mir einen Liebhaber finden! Oh ... und ich sage dir: Wir sollten den Flegel verhöhnen, der uns –"

„Nur schaden will ..."

Erschreckt durch die unerwartete Begleitstimme kreischte Dominique und sprang auf die Füße. Sie verzog sorgenvoll ihr Gesicht, als sie rasch ihre Röcke fallen ließ.

Blaec räusperte sich und spitzte die Lippen, während er sein Lachen unterdrückte. Wie sie vor ihm stand, wirkte sie mehr wie eine Landstreicherin denn eine Lady, mit ihrem zerschlissenen blauen Bliaut und ihrem staubverschmierten Gesicht – aber was für eine schöne Obdachlose sie war.

Ihr feuchtes Gewand klebte an ihr, enthüllte alle ergötzlichen Kurven. Und Christus ... er erinnerte sich nur zu gut an diese Kurven. Sein Mund wurde trocken vor Verlangen. Himmel, er war froh, dass seine Männer zurückgeblieben waren, denn wenn auch nur einer von ihnen sie angestarrt hätte ... er glaubte, er hätte diesen mit seiner Klinge durchbohrt.

Sie war so erschrocken, dass sie sprachlos war, das sah er deutlich. Er hob eine Braue. Die Erleichterung, sie endlich gefunden zu haben, machte sein Herz leicht.

„Ihr!", rief Dominique, als sie ihre Stimme zurückerlangt hatte. Und dann wütender: „Ihr!" Sie stürzte sich wie eine Verrückte auf ihn, bearbeitete seine Brust heftig mit ihren Fäusten.

Lachend, obgleich er es zu unterdrücken suchte, umfasste er ihre Handgelenke. Er fürchtete, die Heiterkeit angesichts seiner eigenen Erleichterung und ihres zornigen Gesichts würde ihn noch zerreißen.

„Dominique!", brüllte er. „Hört auf, Mädchen."

„Niemals!", schwor sie. „Ich verspreche, Euch umzubringen, wo ihr hier steht!"

„Wirklich?", fragte er und erlitt einen weiteren Lachanfall. Währenddessen versuchte er vergeblich, ihren Beinen auszuweichen, mit denen sie nach ihm trat. „Aber bevor Ihr dies tut ...", sagte er, als er wieder zu Atem kam. „Erzählt mir doch, von wem Ihr ein solch derbes Lied gelernt habt."

„Von meiner Mutter!", sagte sie wütend und kämpfte darum, sich aus seinem festen Griff zu befreien. „Ihr ungehobelter Flegel!"

„Flegel?", fragte er und musste schon wieder lachen. „Wie der in Eurem Lied?"

„Wie lange habt Ihr gelauscht?", wollte sie wissen und trat gegen sein Schienbein.

„Autsch! Passt besser mit Euren Beinen auf, Demoiselle. Das sind gefährlichere Waffen als mein Schwert."

„Wie lange?", beharrte sie und ihre Wangen röteten sich.

„Bei Gott, wenn ich das geahnt hätte, hätte ich meine Beinlinge angelegt, Frau! Vielleicht ein Vers oder zwei", gab er ehrlich zu, während er sich bemühte, seine Beine vor weiterem Schaden zu bewahren.

Sie ließ von ihm ab und starrte ihn an. In ihren leuchtend blauen Augen brannte der Zorn. „Oh! Ihr seid widerlich!"

Er hob grinsend eine Braue. „Wirklich?"

„Wirklich!"

Er schaute sie gequält an. „Ihr verletzt mich, Demoiselle."

„Ich kann nicht glauben, dass Ihr mich hier beobachtet habt! Wie könnt Ihr es wagen!", schrie sie.

Er verzog die Mundwinkel. „Ehrlich gesagt, Demoiselle, gibt es keinen einzigen Teil Eures köstlichen Körpers, den ich nicht bereits eingehend kenne."

An ihren Augen erkannte er, dass die Wahrheit dieser Worte sie ebenso sehr berührte wie ihn. Selbst jetzt war er erregt. Schmerzhaft. Obwohl er wusste, dass er sich auf keinen Fall in diesem Moment Erlösung verschaffen konnte. Nicht hier. Nicht jetzt. Hätte sie ihn allerdings etwas höher getreten, wäre er für alle Ewigkeit davon geheilt gewesen, überlegte er trocken.

„Tatsächlich, Dominique", fuhr er mit leiser und rauer Stimme fort, „sind die Bilder unauslöschlich in meinen Verstand gebrannt."

Ihr Gesicht wurde rot – ein wütendes Rot, dachte er, denn ihre leuchtenden saphirblauen Augen verengten sich. Sie breitete die Arme aus. „Ihr habt nicht *das* gesehen!", sagte sie heftig.

„Was?", fragte er und konnte nicht anders, als sie zu necken. „Was habe ich noch nicht gesehen?" Sein Grinsen wurde breiter, obwohl er sich bemühte, es aufzuhalten.

Ihr Erröten vertiefte sich, bis er glaubte, sie würde schreien. „Das wisst Ihr ganz genau", warf sie ihm vor und weigerte sich, es ihm zu erklären.

„Oh", sagte er und nickte, wobei sich seine Brauen hoben. „Ich verstehe ..." Er hielt ihre Handgelenke fester, damit sie nicht erneut auf die Idee kam, ihn zu schlagen.

Er schaute bedeutungsvoll auf den Boden, wo sie gehockt hatte. „Ihr meint Euer Pinkeln?"

Sie kreischte empört und wand sich noch heftiger, um sich zu befreien. „Schwein! Köter! Ochse! Ich kann nicht glauben, dass Ihr so etwas mir gegenüber aussprecht!"

Er schnalzte mit der Zunge und unterdrückte einen

weiteren Lachanfall. Er musste gegen den Drang an-kämpfen, sie an sich zu ziehen und festzuhalten, sie zu berühren, zu liebkosen, sie besinnungslos zu küssen. Himmel, das wollte er so sehr. Er wollte sie hier und jetzt lieben, wollte sie brandmarken, wollte sie sein ma-chen für alle Ewigkeit. Er wollte ihr sagen, dass ihnen nun nichts mehr entgegenstand, denn sie hatten Grae-hams Segen. Er wollte so vieles sagen. So wahr Gott sein Zeuge war, er wusste nicht, was er ohne sie tun würde.

„Was für Ausdrücke!", rügte er. Seine Augen lieb-kosten sie, da seine Hände es nicht konnten. „Mir scheint, ich muss Euch ein für alle Mal davon kurieren, Demoiselle", sagte er und wurde ernster. „Schließlich können wir keine Gräfin von Drakewich haben, die solche Unflätigkeiten von sich gibt."

Ihre blauen Augen verdunkelten sich. „Wir wissen beide, dass ich nicht die Gräfin von Drakewich bin – dass ich es nie sein werde", erwiderte sie und funkelte ihn an. „Und Ihr seid grausam, mich so zu verspotten! Lasst mich endlich los! Lasst mich gehen!" Sie neigte flehend ihren Kopf zur Seite.

„Niemals!", schwor er, gab aber ihre Handgelenke endlich frei. „Warum seid Ihr weggegangen, Domini-que?", fragte er.

Dominique starrte ihn an und der Ausdruck verriet den gleichen Aufruhr an Gefühlen, der auch in ihm tobte. „Ihr hättet mich nach Amdel zurückkehren lassen sollen. Es ist das Beste für alle."

„Christus, Dominique ..." Er zog eine Grimasse. „Das Beste für wen? Ihr könnt nicht ehrlich erwarten, dass ich Euch einfach gehen lasse", sagte er ungläubig. Er wollte, dass sie die Wahrheit in seinen Augen sah – dass er nicht ohne sie leben konnte. Er wollte auch die Worte aussprechen, brachte aber keinen Ton heraus. Sie schien es nicht zu bemerken.

Sie hob ihr Kinn. „Wieso?" In diesem Moment erkannte er, dass sie ihr Herz gegen ihn wappnete. „Sagt mir, Mylord ... habt Ihr Angst, ich würde meinem Bruder erzählen, was Ihr plant? Dass ich Euch die Rache vereiteln könnte? Ist es das?"

Sein Gesicht verhärtete sich bei ihrer Anschuldigung, doch sie zwang ihn, die Möglichkeit in Betracht zu ziehen. Vielleicht war es das, was sie vorgehabt hatte – ihn zu verraten, wie er es von Anfang an vermutet hatte.

„Jetzt, da Ihr es erwähnt ...", sagte er und blinzelte, wobei sich sein Kiefer anspannte.

„Nun, Ihr könnt Euch wieder nach Drakewich begeben!", sagte Dominique wütend. „Ich werde nicht mit Euch zurückkehren." Sie drehte sich um und stürmte auf ihr Pferd zu, das sie unweit an einen Busch gebunden hatte.

Dachte sie wirklich, es würde so enden?

Hielt sie ihn für verrückt? Für dumm? Dachte sie, dass er so einfach aufgeben würde? Er wollte verdammt sein, wenn er so weit gekommen wäre, nur um sie wieder wegreiten zu lassen – ganz unabhängig von ihrer Intention.

Aber er glaubte nicht, dass sie ihn nicht wollte. Keine Frau, die so leidenschaftlich war wie sie, konnte ohne Liebe sein. Noch glaubte er, dass sie ihn verraten wollte – und falls doch, würde er sie erst recht nicht gehen lassen. „Aye?", forderte er sie heraus. „Nun, das werden wir sehen." Er lief zielstrebig auf sie zu.

Dominique spürte seine Absicht und stürzte davon, war allerdings nicht schnell genug. Sie kreischte empört, als er sie hochhob und über seine Schulter warf.

„Ich kann nicht fassen, dass Ihr wieder darauf zurückgreift! Ihr Ochse! Besitzt Ihr keine Manieren? Seht Ihr nicht, dass ich nach Hause möchte? Lasst mich runter!", verlangte sie wütend.

„Ihr werdet in der Tat nach Hause zurückkehren, Demoiselle."

Sie missverstand ihn. „Ich möchte jetzt nach Hause! Nicht morgen! Hört Ihr mich? Lasst mich los!"

Er schlug ihr hart auf den Hintern und sie schrie zornig auf. „Das ist dafür, dass Ihr mich einen Ochsen genannt habt!", sagte er, ohne es wirklich zu meinen.

„Oh! Ihr! Lasst mich sofort runter, Ihr anmaßender Flegel! Lasst mich los", flehte sie und wand sich heftig. „Blaec!", schrie sie. „So Gott mein Zeuge ist, ich werde Euch das bereuen lassen! Setzt mich ab!"

„Ich denke nicht", sagte er und schleppte sie aus dem Dickicht heraus und zu seinem eigenen Pferd.

KAPITEL 28

Er blieb abrupt stehen, als er in das helle Sonnenlicht trat, und Dominique spürte die plötzliche Spannung in seinen Armmuskeln und an der Starrheit seines Rückens. Sie wusste sofort, dass etwas nicht in Ordnung war, und versuchte, sich zu drehen, um zu sehen, was seine Aufmerksamkeit gefangen hatte, doch das gelang ihr nicht. Er machte es ihr auch nicht gerade einfacher durch die Art, wie er sie festhielt.

„Ich würde Euch empfehlen, zu tun, was die Lady von Euch verlangt", sagte eine ihr vertraute männliche Stimme.

Wieder versuchte Dominique, sich umzuwenden, wurde aber daran gehindert, weil Blaec sie wütend schüttelte. Sie unterdrückte den Drang, ihn mit ihrer Faust zu schlagen. Christus, in diesem Moment wollte sie nichts lieber, als die Hände um seinen Hals zu legen und ihn zu würgen. „Lasst – mich – runter!", verlangte sie mit zusammengebissenen Zähnen.

„Tut, was sie sagt, d'Lucy."

Widerwillig kam er dem nach und stellte sie langsam wieder auf ihre Füße. Dominique wandte sich um und erblickte den Besitzer der Stimme – Rufford, der Hauptmann ihres Bruders.

Und er war nicht allein.

Sieben weitere bewaffnete Reiter ihres Bruders umgaben sie. Sechs umzingelten Blaecs fünf Begleiter und einer schloss sich Rufford an, der Blaec gegenüberstand. Der letzte Mann zielte mit einer Armbrust genau auf Blaecs Brust.

Ihr Herz begann zu hämmern, nicht aus Angst um sich selbst, sondern um Blaec. Die Mienen der Männer sagten ihr alles, was sie wissen musste. Sie würden ihn nur zu gern töten, stellte sie fest und zuckte bei der Vorstellung zusammen. Dominique entfernte sich von Blaec, näherte sich den Leuten ihres Bruders, damit er nicht versuchte, diese herauszufordern. Durch seinen Gesichtsausdruck wusste sie, dass er darüber nachdachte, und es war ihr wichtig, ihm deutlich zu machen, was sie wollte.

Seine Augen waren wie Eis, als sie ihren begegneten, und es war klar, dass er ihr Handeln als Treuebruch betrachtete. Doch es ging nicht anders, sagte sie sich. Sie nahm lieber in Kauf, dass er sich betrogen fühlte, als dass er gegen die Reiter ankämpfte und getötet wurde.

„Ihr müsst nicht gehen", murmelte er und ein Muskel an seinem Kiefer zuckte. „Sagt nur ein Wort, Dominique, und ich werde nicht zulassen, dass sie Euch mitnehmen."

Er wartete auf ihre Antwort und Dominique konnte wegen der Emotionen, die ihre Kehle verstopften, kaum sprechen. Sie schüttelte den Kopf und bewegte sich weiter auf die Männer ihres Bruders zu. „Ich ... ich muss gehen", sagte sie. „Ich muss die Wahrheit erfahren – ich muss einfach, Blaec."

Seine Augen funkelten mit frostigem Glanz. „Fragt sie", drängte er und deutete auf die Reiter aus Amdel. „Fragt sie, Dominique, dann werdet Ihr es wissen!"

„Nay!", widersprach sie, fuhr auf dem Absatz herum und eilte zu den wartenden Leuten ihres Bruders. Sie raffte ihre Röcke und rannte, weil sie fürchtete, wenn sie jetzt nicht ging, würde sie ihre Meinung ändern und bleiben, denn sein Gesichtsausdruck zerriss ihr das Herz.

„Dominique!", rief er ihr hinterher.

Der Hauptmann hob sie vor sich im Damensitz auf sein Pferd. Blaec starrte sie einfach nur an und sein Blick verdammte sie wie nie zuvor.

Sie konnte sich den Luxus von Reue nicht erlauben. Sie hob ihr Kinn, obwohl ihr mehr danach war, auf dem Boden zusammenzusinken. „Ich bin es William schuldig, mit ihm persönlich zu sprechen", erklärte sie und flehte von ganzem Herzen um sein Verständnis. „Könnt Ihr nicht sehen, dass es das Richtige ist?"

Er sagte nichts, starrte sie nur weiter mit ausdrucksloser Miene an.

„Würdet Ihr nicht genauso handeln?", versuchte sie, an seine Vernunft zu appellieren.

Er sagte immer noch nichts und als Rufford sein Ross drehte und den anderen sieben bedeutete, ihm zu folgen, sah sie, dass Blaec die Hand hob, damit seine Männer blieben, wo sie waren. Sein Gesicht glich einer Maske aus Stein. Sie seufzte vor Erleichterung, wenngleich sie ihren Kummer herunterschluckte.

„Vergebt mir", bat sie ihn und formte die Worte mit ihrem Mund, da ihr die Stimme versagte. Damit er ihre Tränen nicht sah, wandte sie sich ab und klammerte sich an Rufford, als dieser seinem Pferd die Sporen gab und sie sich von der Lichtung entfernten. Erst als sie schon unterwegs waren, erinnerte sie sich an ihre Stute, doch noch immer war ihr Hals wie zugeschnürt, sodass sie nichts sagen konnte. Sie hielt sich an Rufford fest, als würde ihr Leben davon abhängen.

Weiterhin spürte sie Blaecs Blick brennend in ihrem Rücken. Sie wagte nicht, sich umzudrehen, konnte ihn nicht anschauen. Bereits jetzt fürchtete sie, dass sie seinen verletzten, verächtlichen Gesichtsausdruck nie vergessen würde, als er sie gebeten hatte, zu bleiben. Es war egal, dass sie genau das verzweifelt wollte – sie musste gehen. Und da sie wusste, es würde das letzte Mal sein, dass sie ihn sah, konnte sie es nicht ertragen, sich so an ihn zu erinnern.

Ihr Herz verkrampfte sich vor Trauer und sie schluchzte an Ruffords Brust. Es machte ihr nichts aus, dass er sie hören konnte, und auch nicht, dass sein Kettenhemd ihr in die Wange schnitt. Der Schmerz erschien ihr geringfügig im Vergleich zu dem, der ihr Herz zerriss.

Und doch wusste sie, dass es das Richtige war. Er hätte dasselbe für seinen eigenen Bruder getan.

⚜

WILLIAM SAß AUF DEM PODIUM, ALS DOMINIQUE DIE Halle betrat. Er hatte seinen Stuhl nach hinten geschoben und einen Fuß nachlässig auf den Tisch gelegt. Als er sie erblickte, hellte sich seine Miene auf und er nahm sofort seinen Fuß herunter, stand auf und schaute ihr entgegen – erst erfreut, dann plötzlich aus der Fassung gebracht durch ihren Anblick.

Tränen liefen über ihre Wangen. Dominique rannte auf ihn zu, um ihn zu umarmen, wollte in ihrer Trauer die tröstenden Arme ihres Bruders spüren. Seine Begrüßung beruhigte sie und sie weinte noch heftiger und klammerte sich noch fester an ihn als an Rufford.

„Wir haben sie auf der Lichtung gefunden, Mylord", berichtete Rufford William sogleich. „Sie floh vor d'Lucy – dem Bastard! Er hatte sie über seine Schulter geworfen wie einen wertlosen Sack Mehl."

„Sind sie fort?" Williams Ton war wütend und doch ruhig. Er strich ihr mitfühlend über den Rücken.

„Aye, Mylord. Sie sind fort. Aber sie weint, seit wir sie von d'Lucy befreit haben."

William versteifte sich, seine Hand an ihrem Rücken erstarrte. „Ihr könnt gehen", sagte er zu Rufford.

Und dann wartete er, bis er sicher war, dass sie allein waren. „Dominique?“, fragte er kurz darauf.

Dominique schaute zu ihm auf, ihr Gesicht tränenverschmiert, die Augen verquollen.

Seine eigenen Augen funkelten wie geschliffene Edelsteine und überraschten sie etwas mit der Intensität, die sie darin sah. „Hat er dich verletzt?“, fragte er sanft und mit angespanntem Kiefer.

Dominique wandte den Blick ab. Sie konnte sich ihm noch nicht mit der schambehafteten Wahrheit stellen – dass sie sich in den falschen d'Lucy verliebt hatte. „Nay“, krächzte sie und unterdrückte salzige Tränen. „Das hat er nicht.“

Sein Körper wurde noch starrer. „Warum weinst du dann?“, fragte er sie tonlos.

Dominique schüttelte den Kopf, konnte die Worte nicht aussprechen. Sie spürte seine Missbilligung, verstand aber nicht, weswegen. Was hatte sie getan? Sie dachte, dass er vielleicht sauer war, weil sie aus Drakewich geflohen war. Doch wenn er es wüsste ... wenn er wüsste, wie sie ihn verdächtigt hatten ...

Sie schüttelte unglücklich den Kopf, wusste, dass es ihre Pflicht war, es ihm zu sagen. „Oh, William“, schluchzte sie. „Sie beschuldigen dich des Verrats an Graeham – doch ich habe ihnen gesagt, dass das nicht sein kann. Er war –“

„Graeham lebt?“

Dominique schüttelte erneut den Kopf. „Ich ... ich weiß nicht“, sagte sie ehrlich und wischte sich verstört über die Wangen. Erst jetzt fiel ihr auf, dass sie sich bei Blaec nicht nach dem Wohlergehen seines Bruders erkundigt hatte. In ihrer Wut hatte sie es nicht einmal bedacht und jetzt quälte sie die Frage. „I-ich bin so schnell geflohen, wie ich konnte“, gab sie zu und runzelte die Stirn. „Ich habe nicht daran gedacht, zu fragen ...“

Ein anderer Gedanke kam ihr plötzlich und sie

schluckte heftig. William hatte sie gefragt, ob er lebte ... ohne Überraschung und ohne Ärger, dass sie ihn zu Unrecht beschuldigten. „Blaec war nicht zornig", überlegte sie. „Also muss Graeham am Leben sein. William", begann sie behutsam, „du bist nicht verantwortlich ..."

Sie hob ihr Kinn, als er nicht antwortete, und wappnete sich. „Sag mir, dass du nichts damit zu tun hattest."

Sein Gesicht blieb eine unlesbare Maske, ausdruckslos, obgleich seine Augen weiterhin kalt blitzten.

„William – oh, nay!" Dominique wich zurück, getroffen, zutiefst erschreckt von der Bedeutung seines Schweigens. „Nay! Nay! Oh Gott – nay! Sag, dass das nicht stimmt!"

Sein Gesicht verzerrte sich plötzlich. „Wieso kümmert es dich?" Er umfasste ihren Arm und riss sie zu sich, rotgesichtig in seinem Zorn. „Was bedeutet er dir, kleine Schwester – hast du deinen Rock für ihn gehoben? Hast du das getan?" Seine Stimme war grausam.

Dominique machte sich los und wich mit wachsendem Entsetzen zurück, sie wollte nichts mehr hören. Sie bedeckte ihre Ohren mit den Händen und schüttelte den Kopf, während er ihr folgte.

Ihr Herz setzte einen Schlag aus, als er sie an die Wand drängte, ihr die Arme vom Gesicht riss und sie gegen die Steinmauer in ihrem Rücken presste. Er zerquetschte ihre Hände erbarmungslos unter seinen.

„Hast du das getan?", fragte er. Er zwängte sein Knie hart zwischen ihre Beine. Dominique schrie vor Schmerz und Angst auf. „Hast du ihn zwischen deine Beine gelassen, Dominique?"

Sie schüttelte heftig den Kopf und konnte nichts sagen.

„Antworte mir! Rede! Gott möge dich verdammen, du schmutzige, kleine Hure!" Er begann zu beben, während er sie noch kräftiger an die Wand drückte – als würde er sie hineinpressen wollen, wenn er das könnte.

Wie ein kleiner Junge schloss er plötzlich die Augen, als würde er weinen – und immer noch zitterte er. Dann schrie er auf und Dominique war hin- und hergerissen zwischen ihrer Furcht vor ihm und ihrem Verlangen, ihn zu trösten. Was er auch sonst sein mochte, er war immer noch ihr Bruder. Sie schaute ihn unverwandt an und verstand nicht, was passierte, auch wenn sie sich verzweifelt bemühte, es zu begreifen. Er öffnete die Augen und starrte sie an. Das fehlende Wiedererkennen in seinem Blick erschreckte sie.

„William?"

Ohne Warnung senkte er seinen Mund auf ihren. Dominique kreischte und versuchte, ihr Gesicht abzuwenden, konnte nicht glauben, wie ihr geschah. Sie spuckte aus, wand sich wild, um sich zu befreien, während er seine Zähne gegen ihre Lippen presste. Er griff in ihre Haare und stieß ihren Kopf gegen die Wand. Die Wucht des Schlags betäubte sie.

„Du schmutzige Hure!", beschuldigte er sie und bedeckte ihre Lippen erneut.

Dominique war zu benommen, um sich gegen sein Eindringen in ihren Mund zu wehren. Es verursachte ihr Übelkeit. Er stieß mit seiner Zunge in sie, seine Lippen bebten, als er sie küsste. Dominique rang nach Luft, versuchte, ihn wegzuschubsen, aber er war unbeweglich.

„Gott möge dich verdammen", schrie er und seine Stimme brach wie die eines verletzten Kindes, bevor er ihren Mund erneut heimsuchte.

Langsam kam Dominique wieder zu sich, fand seine Lippe zwischen ihren Zähnen und biss zu, bis sie sein Blut schmeckte. Er brüllte vor Schmerz und sprang zurück, jedoch nicht, ohne den Abdruck seiner Hand auf ihrem Gesicht zu hinterlassen.

Er funkelte sie an, fuhr mit den Fingern über seinen Mund, fühlte sein eigenes Blut und schlug sie erneut. „Du bist genauso wie deine Mutter!", sagte er gehässig, als hätten sie nicht dieselben Eltern. „Eine lügende, schmutzige kleine Hure!"

Er trat weiter zurück, als würde ihr Anblick ihn abstoßen. „Ich hätte dich lieben können, Dominique", sagte er mürrisch. „Ich hätte dich mit meinem Körper und meinem Herzen geliebt."

Dominique sah ihn voller Abscheu an. Sie schüttelte den Kopf, schluckte, spürte die Galle, die wie Säure in ihrer Kehle aufstieg. „W-was sagst du da, William?" Sie würgte an einem Schluchzer.

„Ich hätte dich in Ehren gehalten", fuhr er mit glänzenden Augen fort.

Sie legte die Hand an ihre Wange, um den Schmerz des Schlags zu lindern – doch es gab nichts, was den Schmerz in ihrem Herzen lindern konnte.

Jesus ... Blaec hatte recht gehabt. Graeham hatte recht gehabt. William war ein Unmensch. Wie hatte sie so blind sein können? Wie konnte es sein, dass sie die Wahrheit nicht erkannt hatte? Er hatte sich ihr gegenüber all die Jahre so emotionslos gezeigt ... süßer Jesus, sie hatte gedacht, er würde sie nicht einmal bemerken.

Sie schüttelte den Kopf und schluckte erneut. Ihre Augen klagten ihn an, glänzten mit neuen Tränen. Doch sie brachte keinen Ton hervor, denn ihr Inneres war taub.

In diesem Moment rief er nach Rufford und erschreckte sie durch die Grausamkeit seines Brüllens. Kaum einen Wimpernschlag später betrat Rufford die Halle, um seinen Befehl zu empfangen.

William musterte sie kalt und sagte: „Bringt sie in ihr Zimmer, Rufford, und schließt sie ein ... dann möchte ich, dass Ihr einen Boten zu d'Lucy sendet."

„Aye, Mylord."

„Sagt ihm, er kann Dominique abholen kommen, wenn er es wagt. Doch wenn er es tut ... werde ich ihn mit meinen eigenen Händen für seinen Verrat erwürgen – das könnt Ihr ihm auch mitteilen. Und wenn er nicht kommt ... nun ... dann werde ich sie einfach töten ... und ihren hübschen, kleinen Kopf auf einer Gänseplatte servieren."

Dominique glaubte, sie würde gleich ohnmächtig werden. „William", krächzte sie und wollte ihren Ohren nicht trauen. Ihre Knie gaben unter ihr nach.

„Mylord?", fragte Rufford deutlich schockiert.

„Wie kannst du mich so verabscheuen?", fragte Dominique mit brechender Stimme. „Wie kannst du so etwas tun? William ..."

William schüttelte den Kopf in Verleugnung ihrer Worte, wirkte sogar entsetzt über ihre Aussage. Er erwiderte beinahe sanft: „Nay, Dominique ... du missverstehst mich ... ich liebe dich."

Dominique schrie heiser auf, bedeckte den Mund mit ihrer Hand und unterdrückte ihr Schluchzen, damit sie nicht hysterisch wurde.

„Mylord?", fragte Rufford erneut verwirrt.

„Was starrt Ihr so?", brüllte William lauthals und wirbelte auf dem Absatz herum. Er stürzte sich auf Rufford und seine Hand wanderte zu seinem Schwert, als wollte er ihn an Ort und Stelle niederschlagen. Dann hielt er plötzlich inne. Sein Kiefer mahlte heftig, seine Augen erstrahlten in einem aufgewühlten Blau. „Raus hier, verdammt – alle beide! Nehmt sie mit und schert Euch verflucht noch mal hier raus. Dann geht zu d'Lucy und sagt ihm, was ich Euch aufgetragen habe, es sei denn, Ihr wollt mit dem Rest des Abfalls im Burggraben landen."

„Aye, Mylord."

William schloss die Augen und brüllte erneut: „Geht – jetzt!"

Sie keuchte erschrocken, als Rufford auf sie zukam. Dominique sah in seinen Augen, dass er tun würde, was auch immer William ihm befahl, unabhängig davon, wie lange er sie kannte oder ob er es bereute. Ihre Knie gaben unter ihr nach und sie fiel in Ohnmacht, noch bevor er sie erreichte.

⁂

„ICH HABE SIE VERLOREN.“

„Wie meinst du das, du hast sie *verloren?*“, fragte Graeham und setzte sich im Bett auf. Er sah verwirrt aus. „Du hast sie also gefunden?“

„Aye, verdammt noch mal, ich habe sie gefunden – und dann wieder verloren.“

Blaec trat ins Zimmer und schlug die Tür hinter sich zu, wobei er Alyss mit seinem Blick aufspießte. Auch wenn es nichts mit ihr persönlich zu tun hatte, konnte er sich kaum zurückhalten – das Bild, wie sich Dominique an den Untergebenen ihres Bruders klammerte, quälte ihn immer noch. Ebenso wie die Erinnerung daran, als sie im Kerzenlicht in all ihrer nackten Pracht vor ihm gestanden hatte. Das war auch lebhaft in sein Gedächtnis geätzt. Er bebte durch die Heftigkeit seines Zorns und fluchte ausgiebig.

„Soll ich gehen?“, fragte Alyss schüchtern. Ihr Gesicht war kreidebleich, als sie aufstand, um ihm zu Diensten zu sein.

„Nay“, sagte Graeham rasch und begegnete ihrem Blick. „Bleib“, befahl er ihr.

Blaec beobachtete den Austausch zwischen ihnen, kommentierte es aber nicht. Seine Laune war so schwarz wie die ängstlichen Augen des Dienstmädchens. Er setzte sich auf den Stuhl seines Vaters und sank hinein wie ein Mann, dessen Rückgrat gebrochen war – und so war es, grübelte er.

Oder könnte es genauso gut sein.

Sie hatte ihn zurückgewiesen.

Obwohl er sie gebeten hatte, nicht zu gehen, hatte sie es trotzdem getan.

Ein Teil von ihm fühlte sich krank bei dem Gedanken, dass sie wieder der Gnade ihres Bruders ausgeliefert war. Und auch wenn er sich sagte, dass William ihr nicht schaden würde, so befand er die Seele des Mistkerls doch als schwarz genug, um selbst sein eigen Fleisch und Blut zu benutzen, wenn es ihm passte.

Hatte Beauchamp sie nicht rücksichtslos in Gefahr gebracht, indem er sie in Drakewich zurückließ? Der Bastard hatte nicht einmal dafür gesorgt, dass seine Schwester und Graeham offiziell verheiratet waren. Er hatte sie der Gnade von Blaecs Verdächtigungen ausgeliefert – ganz zu schweigen von seiner Lust.

Nay, so ein Mann konnte nicht lieben, entschied er.

Ein anderer Teil von ihm ... der Teil, den sie abgewiesen hatte, indem sie sich weigerte, mit ihm zurückzukehren, fühlte sich gänzlich betrogen. Er versuchte, sich zu sagen, dass er dasselbe getan hätte ... dass sie in ihrer angeborenen Loyalität nichts anderes hätte tun können, als zu ihrem Bruder zu gehen. Aye, er hätte dasselbe getan. Aber das beruhigte ihn nicht.

Sie hatte ihn abgewiesen.

„Verdammt!" Ohne Erklärung erhob er sich von dem Stuhl, nickte seinem Bruder entschuldigend zu und verließ das Zimmer. In diesem Moment konnte er nicht einmal mit Graeham über seine widerstreitenden Emotionen sprechen. Denn obwohl sein Bruder ihm alles übergeben hatte ... alles ... fühlte er sich, als hätte er an diesem Tag alles verloren.

KAPITEL 29

Graeham seufzte und blickte finster auf die sich schließende Tür. „Ich wünschte, es gäbe etwas, das ich tun könnte, um ihn aufzuheitern."

„Wenn Ihr meine Offenheit entschuldigt, Mylord ... Mir scheint, Ihr habt bereits sehr viel getan ..."

Graeham schwieg einen Augenblick und sagte dann unumwunden: „Das verstehst du nicht."

„Wiederum, Mylord, bitte ich Euch, meine Dreistigkeit zu verzeihen ... aber ich glaube, ich verstehe mehr, als Euch bewusst ist. Ihr schätzt Euren Bruder hoch, scheint mir."

Graeham seufzte erneut und nickte. „Das tue ich."

„Das ist offensichtlich, Mylord. Und ich denke, er weiß das auch. Mir scheint, er schätzt Euch ebenso. Und entschuldigt, dass ich so unverblümt spreche, Mylord, aber sofern Ihr ihm nicht auch zu allem anderen noch Eure Schuld vermachen wollt ... müsst Ihr ihn in Ruhe lassen. Lasst ihn leben, wie er es muss, und lasst ihn für sich selbst verantwortlich sein. Er wird den rechten Weg finden. Gott wird für ihn sorgen."

Seine Brauen stießen zusammen. „Du hast all das bemerkt?"

Sie nickte und Graeham musterte sie einen Moment lang. Alyss war an seiner Seite, seit er zum ersten Mal die Augen geöffnet hatte, und kümmerte sich um alle seine Bedürfnisse. Sie war die Erste, die er beim Aufwachen sah, und die Letzte vor dem Einschlafen. Um ehrlich zu sein, es gefiel ihm, sie an seiner Seite zu haben, und er überlegte, dass er sich mit dem Gesundwerden vielleicht nicht so sehr beeilen müsste.

„Du bist ein weises junges Weibsstück", sagte er endlich.

Sie lächelte mit ihren Augen und Graeham fand sich einmal mehr bezaubert durch deren unglaubliche Tiefe und das intelligente Funkeln in ihnen. „Aye, Mylord", sagte sie ernst. „Soll ich jetzt fortfahren, Mylord?"

„Wenn du möchtest." Seine Stimme klang sonderbar in seinen Ohren.

Sie lächelte schüchtern und errötete, als sie sich dem Bett erneut näherte. „Dann müsst Ihr mir Euren Rücken zuwenden", forderte sie.

Graeham legte sich auf den Bauch und sie setzte sich wieder neben ihn aufs Bett. Es gefiel ihm, wie ihr zartes Gewicht die Matratze bewegte und den Platz neben ihm ausfüllte. „Wo hast du eigentlich gelernt, so etwas mit deinen Händen zu tun?", fragte er sie beiläufig. Er weitete seine Nasenflügel und atmete ihre Gegenwart tief ein, ebenso wie den Geruch des Öls, das sie erwärmt und neben dem Bett in einer Schale auf den Boden gestellt hatte.

„Bei meiner Mutter", erzählte sie und kehrte eifrig zu ihrer Aufgabe zurück. „Sie hat mich viel darüber gelehrt, einen Mann zu erfreuen."

Er lauschte dem Geräusch, wie sie ihre Hände mit dem Öl einschmierte; es klang fast wie Seidenstoffe, die gegeneinander rieben. Unbewegt wie ein Stein lag er da und erwartete die erste Berührung ihrer Finger auf seiner Haut.

„Wirklich?", fragte er und seufzte zufrieden. Er drehte seinen Kopf und begegnete ihrem rehäugigen Blick. „Deine Mutter hat dir das beigebracht?"

„Aye, Mylord. Meine Mutter.“

„Wer ist dein Vater?“

Sie schwieg einen Moment. „Mein Vater war Graf von Kester, Vasall von William Beauchamp und seinem Vater davor.“ Ihre Augen, tief, dunkel und rein, waren so einladend wie eine schattige Lichtung. Sie hatte seine Verbände vorhin entfernt, um ihn zu baden, und nun bereitete sie ihm Vergnügen, wie er es nie für möglich gehalten hatte ... auf eine Art und Weise, von der er sich nie erlaubt hatte, sie in Betracht zu ziehen.

„Deine Mutter hat dich gut unterrichtet“, sagte er heiser.

Alyss’ leises Lachen erfüllte das Zimmer. Mit schlanken, zarten Fingern begann sie, das warme Öl in die verspannten Muskeln seines Rückens zu massieren. „Danke sehr, Mylord“, murmelte sie.

„So“, sagte sie. „Jetzt dreht Euch wieder um, Mylord.“

Graehams Herz setzte einen Schlag aus. „Du bist doch noch nicht fertig, oder?“, fragte er, da die Aussicht ihn betrübte. Er drehte sich trotzdem, wie sie ihn angewiesen hatte, und lag für einen Augenblick unter ihrem prüfenden Blick auf dem Bett ... Er spürte, wie er sich wieder regte, und genoss das Gefühl. Es war so lange her gewesen ...

Einen Moment lang trafen sich ihre Blicke und sie musste die Enttäuschung in seinem Gesicht gesehen haben, denn sie fragte – so atemlos, wie er sich fühlte: „Wünscht Ihr, dass ich fortfahre, Mylord?“

Graehams Stimme wurde heiser, er atmete flach und sein Mund war zu trocken, um zu sprechen. Er räusperte sich. „Das würde mir sehr gefallen“, sagte er. „Bitte ...“ Er schluckte heftig.

Sie nickte. Ihr Lächeln glich dem einer Katze und sie begann erneut, über seine Brust zu streichen, wobei sie seiner Verletzung auswich, obschon sie die ganze Zeit über seinen Blick festhielt.

Graeham spürte, wie er vollends hart wurde. „Solltest du …" Er schluckte. „Solltest du nicht den Verband wieder anlegen?", fragte er und bewegte sich auf dem Bett. Er konnte nicht stillhalten, während das Blut ihn siedend heiß durchströmte. Sie wusste, was sie tat, reizte ihn absichtlich, und dieses Wissen erregte ihn ebenfalls.

„Nay, Mylord", antwortete sie heiser. „Die Wunde ist genäht und es gibt keine Entzündung … Jetzt braucht sie Luft, um zu heilen." Ihre Augen hielten seine immer noch gefangen und Graeham fühlte sich so atemlos und schwach wie ein Baby unter ihrem durchdringenden Blick.

Er wollte sich aufsetzen, um ihr näher zu sein, wollte sie riechen, sie berühren, doch dann verzog er das Gesicht und legte sich wieder hin, frustriert, dass er all das noch nicht tun konnte.

„Ihr habt viel Blut verloren", sagte sie, als hätte sie seine Gedanken gelesen. „Deshalb fühlt Ihr Euch so schwach", erklärte sie. Ihre Augen verengten sich, als sie fortfuhr, mit ihren schlanken Fingern seine Brust zu bearbeiten … seinen Bauch … und dann tiefer …

Graeham zuckte leicht zusammen. Seine Hand schoss zu ihrer, bedeckte sie.

Ihre Stimme war rau, als sie wieder sprach, und mehr als nur ein bisschen atemlos, ihre Wangen gerötet. „Soll ich weitermachen, Mylord?", fragte sie schmeichelnd.

Einen Moment lang konnte Graeham nicht antworten, dann nickte er und sein Kiefer verkrampfte sich. Er schloss die Augen und glaubte, er würde durch die Empfindungen, die ihn durchströmten, explodieren. Seine Lenden füllten sich mit einer Hitze, wie er sie seit allzu vielen Jahren nicht mehr gekannt hatte. Sein Kopf sank nach hinten, als sie die Decke weiter nach unten schob und seinen nackten Körper ihr vollends enthüllte.

Er hörte, wie sie leise einatmete, und öffnete die Lider, erspähte ein anerkennendes Funkeln in ihren Augen. Dieses belebte ihn mit freudiger Erregung. Sie hob ihr Kinn und ihre Züge wurden weicher und in diesem Moment erschien sie ihm wie die schönste Frau, die er je in seinem Leben gesehen hatte. Sie war ein Engel Gottes − sein Engel Gottes. Seine Erlösung. Sein eigenes Gesicht wurde starr vor Anspannung und sein Kiefer mahlte vor überwältigenden Emotionen. „Alyss ...“ Er schüttelte den Kopf. „Du hast keine Ahnung ... Ah, Gott“, sagte er, als ihre Finger ihn fanden und plötzlich umschlossen. Er fühlte sich auf einmal hilflos.

„Soll ich fortfahren, Mylord?“

Graeham traute sich kaum, zu sprechen. Er nickte und lehnte seinen Kopf an die Kissen, als sie sein heißes Fleisch liebkoste. Sein Herz hämmerte. Auf einmal streckte er seine Hand aus und hielt sie auf. Er wollte sich nicht direkt beim ersten Mal ergießen wie ein unerfahrener Jüngling − obwohl er genau das war. Er wollte, dass es länger andauerte. Aye, und er wollte ihr auch Vergnügen bereiten.

„Habe ich Euch wehgetan?“, fragte sie besorgt. „Mylord?“

„Nay“, sagte er mit Nachdruck, als er ihrem Blick begegnete. Seine Stimme war rau. „Keineswegs, Alyss. Komm her“, befahl er ihr. „Stell dich neben mich.“ Das tat sie und er ergriff ihre Hand und zog sie näher. „Ich möchte dich sehen“, sagte er begierig.

Sie nickte, lächelte elfengleich und bückte sich, um ihren Saum anzuheben. Graeham fürchtete, er würde doch gleich die Kontrolle über sich verlieren. Er konnte es kaum noch aushalten. Als sie endlich nackt vor ihm stand, zog er sie wieder zu sich und berührte leicht ihre Hüfte, drängte sie sanft, sich auf ihn zu setzen.

Sie schien alles zu verstehen, was er wollte, ohne dass er es aussprechen musste. Er lehnte sich mit höchster Zufriedenheit zurück, als sie sich rittlings auf ihm niederließ und ihre Hüften über sein Becken schob, wo er sich ihr entgegen wölbte. Mit einem Keuchen lotste er sie auf seine Männlichkeit und wand sich bei der fast schmerzhaften Wonne, die es ihm bescherte.

Wie ein heidnisches Geschöpf begann sie sich rhythmisch auf ihm zu bewegen und Graeham fühlte sich, als wäre er endlich im Himmel. Er seufzte tief, ließ seinen Kopf nach hinten sinken und erlaubte sich zum ersten Mal in seinem Leben, sich der Lust des Fleisches ohne einen Hauch von schlechtem Gewissen hinzugeben.

„Alyss", stöhnte er. „Oh Gott ... süße Alyss ..." Und dann konnte er nicht mehr schlüssig reden und die Laute, die ihrer beider Lippen entkam, waren wie eine erotische Melodie in seinen Ohren, die ihn immer weitertrieben und ihn anspornten.

Mit einem neuen Schub von Kraft, rollte er sich auf sie und drängte sie unter sich, er wollte nicht länger ihrer Gnade ausgeliefert sein. Er wollte sie lieben, wie ein Mann eine Frau lieben sollte. Er wollte ihr auch Befriedigung verschaffen.

Aber schon bei dem ersten Stoß war er dahin, verloren in fleischlicher Lust. Er legte sich auf sie, um ihre Körper in einem langsamen und erotischen Liebespiel zu verbinden. Ihre Glieder, schlüpfrig von dem Öl, das seine Haut bedeckte, wanden sich selbstvergessen auf dem Bett, begegneten sich erst langsam, dann immer schneller in rhythmischen Bewegungen. Bis Graeham sich endlich mit einem heiseren Triumphschrei ergoss.

Ihm war es verdammt noch mal egal, dass er Lärm machte; er brüllte, auf dass Gottes ganze Schöpfung ihn hören konnte.

Mit einem wilden Aufschrei schloss sich Alyss ihm an, drückte ihn fest an ihre üppige Brust und wisperte Koseworte in sein Ohr.

Graeham drehte sich wieder um und nahm sie dabei

mit sich, wobei er auf seine Verletzung achtete – doch selbst wenn er diese Nacht stürbe, würden sie ihn im Morgenlicht mit einem Lächeln auf den Lippen finden.

Christus, überlegte er benommen ... hatte er wirklich darüber nachgedacht, sich in Kirchendienst zu begeben? Er fürchtete, Stephen würde wohl selbst für seine Seele beten müssen. Denn ihm schien, es war Gottes Plan, dass er das Versäumte nachholte.

Beginnend mit diesem Moment ...

৩৯৩

BLAEC LAG IN SEINEM BETT, EINEN ARM ÜBER SEIN Gesicht geworfen, und lauschte den sinnlichen Geräuschen, die von unten kamen. Im ersten Moment überraschten sie ihn. Er nahm den Arm von seinem Gesicht und starrte grübelnd in die Dunkelheit, denn obgleich die Laute ihm verblüffend bekannt vorkamen, waren sie ihm doch auch fremd. Niemand, der innerhalb dieser Wände lebte, würde so einen Lärm veranstalten – aus Respekt vor ihm und Graeham. Die Geräusche konnten von niemand anderem als Graeham selbst kommen – und Jesus, obwohl er das vollständige Zölibat seines Bruders nie ganz abgenommen hatte, so hatte er auch in all seinen Tagen nie einen solchen Lärm vernommen.

Konnte es wirklich sein? Konnte Graeham all diese Jahre abstinent geblieben sein?

Nay ... Er runzelte die Stirn. Das war undenkbar. Noch konnte er sich ausmalen, wieso er das hätte tun sollen. Fünfundzwanzig Jahre der Enthaltsamkeit waren mehr, als irgendein Mann ertragen könnte. Er schauderte bei dem Gedanken.

Und doch ... Er konnte sich an kein einziges Mal erinnern, da er seinen Bruder beim Liebesspiel erwischt hatte – noch hatte Graeham je darüber gesprochen. Aber jetzt täuschten ihn seine Ohren nicht. Diese Geräusche waren echt und sie kamen von Graeham, und bei Gott, er hatte sie noch nie zuvor gehört.

Er freute sich für seinen Bruder – er war fassungslos, aber erfreut.

Himmel, Graeham hatte vielleicht fünfundzwanzig Jahre gebraucht, um seine Unschuld zu verlieren, doch nun tat er es mit Genuss und Hingabe. Blaec nickte anerkennend und drehte sich dann mit einem gequälten Ächzen auf den Bauch. Er war qualvoll erregt und dachte an Dominique.

Er brauchte sie – Jesus, er brauchte sie so sehr.

KAPITEL 30

William war betrunken.

Das erkannte Dominique daran, wie er seine Worte lallte. Er sprach durch die Tür mit ihr, während sie auf dem Bett saß, ihre Knie an die Brust presste und vor Angst zitterte. Wenn er es wollte, könnte sie nichts tun, um ihn daran zu hindern, in ihr Schlafzimmer zu kommen. Nichts. Kein bloßer Riegel würde ihn aussperren. Aye, und er war der Lord hier, da würde man ihre Wünsche, die nie viel Gewicht gehabt hatten, jetzt erst recht nicht in Betracht ziehen.

„Es tut mir leid, Dominique ... ich wollte dich nicht verletzen." Er schlug mit der Faust gegen die Tür. Seine Stimme klang gequält und sie wollte ihn trösten, doch sie musste nur ihr geschwollenes Gesicht, ihre aufgesprungene Lippe berühren, um sich zu erinnern.

„Vergib mir", flehte er.

Dominique wagte nicht, zu sprechen, nicht einmal, um ihn abzuweisen. Sie starrte aus dem Fenster und tat durch ihr Schweigen, als würde sie schlafen. Sollte er hereinkommen ... und sie in ihrem Bett vorfinden ...

Sie unterdrückte ein Schluchzen und hoffte, dass er sie über seinen eigenen klagenden Schreien nicht hören konnte. Sie wusste nicht länger, was er tun würde ... hatte vielleicht nie gewusst, wozu er fähig war.

„Dominique", krächzte er. „Ich schwöre, ich wollte dich nicht verletzen."

Dominique erbebte und verharrte in ihrem Schweigen. Und dann bewegte sich der Türriegel und ihr Herz machte einen schmerzhaften Satz. In Schrecken versetzt durch die Möglichkeit, dass er sie in ihrem Bett finden könnte, huschte sie so still und schnell, wie sie konnte, auf den Boden. Sie beobachtete die Tür aufmerksam und kroch in die dunkelste Ecke des Raums. Dort saß sie, starrte die geschlossene Tür an und betete, sie würde sich nicht öffnen – betete, er würde weggehen. Gott stehe ihr bei ... die Erinnerung an seine Zunge in ihrem Mund ... und an seinen Bart, der ihr Gesicht zerkratzte, quälte, ekelte und beschämte sie.

Sie fühlte sich missbraucht.

Er hatte gesagt, er würde sie umbringen.

Könnte er so etwas wirklich tun?

Ihr eigener Bruder? Wie konnte er sie *auf diese Art* wollen?

Dass er ihr nach all den Jahren der Vernachlässigung auf diese Weise seine Aufmerksamkeit zollte, war blasphemisch – abgrundtief düster. Gott möge ihrer Seele gnädig sein, denn sie verabscheute ihn – ihr eigen Fleisch und Blut –, obgleich sie ihn bemitleidete.

Zu ihrer Erleichterung öffnete sich die Tür nicht. Stattdessen schien er seine Hand vom Riegel zu nehmen.

„Dominique", flehte er ein letztes Mal. Und als sie wieder nicht antwortete, entfernte er sich endlich. Sie lauschte seinen Schritten, bis sie im Vorzimmer verklangen, doch sie fand weder die Kraft noch den Willen, sich zu bewegen.

Selbst als die Stille sie erreichte und wie ein schützender Kokon umhüllte, hockte sie in der Zimmerecke, ihr Gesicht vor Kummer verzerrt.

Sie hielt es nicht für möglich, dass ihr Herz noch

weiter brechen konnte als in diesem Moment. Im Verlauf eines Tages hatte sie so viel verloren ... *alles*.

Sie weinte stumme Tränen, lehnte ihren Kopf an die Wand und dachte an Blaec ... Was er wohl gerade tat? Dachte er an sie?

Sie schloss die Augen und versuchte, ihm allein durch Willenskraft zu übermitteln, was in ihrem Herzen war – dass sie ihn liebte, ihn immer lieben würde. Wenn sie nur die Gelegenheit bekäme, es ihm zu sagen ...

Würde er kommen, um sie zu holen?

Gott möge ihr die Stärke geben, durchzuhalten ... sie betete verzweifelt, dass er es nicht tun würde. Sie könnte es nicht ertragen, wenn William ihn um ihretwillen verletzte.

Doch ebenso wenig könnte sie es erdulden, wenn er nicht käme. Denn das hieße, dass sie ihm nichts bedeutete – weniger als nichts.

Er war schon einmal gekommen, um sie zu holen ...

Aye, verhöhnte sie eine leise Stimme, aber nur, weil er sie davon abhalten wollte, William zu warnen.

Nay, sie konnte nicht vergessen, wie er sie auf der Lichtung angeschaut hatte – als fühlte er sich von ihr betrogen.

„Ich liebe dich", flüsterte sie und meinte es mit jeder Faser ihres Seins. Sie betete, dass Gott ihre Nachricht zu seinem Herzen bringen würde. Aye, sie liebte ihn ... mehr noch als das Leben selbst. Wenn sie hier sterben würde, um ihn vor Schaden zu schützen, dann war ihr Leben immerhin etwas wert gewesen. „Gott gib mir die Kraft", betete sie leise, „um zu tun, was ich muss. Lass ihn nicht kommen ... bitte ... bitte ... lass ihn nicht kommen ..."

DER BOTE ERREICHTE IHN KURZ VOR MITTAG AM

folgenden Tag. Blaec las sich das Schreiben mit kaum verhüllter Wut durch und beäugte den Boten mit offenem Groll. Er wandte all seine Beherrschung auf, um dem Jüngling nicht an Ort und Stelle das Herz herauszureißen.

Beauchamp, der schlaue Bastard, hatte ein Kind mit seinen Drohungen geschickt – wäre der Bote ein ausgewachsener Mann gewesen, hätte Blaec dem Tölpel nicht gestattet, Drakewich lebendig zu verlassen. Der Jüngling sprach zudem mit bebenden Lippen und Gesichtszuckungen, die seine Angst verrieten.

Als Blaec sich abrupt von seinem Platz am Tisch des Lords auf dem Podium erhob, stolperte der Junge rückwärts und fiel fast über seine eigenen Füße in seiner Hast, etwas Distanz zwischen sich und ihn zu bringen. Blaec erwiderte nichts, er nickte lediglich Nial zu und bedeutete ihm schweigend, den armen Kerl hinauszuwerfen. Dann zog er sich ins Zimmer des Grafen zurück, um Graeham um Rat zu bitten.

Er saß unruhig auf die Kante des Stuhls ihres Vaters, dem Bett zugewandt, und strich sich angespannt über die Kieferpartie, während er darauf wartete, was Graeham zu den Neuigkeiten sagen würde, die er ihm gerade mitgeteilt hatte.

„Es könnte eine Falle sein“, merkte Graeham an.

„Das ist mir klar“, sagte Blaec, „aber ich bringe es nicht über mich, ihr Leben aufs Spiel zu setzen.“

Graeham richtete sich mit ernstem Gesicht im Bett auf. „Ich traue ihm nicht, Blaec, noch glaube ich wirklich, er würde seiner einzigen Schwester schaden – oder sie gar töten. Überdenke es zumindest in Ruhe ...“

Blaec schüttelte den Kopf. Er konnte nicht denken. Er biss die Zähne zusammen, denn für gewöhnlich war er der Besonnene. Irgendwie konnte er nicht vernünftig sein, wenn es um Dominique ging. Deshalb hatte er seinen Bruder um Rat gefragt. In seinem Zorn wäre er jetzt schon auf halbem Weg nach Amdel gewesen, ohne sich überhaupt eine List überlegt oder an das Wohlergehen seiner Männer gedacht zu haben.

Er zwang sich, die Möglichkeit in Betracht zu ziehen, dass Beauchamp ihm eine Falle stellte, aber er konnte es immer noch nicht ertragen, Dominique in Gefahr zu wissen. Er wollte sie zurück ... unter seinem Dach ... in seinen Armen. Seine Brust schmerzte bei dem Gedanken −bei der geringsten Aussicht, sie könnte zu Schaden kommen.

„Wenn er sie auch nur anrührt ...“ Er schüttelte den Kopf und konnte das Unvorstellbare nicht aussprechen. Wut verzehrte ihn.

„Er will nur, dass du das glaubst. Erinnere dich, Blaec ... an die Mahlzeit, die wir geteilt haben ... Weißt du noch, wie zornig er wurde, als er dachte, du hättest seine Schwester beleidigt?“

Blaec schloss die Lider ... aber sah nur Dominique vor seinem inneren Auge ... wie sie ihn bei Tisch angestarrt und sein Gesicht gemustert hatte ... wie bekümmert sie gewirkt hatte, als sie seine Narbe betrachtete. Er war hin- und hergerissen gewesen zwischen dem Wunsch, sie vor ihren neugierigen Augen zu verbergen, und dem Bedürfnis, ihr zu versichern, dass es ihn nicht mehr schmerzte − zumindest nicht körperlich.

Das Herz war eine ganz andere Angelegenheit und Dominique hatte sich in seines geschlichen und es ausgefüllt, bis selbst dieser Schmerz erträglich war. Auch wenn er es nicht vergessen konnte ... so schien es ihn nicht mehr so sehr zu kümmern, dass er die Zuneigung seines Vaters trotz all seiner Bemühungen nie errungen hatte. Der Teil von ihm, der nach Anerkennung gesucht hatte ... suchte nicht länger.

Doch sie war jetzt fort und er konnte den Gedanken, ohne sie zu sein, nicht ertragen.

„Liebst du sie?“

Blaec war erstaunt über die Frage. „Liebe?“ Er

schüttelte den Kopf. „Sie ist ein vorlautes Frauenzimmer."

„Ich habe dich nicht gefragt, was du über sie denkst, Blaec. Ich möchte wissen, was du für sie empfindest."

„Ich bin nicht sicher, was ich fühle, Graeham", antwortete Blaec ehrlich. „Ich weiß nur, dass ich nicht zulassen kann, dass sie bei Beauchamp bleibt. Allein der Gedanke, dass sie jetzt bei ihm ist, verbrennt mich bei lebendigem Leib."

Graeham nickte. „Das dachte ich mir vom ersten Augenblick an", sagte er.

Wieder schluckte Blaec sein Schuldgefühl hinunter, ein Knoten, der ihn mit seiner Masse zu ersticken drohte. „Ich habe mich dagegen gewehrt", schwor er.

„Ich weiß", räumte Graeham ein. „Ich weiß. Wenn es dich beruhigt ... Ich habe sie nie als meine Braut begehrt – nicht einmal zu Beginn."

Blaecs Brauen stießen zusammen. „Ich hatte mich schon gewundert – Himmel, du hast mich so wütend gemacht. Ich war dazu bereit, ihr als deiner Frau die Ehre zu erweisen, Graeham, aber du hast mich immer und immer wieder mit ihr zusammengebracht."

Graeham seufzte. „Aye, nun ... auch wenn ich sie hübsch genug fand, so hat sie in mir doch nicht die Empfindungen ausgelöst, die ein Mann für seine Frau fühlen sollte. Ich war unsicher, wie ich mich aus der Schlinge lösen sollte, die ich um meinen Hals gelegt hatte, und du warst die offensichtlichste Lösung. Es war vom ersten Moment an deutlich, dass du sie begehrtest. Ich dachte, meine einzige Schwierigkeit bestünde darin, Beauchamp davon zu überzeugen, dem zuzustimmen ... dich zu überzeugen ... aber sobald ich mich entschloss, dir Drakewich zu übergeben – wie ich es schon seit Langem vorhatte –, war das Dilemma gar keines mehr."

„Aye, nun ..." Blaec blickte ihn ernst an und hob eine Braue. „Was das angeht ... ich wünschte, du würdest es dir noch mal überlegen."

Graeham schüttelte den Kopf. „Nay, ich wollte es nie."

Blaec lachte, jedoch ohne Heiterkeit. „Sonderbar, dass wir beide diese Ländereien so sehr schätzen ... dass jedoch keiner von uns sie unbedingt haben möchte."

„Nicht wirklich sonderbar", widersprach Graeham. „Nicht, wenn du den Preis berücksichtigst, den es zu zahlen gilt ...und auf wessen Kosten", sagte er. „Ich schätze dich mehr als mein eigenes Leben. Drakewich gehört dir, Bruder."

Rohe Gefühle zogen Blaecs Hals zusammen und verschleierten seine Augen. Er konnte kaum sprechen, begegnete aber Graehams Blick. „Ich dich auch", offenbarte er mit feuchten Augen. „Ich dich auch. Was Drakewich angeht ... solange ich atme, wird was mein ist, dein sein", schwor er. Blaec beugte sich vor, stützte die Arme auf die Knie und ließ den Kopf hängen.

„Beauchamp lügt", versicherte Graeham. „Ich kann mir nicht vorstellen, dass derselbe Mann, der bereit schien, dich für eine dürftige Beleidigung seiner Schwester zu erwürgen, nun eine vollkommene Kehrtwende macht und ihr eigenhändig schadet."

„Aye ... nun ... was das angeht ... Ich erinnere mich auch, dass er sie hier zurückgelassen hat, in unserer Obhut – und dass er die ganze Zeit über Verrat an dir geplant hat. Er muss gewusst haben, dass sie dafür bezahlt hätte, wenn seine Niedertracht aufgedeckt worden wäre."

„Das stimmt. Aber du vergisst, dass er nie vorhatte, entdeckt zu werden. Er hat den eigenartigsten Helm getragen, Blaec ... einen, bei dem der Nasenschutz einen Großteil des Gesichts bedeckt. Ich hätte ihn nie erkannt, wären da nicht seine Augen gewesen." Graeham atmete plötzlich ein, zuckte zusammen und fasste sich an die Brust. „Das und sein Lachen", räumte er mit verzerrter Miene ein. „Der Mistkerl ist böse – so wahr ich wahrscheinlich nie genesen werde."

Blaec lächelte, doch es erreichte nicht seine Augen, da ihm das Herz so schwer war. „Nicht wenn du dich weiterhin so verhältst wie gestern Nacht", stimmte er zu. Er hob eine Braue und schaute bedeutungsvoll zu Alyss.

Alyss schnellte vorwärts, als hätte sie nur auf ihre Chance, zu sprechen, gewartet. „Er ist böse, Mylord!"

Sowohl Blaec als auch Graeham wandten sich zu ihr um. Sie begegnete Blaecs Augen mit flehendem Blick.

Sie rang die Hände. „Aus genau diesem Grund solltet sie zurückholen, Mylord. Ich schwöre, Lady Dominique ist unschuldig an der Schurkerei ihres Bruders. Sie wird durch seine Hand sterben."

Graeham winkte sie zu sich und bot ihr seine Hand. Sie trat vor, erfasste diese bereitwillig und er sagte sanft: „Niemand zweifelt Lady Dominiques Ehre an. Deine Hingabe zu ihr ist löblich, Alyss, aber ich kann deinem Urteil nicht zustimmen – diesmal nicht. Ich muss glauben, dass Williams Drohung eine Falle für Blaec ist und nicht mehr. Ich kann mir nicht vorstellen, dass er seiner eigenen Schwester schaden würde."

„Ihr versteht nicht, Mylord." Alyss schüttelte heftig den Kopf. „Ihr müsst wissen, ich habe Beweise ..."

„Was für Beweise?", warf Blaec ein und richtete sich in seinem Stuhl auf.

Alyss benetzte nervös ihre Lippen. „Er hat geschworen, mich umzubringen, wenn ich es jemals enthüllte, aber das muss ich ..." Sie sah zu Graeham und wieder zu Blaec und atmete tief ein, um ihre Furcht zu bändigen.

„Alyss", sagte Blaec. „Ich habe dir bereits meinen Schutz versprochen ... Wenn du etwas weißt, das uns helfen kann, musst du es sogleich sagen."

Sie nickte abgehackt. „Aye, Mylord, das werde ich." Sie rang erneut nach Luft, schloss die Augen und offenbarte: „Euer Vater hat Henry Beauchamp nicht getötet."

Blaec runzelte die Stirn. „Was sagst du da?"

Sie löste ihre Hand aus Graehams und erbleichte. „Bei Gott, ich sage die Wahrheit", flüsterte sie. „Ich lüge nicht."

Blaec schwirrte der Kopf bei dieser Enthüllung. Er schaute zu Graeham und sah, dass dessen Gesicht seine eigene bestürzte Verwirrung spiegelte. Er blickte Alyss aus zusammengekniffenen Augen an. Sie stand vor ihm und wirkte, als würde sie gleich ohnmächtig, doch sie zog ihre Aussage nicht zurück.

„Selbst wenn dem so wäre, Alyss", räumte er ein. „Wie könntest du so etwas wissen? Du scheinst kaum alt genug –"

„Ich bin zweiundzwanzig, Mylord – älter, als ich aussehe –, und ich weiß es, weil ich den Mord mit eigenen Augen gesehen habe."

„Wie kann das sein?", warf Graeham ungläubig ein. „Wie kannst du dabei gewesen sein? Henry Beauchamp und mein Vater haben vor beinahe neun Jahren gekämpft ..."

„Wir waren dabei, Mädchen", erklärte Blaec. „Wir haben selbst gesehen, was an diesem Tag zwischen unserem Vater und Beauchamps vorgefallen ist – und nay, es war kein Mord, denn der Mistkerl hat sich gegen unseren Vater gewandt, nachdem sie Momente zuvor einen Waffenstillstand beschlossen hatten. Er hatte vor, meinen Vater von hinten zu durchbohren. Die Wahrheit ist, dass mein Vater sich lediglich verteidigte – und auch das nur, nachdem ich ihn vor Beauchamps Hinterhalt gewarnt hatte."

Alyss' Augen begannen zu glänzen. „Aye, Mylord ... aber da ist die Geschichte noch nicht zu Ende."

Blaec hob eine Braue. „Dann erzähl sie uns", befahl er und schaute wieder zu Graeham. Immer noch war der Gesichtsausdruck seines Bruders so ungläubig wie sein eigener.

Alyss nickte und blickte zu Boden. „Aye, nun ... Henry kehrte verwundet nach Amdel zurück ... doch es bestand kaum Gefahr, dass er seinen Wunden erliegen würde." Sie schaute hoch. „Das weiß ich, weil ich gerufen wurde, um mich um ihn zu kümmern. Lord Henry wusste, dass meine Mutter mich in der Heilkunde unterwiesen hatte."

Sie hielt inne, schluckte und fuhr dann fort: „Ich war gerade dreizehn geworden, Mylord, und vor Kurzem nach Amdel gekommen. Graf Beauchamp hatte nach mir verlangt, weil sein Sohn William bei seinem letzten Besuch in Kester Gefallen an mir gefunden hatte. Auch sollte ich eine Gefährtin für seine Tochter sein ... und er sagte, dass ich bei meiner Ankunft William heiraten sollte. Da mein Vater wollte, dass ich ging ... tat ich es ... aber nichts davon fand Erfüllung."

„Der Mistkerl!" Graeham spuckte aus.

Blaec sagte nichts, sondern lauschte nur mit einem üblen Gefühl in seinem Bauch.

„Ich war so glücklich, als Lady Dominique die Nachricht erhielt, dass sie heiraten sollte", erzählte Alyss weiter, „und folgte ihr gerne. Ich konnte es nicht erwarten, von William wegzukommen ... und Lady Dominique vor ihm sicher zu wissen. Ich glaube, dass er sie für sich begehrt."

Blaec schluckte Galle hinunter. „Du kannst nicht meinen ..."

„Aye, Mylord, das meine ich. Ihr hättet sehen sollen, wie er sie anschaute, wenn er dachte, niemand würde es bemerken. Und mehr als einmal ... hat er ihren Namen gerufen, als wir ..." Sie schüttelte den Kopf, zitterte, schloss die Augen und konnte die Obszönität nicht aussprechen.

Das musste sie auch nicht.

Blaec verstand nur allzu gut, was sie sagen wollte. Sein Magen verkrampfte sich und er spannte den Kiefer an. Christus, sie war jetzt dort bei ihm. Er erschauerte und wünschte sich wider alle Vernunft, Gott hätte ihm

Flügel zum Fliegen gegeben, so verzweifelt wollte er in diesem Moment bei ihr sein. Nie in seinem Leben hatte er sich hilfloser gefühlt. „Gott verfluche den Bastard!", sagte er. Ihm war schlecht.

„Warum hast du keine Nachricht an deinen Vater gesendet, Alyss?", fragte Graeham irritiert.

Sie hob stolz ihr Kinn und richtete sich auf, ihre dunklen Augen glänzten. „Mein Vater ist in jenem Jahr gestorben. Es gab keine Gelegenheit. Auch wenn ich weiß, dass er mir zur Hilfe geeilt wäre ... Und meine Mutter ..." Sie senkte den Kopf. „Nun, ich wollte sie nicht noch mehr bekümmern, als es der Tod meines Vaters schon getan hatte. Und dann ist auch sie im folgenden Winter gestorben."

„Gab es niemanden sonst?", hakte Graeham nach.

Sie schüttelte traurig den Kopf. „Nur meinen Bruder, aber er ist Beauchamp treu ergeben."

Blaec atmete scharf ein. „Und der Mord, den du erwähnt hast ..."

Alyss schluckte heftig. „Ich war im Schlafzimmer, Mylord, und kümmerte mich um Williams Vater, als William hereinkam ... ich konnte es in seinen Augen sehen ..."

„Was war in seinen Augen?", fragte Blaec.

„Sein Vorhaben", offenbarte Alyss. „Während sein Vater schlief, habe ich beobachtet, wie er an die Bettkante getreten ist und ihm den Friedenskuss gegeben hat ... danach hat er ihn mit einem Kissen erstickt ... ganz ruhig und kalt ... schließlich hat er sein Schwert aus der Scheide gezogen und damit die Wunde erneut geöffnet, die sein Vater von Eurem erhalten hatte. Vor meinen eigenen Augen hat er seinen Vater umgebracht – das schwöre ich Euch, so Gott mein Zeuge ist."

Blaec schoss von seinem Stuhl hoch und fluchte ausgiebig. „Dieser Bastard hat zugelassen, dass alle glaubten, unser Vater hätte dem seinem den Todesstoß versetzt."

Alyss zuckte zusammen und entfernte sich vorsichtig vom ihm und seinem Zorn. „Ihr seht also, Mylord ... deswegen ... deswegen weiß ich, dass er auch Dominique töten würde und es tun wird. Es ist egal, was er für sie empfindet. Wenn er sagt, dass er es tun wird, dann tut er es auch."

Furcht überlief Blaecs Rücken, ließ seine Arme und Beine kribbeln.

Was, wenn es bereits zu spät war? Ihm drehte sich der Magen um.

„Wenn sie Euch überhaupt etwas bedeutet, Mylord ... folgt ihr und holt sie zurück in die Sicherheit."

Graehams Gesicht zeigte seinen Schock. „Wenn das, was du sagst, wahr ist ..."

„Bastard!" Blaec explodierte erneut. „Ich reite sofort zu ihr", sagte er entschlossen.

„Aye", stimmte Graeham zu. „Das müssen wir."

„Nay!" Blaec widersprach ihm sofort. „Du bleibst hier, ich gehe. Wir können uns nicht beide in Gefahr begeben, außerdem bist du verletzt."

Graeham nickte und gab widerwillig nach. „Vielleicht hast du recht ... Doch ich würde dich bitten, eine Nachricht an unsere Bannerträger zu schicken und sie zusammenzurufen, damit sie dich nach Amdel begleiten. Du weißt nicht, wie viele Leute Beauchamp schon versammelt hat. Wie du weißt, habe ich neunzehn mit mir nach London genommen und glaubte mich gut geschützt, doch er hatte mindestens genauso viele, vielleicht mehr."

„Dafür bleibt keine Zeit", sagte Blaec abwehrend. „Ich nehme so viele, wie Drakewich entbehren kann, keinen mehr."

„Blaec", warnte ihn Graeham. „Das können nicht mehr als die neun sein, mit denen ich zurückgekehrt bin. Vielleicht zehn, wenn Langford noch nicht zu seiner Frau heimgegangen ist ..."

„Er ist fort", sagte Blaec. „Ganz gleich ... neun müssen reichen."

Eine schicksalshafte Stille erfüllte den Raum.

„Geh also ... wenn du musst", lenkte Graeham ein. „Ich –" Seine Stimme brach. „Ich wünsche dir eine gute Reise und eine sichere Heimkehr, mein Bruder."

„Mein Bruder", erwiderte Blaec, trat an Graehams Bett und streckte den Arm aus. „Gott hat uns denselben Mutterleib gewährt", sagte er, „und dafür bin ich dankbar. Ich bin stolz, dein Blut zu teilen."

„Ich wünschte nur, unser Vater hätte die Wahrheit gesehen ... dass wir tatsächlich dasselbe Blut teilen." Sie verschränkten ihre Arme und verharrten auf diese Weise für einen unbehaglichen Moment. Dann kniete Blaec nieder – er konnte nicht anders – und schloss Graeham in seine Arme, wie sie es als Kinder getan hatten, in einer engen Umklammerung, die ihre innige Verbindung zum Ausdruck brachte.

„Tu mir einen Gefallen", sagte Graeham schroff und gab Blaec seine eigenen Worte zurück. „Bemüh dich, nicht zu sterben."

Blaec unterdrückte ein Schmunzeln. „Das würde mir nicht einfallen", versicherte er.

KAPITEL 31

Kaum eine Stunde später ritt Blaec aus Drakewich, in der Begleitung von neun Reitern. Nial war an seiner Seite und hielt sein Banner hoch in der Mittagssonne, sodass die Goldfäden hell leuchteten.

Blaecs Laune hingegen war düster.

Obwohl die Entfernung von Drakewich nach Amdel kaum dreieinhalb Stunden betrug, so schien die Reise sich endlos hinzuziehen. Seine Gedanken hetzten ihn wie Höllenhunde, und so spornte er auch seine Leute härter und schneller an, ohne Gnade.

Es gäbe keine Gnade für Dominique, wenn er nicht rechtzeitig ankam.

Er versuchte, nicht an sie zu denken – stellte sich stattdessen vor, wie er Beauchamp foltern würde. Noch nie hatte er sich so darauf gefreut, einen Mann tot zu sehen, aber er plante, Beauchamp für all seine Heimtücke bezahlen zu lassen.

Bevor die Sonne unterging, so schwor er sich, würde einer von ihnen in den Flammen der Hölle schmoren.

„Lady Dominique ... bitte ... entriegelt die Tür ..."

Da sie Ruffords Stimme vernahm und nicht Williams, ging Dominique zur Tür und sprach durch den Spalt mit ihm. „Warum?", fragte sie misstrauisch. „Was wollt Ihr von mir, Rufford?"

Sie hatte sich am Vorabend eingeschlossen und sich geschworen, eher vor Hunger zu sterben, als herauszukommen und sich wieder ihrem Bruder zu stellen. Im Moment glaubte sie, das könnte durchaus passieren, denn ihr Magen hatte die letzte Stunde über rumort. Dennoch weigerte sie sich.

„Lady Dominique ..." Er klang so entmutigt, wie Dominique sich fühlte, aber das kümmerte sie nicht. Sie konnte sich darum keine Gedanken machen. Wenn er den abscheulichen Befehlen ihres Bruder Folge leistete, war es ihr egal, was für eine Strafe ihn ereilte.

„Ich öffne die Tür nicht", sagte sie voller Gewissheit. „Wenn Ihr hereinkommen wollt ... müsst Ihr Gewalt anwenden. Ich werde nicht freiwillig gehen."

„Aber Ihr könnt nicht für immer dort drinnen bleiben, Mylady ... Ihr müsst etwas essen."

Dominique schnaubte. „Wozu?", fragte sie hysterisch. „Er hat doch ohnehin vor, mich umzubringen, Rufford. Was macht es, ob ich esse oder nicht?"

Schweigen begegnete ihrem Ausruf. Und dann: „Ich glaube nicht, dass er das wirklich tun würde, Mylady ... Ich denke, er ist nur wütend."

Wieder schnaubte Dominique. „Aye? Nun, ich hätte auch nicht für möglich gehalten, was er mir angetan hat, und doch hat er es getan. Wie könnt Ihr wissen, was William vorhat? Nay – ich komme nicht raus. Ich würde eher –"

Es gab einen plötzlichen Aufruhr auf der anderen Seite der Tür und Dominique wich zurück, erwartete, sie aus ihren Angeln fliegen zu sehen. Als das nicht geschah, näherte sie sich wieder und presste ihr Ohr gegen das Holz. „Rufford?", rief sie.

Sie hörte ihn mit leiser, hektischer Stimme sprechen – mit wem, wusste sie nicht, aber er antwortete nicht sofort ... dann jedoch: „Mylady", sagte er fest und klopfte hart gegen die Tür. „Ich muss darauf bestehen, dass Ihr die Tür öffnet. Lord William ... er möchte, dass Ihr zur Burgmauer gebracht werdet."

„Warum?", wollte sie wissen.

„Blaec d'Lucy ..."

Dominiques Herz pochte schmerzhaft, als sie seinen Namen vernahm. Oh Gott – Blaec. Er war hier. Ihre Hände zitterten, als sie unverzüglich die Tür entriegelte.

❦

„DAS REICHT NICHT, BEAUCHAMP!", BRÜLLTE BLAEC nach oben. Sein Schlachtross tänzelte rastlos unter ihm und schnaubte ungeduldig. Er war einige Momente zuvor angekommen und hatte sofort nach William gerufen. Er hatte ihm eine Herausforderung entgegengeschleudert, von der er wusste, dass der Bastard sie nicht abweisen konnte. Jetzt wartete er, verhandelte die Bedingungen, während sie Dominique zu ihm brachten. „Ich will sie hier unten haben!", schrie er und deutete auf den Boden vor sich. „Ich will sie hier haben, damit ich mich davon überzeugen kann, dass sie unverletzt ist – nicht dort oben auf Euren gottverdammten Mauern, Beauchamp!"

Eine gewichtige Stille senkte sich über die Zinnen.

„Kommt schon, Beauchamp", reizte Blaec ihn und nahm seinen Helm ab, um zu Williams Silhouette hochzublicken, die mit verschränkten Armen oben auf der Brüstung stand. Arroganter Mistkerl! „Ihr habt doch nicht etwa Angst, Euch mir zu stellen?", verhöhnte er ihn. „Oder kann es sein, dass der mächtige Beauchamp nur mutig genug für Hinterlist ist?"

„Angst vor Euch?" William schnaubte. „Wohl kaum, d'Lucy! Ich frage mich nur, wieso ich Euch irgendeinen Vorteil verschaffen sollte. Schaut Euch um. Ich kann mit einem einzigen Befehl tun, was ich will, falls Ihr das vergessen habt."

„Aye, aber dann müsst Ihr Drakewich mit Gewalt einnehmen. Im besten Fall eine schwierige Aufgabe", erinnerte er ihn. „Mich einfach zu ermorden, wird Euch nicht die Tore öffnen und bringt außerdem Stephens Zorn über Euch."

„Stephen ist ein Weichling!", rief William herunter und lachte laut über die Aussicht auf den Zorn des Königs.

Blaec konnte ihm nicht widersprechen, er dachte ähnlich über ihren wankelmütigen Herrscher. Auch wenn er keineswegs ein Feigling war, so war Stephen auch keine einschüchternde Gewalt, die sofort Gerechtigkeit walten ließ. Es wurde offen gesagt, dass Jesus und seine Heiligen schliefen, während Stephen auf Englands Thron saß. „Trotzdem", beharrte er, „nehmt meine Herausforderung an und gewinnt Zeugen. Was habt Ihr zu verlieren? Es sei denn, Ihr habt Angst vor mir, Beauchamp."

„Angst vor Euch?"

„Bringt sie herunter", sagte Blaec mit Nachdruck. „Oder ich reite weg und Ihr verliert Eure Chance, Drakewich zu erringen."

Wieder Schweigen.

„Denkt darüber nach, William ... Wenn Ihr mich im Nahkampf besiegt, übergebe ich mich in Eure Hände – im Tausch für Dominiques Freiheit. Das ist doch ein kleines Opfer."

Blaec sah an seiner Haltung, dass William zögerte. „Und Ihr sagt, Graeham sei tot?", lenkte William schließlich ein.

Diesmal schwieg Blaec, wenn auch nicht lange. Eine Lüge für das Wohl aller.

„Aye", antwortete Blaec knapp. „Mein Bruder ist tot", log er. Falls er seine Seele für alle Ewigkeit in die Hölle verdammte, dann sollte dem so sein. Wenn William dachte, Blaec wäre das letzte Hindernis zwischen ihm selbst und Drakewich, umso besser. Er bezweifelte, dass William andernfalls herunterkommen würde, wenn er nichts zu gewinnen hatte, außer ihn zu töten – und das konnte er leicht genug von seinem erhöhten Standpunkt aus tun. Wie er angedeutet hatte, musste er nur den Befehl geben und seine Männer würden Pfeile auf Blaec herabregnen lassen.

Nay, wenn Beauchamp Graeham für tot hielt und sich selbst in seiner Verblendung fähig glaubte, Blaec zu besiegen, dann hätte er den zusätzlichen Anreiz, sich Zeugen ihres Handels zu sichern, um seinen Fall Stephen vorzutragen. Auch wenn dies kaum mehr bringen würde, als seine Übernahme von Drakewich zu erleichtern, so würde es ihm am Ende viel Kummer ersparen – das würde er zumindest annehmen.

Nur hatte Blaec nicht vor, zu verlieren.

Wenn es an diesem Tag Hinterlist gäbe, dann wäre es seine eigene und er empfand keine Schmach, sie zu benutzen. Schließlich hatte er nie behauptet, der Fromme zu sein; das war Graehams Rolle. Er selbst wusste nur, wie man überlebte.

„Kommt runter, Beauchamp ... und solltet Ihr es auch noch schaffen, mich zu töten", forderte er ihn heraus, „dann wird Drakewich endlich Euch gehören. Ist es nicht das, was Ihr wollt?"

„Es ist mein Recht, es zu besitzen", rief William zu ihm herunter. Sein Ton war bitter. „Mein Recht! Hört Ihr mich? Es wurde meinem Vater gestohlen!"

Blaecs Kiefer spannte sich an. „Aye", brüllte er zurück. „Ich höre Euch, Beauchamp! Kommt jetzt runter", forderte er ihn erneut heraus. „Kommt herunter oder Ihr erweist Euch als der Feigling, der Ihr –"

Die Worte erstarben auf seiner Zunge, als die Gestalt einer Frau oben auf der Brüstung erschien. Ihr Haar war eine feuerrote Masse aus Locken, die in der schwindenden Sonne glänzten. Sie wurde zu William gezerrt, der sie herumriss, damit sie Blaec anschaute.

Dominique.

Blaec zuckte zusammen und sein Magen verkrampfte sich bei ihrem Anblick. Er konnte von seinem Platz aus ihr Gesicht nicht erkennen, aber er sah, dass ihre Schultern stolz zurückgenommen waren, und in diesem Moment wollte er nichts mehr, als seine Finger um Beauchamps Hals zu schließen und zu pressen, bis sein letzter Atem entwich.

Seine eigene Schwester.

Der Gedanke bereitete ihm Übelkeit.

„Ihr wolltet einen Beweis", schrie William zu ihm herunter. „Nun, hier ist sie, d'Lucy ... weidet Eure Augen jetzt an ihr, denn heute sterbt Ihr – genau wie sie es für ihre Treulosigkeit tut, sobald ich mit Euch fertig bin."

Wut durchströmte ihn. „Nay!", brüllte Blaec. „Ich will, dass sie hier unten vor mir steht", rief er und verlor langsam die Geduld. Seine Knie umklammerten sein Pferd so fest, dass es sich wehrte, stieg und ihn fast abwarf. „Gott möge Euch in die Hölle verbannen!", sagte er. „Bringt sie herunter, Beauchamp! Sofort! Oder die Abmachung ist nichtig", schwor er.

William lachte auf ihn herab. „Nun denn", gab er nach und schien zufrieden mit Blaecs Reaktion auf seine Worte. „Ich denke, es gefiele mir, wenn sie Euch aus der Nähe sterben sieht." Er schubste sie vor sich her, zwang sie, auf dem Wall weiterzulaufen. Blaec sah, dass sie sich widersetzte, stolperte, aber William zerrte sie hoch und trieb sie eilig weiter. Sie verschwanden aus

Blaecs Blick, als sie sich auf den Weg nach unten machten.

Blaec erschien es wie eine Ewigkeit, bis die Tore entriegelt wurden. Adrenalin jagte durch seine Adern. Und dann flogen die Flügel weit auf und sein Atem stockte, als er sie erblickte. Beauchamp – der Feigling – erschien zusammen mit der Hälfte seiner Garnison, aber Blaec sah keinen der Männer, nur sie.

Mit seinen Augen nahm er ihren Anblick in sich auf. Wie eine schmutzige Heimatlose trug sie denselben blauen Bliaut von ihrem letzten Zusammentreffen, auch wenn das Gewand nun zerknittert und ungepflegt war. Ihr Haar war zerzaust, ihre Locken ungekämmt. Und ihr Gesicht – er beobachtete Beauchamps Herannahen mit kaum gezügelter Wut – war angeschwollen und mit blauen Flecken übersät, ihre Lippe aufgeplatzt und blutverschmiert.

Blaec fluchte heftig, bevor der Zorn ihn vom Pferd trieb. Er konnte ihren misshandelten Anblick keinen Moment länger ertragen. Christus, er würde den Mistkerl umbringen!

Ohne Vorrede stülpte er sich seinen Helm auf den Kopf und lief finster dreinblickend auf sie zu. Ihm war gleichgültig, dass sein Zorn in seinen Augen sichtbar war. „Ich bringe Euch um, Ihr dreckiger Hurensohn!", rief er, ohne das kleinste Zögern in seinem Schritt. Er zog sein Schwert, während er sich näherte.

Sobald er Blaecs Absicht erkannte, schubste Beauchamp Dominique von sich, in die Arme seiner Männer, und bewegte sich dann nach rechts, von ihr fort, während er vor Blaec zurückwich. Sein Blick war befriedigt. „Es tut mir im Herzen gut, Euch so wütend zu sehen", sagte er lachend. Während er rückwärts tänzelte, zog er sein eigenes Schwert aus der Scheide.

„Ihr verdammter Bastard!", brüllte Blaec und schlug nach ihm, zerschnitt die Luft zwischen ihnen mit solcher Kraft, dass es sirrte. Doch in seiner blinden Wut traf er nicht.

Beauchamp lachte wieder scheußlich. „Ist sie es wert, für sie zu sterben, d'Lucy? Liegt meine Hure von einer Schwester so gut unter Euch?" Er johlte hysterisch.

Blaec knurrte und zerschnitt erneut die Luft zwischen ihnen. Seine Augen glitzerten kalt und diesmal kam er ihm, nach Beauchamps Empfinden, eindeutig zu nah. Blaec erkannte den Moment, in dem sich Williams Stimmung änderte, denn er sah plötzlich Furcht in seinem Blick. Mit diesem Wissen zerriss etwas in seinem Inneren und er dachte nur noch daran, das zu schützen, was er schätzte. *Liebte*.

Er liebte Dominique – und er würde sie mit seinem Leben verteidigen.

„Sagt mir", spottete Beauchamp, der immer noch wagte, ihn zu provozieren, „wer wird noch da sein, um sie zu beschützen, wenn Ihr längst Wurmfutter seid?"

Blaec spürte, wie seine eigene Stimmung umschlug, fühlte, wie er sich vor Zorn veränderte. Mit einem höllischen Kriegsschrei ging er in Position und schwang sein Schwert, legte die gesamte Kraft seines Körpers in diesen Schlag und brüllte, als er sich blitzschnell bewegte. Beauchamp war nicht geschwind genug, um dem Schnitt seiner Klinge auszuweichen. Blaec hörte, wie seine Rüstung zerfetzte, und wurde angestachelt durch den metallischen Geruch von Blut.

Beauchamp schrie auf und fiel durch den Aufprall zurück. Bei dem Sturz löste sich sein Helm. Er zerrte ihn herunter, um sehen zu können, als Blaec sich erneut auf ihn stürzte. Er stemmte sich hoch und entkam nur knapp einem weiteren Streich von Blaecs Schwert. Als er wieder stand, hob er seine eigene Klinge und schlug zu.

Blaec parierte.

Das Aufeinandertreffen von Metall zerriss die Luft.

Mit Finten und Schlägen bekämpften sich Blaec und William, bis beide vor Anstrengung schwitzten, doch Blaec ließ nicht nach, blieb unerbittlich.

Bis er es riskierte, aufzublicken, und Dominiques schreckverzerrtes Gesicht erspähte ... Es bestürzte ihn genug, dass er dem nächsten Streich viel zu langsam auswich und einen Schnitt an der Schulter erhielt. Er spürte die Wärme seines eigenen Bluts, das ihm den Arm herablief. Der Geruch davon, verbunden mit Dominiques gequälter Miene, brachte ihn ins Straucheln. Beim nächsten Schlag fiel er zurück, wehrte William mit einer Kraft und Inbrunst ab, die seiner Verzweiflung entstammte. Sein Helm flog davon und hinterließ ihn, genau wie seinen Gegner, schutzlos gegen Schläge auf den Kopf.

Doch er hatte nicht vor, zu sterben – oder seinen Kopf in die Reichweite von Williams Schwert zu begeben.

Wenn er Dominique dadurch anwiderte, dann sollte dem so sein, aber er konnte nicht zulassen, dass sie in den niederträchtigen Händen ihres Bruders blieb. Wenn es bedeutete, dass sie ihn für alle Ewigkeit verabscheute, dann konnte er das nicht ändern, sagte er sich. Er plante, den Mistkerl ein für alle Mal zu töten – für seine Heimtücke gegen Graeham und seinen Vater sowie für seine Vergehen an Dominique.

Mit einem ruchlosen Kampfschrei schlug er zu und brachte William durch den Aufprall aus dem Gleichgewicht. Er hob das Schwert über seinen Kopf, rollte sich ab und sprang mit Leichtigkeit wieder auf die Beine, dem Gewicht seiner Rüstung und seinen Wunden zum Trotz. Auch konnte er das Blut, das seinen Arm herabtropfte, nicht länger fühlen.

Mit neuer Entschlossenheit stellte er William nach, zerschnitt und zerhackte die Luft zwischen ihnen. Einmal mehr wirbelte er herum, brüllte und traf diesmal Williams Schwert, das er durch die Wucht seines Schlags entzweihieb. Die Spitze seiner eigenen Klinge flog durch den Aufprall davon.

Überraschtes Murmeln erhob sich um sie.

Weil ihre Schwerter zerstört waren und William mit leeren Händen dastand, warf Blaec seine Klinge zur Seite und griff ihn mit seinen Fäusten an. Vor Zorn brüllend stürzte er sich auf ihn und warf ihn durch die Wucht zu Boden. Mit einem Knurren schloss Blaec seine Hände um Beauchamps Hals und drückte zu.

Zusammen rollten sie durch den Dreck, jeder versuchte, den anderen zu überwältigen. Erst gewann Blaec die Oberhand, dann William, doch Blaecs Griff um Williams Hals war so fest, dass er, selbst als er rittlings auf ihm hockte, seinen Vorteil nicht nutzen konnte. Beauchamp bemühte sich, nach seinem Schwert zu greifen, aber das kostete ihn nur sein Gleichgewicht.

Wieder rollte sich Blaec herum und riss William mit sich, bis er auf ihm saß. Seine Augen brannten vor Wut. Er umfasste Beauchamps Hals noch kräftiger und drückte seinen Daumen auf den Adamsapfel. Er spürte, wie dessen Puls an seiner Haut pochte.

Gott stehe ihm bei, es wäre so einfach, ihn zu zermalmen.

So einfach.

William hustete, spuckte, rang verzweifelt nach Luft und in diesem Moment des Zögerns wurde Blaec sich Dominiques Schreien hinter ihm bewusst. Dennoch presste er Beauchamps Hals weiter zusammen, bis dessen Augen hervortraten und sein Gesicht erst rot und dann blau anlief.

Und immer noch stachen ihre Schreie in seinen Ohren und lenkten ihn ab.

„Aufhören!", rief sie. „Bitte – bitte aufhören!", kreischte sie in seinem Rücken.

Er versuchte es, aber konnte nicht, so stark war der Griff, in dem seine Kampfeswut seinen Körper und seinen Verstand gefangen hielt. William streckte die Hand aus, tastete herum und riss Blaec die Bundhaube vom Kopf.

Und weiterhin durchschnitten ihre Schreie und ihr Kreischen die Luft.

Mit einem wilden Brüllen ließ er Beauchamps Hals los. Er konnte den Mistkerl nicht umbringen, während Dominique zusah und so hysterisch jammerte.

Verdammt, er konnte es nicht tun!

Fluchend vor Abscheu sich selbst gegenüber ergriff er stattdessen Beauchamps Kopf und schlug ihn mehrmals heftig gegen den festgetretenen Boden, bis William die Augen verdrehte und schließlich schloss. Dann sprang Blaec auf die Füße, fluchend und keuchend.

Er wirbelte mit mörderischer Miene zu Dominique herum und sah, dass die Männer ihres Bruders sie festhielten, während sie sich zu befreien suchte.

Er musterte wieder ihr zerschlagenes Gesicht und Zorn, schwarz und heftig, durchströmte seine Adern. „Nehmt Eure schmutzigen Hände von ihr!", befahl er und stürzte sich wie ein Besessener auf sie. Vergeltung brannte in seinen Augen.

Die zwei Männer, die sie festhielten, ließen sie sogleich los und wichen mit verängstigten Mienen zurück.

Erneut begann Dominique zu kreischen, aber er konnte sich nicht aufhalten; er preschte weiter. Er hob sein Schwert vom Boden auf, als er daran vorbeikam, und plante, jedem einzelnen Mann, der gewagt hatte, sie zu berühren, das Herz herauszuschneiden. Wie eine Verrückte schüttelte sie heftig den Kopf, schrie und fuchtelte mit den Armen. Er hielt inne, verblüfft durch ihre Reaktion, denn für einen Moment schien es, als würde sie aus Angst vor ihm schreien. Er schüttelte den Kopf und konnte es nicht ertragen.

Verstand sie nicht, dass er das für sie tat?

„Nay!", kreischte sie mit blutleerem Gesicht. „Nay! William! Nay!", schrie sie und winkte mit den Armen.

Sie rannte auf ihn zu und in diesem Augenblick verstand Blaec.

Er wirbelte zu William Beauchamp herum.

William hatte sich aufgerichtet. Sein Gesicht schwoll bereits an und er stand einen Augenblick schwankend da, bevor er auf ihn zukam, sein halbiertes Schwert in die Höhe reckend und fluchend.

Blaec vergeudete keine Sekunde bei seiner Entscheidung. Er biss die Zähne zusammen, hob sein eigenes zerstörtes Schwert und sprang auf William zu, trieb seine schartige Klinge mit einem einzigen Stoß durch dessen Brust. Er hörte, wie die Rippen brachen, doch er war noch nicht beruhigt. Mit einem weiteren wilden Schrei stieß er William um, durchbohrte ihn und nagelte ihn mit der Wucht seines Schwungs in den Boden.

Einen Augenblick sah er mit morbider Faszination zu, wie Williams Blut in die unfruchtbare Erde rann und sie erneut vergiftete.

„Wie der Vater, so der Sohn", zischte er. „Nur diesmal will ich Euch wirklich sterben sehen!", schwor er. „Vor meinen Augen werdet Ihr Euren letzten Atemzug tun, Beauchamp!" Damit stieß er ein weiteres Mal zu und legte sein gesamtes Gewicht in diesen letzten Stoß, fesselte Williams massiven Körper unentrinnbar an den Boden.

„Übrigens", fügte er mit Genugtuung hinzu, „ich habe gelogen." Er wollte, dass Beauchamp die Wahrheit erfuhr, bevor er starb, wollte, dass er sich in der Hölle wand, in dem Wissen, dass er nichts erreicht hatte. „Graeham lebt", sagte er voller Genuss und lächelte breit.

In Williams Augen brannte ein Hass, der seinem eigenen gleichkam, jedoch nur für einen Moment, dann fiel Beauchamps Kopf mit einem gurgelnden Laut nach hinten und starrte blicklos in den Himmel. Blaec fühlte in diesem Augenblick lediglich eine grimmige Zufriedenheit, denn alles, was zählte, war, dass der Mistkerl endlich tot war.

In dieser grausamen Gemütsverfassung gefangen brauchte er eine weitere benebelte Sekunde, um zu bemerken, dass Dominiques Schreie schließlich verstummt waren. Er wirbelte zu ihr herum und sah, dass sie in Nials Armen lag. Nial hielt sie fest, wandte sich ihm zu und starrte ihn stumm an. Sein Gesicht war ausdruckslos, so wie die Mienen der Männer, die ihn umgaben – die seiner eigenen und die von Beauchamps Leuten.

Erst jetzt wurde ihm das volle Ausmaß seines Handelns bewusst – dass sie den Mord ihres Bruders durch seine Hand miterlebt hatte. Er erbleichte.

Wieso kämpften gerade die Ungeliebten so hart darum, das zu gewinnen, was sie nie bekommen konnten? Die alte Frage kehrte zurück und quälte ihn.

Bis jetzt hatte er keine Antwort. Er wusste nur, dass es keine Rolle spielte, was sein Vater ihm angetan hatte; er hatte Gilberts Liebe bis zum bitteren Ende begehrt. Und nach seinem Tod hatte er getrauert – so heftig wie jeder andere.

Mit diesem Wissen brannte ihm eine weitere Frage auf der Seele: Konnte Dominique ihm vergeben?

KAPITEL 32

Dominique konnte sich nicht erinnern, wann sie zuletzt so viel und so heftig geweint hatte.

Auch wenn sie sich sagte, dass dies der einzig mögliche Ausgang gewesen war und ihr Bruder vor langer Zeit seinen Weg gewählt hatte, so trauerte sie doch um ihn.

Und die Schuld – diese zerfetzte sie wie Dolche.

Als Williams Männer Anstalten machten, in den Kampf der beiden einzugreifen, hatte sie sich wild gewehrt und herumgetobt, um Blaec darauf aufmerksam zu machen. Aber Blaec vor dem verhängnisvollen Vorstoß ihres Bruders zu warnen, war eine ganz andere Sache. Es fühlte sich an wie der schlimmste Verrat überhaupt.

Und doch, müsste sie sich noch einmal entscheiden ... sie würde es genauso machen. So schwer es auch war, ihren Bruder so gewaltsam vor ihren Augen sterben zu sehen, es wäre dreimal so schwer gewesen, mitzuerleben, wie Blaec dem verräterischen Schwert ihres Bruders erlag. Himmel, das hätte sie niemals ertragen.

Sie waren sofort nach Drakewich zurückgekehrt, waren mitten in der Nacht angekommen und Dominique hatte sich sogleich in Blaecs Zimmer versteckt. Sie hatte den Großteil des Morgens und des Nachmittags verschlafen, ermüdet durch ihre Emotionen sowie aus bloßer Erschöpfung. Sie hatte auch das Mittagsmahl vermieden, weil sie keinen Hunger verspürte – jedes Mal, wenn sie an den gestrigen Kampf dachte, war ihr danach, zum Abort zu stürzen.

Sie hoffte, dass Blaec zu ihr kommen würde, denn sie besaß nicht die Kraft, zu ihm zu gehen. Bei Gott, ihr einziger Wunsch war gerade, von ihm gehalten zu werden ... aber er kam nicht. Als kurz nach Ende des Abendessens ein leises Klopfen an der Tür ertönte, schaute sie erwartungsvoll auf und bat den Besucher herein, da sie hoffte, Blaec zu sehen.

Sie war überrascht, stattdessen Graeham vorzufinden. Er trat ein und schaute sie besorgt an – ein Blick, der ihr das Herz wärmte.

„Ich möchte Euch nicht stören", sagte er.

„Nay!", schluchzte sie und wischte sich sofort die Tränen ab. „Kommt bitte herein!"

Er schloss die Tür hinter sich und Dominique bemerkte, wie er sich beim Gehen die Brust hielt und das Gesicht verzerrte, als er am Fußende des Betts stehenblieb. Schuldgefühle plagten sie erneut, denn obgleich sie ihn nicht selbst verwundet hatte, so war es doch ihr Bruder gewesen, der dies getan hatte. Sie wusste nicht, wie er es aushielt, sie anzuschauen.

„Darf ich?", fragte er und deutete aufs Bett, während er sich bereits darauf niederließ.

In dieser Hinsicht schienen sich die Brüder zu gleichen – beide taten, was sie wollten, aber zumindest Graeham fragte nachträglich um Erlaubnis. Dominique unterdrückte bei dieser Beobachtung ein Kichern.

„Vergebt mir, Mylord", sagte sie und wandte sich zu ihm, „doch mir scheint, Ihr habt Euch bereits hingesetzt."

Graeham gluckste. „Mein Bruder hat recht ... Ihr seid ein vorlautes Frauenzimmer."

Dominiques Brauen zogen sich niedergeschlagen

zusammen. Ihre Wimpern senkten sich. „Das hat er gesagt?“

„Unter anderem“, gab Graeham mit funkelnden Augen zu. Er seufzte über ihre Reaktion, wie sie glaubte. „Ich bin gekommen, Lady Dominique, um Euch meine Sicht der Dinge zu schildern, und dann werde ich Euch wieder allein lassen.“

Dominique wappnete sich. Sie wusste, dass er jedes Recht hatte, sie für all das zu verachten, was ihre Familie seiner angetan hatte. Alyss hatte ihr alles offenbart, hatte mit ihr geweint, sie gehalten und ihr Gesicht liebkost, ihr gesagt, dass es nicht ihre Schuld war ... doch Dominique war anderer Meinung. „Was möchtet Ihr mir mitteilen?“

„Zwei Dinge ... darunter auch eine kleine Geschichte“, sagte er rätselhaft.

Dominique begegnete seinem Blick zurückhaltend. „Zunächst möchte ich Euch um Vergebung bitten für die Art und Weise, wie ich Euch behandelt habe, als Ihr nach Drakewich gekommen seid ...“

Dominique konnte ihre Überraschung kaum verbergen. Sie atmete scharf ein, verzog ihr Gesicht und schüttelte heftig den Kopf. „Oh nay, Mylord – nay! Ich muss Euch um Vergebung bitten! Ich hatte nie vor ...“

Sie wandte den Blick ab und schüttelte wieder den Kopf. Es fiel ihr schwer, die Worte auszusprechen. „Ich hatte nie vor, Euch mit Blaec zu betrügen“, endete sie dürftig.

„Christus ... das war nicht Euer Fehler. Das ...“ Er zog die Brauen zusammen, als würde er darüber nachdenken, wie er am besten fortfahren sollte. „Wisst Ihr ... das ist genau das, was ich Euch erzählen möchte. Dominique ... Ihr müsst mir glauben, wenn ich sage, dass nichts unter diesem Dach geschehen ist, dessen ich mir nicht vollends bewusst war.“

Dominique runzelte verständnislos die Stirn.

„Wirklich“, versicherte er ihr. „Alles ist so gelaufen,

wie ich es intendierte. Ehrlich gesagt muss ich Euch und Blaec um Vergebung bitten – und das tue ich von ganzem Herzen –, doch es gab keine andere Möglichkeit, das zu erreichen, was meinem Gefühl nach geschehen musste." Nun sah er aus, als würde er um seine Fassung ringen. Er schaute für einen Augenblick weg. „Die verdammte Wahrheit ist, dass ich unter denselben Gegebenheiten alles noch einmal ganz genauso machen würde. Doch –", sein Blick begegnete ihrem und hielt ihn gefangen, „es wäre alles vergebens, wenn Ihr ihn nicht liebt ..."

Dominique spürte, wie sich erneut Tränen in ihren Augen bildeten. Sie öffnete den Mund, aber er hob eine Hand und bat sie, noch nichts zu sagen.

„Bevor Ihr darauf antwortet ... erlaubt mir, Euch das Zweite zu erzählen, weshalb ich zu Euch gekommen bin."

Mit verschleierten Augen nickte Dominique und spürte, wie die Emotionen sich zu einer Art Kloß in ihrer Kehle verdichteten. Wusste er es nicht? Konnte er nicht in ihrem Blick sehen, was sie für seinen Bruder empfand? Ohne ihn war sie verloren.

Er lächelte leicht. „Es waren einmal", begann er und das Funkeln in seinen Augen wurde schwächer, „ein Mann und eine Frau, die sich über alles liebten ... aber die Frau war einem anderen versprochen und sie konnten ihre Zuneigung nicht offen zeigen. Doch dann wurde der Verlobte der Frau im Krieg getötet und sie war frei, zu lieben, wen sie wollte ... und sie und ihr Geliebter konnten endlich heiraten. Das taten sie und schon bald wurde die Frau schwanger ..." Er hielt einen Moment inne und fuhr dann fort: „Sie bekam Zwillingssöhne. Einer war so hellhäutig wie sein Vater und seine Mutter ... der andere dunkler ..." Er schluckte. „Wie der tote Verlobte der Frau."

Dominique blinzelte ihre Tränen weg. „Blaec?", fragte sie heiser und verstand langsam die Geschichte.

Graeham nickte und Dominique sah, dass es ihm besonders schwerfiel, diesen Teil der Geschichte zu erzählen. „Jedenfalls ... der Vater der Jungen begann sogleich, die Tage seit der Trauung zu zählen, und befand sie als zu wenige. Er bemerkte außerdem, dass die Daten mit dem letzten Mal übereinstimmten, als die Frau ihren toten Verlobten gesehen hatte. Und obwohl er sie liebte ...kam er nicht umhin, sich zu wundern. Selbst nachdem sie es heftig verneinte, quälte es ihn. Den einen Sohn konnte er nicht verleugnen, er war ihm viel zu ähnlich. Doch den anderen ...“ Seine Kiefermuskeln spannten sich an. „Den anderen mied er.“

Für einen Moment herrschte Schweigen zwischen ihnen, denn Dominique wusste nicht, was sie sagen sollte. „Hat er Blaec nie akzeptiert?“

„Ihr kennt die Narbe auf Blaecs Wange?“, fragte er statt einer Antwort.

Dominique nickte.

„Die hat ihm mein Vater zugefügt“, offenbarte Graeham. „Blaec wollte unbedingt, dass unser Vater stolz auf ihn wäre, wenn er in den Ritterstand erhoben wurde. Und als mein Vater hereintrat, um ihm den Ritterschlag zu geben, glänzten Blaecs Augen.“

Er atmete tief ein, schloss seine Augen bei der Erinnerung, und als er sie wieder öffnete, schimmerten Tränen in ihnen. „Wenn mein Herz schon voller Freude und Stolz war, dass mein Vater ihn endlich akzeptieren würde, dann war Blaecs zum Bersten gefüllt. Mein Bruder kniete nieder, die Schultern gerade, den Kopf stolz erhoben, und wartete geduldig, wobei er die Zufriedenheit in seinen Augen nicht verbergen konnte, als mein Vater sein Schwert zog.“

Graehams Kiefer mahlte, überwältigt von Gefühlen, während er den Moment im Geiste noch einmal erlebte. „Und dann holte mein Vater aus und schlug ihn mit dem Knauf – mit aller Kraft seines Körpers. Bei

Gott ..." Seine Stimme brach. „Ich dachte, er hätte jeden Knochen in Blaecs Gesicht gebrochen.

Blaec fiel durch den Schlag nach hinten, aber er sammelte sich und rappelte sich wieder auf. Doch er tat nichts, außer wieder vor unserem Vater zu knien, obgleich er von der Wucht immer noch taumelig war. Er kniete dort, Blut floss aus seiner Wunde und seine Augen waren vor Schmerz umschattet, aber er ertrug diesen Schlag wie ein Mann."

Tränen liefen über Dominiques Gesicht. Sie konnte nicht sprechen, stellte ihn sich vor, so seelisch gebrochen. „Er hat mich über die Narbe angelogen", sagte sie erstickt. „Er hat gelogen, als ich fragte ..." Ihr Herz weinte um den kleinen Jungen, der er gewesen war – sie wollte die Zeit zurückdrehen und ihn umarmen, ihm sagen, dass sie ihn liebte.

Graeham nickte. „Das überrascht mich nicht, denn er hat danach nie wieder darüber gesprochen." Er lächelte traurig. „Bis Ihr kamt, waren die Gefühle meines Bruders dürftig. Er hat sie gar nicht gezeigt – weder Wut noch Freude. Doch seit Ihr in Drakewich weilt, habe ich beides im Überschuss gesehen ... von dem Moment an, als Ihr in den Burghof geritten seid. Ihr hättet sein Gesicht sehen sollen ... Aye, er liebt Euch, Dominique", sagte er. „Jetzt frage ich Euch erneut ... liebt Ihr ihn?"

Sie lachte nervös und zuckte die Achseln. „Er ist so ein herrischer Wüstling."

Graeham schmunzelte über ihre Antwort. „Interessant, dass Ihr das sagt. Aber ich habe Euch nicht gefragt, was Ihr über ihn denkt", wandte er ein. „Ich habe gefragt, was Ihr für ihn empfindet ..."

Dominique seufzte tief. „Aye", gab sie zu. In ihren Augen schimmerten erneut Tränen. „Das tue ich, Graeham ... mit jeder Faser meines Herzens und meiner Seele, das tue ich."

Um seine Augen bildeten sich Lachfältchen. „Dann

müsst Ihr zu ihm gehen, denn er wird nicht zu Euch kommen. Es ist schon lange Blaecs Philosophie, dass er nicht erstrebt, was er nicht haben kann. Außer wenn ein Preis geradewegs in seinen Schoß fällt, wird er ihn nicht wahrnehmen."

Dominique nickte und Graeham wandte sich zum Gehen.

„Er ist unten in der Halle, wenn Ihr ihn sehen wollt", verriet er. „Und jetzt mache ich, dass ich wieder ins Bett komme." Er zwinkerte ihr zu und grinste schelmisch. „Nicht dass Alyss mich erwischt und beschließt, sich nicht mehr um mich zu kümmern."

Dominique lächelte. „Ich danke Euch, Mylord."

Er stand auf, schaute einen Moment länger zu ihr herab und sagte: „Geht mit meinem Segen zu meinem Bruder, Lady Dominique." Seine Augen blitzten wieder. „Macht meinen herrischen Bruder glücklich. Sagt ihm, was in Eurem Herzen ist. Er wird es gut aufnehmen, das versichere ich Euch." Damit drehte er sich um und ließ Dominique allein, um über seine Worte nachzudenken.

Doch sie überlegte nicht lange. Entschlossen erhob sie sich vom Bett, konnte sich nicht länger selbst bemitleiden. Was getan war, war getan und nichts konnte es ungeschehen machen. Das Letzte, was sie wollte, war, auch den Mann zu verlieren, den sie liebte.

Da sie sich ihm nicht mit tränenverschmiertem Gesicht zeigen wollte, wusch sie es schnell über dem Waschbecken und bürstete ihr Haar, das sie offen über ihre Schultern fallen ließ – mehr konnte sie mit der zügellosen Masse nicht tun. Nachdem sie eine Kerze gefunden und entfacht hatte, ging sie die Treppe hinunter, blieb jedoch abrupt am Ende stehen.

Er war nicht schwer zu finden, obgleich er im Dunkeln saß, denn abgesehen von ihm war die Halle leer. Die Bediensteten waren mit ihrer Arbeit fertig und hatten sich zurückgezogen. Eine einzige Fackel leuchtete noch in ihrer Halterung an der Wand. Ihr Licht warf verworrene Schatten auf seinen Rücken. Er hockte niedergeschlagen da, den Kopf in seine Hände gestützt, und brütete.

Als sie ihn erblickte, spürte sie, wie ihr Herz einen Schlag aussetzte. Dominique wollte nicht, dass er die Schuld fühlte, wollte nicht, dass es ihn quälte. Sie wollte ihre Arme um ihn schlingen und ihn festhalten, ihn trösten.

Sie wollte zu ihm rennen.

KAPITEL 33

Er hörte sie, bevor er sie erblickte.

Um zu erkennen, was das Geräusch war, nahm Blaec die Hände von seinem Gesicht und fuhr sich über sein stoppeliges Kinn. Als er sie in die Halle kommen sah, stockte ihm der Atem. Wie eine himmlische Fee schwebte sie auf ihn zu, ihr elfenbeinfarbenes Gewand wirbelte um ihre Füße. In der einen Hand hielt sie eine Kerze, mit der anderen schützte sie die Flamme, damit diese nicht verlosch. Das Licht erhellte ihr Gesicht.

Wie in jener Nacht, in der er sie bei Kerzenschein geliebt hatte, erstarrte sie, als ihre Blicke sich trafen. Als würde sie wegrennen, sollte er nur seinen Mund zum Sprechen öffnen. Der flackernde Schimmer brachte ihre Augen zum Strahlen und zauberte Lichtreflexe in die glänzenden kupferfarbenen Strähnen ihrer Haare, die ihre Schultern umflossen. Wie Schnee in der Hitze der Sonne schmolz ihm das Herz in seiner Brust.

Er schluckte, denn es war das erste Mal, dass er sie seit ihrer Rückkehr nach Drakewich sah. Himmel, er hatte sich davor gefürchtet, in ihre Augen zu schauen und dort Hass und Abscheu zu finden.

Er hätte es nicht ertragen.

Doch als sie sich näherte, erkannte er keine dieser Emotionen – wenngleich er an ihren rotgeränderten Augen und ihrer kleinen geröteten Nase sehen konnte, dass sie geweint hatte. Sein Puls begann zu hämmern wie bei einem unerprobten Jüngling, der vor den Tisch seines Lords trat.

„Dominique", begann er, aber seine Zunge schien zu dick, um fortzufahren, sein Mund zu trocken.

Er erhob sich und sie standen da und starrten sich aus der Entfernung an – doch nur einen Moment lang, weil von irgendwo über ihnen geradezu unmenschliche Geräusche ertönten. Dominique zuckte bei den Lauten zusammen, ihr Gesicht verzog sich überrascht, aber dann schien sie ihre Fassung zurückzuerlangen.

Sie runzelte die Stirn und ihre Mundwinkel hoben sich. „Mir scheint, Drakewich ist in meiner Abwesenheit von Geistern heimgesucht worden", sagte sie frech.

Blaec gluckste leise. Er blickte zur Decke und seine eigenen Lippen verzogen sich. „Das ist Graeham ..."

„Und Alyss ... Ich weiß", sagte sie, neigte den Kopf und lächelte.

Im Licht der Kerze beobachtete er, wie ihr Erröten sich über ihren Hals bis zu ihrem Busen ausbreitete. „Ich erkenne die Geräusche", offenbarte sie und lachte leise, wobei sich ihr Erröten noch verstärkte. Sie schaute ihn wieder an. „Als ich jünger war, glaubte ich, sie und William würden kämpfen."

Blaec hob eine Braue. „Ich verstehe, warum", sagte er.

„Und später ... nun, es reicht, anzumerken, dass es mich immer erstaunte, wie jemand, der so schüchtern und still war wie Alyss, so ungestüm sein konnte ... ähm ... während dieser Zeit ..." Sie nickte beschämt. „Nun, Ihr wisst schon, Mylord ..."

Das tat er und schmunzelte über ihre behutsame Wortwahl. Er teilte ihre Empfindlichkeit nicht. Allein der Gedanke an das Wort erregte ihn. *Sie erregte ihn.* „Es scheint, mein Bruder ist ebenfalls ein lautstarker Liebhaber ...“ Er holte tief Luft und wurde plötzlich ernst. Dann schüttelte er den Kopf und atmete aus. Er lehnte sich auf seinem Stuhl zurück. „All diese Jahre ... und ich wusste nie ...“

„Was wusstet Ihr nicht?“

Er schüttelte erneut den Kopf. Ihm war klar, dass es Graeham nicht gefallen würde, wenn er seine Privatangelegenheiten teilte, selbst mit Dominique. „Nichts“, winkte er ab. „Nichts von Bedeutung.“

Und wieder herrschte Schweigen zwischen ihnen.

Dominique schluckte und öffnete ihre Lippen, um zu sprechen. Er wartete, aber nichts kam.

„Ich ...“ Sie schaute kurz weg und starrte dann betroffen seine Schulter an. „Ich bedaure, dass Ihr verwundet wurdet“, sagte sie endlich und begegnete seinem Blick. Ihre blauen Augen wirkten bekümmert. „W-wie geht es Euch?“

Blaec zuckte mit den Schultern. „Es ist nichts.“ Seine Stimme wurde weicher angesichts ihrer entmutigten Miene und er versicherte ihr: „Wirklich ... Alyss hat sich in weniger als fünf Minuten darum gekümmert.“

Sie sah hinunter auf die Kerze in ihrer Hand, versuchte, ihr Gesicht vor ihm zu verstecken, schaffte es aber nur, schimmernde Tränen an ihren Wimpern zu enthüllen. Sein Kiefer verkrampfte sich bei diesem Anblick. Er wollte sie für den Rest ihres Lebens vor Tränen bewahren.

„Aye ... nun, ich sollte Euch wahrscheinlich danken, dass Ihr gekommen seid, um mich zu holen“, sagte sie und ihre Stimme zitterte. „Auch wenn ich es Euch nicht vorgeworfen hätte, wenn Ihr mich dort gelassen hättet.“ Ihre Augen kehrten zu ihm zurück. „Ich hätte niemals gehen sollen.“

Blaec zerriss es das Herz.

Sie verdiente etwas Besseres. *Mistkerl!*, verfluchte er William stumm. Jesus ... er wollte alles wiedergutmachen, was dieser Bastard ihr angetan hatte. „Mir tut es auch leid", sagte er. „Vor allem tut es mir leid, dass Ihr gezwungen wart, seinen Tod mit anzusehen", sagte er ehrlich. „Könnt Ihr mir vergeben, Dominique?"

„Mylord ... es gibt nichts zu vergeben. Ich wusste, dass jemand sterben würde", sagte sie. „Ich habe nur gebetet, dass es nicht Euch treffen würde."

Erleichterung durchströmte ihn. Doch so sehr ihre Worte ihn auch beruhigten, so betrübten sie ihn auch, denn was musste sie durch Williams Hände erlitten haben, dass sie ihn so leicht vom Mord an ihrem Bruder freisprechen konnte? „Hat er Euch verletzt?"

Sie schüttelte den Kopf. „Nur mein Herz", offenbarte sie voller Gram. „Er ... er ..." Sie schloss die Augen und Blaec wollte ihr den Kummer ersparen, alles erneut zu durchleben. Irgendwann würde er es erfahren ... wenn sie dazu bereit war.

Vorausgesetzt sie verließ ihn nicht. Schließlich war sie keineswegs verpflichtet, hierzubleiben. Stephen würde sie sicherlich als sein Mündel willkommen heißen – und die Gelegenheit ergreifen, Dominique und Amdel einem begüterten Mann anzubieten.

Und jeder Mann würde sie freudig annehmen.

Nur über seine Leiche.

Er knirschte mit den Zähnen. „Das weiß ich bereits, Dominique", sagte er sanft. „Alyss hat mir alles berichtet."

Sie nickte und schien mit ihren Gefühlen zu kämpfen. „Blaec", begann sie.

„Ihr braucht es nicht zu sagen", versicherte er ihr.

In ihren Augen standen Tränen. „Ich liebe Euch."

Er erstarrte. „Was habt Ihr gesagt?"

„Ich ... ich sagte, dass ich Euch liebe." Sie sprach die Worte wie ein scheues und verängstigtes Kind.

Freude überrollte ihn wie ein Donnerschlag. Er schluckte heftig. „Ihr liebt mich?", fragte er und erstickte fast an der Frage.

Dominique nickte unsicher und blinzelte die Tränen aus ihren Augen.

Seine Stimme war rau vor Emotionen. „Kommt her, Dominique."

Sie gehorchte seiner Bitte und zögerte nur einen Moment, bevor sie um den Tisch herum an seine Seite trat. Wortlos nahm Blaec die Kerze aus ihrer Hand, stellte sie auf dem Tisch ab und schob sie zur Seite. Dann hob er Dominique hoch und setzte sie ebenfalls vor sich auf den Tisch. Sie keuchte überrascht, aber verharrte dennoch, ohne zu protestieren, obgleich sie nie verwirrter ausgesehen hatte.

Er blickte in ihre schönen blauen Augen und beugte sich herab, um ihre Knöchel zu umfassen, die vor ihm baumelten. Er hielt sie zärtlich fest, fuhr sanft mit seinem Daumen über ihre Haut und wanderte dann höher, um ihre Waden unter ihrem Kleid zu liebkosen und dieses leicht hochzuschieben. „Wisst Ihr, wie sehr ich mich danach gesehnt habe, das zu tun - schon als ich sie zum ersten Mal entblößt sah?", fragte er und streichelte ihre Beine. „Erinnert Ihr Euch Dominique ... als sich Euer Gewand beim Absteigen verfing?"

Dominique fühlte sich, als würde ihr Herz bei seiner Berührung stehen bleiben. Seine Aufmerksamkeit raubte ihr immer wieder den Atem. Sie nickte stumm und ihr Puls raste, als er seine Finger vorsichtig höher bewegte.

„Jetzt wiederholt, was Ihr nur wenige Augenblicke zuvor gesagt habt", verlangte er mit seidiger Stimme. „Nicht, dass ich Euch missverstanden habe ..."

Dominique atmete scharf ein. Er war empörend und herrisch ... und ach so stark ... und doch konnte seine Berührung so zart sein. „Bei Gott, Ihr seid ein arroganter Wüstling", sagte sie.

„Bin ich das?", fragte er reuelos. Er hob ihr Kleid bis zu ihrem Oberschenkel. „Und ..."

„Und ich liebe Euch trotzdem", gab sie endlich nach und runzelte die Stirn, während sie zu ihm herabschaute und sich bemühte, ihr Gewand wieder nach unten zu ziehen. Lachend schlug sie ihm unter ihrem Kleid auf die Finger. „Ihr seid unverbesserlich", sagte sie nachdrücklich.

Er grinste, seine Zähne blitzten weiß und seine Augen funkelten teuflisch. „Seit wann?", fragte er, spreizte plötzlich ihre Beine und drängte sich dazwischen.

„Blaec!", keuchte sie und hob die Brauen. Sie war schockiert, dass er sich in der Halle solche Freiheiten nahm. „Nicht hier!", rief sie leise und blickte über ihre Schulter.

„Niemand beobachtet uns, Dominique. Ich möchte Euch ohnehin nur halten", versicherte er ihr. Sein Ton war so unschuldig wie der eines kleinen Jungen, als er seine Arme um ihre Taille schlang. „Nun sagt mir, wann wusstet Ihr es?"

Sie erschauerte in seiner Umarmung, genoss es, ihn so nah zu spüren. So verrucht es auch sein mochte, es lag etwas Erlesenes in der Art, wie er es sich zwischen ihren Schenkeln gemütlich machte. „Seit dem Moment, in dem ich mich in Euch verliebt habe, natürlich!", antwortete sie schnippisch und wickelte sein seidiges Haar um ihre Finger.

Er blickte zu ihr auf und hakte nach: „Und wann war das?"

Dominique seufzte atemlos, ihr Herz raste durch seine Nähe. „Im Wald ... da wusste ich es", offenbarte sie. Ihre Stimme war heiser und etwas nervös. Er biss sanft in ihre Brust und sie keuchte. „Ihr seid ein sündiger, unersättlicher Mann", warf sie ihm vor. Dennoch schlang sie ihre Beine um ihn.

Er atmete scharf ein und zog sie herunter, sodass sie auf seinem Schoß zu sitzen kam. Dominique schrie lachend auf. „Und Ihr seid eine solche Verführerin", erwiderte er heiser und beugte sich vor, um seinen warmen Mund auf ihren zu senken. Dominique schien es, als würde ein Chor in ihrem Kopf losschmettern, als ihre Lippen sich berührten, eine Symphonie himmlischer Stimmen, die sie betäubten und ihr Herz mit Freude erfüllten.

„Bleibt bei mir, Dominique", krächzte er, „werdet meine Braut ... Himmel, ich liebe Euch auch", murmelte er an ihrem Mund.

Als sie seine Liebeserklärung hörte, erblühte Dominiques Herz mit einer Fröhlichkeit, die sie nie gekannt hatte. „Das werde ich", sagte sie und schlang ihre Arme um seinen Hals, umarmte ihn und klammerte sich an das Versprechen seiner Worte. „Sagt mir nur, Mylord", fragte sie hochmütig, „wann wusstet Ihr es?"

„Wann wusste ich – was?", neckte er sie.

„Dass Ihr mich liebt, natürlich!"

„Hmmmm ... habe ich gesagt, dass ich das tue?" Er blickte in ihre Augen und der Schalk blitzte in seinen auf.

Dominique lachte und schlug mit der offenen Handfläche auf seinen Hinterkopf – und nicht gerade sanft. „Erst gerade eben!", schalt sie ihn.

„Aye! Jetzt erinnere ich mich", sagte er und rieb sich den Kopf. „Denkt daran, Demoiselle, dass ich ein verwundeter Mann bin!", fügte er klagend hinzu, wenngleich er breit grinste.

Lachen blubberte aus ihr heraus.

„Wann ich wusste, dass ich Euch liebe?" Er wiederholte die Frage und seufzte. „Das ist einfach." Er schmunzelte, vergaß seinen brummenden Schädel und drückte sie an sich. Er senkte seinen Kopf, sodass die vernarbte Wange an ihrem Hals zu ruhen kam, und lauschte ihrem sich beschleunigenden Pulsschlag, der seinem eigenen glich. Für einen Moment hielt er sie einfach so fest, genoss das Gefühl, die Frau, die er liebte, in seine Arme zu schließen. Er seufzte, dann offenbarte er endlich: „Auch dort, im Wald ... als wir uns küssten ...“

Dominique zog einen Schmollmund. „Seid Ihr sicher, dass es nicht eher war?“, fragte sie und runzelte die Stirn. „Graeham sagte, es hätte Euch erwischt, als Ihr mich zum ersten Mal erblicktet.“

Er gluckste leise. „Ah ... nun, hat er das? Ich fürchte, das war nur eine gesunde Portion Begehren.“

Sie keuchte entrüstet und schürzte ihre Lippen. „Und wie wisst Ihr jetzt den Unterschied, Mylord?“, fragte sie gereizt.

„Ganz einfach“, enthüllte er mit rauer Stimme. „Weil ich auch damit zufrieden wäre, Euch so zu halten, Dominique ... für den Rest meiner Tage.“ Und dann blieb er seiner Aussage treu, obwohl ihm danach war, es in dieser Nacht noch seinem Bruder nachzutun. Er hielt sie fest, selbst als der Fackelschein schwächer wurde, flackerte und schließlich verlosch.

Immer noch umarmte er sie im weichen Licht der Kerze, die an ihrer Seite brannte; zwei verschlungene Umrisse mit einem Herzschlag.

Weiter oben, auf der Treppe, schauten zwei undeutliche Schemen unbemerkt zu. Schließlich waren auch diese erschöpft, lächelten, wandten sich um und erklommen die Turmstufen.

„Das habt Ihr gut gemacht, Mylord“, wisperte der eine Schatten.

„Aye“, stimmte der andere zu. „Und jetzt verdiene ich meinen Lohn ...“

Ein Lächeln lag in der weiblichen Stimme, als sie antwortete: „Schon wieder, Mylord? Ihr werdet Euch noch umbringen.“

„Und ich werde als glücklicher Mann sterben", erwiderte die männliche Stimme.

Leises Lachen schwebte hinter ihnen her, als sie ihre Schritte beschleunigten und die zwei weiter unten ihrem eigenen verliebten Tun überließen.

ENDE

EIN HERZLICHES DANKESCHÖN!

Ich danke Ihnen von ganzem Herzen, dass Sie *Das Verlöbnis* gelesen haben! Es gibt buchstäblich Millionen von Büchern dort draußen und ich fühle mich geehrt, dass Sie sich für eines von meinen entschieden haben.

Wenn Ihnen dieses Buch gefallen hat, erwägen Sie bitte, eine Rezension zu verfassen. Rezensionen helfen anderen Lesern, interessante Bücher zu finden, und ich schätze alle Bewertungen – egal, wie lang oder kurz.

ÜBER DIE AUTORIN

Die Romane von Tanya Anne Crosby standen bereits auf mehrere Bestsellerlisten, einschließlich der New York Times und USA Today. Sie ist bekannt für ihre emotionsgeladenen und humorvollen Geschichten mit den darin vorkommenden ausgefallenen Charakteren. Ihre Romane werden von Lesern und Kritikern gelobt. Sie lebt mit ihrem Ehemann, ihren zwei Hunden und zwei launischen Katzen im nördlichen Teil des US-Bundesstaates Michigan.

Weitere Informationen:
Website
Email
Newsletter

Romantischer Krimi

Die letzten Stunden der Florence W. Aldridge

Der Zunge Gewalt

Du sollst nicht lügen

Erlösungslied

JEWELS OF HISTORICAL
ROMANCE

Wenn Ihnen meine Bücher gefallen haben, würde ich Ihnen gern einige andere Autoren empfehlen, die bei Ihnen sicher Anklang finden werden!

Wir gehören einer Gruppe mit Namen "The Jewels of Historical Romance" an, bekannt für erstklassige historische Romane voller Detailreichtum und fesselnder Liebesgeschichten. Klicken Sie einfach auf die entsprechenden Links, um die deutschen Titel auf der jeweiligen. Viel Spaß beim Lesen!

CHERYL BOLEN
BRENDA HIATT
TANYA ANNE CROSBY
CYNTHIA WRIGHT
LAUREN ROYAL
LUCINDA BRANT

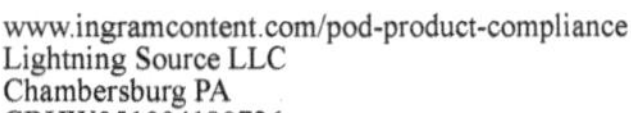

9 781947 204539